诗意人间

方笑一 ⊙

著

东方出版中心有限公司

图书在版编目（CIP）数据

诗意人间 / 方笑一著. －上海：东方出版中心, 2021.9
ISBN 978-7-5473-1883-6

Ⅰ.①诗… Ⅱ.①方… Ⅲ.①古典诗歌－诗集－中国
Ⅳ.①I222

中国版本图书馆CIP数据核字（2021）第172268号

诗意人间

著　　　者	方笑一
责任编辑	陈明晓
封面设计	合育文化

出版发行	东方出版中心有限公司
地　　　址	上海市仙霞路345号
邮政编码	200336
电　　　话	021-62417400
印　刷　者	上海盛通时代印刷有限公司

开　　　本	890mm×1240mm 1/32
印　　　张	12.75
字　　　数	221千字
版　　　次	2021年9月第1版
印　　　次	2021年9月第1次印刷
定　　　价	58.00元

自 序

　　《诗意人间》收录了我为九十首中国古典诗词撰写的解读文字，其中一部分已见于报刊或其他出版物，但经过重新校订，另一部分则是我新写的。

　　宋神宗元丰七年（1084）十二月二十四日，苏轼和一位朋友游览泗州南山，写下这样的词句："雪沫乳花浮午盏，蓼茸蒿笋试春盘，人间有味是清欢。"（《浣溪沙》）此时的苏轼，已经历了"乌台诗案"的九死一生，也在黄州度过了四年多的谪居岁月，他对"人间"二字，有了新的感悟。

　　人间的真味是什么？苏轼给出了两个字的答案：清欢。这是一种清淡的、清新的欢愉，并不是那种浓烈的，穷奢极欲的，手舞足蹈、令人亢奋的快乐。这两个字，凸显了苏轼对人间至真至美境界的理解。苏轼是一位美食家，所以他将"清欢"落实到了饮食层面，茶中是雪沫乳花，盘中是蓼茸蒿笋，还没到立春，诗人就试起春盘来了。所有食物，都是清淡的。

　　苏轼用"清欢"二字，为我们勾勒出一个诗意的人间。这样的人间，并不拒绝世俗的美味，并不鄙视日常的饮馔，并不追求躲进深山，辟谷炼丹。日常生活，世上万物，一草一木，皆具诗意。这样的人间，又不仅仅停留和满足于世俗的享乐，诗人面前摆放着的，不只是一盏清茶，几样菜蔬，在雪沫乳花与蓼茸蒿笋之间，分明蕴含着一种超越世俗的美。诗人将其捕捉到手，又以春风词笔，发为佳构。苏轼眼中的人间，包含着世俗的和超越世俗的两重诗意，这是真正的诗意人间，千载而下，依然令人神往。

苏轼写下这几句词的时候，已经饱尝了人生苦难，此刻，他内心保留的诗意，他品出的人间真味，其实都彰显了一种力量。就古代中国的境况而言，假如真的存在这样一个诗意人间，那么它所关涉的绝不仅仅是美丽与甜蜜，更关乎个人的尊严、勇气和力量。

在我给本书命名的时候，苏轼的词句突然涌入脑海。我同样希望通过这些古诗词的解读文字，勾勒出我心中的那个"诗意人间"，它既属于诗人，又应该属于本书的每一位读者。当然，假如与我先前出版的《诗家十讲》一书一起阅读，你或许能更深入地理解中国古代诗人的内心世界。

东方出版中心的陈明晓女史作为责任编辑，在本书成书过程中给予很大帮助，谨致以深深的谢意。

目录

曹操

（155—220）

字孟德，沛国谯县（今安徽亳州）人。东汉末年杰出的政治家、军事家和文学家。曾任丞相，后获封魏王，挟天子以令诸侯，是三国时期曹魏政权的奠基者。其子曹丕代汉称帝后，追尊其为太祖武皇帝。与子曹丕、曹植并称"三曹"。

短歌行

对酒当歌，人生几何!

譬如朝露，去日苦多。

慨当以慷，忧思难忘。

何以解忧？唯有杜康。

青青子衿，悠悠我心。

但为君故，沉吟至今。

呦呦鹿鸣，食野之苹。

我有嘉宾，鼓瑟吹笙。

明明如月，何时可掇？

忧从中来，不可断绝。

越陌度阡，枉用相存。

契阔谈䜩，心念旧恩。

月明星稀，乌鹊南飞。

绕树三匝，何枝可依？

山不厌高，海不厌深。

周公吐哺，天下归心。

《短歌行》是一首乐府诗，属于《相和歌辞·平调曲》。汉代诗歌中还有一种《长歌行》，《长歌行》与《短歌行》的区别据说并不在于今天留存下来的文字长短，而在于歌声的长短。但具体如何唱，今人已不得而知。

《三国演义》中有一个《短歌行》的相关情节：一晚，曹操立于战船的船头上"横槊赋诗"，把酒洒入江中祭奠后，自己又满饮三杯，其间所赋的这首诗便是《短歌行》。曹操饶有兴致地赋诗完毕后，一位名叫刘馥的刺史却不知趣地指出这首《短歌行》内容不详。曹操勃然大怒，遂用槊将刘馥刺死，因此，这首诗还使一个人送了命。然而，这只是《三国演义》中的一个故事，在正史《三国志》里并没有这样的内容。于是我们不禁怀疑，苏轼在《前赤壁赋》中所写的曹操"横槊赋诗"

难道是捏造出来的吗？事实上，最早提到曹操父子"横槊赋诗"的是元稹给杜甫写的墓志铭，苏轼极有可能是在阅读了墓志铭后留此印象，又写入《前赤壁赋》。虽然这件事情并没有载入正史，但这首诗的确是曹操的作品。

这首《短歌行》可谓慷慨激昂。开头四句"对酒当歌，人生几何！譬如朝露，去日苦多"，人生苦短，对着酒就应当引吭高歌，抒发内心澎湃激越的情感。这是一种什么样的情感？是感叹人生短暂、功业未成，所以说"人生几何"。为什么说它"譬如朝露"呢？别看清晨的露水粒粒分明，太阳一出来，气温一升高，露水立马就干了，这就叫"露晞"。人生看起来有几十年，有上百年，但跟整个历史的进程相比，其实是极其短暂的，仿佛一滴朝露，瞬间便消失了。况且，这是我们无能为力之事。故而曹操感慨："慨当以慷，忧思难忘。何以解忧？唯有杜康。""慨当以慷"即"慷慨"的倒装，意思是就应当慷慨。建安时期的诗歌都非常慷慨，以"三曹七子"为代表，"慷慨以任气，磊落以使才"（《文心雕龙·明诗》）。除了感叹人生的短暂之外，曹操心中的忧思还有作为一代雄主而功业未成的焦虑，只能靠饮酒解忧。"杜康"即指酒，相传上古的杜康发明了酒，故有此说。"但为君故，沉吟至今"，"君"是何人，曹操没有明说，实际上，是他心目中还未能得到的优秀人才。

汉献帝建安十五年（210），已是赤壁之战后，曹操在天下局势中占据了一定的优势，但刘备的力量也在壮大崛起。曹操渴望一统天下，因此招揽天下英才为自己的宏图大业服务便成为他最迫切的愿望。他写下了一道著名的《求贤令》，"唯才是举"四个字便由此出。"唯才是举，吾得而用之"，只要你有才能，在某一方面能够为我所用，我便会重用你。这是一个渴望建功立业的大丈夫、一个心怀远大志向的枭雄内心对人才的真切渴望。据推测，这首《短歌行》和这道《求贤令》的写作时间大致相同，于是我们便能推知，《短歌行》除了感慨人生苦短之外，其实更重要的是它反复诉说的主题——人才难得。曹操渴望天下有才有识的能人都来归顺自己，为自己效力。

"青青子衿，悠悠我心"，这两句并不是曹操的原创，而是《诗经·郑风·子衿》里的句子，表达了姑娘对情人的思念，而曹操诗里的"青青子衿"则是比喻渴望得到的人才。"悠悠"是长久、长远之意，"悠悠我心"意即诗人渴望得到贤才的念头从未断绝。

随后，曹操在诗里再次引用了《诗经》："呦呦鹿鸣，食野之苹。我有嘉宾，鼓瑟吹笙。"此句出自《小雅·鹿鸣》。《鹿鸣》原是一首宴请宾客的诗，曹操在此同样表示了自己招揽贤才的热情。群英荟萃，这是曹操最大的心愿。然而想到这里，他又不免忧虑："明明如月，何时可掇？忧从中来，不可断绝。""掇"即拾取、采取。拾取人才，就像摘月一般，我何时才能得到它呢？对这句话也有另一种解读，将"掇"理解为通假字，通"辍"，即停止之意。月光永远不会因人的意志而停止照耀，因而"忧从中来，不可断绝"，就如同长久以来对人才的思念一般。读到这里，我们可知求贤是当时曹操最大的一个心结。统一天下的根本在于人才，能够运筹帷幄、决胜千里的人才。正因刘备得到了诸葛亮，局势方才大为改观，东吴亦是人才济济。所以刘备、孙权方能联手，于赤壁大败曹军。曹操非常重视人才的到访，从而深怀感念："越陌度阡，枉用相存。""越陌度阡"自然是象征的说法，即人才跨越了千山万水屈驾来访；"枉用相存"，"存"即存问，"枉"即屈尊。"契阔谈讌"，"契"即密切，"阔"是疏远，"契阔"的意思还是着重于"契"，即亲近之态；"谈讌"则指谈话、交谈和宴会，大家喝着酒，聊着天，诉说着心事。此处心事并不是一己之感情，而是对于天下大势的种种看法。"月明星稀，乌鹊南飞。绕树三匝，何枝可依？"四句用"乌鹊"比喻人才，希望他们不要再犹豫，择木而栖，最好能投入自己麾下。

接下来两句诗"山不厌高，海不厌深"，曹操化用了《管子·形势解》中的一段话。追寻人才哪里有止境呢？所以山是越高越好，海是越深越好，人才是越多越好，曹操以这样的大白话非常恰切地表达了他内心强烈的渴望。"周公吐哺，天下归心"是一个著名的典故，"周公吐哺"并不是指周公胃口不好，而是指周公在吃饭时听闻有人才到访，就把正在吃的食物吐出来，去接待来访的人。相传这样的事发生了三次，故又称"三吐哺"。正因周公三次吐哺，重视人才，最后天下人皆心向周公。显然，周公正是此时此地的曹操内心极为羡慕之人。

曹操的心情非常耐人寻味。通过这首《短歌行》，我们既可以看到他慷慨的一面，也看到他内心深度焦虑的一面。天下未定，谁能够最后胜出呢？一切仍在未知之中。在此关键时刻，曹操内心的压力是可以想见的。有一个小故事能够体现曹操内心的焦虑，据《世说新语·容止》记载，曹操曾接待一位匈奴使者，但对自己的长相不满意，生怕让匈奴使者看到后很没面子，"不足雄远国"，即不足以在远方的国家面前展示自己的威势和雄才大略。所以，他让一个名叫崔季珪的人穿上他的衣服，装成他的样子坐在殿中，自己则"捉刀立床头"，假装是贴身的卫士，提刀立于床头。汉代的床是一种坐具，并不是今天睡觉所用的床。接待完毕后，曹操命令间谍混入匈奴使者内部探听消息，问曰："魏王何如？"魏王即曹操，曹操在世时没有称帝，去世后他的儿子才追尊他为魏武帝。匈奴使者便答道："魏王雅望非常。然床头捉刀人，此乃英雄也。"这魏王虽然看起来还不错，但是立在床头拿着刀的那个卫士才是真正的英雄。这位匈奴使者的眼光可谓毒辣，他没有因崔季珪披着曹操的衣服便将他认作一代雄主，也没有因真正的曹操穿着卫士的衣服就低看他一眼。匈奴使者感觉到了主人身后的那名卫士更有威慑力和英雄气概，故谓"乃英雄也"。曹操一听，立马派人杀了匈奴的使者，因为曹操让别人装扮自己、代替自己的伎俩被识破了，传出去便可能是一桩丑闻。曹操生怕留着这样的人会终成祸害。

所以，我们通过这样一个小故事就可以窥见曹操的内心并不完全自信。今人评价曹操，自然是非常伟大的人物。魏国的力量是魏、蜀、吴三国之中最为强大的，曹丕之所以能称帝，全仰仗着曹操打下的基础。在天下各路诸侯之中，曹操凭借自身的深谋远虑，凭借政治手腕和军事才能一步一步走向了权力的巅峰。但即使是这样一位英雄人物，内心也有属于他的焦虑，也有属于他的不自信。而在这首《短歌行》里，我们又看到他对人才的渴求，这是从曹操这样一位富有远大理想的英雄人物的性格来说的。至于从求取人才的角度来说，从古至今，天下之争正是人才之争。所以，每当读到这首《短歌行》的时候，读者内心应当是复杂的。我们既看到了历史人物在历史洪流中所展现出来的对建功立业的渴望以及一统天下的壮志，也看到了实现伟业之艰难，看到了曹操作为一个凡人，有时具有的脆弱、不自信、焦虑的心理状态，这才是最真实的历史。

《短歌行》虽然只是一首诗，但正如俗话所说，诗里面有一种艺术的真实。艺术的真实和历史的真实时常交织在一起，使我们无法说出哪一个更真实。

阮籍 （210—263）

字嗣宗，陈留尉氏（今河南开封）人。三国魏诗人，"竹林七贤"之一。其父阮瑀名列"建安七子"。阮籍博览群书，性好老庄，向往自然，在险恶的政治环境中纵酒佯狂。听说步兵厨多美酒，求为步兵校尉，世称"阮步兵"。

咏怀（其一）

夜中不能寐，起坐弹鸣琴。
薄帷鉴明月，清风吹我襟。
孤鸿号外野，翔鸟鸣北林。
徘徊将何见？忧思独伤心。

这首诗是"竹林七贤"之一、诗人阮籍的《咏怀》。在"竹林七贤"之中，阮籍和嵇康并称"嵇阮"，但是嵇康率性而为，极为狂放，最后开罪了掌权的司马氏，招致杀身之祸。嵇康被杀时三千太学生在刑场为他求情，但于事无补。最后，他在弹完一曲《广陵散》后从容赴死。可见在三国曹魏后期，当时的政治环境相当黑暗，司马氏和曹氏为了争夺朝廷的控制权而明争暗斗，使得这些名士的归属成了一个敏感的问题，稍有不慎便会送命。然而与嵇康不同的是，阮籍表面上看起来似乎也非常狂放，但实际上，很多时候他都极为谨慎，尤其是在与司马昭打交道的过程中。

这首诗是阮籍八十二首《咏怀》诗的第一首，这八十二首《咏怀》诗并非写于一时一地，而是阮籍一生中所写的五言抒情诗的总称，是中国文学史上大型五言抒情组诗的开山之作。

这第一首诗描写了一个深夜无眠、起坐弹琴的名士形象。月光照着薄薄的帷帐，屋外的清风透过窗子吹动了诗人的衣襟，这是半夜失眠起床的人常能看到、感觉到的景象。再听屋外，"孤鸿号外野"，"孤鸿"即失群的大雁，大雁孤独地在野外哀鸣；"翔鸟鸣北林"，"翔鸟"即天上飞翔盘旋的鸟，它们在北林鸣叫。"北林"并不仅仅指北边的山林，这个典故出自《诗经·秦风·晨风》："鴥彼晨风，郁彼北林。未见君子，忧心钦钦。"故而后人常用"北林"来表示哀伤。诗末两句是诗人内心的独白，"徘徊将何见"，诗人不停地踱步，将会看到什么呢？"忧思独伤心"，只有他一人满怀忧思，独自伤心。

读罢这首诗，我们明显感觉到诗人内心有一种莫名的压抑，似乎有满腹忧愁，但当我们反复阅读这首诗，似乎又什么都没说。诗人为何感到忧虑和压抑？我们无从得知。所以阮籍这八十二首《咏怀》诗，后人读之常觉诗人欲言又止，隐晦曲折。唐代李善为《昭明文选》作注，他曾评道："阮籍身仕乱朝，常恐罹谤遇祸，因兹发咏，故每有忧生之嗟，虽志在刺讥，而文多隐避，百代之下，难以情测。"阮籍在乱世为官，常常害怕自己遭到诽谤，引来祸患，因此他写下了一组诗，诗中常有忧世伤身的叹息。诗中虽对当时的朝政有所讽刺，但文意隐晦，欲言又止，所以难以用常情来推测。这便是李善总结的阮籍《咏怀》诗的艺术特色。在我们的想象中，诗人应该敢于抒发自己内心的情怀、志向，否则何以为诗？但是阮籍的情况不同，他写了这么多诗，但又不得不吞吞吐吐。其中的原因就要联系到前文所讲的黑暗时代，即李善所说的"乱朝"了。

在阮籍的时代，司马氏垂涎曹魏政权已久，实际上掌控大权，但是名士中仍有许多人心向曹魏，毕竟曹魏才是正统，司马氏是篡权。所以司马氏对这些人非常警惕，稍有风吹草动便不惜痛下杀手。在这样的情形下，阮籍就表现出了两副面孔。《世说新语》中记载了很多名士的狂放做派，阮籍也不例外。阮籍的母亲去世后，阮籍不仅没有伤心之态，反倒去蒸了一头小猪，喝了两升酒。最后母亲出殡，临别之际，阮籍只说了两个字："穷矣！"随后大叫了一声，口吐鲜血。那么阮籍对于母亲的去世是否痛苦呢？我们其实能感觉到他内心极度痛苦，但他反而大吃大喝起来，这在当时看来是不符合礼法的。在阮籍为母亲服丧期间，司马昭曾经宴请他，司隶校尉何曾便对司马昭说："您不是要以孝道治理天下吗？像阮籍这种人，在为母服丧期间照样饮酒吃肉，应该把他流放在外以正风教。"司马昭便应道："阮籍内心其实也是非常伤心的，你无法体会他内心的哀痛。而且，有病有灾的时候饮酒吃肉，这也是一种丧礼，是符合礼法的，我不会流放他。"司马昭这么说，表明他看起来好像是维护阮籍的。在君臣二人对话时，阮籍同样在侧，《世说新语》中形容他"饮啖不辍，神色自若"，任凭别人说什么，阮籍照样大块吃肉，大碗喝酒，完全不予理会。

阮籍便是如此狂放，有名士风度，似乎完全将自己的生死置之度外，完全不受世俗礼法的约束。他曾说："礼岂为我辈设耶？"但是另一方面，阮籍又极为谨慎，司马昭评价他："阮嗣宗至慎。"何以见得？魏晋时代玄学盛行，司马昭每次与之谈话，阮籍总是谈一些玄奥、幽远的话题，"未尝臧否人物"，从不评价当朝人的好坏。所以在统治者眼里，阮籍又是小心谨慎的。从阮籍在母丧期间和在司马昭宴会上的表现就可以看出，只要他稍有不慎，旁人就会进谗言，挑唆司马昭将其流放或杀害，但阮籍偏偏不让人抓住他的把柄。司马昭自然也想拉拢他，于是有人给他出主意：阮籍有个女儿，你的儿子可以和她结婚，两家结成亲家，便可以使阮籍归心。于是司马昭请人前去提亲，阮籍知道后便把自己灌得酩酊大醉，大醉六十日，使得司马昭无法开口，最后只能不了了之，这便是阮籍的处事方式，他不会直接与别人对抗，而是采取一种回避的办法，既不得罪人，又不让人得逞。当时钟会常来拜访阮籍，以时事来试探他对人对事的看法。钟会本想根据阮籍的回答向司马昭打小报告，来治阮籍的罪，然而阮籍依然酩酊大醉，闭口不谈时事。所以，在魏晋名士中，阮籍是难得保全自身的人，他活到五十多岁才去世，而不像嵇康、吕安等早早被司马氏杀害。

由此可见，阮籍这样的人所写出的压抑的诗，实际上就是他内心微妙情绪的一种外化，一种真实的反应。假如我们仔细阅读，在其他《咏怀》诗中还可以发现一些直抒胸臆的句子，比如《咏怀》第四十一首中的"天网弥四野，六翮掩不舒"，天网恢恢，朝廷的网牢牢地盖住了四野，使得鸟儿不能自由飞翔。"六翮"指的是鸟翅膀上的羽毛，此处代指鸟。鸟被大网罩住，无论如何都挣脱不得，写出了鸟儿的不自由。另外，阮籍还在《咏怀》第三十三首中叹息："终身履薄冰，谁知我心焦。"阮籍一生都像孔子说的"如履薄冰"，谨慎小心，谁又能知晓他内心的焦虑和哀愁呢？这是阮籍最真实的自我表白。如果联系这些句子，再来读《咏怀》第一首中隐晦曲折的言辞，或许就能更好地理解阮籍那种狂放和压抑的双重表现背后的真实心意了。阮籍不是两重人格，他有狂放的道理，也有压抑的原因，我们只有联系他所处的时代环境，联系其他《咏怀》诗，才能看出一点究竟来。

陶渊明

（365—427）

一名潜，字元亮，浔阳柴桑（今江西九江）人。晋宋之际文学家。曾祖父陶侃，为东晋大司马。家道中落，曾任江州祭酒、镇军参军、建威参军、彭泽令，后辞官归隐，躬耕自给，拒不出仕，贫病而卒，私谥"靖节"。有《陶渊明集》。

移居（其一）

昔欲居南村，非为卜其宅。

闻多素心人，乐与数晨夕。

怀此颇有年，今日从兹役。

敝庐何必广，取足蔽床席。

邻曲时时来，抗言谈在昔。

奇文共欣赏，疑义相与析。

这首诗是东晋大诗人陶渊明的《移居》之一。移居，就是搬家，陶渊明的《移居》诗一共有两首，这是第一首。

这首诗押的都是仄声韵，韵脚都是入声字。入声在普通话里已经消失了，有些方言里还有保留。它是一首五言古体诗，所以完全可以押仄声韵。

陶渊明为什么要搬家呢？陶渊明是浔阳柴桑人，他的旧居在上京里这个地方，一次不小心，大火将他的房子烧毁了，陶渊明无家可归，便在船上住了几年。然而一直住在船上也非长久之计，于是他搬到了浔阳城外的南村，又名南里。

诗的开头就说"昔欲居南村，非为卜其宅"，我早就想搬到南村来住，但目的并不是要选择一块好的地皮来建造我的住宅。古人有卜宅而居的风俗，《左传·昭公三年》里就有记载："非宅是卜，惟邻是卜。"这是《左传》引用的一句古代谚语，意思是选择这个地方住，是为了选择好邻居。这说明中国古人对住的地方一直有很强的选择意识，而其中一个标准就是看邻居好不好。比如孟母三迁，就是为了选择一个好邻居，使儿子有一个好的学习环境。诗人也是一样，因为这地方的邻居很不错，大家谈得来，邻里关系很好，用今天的话来说就是社区的氛围很好，所以选择这个地方住。诗的第三、四句说"闻多素心人，乐与数晨夕"，所谓的"素心人"就是心地非常朴素、非常淳朴的人。东晋的时候，整个社会非常混乱，很多人为了名利出仕做官，依附权力，这些人品质并不都是那么好的。于是陶渊明说，我非常看重南村这个地方有很多心地质朴的人，与这些人相处，我感觉非常自由自在，没有什么心理负担和精神压力。"乐与数晨夕"，"数"（shuò）就是屡次，我乐于和这些人每天朝夕相处，大家很亲近，没有什么隔阂。

接着，陶渊明就讲到，因为这个地方和我性情投合的人比较多，纯良的人比较多，所以我在船上住的时候心里就有了这个念头，想搬到这里来。所谓"怀此颇有年，今日从兹役"，"怀此"就是心里想，"颇有年"就是颇有些年头了，"兹役"就是这件事，即指搬家。今天，我总算可以搬这次家了。

现代人搬家一般是出于什么心理呢？大概有这么几样吧。一是贪恋住房本身条件好，比旧居更加宽敞，房型更好，朝向更好，地段更好或者小区环境更好；还有一种是为了子女考虑，比方说小孩要读书了，那就要给他选择一个学区房，使小孩能够进入比较理想的学校，这也是比较多的。那么我们看看陶渊明的考虑。他心心念念地想这个叫南村的地方想了很久，实际上是贪恋一种自由自在的人事环境，虽说和邻居本不是官场上的同僚，也没有什么实际利害冲突，但即使如此，因为陶渊明非常崇尚自由，他想要日子过得很舒心，便要选择好邻居。这便是陶渊明的性格，或者是他的一种处世方式。

陶渊明对住宅本身没有什么特殊要求，他说"敝庐何必广，取足蔽床席"，我不要那个房子很大，只要能够遮住我一个人睡觉的床席，也就是说容得下一张床就可以了。可见陶渊明对住宅的物质条件的要求是很朴素的，房子无非就是使自己有个容身之处，和自然界的风风雨雨能够适当地隔开，这就足矣。陶渊明特意强调他对房子本身的要求并不高，凸显了他对于生活的追求不在于物质方面，而在于人与人之间可以非常快乐地相处。

果然，当他搬到南村以后，就随时可以享受他所期待的相处之乐了。接下来两句说"邻曲时时来，抗言谈在昔"。在农村生活过的人肯定有这种经验，邻居之间可以相互串门，谁家有什么事儿，或者我心里面有什么想法，随时随地可以到邻居家里去，搬一个小板凳坐下聊天，有时泡杯茶，有时茶也可能没有，大家就随便聊天，交流信息，交流想法。一个村庄里的人，互相都是认识的，非常熟悉，讲话也没什么忌讳。这对于陶渊明来说是一件非常快乐的事情，因为这些邻居与他性情投合，所以他说"邻曲时时来"。那么他们谈些什么呢？实际上不仅是谈家长里短，还有"抗言谈在昔"，"抗言"就是放言高论，高谈阔论，"谈在昔"就是谈往昔，谈过去的事。谈过去具体什么事，陶渊明没有明说，可能是历史上的事情，也有可能是过去官场的情况、政治的情况以及家庭的情况等，反正在"抗言谈在昔"里，我们可以看到陶渊明一种非常孤高的品格。

为什么这么说呢？一般的人可能比较关注当下的生活，如柴米油盐，到底是做官还是隐居等话题，一些切近的、眼前的事件才是普通人生活中最关注，也是最常谈及的，就像我们今天朋友聚到一起经常会讨论公司的情况怎么样，或者股票涨了没有，房价怎么样，等等。陶渊明显然不是在谈这些，他和邻居们似乎对当下的事情并不太关注，这就使人想到了他在《桃花源记》里面说的"问今是何世，乃不知有汉，无论魏晋"。当然桃花源里这些人是因故与世隔绝的。你问他现在是什么时代了，他连汉朝都不知道，更别谈切近的魏晋时代了。陶渊明当然没有与世隔绝，但他显然对当下的一些事物不太感兴趣。那么，陶渊明最感兴趣的事物是什么呢？诗的最后两句说"奇文共欣赏，疑义相与析"，原来他感兴趣的是奇文，是那些奇崛的、很有特点的文章，这些文章可能是陶渊明自己写的，也有可能是古人写的，他非常欣赏那些文章，就拿出来和邻居们一起诵读，一起欣赏。至于"疑义相与析"，是说这些文章，特别是古人写的文章他们并不一定读得太明白。有人说，当时是魏晋玄学盛行的时代，文章或者书里头可能涉及魏晋玄学义理方面的一些内容，读起来也不是那么容易，于是陶渊明就和邻居一起读读奇文，碰到有疑问、有争议的地方，大家就一起分析分析、讨论讨论。这就可以看出来，陶渊明在他的隐居生活中并不是什么事情也不做，只享受大自然的恩赐，他要自己从事农业劳动，而且很愿意和谈得来的人一起交流对于文章书籍的种种阅读心得和感受。这就是陶渊明所渴望的生活。

所以这首《移居》诗表面上是讲陶渊明这次搬家，实际上背后展现的都是陶渊明非常高洁的品格，他不肯与世俯仰，但对于他钟情的东西、欣赏的东西，他会不遗余力地和你接触、和你交流，和你讨论。当然，对于他不感兴趣的、不愿意去追求的东西，他就保持一定的距离，敬而远之。他对于物质生活其实要求很低，但他对于人与人之间相处的那种快乐要求很高，甚至可以说他在这方面是很挑剔的，他的整个品格是非常高洁的隐士的品格。

虽然陶渊明生活的年代距今已经有一千多年了，但是读到他这首非常朴素的诗，我们仍然为他这种高洁的品格所感染。尽管我们不是每个人都做得到像陶渊明那样，但是他毕竟代表了一种理想，代表了人和人、人和政治、人和大自然相处的一种理想的状态：远离政治，和心意相投的朋友好好相处，和大自然和谐共存。

陶渊明不肯做官，那么是不是他没官可做呢？并不是这样的。陶渊明的曾祖父叫陶侃，是个高官，他去世之后被追为大司马。他的祖父叫陶茂，也是个大官。到他的父亲那里虽然有所衰落，但是家族很有做官的传统。陶渊明的一生中也曾经做过官，他做过江州祭酒，做过镇军参军，他的最后一个官职就是彭泽令，彭泽县的县令。在彭泽县任县令八十多天后，因为官场的生活太压抑他的个性，人和人之间的关系与他的初心不相符，他横做竖做都浑身不自在，便决定回乡去了。在《归去来兮辞》里他说："归去来兮，田园将芜胡不归。"人生有限，所以陶渊明就到大自然里面寻找他的乐趣去了。隐居之后，虽然陶渊明一度有出仕做官的机会，但是他都拒绝了，要隐居就隐居到底，对于那些经不起诱惑、又重新出来做官的隐士，他满眼地瞧不起。

那隐居之后的生活来源呢？他就自己种田，自己劳动，在劳动中体会和大自然相亲相近的乐趣。我们都很熟悉一句话叫"不为五斗米折腰",说的便是陶渊明。我难道能够为了一点点禄米就低下我高贵的头颅,弯下我笔直的腰杆吗?我不干这样的事儿,我情愿穷一点,苦一点,也要保持自己独立的人格。但是做出任何选择都是要付出代价的。古代有时候会有天灾,农民的收成就会受影响,陶渊明晚年的时候,遇上了几次灾害,加之他身体也不太好了,贫病交加,有时候就被迫向他的朋友去乞食。乞食不过是文雅一点儿的说法,其实就是要饭。他还写过《乞食》诗,中间有"饥来驱我去,不知竟何之"之句。我肚子饿了,体内的饿鬼就驱使着我来来去去,不知道要到哪儿去,最后就去敲人家的门,向人家要一点儿粮食。尽管他满心的不愿意,但是这个时候也没办法。最后,陶渊明六十二岁就在贫病交加中去世。

作为那个时代的读书人,陶渊明的经历并不能说是很成功的,不是我们今天意义上说的那种成功人士。混得非常不错的,在晋朝也有,有些人说是要隐居,其实他是所谓的朝隐,一面享受着世俗官场的利益,一面做做隐居的姿态,但是陶渊明绝不是那样的人。他是真隐居,一旦隐居了,再穷,再饿,也不出来做官。这对一个读书人来讲是很难做到的,因为很难做到,所以后人就格外地敬佩他。陶渊明去世之后,他的朋友,也是著名的文学家颜延之为他写了一篇《陶徵士诔》。这是一篇诔文,就是悼念陶渊明的,说他"长实素心","素心"二字就是诗中"闻多素心人"的"素心",这两个字是陶渊明用来形容南村邻居的，颜延之就用这两个字来形容陶渊明本人，非常恰当。

宋代的大文豪苏东坡对陶渊明也非常欣赏，他还写过许多首"和陶诗"，就是与陶渊明原作唱和的诗。这些都表明陶渊明作为一个个体，虽然在贫病交加中去世了，但是他的品格在中国古代读书人的心中应该说是光耀千秋、永不磨灭的。

乞 食

饥来驱我去，不知竟何之。

行行至斯里，叩门拙言辞。

主人解余意，遗赠岂虚来？

谈谐终日夕，觞至辄倾杯。

情欣新知欢，言咏遂赋诗。

感子漂母惠，愧我非韩才。

衔戢知何谢，冥报以相贻。

这是陶渊明的《乞食》诗，前面已经提过。这首诗写陶渊明家中断粮、断炊，不得已，诗人只能跑到朋友家里去乞讨一点儿粮食，使家人能够渡过困厄。首两句非常真实地写出了一个人饿了好几天的那种状态。"饥来驱我去，不知竟何之"，人已经要饿晕了，饿得晕头转向，方向也没有了，我究竟要到哪里去呢？这个"驱"字用得非常好，去向朋友乞食不是他所愿的，是被饥饿驱使的。"行行至斯里，叩门拙言辞"，他饿着饿着，晃悠晃悠，走着走着就走到一个村庄，走到朋友的家门口，他咚咚咚要敲门了，敲门的时候，他一下子不知道该说什么话才好：如果我见了我的朋友，我怎么跟他开口要米要粮呢？毕竟陶渊明是一个读书人，落到一家人都揭不开锅的境地，要向自己的朋友去要饭，这叫一个读书人怎么开得了口？所以"拙言辞"三个字非常真切地写出了诗人被饥饿驱使的那种尴尬处境。他既要面子，但是肚子又饿得实在没办法，不得已向朋友低头要粮。

幸好，这家主人非常善解人意，所谓"主人解余意，遗赠岂虚来"，主人一开门见到我支支吾吾的，不知道要说什么，知道我肯定是家里又揭不开锅了，于是就拿出了粮食非常慷慨地馈赠给我，所以我这次来就是不虚此行了。"谈谐终日夕，觞至辄倾杯"，来要饭不能要到了粮食就走，主人这么好，大家又很投缘，于是就坐下来，两个人高谈阔论一直聊到了天黑。主人又拿出酒菜，"觞"就是酒杯，大家斟上酒就着菜痛饮一番。

看来这位主人与陶渊明关系是非常好的，很懂得陶渊明的心思，知道他已经几天没好好地吃饭，好好地喝酒了。陶渊明生活中是离不开酒的，主人不但给了他粮食，而且招待他吃饭喝酒，陶渊明很感激这位新交的朋友对他的这番深情厚谊。人在饿肚子的时候，谁要是馈赠点儿粮食，肯定感动得不得了，所以他说"情欣新知欢"，这位是"新知"，他的新朋友。"言咏遂赋诗"，陶渊明饭吃饱了，酒喝足了，心情也不错，此行的目的也达到了，于是就赋诗送给这位朋友。

"感子漂母惠，愧我非韩才"，这两句用了韩信的典故。淮阴侯韩信是汉初著名的将领，他早年比较穷，经常饿肚子。有一次他遇见一群在河边漂洗丝绵的老太太，就是"漂母"，其中一位老太太见他饿着肚子就给他吃的东西，老太太在河边连续洗了十几天，也给韩信吃了十几天，韩信非常感动，就说："我将来如果成功了的话，一定会重重地酬谢你，好好地报答你！"这老太太说："我看你也是个王孙公子，忍饥挨饿好可怜才给你些吃的东西，我才不需要你的报答。"但是，韩信果不食言，他协助刘邦得了天下之后，找到这位漂母"酬以千金"，用千金来酬谢她。陶渊明在这里显然是用"漂母"来比喻这位送给他粮食的"新知"，然后他说"愧我非韩才"，我这辈子也不可能像韩信那样功成名就、拜相封侯了，所以我也没办法拿千金来报答你，但是你的这份恩情我心里是记住的。最后说"衔戢知何谢，冥报以相贻"，"冥"即指冥界，就是死了以后的世界，你的恩情我没齿难忘，既然活着的时候不能感谢你，那我只有等死后再好好报答你。

这首诗从内容来说，好像还挺幽默的。虽然开始的时候陶渊明的境况很凄惨，作为一个文人，他居然落到了向人乞食的境地，但当主人给了他酒，给了他菜，给了他粮食以后，他心情大好，还赋诗感恩。然而这只是一种表象，其实这首诗反映出陶渊明的晚年生活是非常痛苦的，这些痛苦正是贫困和饥饿带来的。而这首诗，据考证就写在陶渊明去世的前一年，也就是元嘉三年（426），陶渊明是元嘉四年（427）去世的。元嘉是宋文帝刘义隆的年号，那时候已经入宋，不是东晋了。在当时，文人不做官要隐居，生活来源就成了问题，像陶渊明这样能够亲自下田耕种糊口的人很少，陶渊明做到了，但问题在于即使这样的农业劳动在当时也是没有保障的，因为不时会有天灾，陶渊明在同时所作的另外一首诗《有会而作》里就描绘了他的生活窘境。诗的序中说他家中旧的粮食已经吃完了，新谷还未及收，又正好碰上天灾，于是生活来源就成了问题，"旬日已来，始念饥乏"，开始感觉到饥饿给人带来的一种冲击。在这首诗里，他写"弱年逢家乏，老至更长饥"，我年轻的时候家里就穷——陶渊明的父亲在他很小的时候就去世了，没想到到了晚年，更是经常要忍饥挨饿。"菽麦实所羡，孰敢慕甘肥"，这两句真是令人心酸，陶渊明说，我现在觉得如果能吃点儿豆子，吃点儿麦子，就已经是非常非常好了，又哪里敢奢望吃什么肉类荤菜呢？然后他说"嗟来何足吝，徒没空自遗"，俗语说"不食嗟来之食"，陶渊明这里反过来说，嗟来之食也好啊，因为我实在是饿得不行了，去乞食总比饿到白白死掉要好。这是陶渊明当时生活的真实境况和他真实的心理反应。有的人认为陶渊明这里是反过来说"君子固穷",他固守着自己的理想,并不为饥饿所压倒云云,笔者认为这是在唱高调,真实的陶渊明的确受到了饥饿的长期威胁,而且最终也没有从饥饿里走出来。

当时隐居的人,除了像陶渊明这样自己耕种,还有另外一条路就是接受朋友的馈赠,朋友当然是一些当官的朋友。陶渊明小有名声,当官的朋友对他也不错。在他去世的那一年,江州刺史檀道济因陶渊明的名声去看望他,并且给他送了粱肉,还对他说了一段话:"贤者处世,天下无道则隐,有道则至,今子生文明之世,奈何自苦如此?"天下如果是一片混乱、很无道的话,你当然去做隐士,但如果天下境况还不错,你就应该出来做官。今天你生活的时代不是还不错吗?这是个文明之世,你为什么不出来做官,还要君子固穷呢?檀道济对于陶渊明自然是同情的,他不仅送来粱肉,还想把自己的心意灌输给陶渊明:现在时代还不错,刘宋王朝已经建立,你应该出来做官的。但是陶渊明回答他说:"潜也何敢望贤,志不及也。"潜是陶渊明的自称,他又名陶潜。我是不如那些出来做官的人的,我不敢望他们的项背啊!实际上婉拒了檀道济的劝告或者说是请求,对他的馈赠,陶渊明也"麾而去之",不接受你的劝告,不接受你的价值观,也不接受你的馈赠,这就是陶渊明自己的立场、主张和坚守。

苏轼曾经为陶渊明的这首《乞食》诗写过一个跋《书渊明乞食诗后》,他说陶渊明得了一顿饭,就想死了以后再回报主人，这是多么可悲的一件事！这完全像一个乞丐的面目，一个乞丐的口吻，堂堂的大诗人竟落到这步田地。这个事情不仅他个人感到悲哀，全世界都会感到悲哀的。他总结说："饥寒常在身前，声名常在身后。二者不相待，此士之所以穷也。"你眼前饥寒交迫的情况是你所面临的生活现实，而你取得的赫赫声名是你死掉以后的事情。这两者有时是不可兼得的，所以很多读书人就会穷困至终老。为什么不可兼得呢？如果陶渊明接受檀道济的馈赠，并出来做官，完全地迎合世俗，迎合官场，他和家人当然可以生活无忧，但是陶渊明就成为芸芸众生中庸庸碌碌的一个，谈不上有什么高洁的品格，也写不出现在留下来的一百多首千古传诵的作品，因为他没有那个心境了，死后可能声名也就此湮没。但是他不这样选择，他选择的是活着的时候坚决不做官，坚守自己的理想和信念，宁愿断粮、断炊，也不改变自己的初衷。因此他生前日子非常困苦，最后贫病交加而死，但也正因为做了这样的选择，他就能万古流芳，我们现在记得的魏晋南北朝时期的诗人，可能最有名的、和现代人许多观念最相合的就是陶渊明了。谢灵运、沈约这些人在当时都是大诗人，在很多人眼里都比陶渊明的品级要高，但是经过时间的淘洗，在今天看来，陶渊明当之无愧是魏晋南北朝最伟大的诗人。他的那种高洁的品格，那种带有理想主义的坚守，那种追求自由、追求自然，不愿意堕入官场大染缸的心意，很值得后人景仰和学习。尽管我们不是人人都能做到这一点，但是他像一个标杆那样树立在那里，使一代又一代的读书人为之倾倒，这正是陶渊明存在的价值。

正像苏轼所说的那样，对读书人来说，有时候优裕的物质生活和高洁的声名，两者是不可兼得的，你生活在现实中，就必须做出自己的选择。陶渊明做出了自己的选择，也为自己的选择付出了很沉痛的代价，那么我们的选择呢？笔者认为陶渊明面临的只是一种极端的情况，对于大多数人来说是能够取一条中道的。所谓中道，就是既保证自己基本的生活质量，又能够坚持自己内心所坚持的理想，不放弃心中的信念，这样，你的人生无论是在现实中，还是在百年之后，都可以达到一个比较完满的境界。

陈子昂

（659—700）

字伯玉，梓州射洪（今属四川）人。唐代文学家。文明元年（684）进士，曾任麟台正字、右拾遗等职，因"逆党"反对武后而株连下狱。曾两度从军边塞，晚年在家乡被县令段简所害，死于狱中。有《陈伯玉文集》。

登幽州台歌

前不见古人，后不见来者。
念天地之悠悠，独怆然而涕下。

初唐诗人陈子昂的《登幽州台歌》，全诗一共只有四句，虽不长，气势却极为宏大，充满了时空上广阔、辽远、恒久的感觉。"前不见古人"，即回望古代，看不见那样的圣君、贤士；"后不见来者"，即展望未来，依旧看不到出现贤明的君主、贤德的士人之可能。这样的情况岂不令人绝望？所以诗人便高喊道："念天地之悠悠，独怆然而涕下。""悠悠"即无穷无尽的样子，"怆然"即悲伤的样子，"涕"即眼泪。正因为"前不见古人，后不见来者"，所以诗人看到天地广阔，想到一切是那么无穷无尽，而孤独的他只能怆然独立于幽州台上望远，默默流泪。

这首诗的意思非常简单，作者陈子昂生活在唐诗转折关头，是唐诗发展史上一个很重要的诗人。在南朝齐梁时代，诗风浮艳，讲求形式，却无甚积极的内容。陈子昂竭力反对由南朝延续到初唐的浮艳风气。他强调复古，故而感叹："文章道弊，五百年矣。汉魏风骨，晋宋莫传。"（《与东方左史虬修竹篇序》）文章的风气已然衰败五百年了，汉魏"慷慨任气"的风气在两晋、南朝都未能流传。可见陈子昂在文学上的追求和初唐的其他诗人不尽相同。

然而这种追求还不足以使他创作出《登幽州台歌》这样的诗，这首诗更与他经历的重大挫折有关。陈子昂生活在武则天统治的时代，在万岁通天元年（696），武则天令其亲属武攸宜带兵征讨契丹，当时陈子昂已有官衔，作为随军参谋出征。然而武攸宜次年即兵败而归。在此次军事行动中，陈子昂献出了良策，具体而言，他主张集中优势兵力，以一万人为前锋突袭契丹，并奋然挺身，毛遂自荐，愿带领这一万人出征。但这样一条良策被统帅武攸宜断然拒绝了。随后，他又提出数条建议，皆被拒。陈子昂是一个思想独立，且少有文名之人，他提出的合理化建议屡屡被军事统帅拒绝，而武攸宜又有武则天作为靠山，陈子昂备受压制。日常生活中，或许不少人曾有这样的经验：当你在公司里对上司提出一些非常合理的建议时，只因自身地位低下，意见没有被采纳，此时也会有一种英雄无用武之地的感觉吧！陈子昂当时便是怀着这样的心情再遭一重打击：武攸宜不但没有采纳陈子昂的意见，反将他贬为地位极低的军曹，因此陈子昂心情极度苦闷，无法排解。此时，他登上了幽州台，即今天北京郊区的蓟丘。传说这是战国时代燕昭王为了招贤纳士所筑的黄金台，最后，燕昭王招到了剧辛、乐毅等贤士。陈子昂身处昔日燕昭王所筑之台，想到自己空有一身才华和计谋，却未能被统帅采纳而导致军事行动失败，望远处天地悠悠，只能涕泪交流。因此，《登幽州台歌》这首诗与作者所遭受的人生重大挫折是紧密相连的，但这首诗的妙处又在于它超越了作者一己之挫折。

对于《登幽州台歌》，清代评论家黄周星在《唐诗快》一书中有一段精彩的评论："胸中自有万古，眼底更无一人。"陈子昂胸中有万古，眼里却没有看得上的人，"前不见古人，后不见来者"，空有一腔热血，偏遇着庸碌的统帅。黄周星又言："古今诗人多矣，从未有道及此者。"从没有一个诗人能够写下"前不见古人，后不见来者。念天地之悠悠，独怆然而涕下"这样的诗句。因此他评价道："此二十二字，真可以泣鬼。"《登幽州台歌》寥寥二十二字，却有惊天地泣鬼神之效，这是古人的评价。当代的思想家、美学家李泽厚先生在他的名著《美的历程》中谈到，陈子昂的《登幽州台歌》有一种得风气之先的"伟大的孤独感"，它到底伟大在哪里呢？

笔者认为，虽然陈子昂由于一己之原因写下了这首诗，但是当他呼喊出"前不见古人，后不见来者。念天地之悠悠，独怆然而涕下"这四句话时，他带来的是横穿古今、纵贯天地的广阔背景，就如解析几何坐标系，"前不见古人，后不见来者"就是横坐标，"念天地之悠悠"，天和地贯通就成为纵坐标，诗人处于纵横坐标的交叉点上，"独怆然而涕下"。把个体置身于无边广大的时间之流和空间范围之内，凸显了自身的孤独。正是因为有这样的艺术构思，这首诗才广为后人传诵，李泽厚先生所讲的"伟大的孤独感"正是由此而来。

这首诗的"身世"同样值得一说。令人费解的是，这首诗并未收录在陈子昂的诗文集《陈伯玉文集》中。那么它又是如何流传下来的呢？陈子昂的朋友卢藏用曾为陈子昂写了一篇传记——《陈氏别传》。他提到陈子昂在征契丹的军事行动之中曾登上蓟丘这个地方，即幽州台。陈子昂写下了一组诗《蓟丘览古赠卢居士藏用》，共有七首，都保存在陈子昂的诗文集中流传了下来。诗中涉及几位古人，其中一位便是燕昭王："南登碣石馆，遥望黄金台。丘陵尽乔木，昭王安在哉？"陈子昂登上碣石，遥望当年燕昭王的黄金台，正值秋天，"丘陵尽乔木"，幽州台虽在，燕昭王这样礼贤下士的明君却已不可见了。据卢藏用的说法，正是在此时，陈子昂写下了这首《登幽州台歌》，因此这首诗就保留在《陈氏别传》里流传下来。最初它没有题目，到了明代，著名文学家杨慎为这首诗取名为《登幽州台歌》，于是连标题带这四句话，统合起来就成了我们今天读到的《登幽州台歌》。

这首诗意思非常简单，但它的构思受到了楚辞的影响，尤其是后两句"念天地之悠悠，独怆然而涕下"，虚词"之"和"而"的使用非但不会让人觉其啰嗦或节奏上过于拖沓，反而给人以深沉的美感。"念天地之悠悠，独怆然而涕下"，有一种回环往复的美。设想如果去掉虚词，"念天地悠悠，独怆然涕下"，诗歌便失去了味道。一定要"念天地之悠悠，独怆然而涕下"，才符合诗人悲怆的心情和这首诗独特的语言风格。

张若虚

（约660—约720）

扬州（今属江苏）人。唐代诗人。曾任兖州兵曹。与贺知章、张旭、包融并称"吴中四士"，诗仅存二首。

春江花月夜

春江潮水连海平，海上明月共潮生。
滟滟随波千万里，何处春江无月明。
江流宛转绕芳甸，月照花林皆似霰。
空里流霜不觉飞，汀上白沙看不见。
江天一色无纤尘，皎皎空中孤月轮。
江畔何人初见月？江月何年初照人？
人生代代无穷已，江月年年只相似。
不知江月待何人，但见长江送流水。
白云一片去悠悠，青枫浦上不胜愁。
谁家今夜扁舟子？何处相思明月楼？

可怜楼上月徘徊，应照离人妆镜台。

玉户帘中卷不去，捣衣砧上拂还来。

此时相望不相闻，愿逐月华流照君。

鸿雁长飞光不度，鱼龙潜跃水成文。

昨夜闲潭梦落花，可怜春半不还家。

江水流春去欲尽，江潭落月复西斜。

斜月沉沉藏海雾，碣石潇湘无限路。

不知乘月几人归，落月摇情满江树。

说起《春江花月夜》，我们或许会联想起一首琵琶曲，曲名也是《春江花月夜》。但这首曲子得名很晚，它原是清代琴谱中一首名为《夕阳箫鼓》的琵琶曲。1925年，它被改编成一首民乐合奏曲，音乐家就以白居易《琵琶行》中"春江花朝秋月夜"为此曲重新命名为《春江花月夜》，其实它与唐代诗人张若虚的《春江花月夜》没有关系。

张若虚这首《春江花月夜》身世比较独特。张若虚在《全唐诗》中一共只留下两首诗，一首诗没有什么名气，另外一首就是大名鼎鼎的《春江花月夜》。诗题很美，但并非张若虚的首创，首创者是南朝的陈后主。《春江花月夜》在乐府诗里属于吴声歌曲，相当于当时的一种流行歌曲。自陈后主创此题目后，隋炀帝及其他几位诗人也写过此题，但他们的《春江花月夜》非常短小狭隘，无论从篇幅还是内容来看都不能与张若虚这首诗相媲美。

张若虚的《春江花月夜》容量颇大，全诗较长，一般可分为四个段落。

> 春江潮水连海平，海上明月共潮生。
> 滟滟随波千万里，何处春江无月明。
> 江流宛转绕芳甸，月照花林皆似霰。
> 空里流霜不觉飞，汀上白沙看不见。

此八句为第一段。在这一段中，张若虚为我们呈现了春、江、花、月、夜的整体景象。他从春江一直写到大海，一轮明月同时照耀着江海，潮汐又把江海贯通起来。"滟滟"二字形容的是水波闪动的样子，因为明月高悬，照耀着水波，月光在水面上铺展开来，故而水波随之闪动。光亮随波千万里，江有多长，月光照耀下泛起的光波就有多长。江不是笔直的，它在布满着花草的原野处拐了个弯，故谓之"江流宛转绕芳甸"。月色铺散在花丛中、树林中，分散的月光就如白色的小雪粒一般，此谓之"霰"。月光皎洁，又似秋霜，然春日里自然没有霜，所以"空里流霜"是比喻月色。"汀上白沙看不见"描写陆地上的细沙洁白，只因有白色月光的照耀，白沙在月光下便看得不大真切。这八句呈现了春、江、花、月、夜五个意象，若问哪一个是核心，那无疑是月。因为水波闪动、月色如霰、空里流霜、汀上白沙，这些都是月光本身或在月光照耀之下所呈现出的不同景象，所以月是这八句的核心，也是春、江、花、月、夜这五个意象的核心。

> 江天一色无纤尘，皎皎空中孤月轮。
> 江畔何人初见月？江月何年初照人？
> 人生代代无穷已，江月年年只相似。
> 不知江月待何人，但见长江送流水。

此八句是诗歌的第二段，诗人在江天一色的广大无边的自然背景下，发出了哲人般的感叹和叩问。"江畔何人初见月？江月何年初照人？"这些关于时间的问题没有答案，时间如长河漫漫，谁又能说得清楚，这一轮明月最早是被江边的哪一个人先看见的呢？这一轮明月又是在何年何月何日开始照到了江畔的人呢？实际上诗人要表达的就是他对时间的体悟，时间是永恒漫长的延续，无穷无尽。"人生代代无穷已，江月年年只相似。"跟永恒的宇宙相比，人的生命又是那么短暂，一代一代人快速地更替，但是浩浩长江、一轮明月永恒不变。在人生短暂、宇宙无限、时间永恒的对比之下，难免有一丝悲凉掠过心头。然而，诗人并非如此，他说"人生代代无穷已"，每一个个体虽然只在这个世界上存活几十年、上百年，但是人类的生息繁衍一代一代在接续，这同样也构成了永恒的时间之流。所以宇宙、江月是永恒的，人类也是永恒的，无须过分悲观。"不知江月待何人，但见长江送流水。"长江东流，这也是永恒的自然景象，不知江月等待着何人，人何时会出现。实际上，跟宇宙的广大相比，人作为个体仍然渺小。

诗人在第二段中对宇宙人生发问，说明了他心头常年积压着的一些思考和疑问。第三段则转到对具体的两类人的描写，即游子和思妇：

白云一片去悠悠，青枫浦上不胜愁。
谁家今夜扁舟子？何处相思明月楼？
可怜楼上月徘徊，应照离人妆镜台。
玉户帘中卷不去，捣衣砧上拂还来。
此时相望不相闻，愿逐月华流照君。
鸿雁长飞光不度，鱼龙潜跃水成文。

诗人在这十二句中从游子和思妇着笔，描写他们的内心感受。唐诗中有许多从游子、思妇两面着笔的作品。这两类人实际上是互为因果关系的，游子在外不能归家，才会产生思妇，即思念他们的爱人，有思妇存在，更会激起游子心头那种思家的感情。"白云一片去悠悠，青枫浦上不胜愁"，"青枫浦"在今天的湖南浏阳，此处泛指离别之地。"谁家今夜扁舟子？何处相思明月楼？"游子乘一叶扁舟在江上漂泊，而明月照耀的高楼中，游子的爱人也正独守空房，在苦苦的思念之中煎熬。这两句虽是写个体，却具有普遍意义。"可怜楼上月徘徊，应照离人妆镜台"，恼人的月光洒在了离人的梳妆台上，它激起了人挥之不去的思念，但分离的状态又始终无法结束，所以"玉户帘中卷不去，捣衣砧上拂还来"，月光照在帘子上，屋中人便把帘子卷起来，但月光却直接钻进屋子来了。"捣衣"指的是古代妇女做冬衣之前把衣料放在石砧上用木棒敲击，使之平软，这样的衣料才好做衣服。月光照在思妇的捣衣砧上，怎么拂也拂不去，这样恼人的月光更加强化了思妇对丈夫的思念。

这样的思念无计可消除，故而便有无奈的感慨："此时相望不相闻，愿逐月华流照君。"分居两地之人虽能同赏一轮明月，但是"相望不相闻"，无法通信，只能共同望着一轮明月，但愿月光能够照到很远的地方，落在我的爱人身上。"鸿雁长飞光不度，鱼龙潜跃水成文。"鸿雁虽能传书，但是各处的月光如此不同，不能借鸿雁把此地的月光送到别处，即不能传达心中的思念。鱼虽也能传书，但是鱼沉到了水底，只余下水面的波纹，鱼也不能解决游子和思妇沟通的问题。

昨夜闲潭梦落花，可怜春半不还家。
江水流春去欲尽，江潭落月复西斜。
斜月沉沉藏海雾，碣石潇湘无限路。
不知乘月几人归，落月摇情满江树。

这是全诗的最后一段。游子梦见了闲潭落花，但在现实中仍无法归家，虽然已是春天了，却依然只能看着江水不断流去，春天走向尽头，月亮也渐渐地落下，藏到了海雾之中。"碣石潇湘无限路"指游子和思妇两地分隔之远，"碣石"在今天河北省的昌黎县，"潇湘"则指湖南省境内的潇水和湘水。最后只能慨叹"不知乘月几人归"，其实无人归来，"落月摇情满江树"，只能望着落下的月亮，摇荡着内心的情思，任凭月光洒满了江天，洒满了花树。所以这首诗是从一个广大的背景入手，一点一点地引发出诗人对宇宙人生的追问，最后写到了游子思妇远隔千里的思念和人与人之间无奈的分离。

1941 年，闻一多先生在《宫体诗的自赎》一文中对这首诗做出了极高的评价："在这种诗面前，一切的赞叹是饶舌，几乎是亵渎……这是诗中的诗，顶峰上的顶峰。"闻先生用了最高级的形容词来赞叹这首唐诗的伟大。闻先生何以发出这样的感慨呢？闻一多先生也是诗人，写下过《死水》《红烛》等名作，他认为张若虚这首诗中有一种"更夐绝的宇宙意识，一个更深沉、更寥廓、更宁静的境界，在神奇的永恒前面，作者只有错愕，没有憧憬，没有悲伤"，这便是闻先生对诗意的体会。也就是说，张若虚把《春江花月夜》从乐府旧题的吴声歌曲这样一种流行歌曲的格调提升到了对整个宇宙人生的追问，又由对整个宇宙人生的思考转到了游子思妇间永恒的思念。所以这样一种宇宙、人生相交错的情境表达，就被闻先生称为"诗中的诗，顶峰上的顶峰"了。当然，一部伟大的作品不可能凭空产生，实际上这首诗中有些句子也是从前人处化用过来的，比如"可怜楼上月徘徊，应照离人妆镜台"就取法曹植的《七哀诗》："明月照高楼，流光正徘徊。上有愁思妇，悲叹有余哀。"张若虚巧妙地借用了此句的意思，融入了自己的诗中。

在张若虚之前，前人曾作五首《春江花月夜》，内容相对一般，跟张若虚这首诗的容量毫无可比性。所以，张若虚的诗虽是和其他几首《春江花月夜》一并侥幸地流传下来，但是艺术成就不可同日而语。在闻先生之前，晚清诗人王闿运已经给这首诗在历史上做了定位："孤篇横绝，竟为大家。"（《论唐诗诸家源流》）张若虚有赖这首独一无二的名作，成为一代诗歌大家。王闿运首次彰显了这首诗的杰出，闻一多先生则充分讴歌了这首诗的伟大，说明名作的价值是逐渐被认识的，我们对名作的理解有一个过程，只有反复诵读，才能真正体会到这首诗的杰出和其中深沉的宇宙意识及人生况味。

孟浩然

（689—740）

襄州襄阳（今属湖北）人。唐代诗人。盛唐山水田园诗派代表人物。早年隐居鹿门山，曾漫游吴越江淮。应试不第，开元二十五年（737）荆州长史张九龄辟为从事，后隐居。有《孟浩然集》。

宿建德江

移舟泊烟渚，日暮客愁新。
野旷天低树，江清月近人。

孟浩然的小诗《宿建德江》是一首五言绝句，只有区区二十个字。建德江是新安江流经浙江省建德市西部的一段，新安江、富春江、钱塘江其实是同一条江，只是在不同的区段有不同的名字。孟浩然写这首诗时，正离开洛阳，在吴越一带漫游，所以他是在羁旅途中写成了这首诗。

中国古典诗歌有一个特点，讲究用字，尤其是篇幅短小的诗，遣词用字就更讲究。诗越是短，所含的信息量就越大。诗人胸中有很多场景、很多感慨，在长诗中可以铺展开来，尽情地发挥，但如果是一首非常短的诗，比如五言绝句，诗人就必须字斟句酌。每一个字都要用到极致、耐人寻味，不能有一点冗余的信息，方能有诗味。所以，诗人在写这首小诗时，调动了自己全部的艺术创造力和艺术才能，在这五言四句中精心设计、巧妙安排眼前所见之景和心中所有之感受，并将之浓缩在这区区二十个字中。

"移舟泊烟渚"，"移"即船在水面上轻轻地移动。小船在水中航行，停泊在雾气缭绕的水中小洲旁边。这首诗写的是日暮的情景，水面被太阳照射了一天，黄昏之时水汽蒸腾起来，或许还有一些山林中的岚雾混合在一起，使水中的小洲仿佛蒙上了一层轻轻的烟雾，远望显得朦朦胧胧。"日暮客愁新"，"日暮"点明了时间，太阳即将下山，诗人在行旅之中，望着黄昏日光，望着江水，望着烟雾缭绕的小洲，自然地就生发出一丝乡愁。"日暮客愁新"中"新"字用得巧妙，它不仅是第二句诗的第五个字，位于韵脚的位置，起到押韵的作用，而且写出了"客愁"是忽然而生的。为什么会突然涌起乡愁呢？原来是诗人看到了太阳落山的情景，由日暮而起乡愁，这是自然的心理转变。崔颢的《黄鹤楼》中也写到"日暮乡关何处是，烟波江上使人愁"，崔颢登黄鹤楼引发乡愁也是在日暮时分，此时人在心理上会特别想念故乡，因为黄昏通常是家家团聚的时候，炊烟袅袅，人人在家中围坐吃饭，如果独身行旅在外，难免想起家中吃团聚饭的情景。"野旷天低树"，"野旷"即平坦的郊野，郊野空旷便显得天很低很低，仿佛就在诗人的头顶上，这是一种透视的视觉效果。沿着平野远望，天和地在远处连成一线，看起来天就压得很低，离人很近，仿佛和树连成一体，树梢上就接着天，故谓之"野旷天低树"。"江清月近人"，月亮的倒影清晰地映在清澈的江面上，因而月亮便显得很近很近。

这是孟浩然诗歌的典型风格，这首诗把他写山水诗的高超艺术功力表现得淋漓尽致。初看这首诗，就如一幅画一般，淡远宁静，又因客愁而略显忧伤。就如一位画家铺开一张宣纸，在画面中央细细地画上一叶小舟、一小块陆地，小舟上还有极小的客影，太阳低垂，远处只见树木矗立，月亮映在清清的水面上，构成了一幅极美的山水画。孟浩然的诗还有个特点，表面上虽写得波澜不惊，比如这首《宿建德江》清新淡远，其实每一字都下足了功夫。这二十个字中，每一个字都包含了丰富的信息，没有一个多余的字，无论拿掉哪一个字，诗意和诗境都要大打折扣。移动的小舟停泊在烟雾笼罩的渚上，所以"移舟泊烟渚"这五个字缺一不可。"日暮客愁新"同样如此，"日暮"二字展开了黄昏的场景，"客"点出了诗人的处境，"愁"是诗人的心境，"新"则表现出"愁"来得突然。"野"是眼前所见的大地，"旷"形容大地的样子，"低"形容"天"的样子和状态，因为"天"压得很低，所以和"树"连为一体了。而"江"是清澈的江，因此江上的月亮显得离人很近，所以"江清月近人"。这二十个字，每个字都像钉子一般，结结实实地敲下去，所以这首诗包含的信息量极大。一个羁旅在外、心中稍感失意的人，乘着一叶扁舟在黄昏时候停泊下来，他眼前所见有旷野、江水、明月，二十个字给我们绘就了这样一幅精美的山水画。所以这首诗特别耐人寻味，就像一枚橄榄，需要细细品尝；又像精美的玉器，看起来玲珑剔透，有待读者细细把玩，韵味无穷。

后人对这首诗多有赞叹之语，南宋学者罗大经在《鹤林玉露》中评道："孟浩然诗云'江清月近人'，杜陵云'江月去人只数尺'，子美视浩然为前辈，岂祖述而敷衍之耶？""杜陵"即杜甫，杜甫在绝句《漫成一首》中所写的第一句就是"江月去人只数尺"，"去"便是离开，即江月与人只有几尺的距离，罗大经猜测杜甫的"江月去人只数尺"其实是模仿了孟浩然的"江清月近人"。随后又评道："浩然之句浑涵，子美之句精工。"孟浩然的这句"江清月近人"浑融一体，出于自然，而杜甫的句子显然是经过了人工的雕琢，尽管也雕琢得很好，却不如孟浩然的浑涵。《唐诗笺注》则分析道，"野旷天低树，江清月近人"这一联，一般人只欣赏它的写景之妙，而"不知其即景而言旅情，有诗外味"。这两句诗虽然写的是眼前之景，其实寄托的是羁旅之情，是一种客思和乡愁，故而"有诗外味"。而《唐诗真趣编》则谈到，"野旷天低树"的"低"

是从"旷"字生出来的，"江清月近人"的"近"是从"清"字生出来的。因为原野广阔，所以天低于树，似乎天际比树还低，和树连为一体；因为江水清澈，所以感觉月近于人，"恍置身海角天涯、寂寥无人之境，凄然四顾，弥觉家乡之远"。罗大经评论"浑涵"，主要是从艺术境界、艺术风格入手，而《唐诗笺注》《唐诗真趣编》的评论则触及孟浩然写景背后的写情。

用一句老生常谈之语，这是一首典型的"景中有情，情景交融"的作品，但孟浩然写情非常克制，"日暮客愁新"五字足矣，不必像崔颢、杜甫等铺展开去，大肆地写自己的乡愁。用笔含蓄简省，这就是孟浩然的特点，而这样的诗只出现在盛唐时代。这首诗可以称得上是五言山水诗中的极品，即使放到王维的《辋川集》中，和王维那些最有名的五言绝句，如《竹里馆》《鹿柴》等诗相比也毫不逊色，甚至笔者认为这首《宿建德江》写得更妙。

总而言之，这首诗表面上看来是一首清新淡远的诗，实际上根据诗人的用字来看，它是一首情味浓郁的山水诗，每一个字都耐人咀嚼，使人不断地怀想。它嵌在我们记忆深处，让读过的人一辈子都难以忘记，这便是《宿建德江》的妙处。

王昌龄

（约690—约756）

字少伯，京兆长安（今陕西西安）人。唐代诗人。开元十五年（727）进士，任秘书省校书郎。开元二十二年（734）中博学宏词科，授汜水县尉。约开元二十五年（737）秋，因事贬谪岭南。次年，任江宁县丞。世称"王江宁"。后贬为龙标（今湖南黔阳）县尉。安史之乱爆发，为濠州刺史闾丘晓所杀。

从军行（其四）

青海长云暗雪山，孤城遥望玉门关。
黄沙百战穿金甲，不破楼兰终不还。

这是一首经典的边塞诗，是唐代诗人王昌龄的七首组诗《从军行》中的第四首。作为唐代著名的边塞诗人，王昌龄留下了二十多首边塞诗。王昌龄在考取进士之前，曾于开元十二年（724）出塞。唐代的诗人，有不少是有边塞经历的，比如高适、岑参，但是王昌龄出塞比他们更早，所以在唐代边塞诗的创作中，王昌龄应该说是一个非常重要的起始阶段的人物。王昌龄的这组《从军行》都是七言绝句，其中写到了边塞生活的方方面面。这首诗集中写了唐代戍边将士破敌克敌的坚定决心和坚强意志。

"青海长云暗雪山"，这里的"青海"是指青海湖，唐代的名将哥舒翰曾经在那里筑城。"长云"就是层层的浓云，云气非常厚，遮挡了阳光，雪山就显得很昏暗阴沉。"雪山"一般认为是指祁连山。那么问题来了，青海湖和祁连山的距离非常遥远，《从军行》里为什么把这两个地方写在一首诗里，好像在同一个画面里一样？我们先留着这个问题。

再来看第二句"孤城遥望玉门关"，玉门关在甘肃敦煌附近，和青海湖、祁连山又隔了比较远的距离。后人认为如果按照严格的地理位置的排布来看这首诗，恐怕就没办法解释。所以它其实是把边塞的这些地名统摄在一首诗里，我们看的时候不一定要拘泥于具体的历史地理方位。"孤城遥望玉门关"，"孤城"有两种解释，有人说是指青海湖的一座孤城，这句诗的意思是从这里遥望玉门关，当然其实是望不到玉门关的，因为太远了。还有一种说法，说这个"孤城"实际上就是指玉门关。这两句诗给人营造了一种边塞的苍凉之感，渲染了阴沉、肃杀的环境氛围。

第三句说"黄沙百战穿金甲"，边塞之地风沙很大，战士们一直在进行艰苦的战斗，在恶劣的自然环境中，铠甲都被磨破了。但是将士们从来没有丧失克敌制胜的坚定信心，最后一句"不破楼兰终不还"最是鼓舞人心。尽管边地的环境非常艰苦，气候很恶劣，尽管戍边将士们离家万里，不能和家人团聚，但是这些不利的因素，都没能改变他们一定要把敌人打败了才愿意回到家乡的决心。自古以来，这句话不知激励了多少胸怀大志、一心想有所作为的人。倒不一定是参与战争。比如说，运动员为国出征，比如说，去做一项非常艰苦的工作、完成一个大国重器的建造，都可用"黄沙百战穿金甲，不破楼兰终不还"来激励自己。楼兰是一个古国名，在新疆的若羌县，原来叫楼兰，公元前 77 年以后改为鄯善国。有一种说法，说在古代，楼兰曾经有一阵子和匈奴勾结，在这里诗人就用楼兰泛指西北地区那些侵扰唐朝的敌国，所以我们可以把这个楼兰看作是敌人的代指。

《从军行》这个题目并不是王昌龄自创的，它其实是一个乐府旧题，属于相和歌词里的平调曲。这个题目的诗歌有五言的，有七言的，在王昌龄留下来的诗中，《从军行》也不止这么一组，他还有单篇的《从军行》。《从军行》顾名思义，总体的创作趋向是书写戍边将士的辛苦。但是在王昌龄的诗歌中，这种辛苦就化成在恶劣的自然环境下的一种历练以及消不去、打不垮、灭不掉的坚强的决心和意志，这是非常鼓舞人心的。而且无论是环境气氛的渲染还是战士们内心世界的刻画，王昌龄非常善于运用七言绝句的体裁来表现。他有个外号叫"七绝圣手"，表明在七绝创作方面，他达到了很高的艺术成就。王昌龄一生官做得不大，做过龙标县和氾水县县尉，最终在安史之乱中被杀害，留存的诗歌与李白、杜甫、王维这些著名的大诗人相比，数量实在不算多，但质量非常高，尤其是他的边塞诗。

采莲曲二首

吴姬越艳楚王妃，争弄莲舟水湿衣。
来时浦口花迎入，采罢江头月送归。

荷叶罗裙一色裁，芙蓉向脸两边开。
乱入池中看不见，闻歌始觉有人来。

这是唐代诗人王昌龄描写采莲活动的两首诗。采莲是江南常见的景象，北方虽然也有莲花，但对采莲活动，似乎没有南方那么重视。采莲最早在《楚辞》中就有描写，汉乐府中"江南可采莲，莲叶何田田"的诗句，形象地呈现了莲叶茂盛的样子。古代诗人专门描写采莲的乐府题，叫《采莲曲》，王昌龄这两首诗就是用这个乐府旧题来写的。

《采莲曲》这个题目是怎么来的呢？据《古今乐录》记载，梁天监十一年（512）冬，梁武帝萧衍改西曲作《江南弄》七首。这七首诗大家可以在郭茂倩编的《乐府诗集》里找到，显而易见都是描写江南景致的，其中就包含一首《采莲曲》，说明帝王想把采莲这种景象纳入他的诗歌里。从南朝到唐代，有不少诗人写过《采莲曲》，诗体也不一样，有五言的，有七言的，也有杂言的。王昌龄的这两首《采莲曲》很简洁，又富有戏剧性，可以说是独具特色。

第一首所写的采莲场景，异常热闹。作者用"吴姬""越艳""楚王妃"来泛指采莲的江南女子，这是很有意思的。古代吴地、越地和楚地的一部分都属于江南，但吴、越、楚的女子是不太可能同时出现在一地的真实采莲场景中，尤其是"楚王妃"，更是一种对楚地女子的代称。作者意在说明，采莲是江南各个地域、各个阶层女子的共同活动，是夏日江南常见的情景。作者故意把不同地域的女子置于同一场景中，让她们"争弄莲舟"，激起的水花把衣服都打湿了，喧闹中见活泼，也很容易让人联想起王维的名句"竹喧归浣女，莲动下渔舟"。

接下来，这首诗采用拟人的手法。写采莲女到来时，是浦口的鲜花迎进来，采完莲归去时，是江头的月光送回去。浦口是指小河入江的地方，"浦口花"与"江头月"，仿佛两位对采莲女子体贴入微又倍加重视的朋友，这一迎一送，使诗中的采莲活动增添了无限美感。正如清人朱之荆所说，这两句"写花月逞妍，送迎媚艳，丽思新采，那不销魂"（《增订唐诗摘钞》）。诗人还给予我们这样信息，采莲持续的时间其实很长，一直到天黑月出，采莲女才回去。

假如说，第一首诗中采莲女的主体性很强，形象得到凸显，那么在第二首诗中，诗人似乎刻意将采莲女和周边自然环境混为一体，不让她们过于惹眼。第一、二句写姑娘们身上穿的罗裙是碧绿的，与荷叶一样颜色，混在荷叶里自然就不容易辨别，而两侧色彩鲜艳明丽的荷花，与花丛中采莲女白里透红、充满青春气息的脸庞，是那样相像，仿佛花就是人，人就是花。这样一写，就成功地让采莲女的形象隐没在荷花中了，于是很自然地引出第三句："乱入池中看不见。"人们只看见花，看不见人，然而，这并不是诗人真正的目的。这是为诗人最终突出采莲女的形象作铺垫的。正因为女子隐没在荷花中，视觉上无法再分辨，于是只能通过听觉。只有荷花丛中隐约传来的曼妙歌声，说明有采莲女正在劳作。我们忽然发现，原来王昌龄在这里不是要淡化采莲女的形象，而是要更艺术化地呈现她们的形象。花与人混为一体，不分彼此，不正说明了采莲女清新自然、无与伦比的美吗？靠歌声辨别出花与人，这是多么浪漫，又给采莲的场景加上了音乐的元素。歌声在这首诗里的作用，正像明人周珽反问的那样："容貌服色与花如一，若不闻歌声，安知中有解语花也？"（《唐诗选脉会通评林》）在第二首诗中，采莲女和莲花构成一幅极其和谐的画面，体现了大自然与人的合一之美。

王昌龄的这两首《采莲曲》，有些写法也是对前人《采莲曲》的继承，如梁简文帝《采莲曲》有"江花玉面两相似"，写花与人相似，在王昌龄第二首诗中化作了前两句。而同时代人崔国辅的诗句"菱歌唱不彻，知在此塘中"(《小长干曲》)，也是以歌声辨人，和"闻歌始觉有人来"意思相近。这些都是很值得我们比较和玩味的。

王维（701—761）

字摩诘，祖籍太原祁县，生于蒲州（今山西永济）。唐代诗人。盛唐山水田园诗派代表人物，与孟浩然并称"王孟"。开元九年（721）进士，任太乐丞，贬济州司仓参军，后任右拾遗，官至给事中。安史之乱中被俘，被迫出任伪职。官终尚书右丞，世称"王右丞"。有《王右丞集》。

西施咏

艳色天下重，西施宁久微。

朝为越溪女，暮作吴宫妃。

贱日岂殊众，贵来方悟稀。

邀人傅香粉，不自著罗衣。

君宠益娇态，君怜无是非。

当时浣纱伴，莫得同车归。

持谢邻家子，效颦安可希。

众所周知,西施是春秋时代的美人,也是古代四大美人之首,中国历史上的第一美人。而王维是盛唐山水田园诗人,跟西施八竿子也打不着,他又为什么会写下这样一首《西施咏》呢?

这首诗主要讲述了西施的人生沉浮,类似内容的诗歌李白也曾经写过,但王维的这首诗显得与众不同,读之总感觉有弦外之音、言外之意在其中。"艳色天下重,西施宁久微",西施的美色为天下人所称道,因此她不会长久地处于贫贱之中。诗人用了一个反问句,"宁"即难道,西施有这样的美色,难道她会一辈子在乡间过着贫贱的生活吗?诗人又用两句简单的话来概括西施的一生:"朝为越溪女,暮作吴宫妃。"西施原是今浙江诸暨苎萝村里"鬻薪之女",即卖柴火的人的女儿,后经越王勾践发掘,给她穿上华服,对她进行礼仪培训,三年后献给了他的对手吴王夫差。越王勾践曾是吴王夫差的手下败将,因此总想用计谋扰乱吴王夫差的心智,以求反败为胜。终于,他看准了吴王夫差好色的弱点,从苎萝村发掘了两位美女西施和郑旦。因出身贫贱,西施和郑旦显然不能直接送入宫廷,所以要进行整体的礼仪培训,"教以容步",即容止、步态。她们的一举一动、一言一行都要符合贵族的习惯和礼仪,才能献给吴王夫差。这些都记载在《吴越春秋》里。

果不其然,吴王夫差见了西施以后,从此就被西施迷住,荒废国政,最后越王勾践反败为胜。王维在这两句诗中写的是西施一己之命运,"朝为越溪女",早晨她还在小溪畔,是一个平常女子，"暮作吴宫妃"，晚上便成了吴王馆娃宫中的佳人，深受吴王的宠爱，这就是西施命运的转折。"贱日岂殊众，贵来方悟稀"，西施在贫贱之时，她的样貌、她的一举一动、她的生活难道跟别的女孩子有什么不同吗？毫无不同。当时有千千万万这样在村里过着平淡生活的女孩子。一旦被吴王看中，西施的美貌才被发掘出来，大家才认识到原来她的美色是多么稀罕。西施受到宠幸之后，便无须事事亲力亲为，有人为之敷粉，有人为之穿上华服，她享受着贵族的生活。如此尚且不够，"君宠益娇态，君怜无是非"，因吴王夫差的宠幸，西施的态度就更加骄傲，目中无人，不分是非，她所做的错事也是对的。于是王维议论道："当时浣纱伴，莫得同车归。"当初在苎萝村和西施一同在溪边浣纱的女伴们，如今哪里还能得到这样的待遇，和她同乘一辆车回去呢？最后，王维总结道："持谢邻家子，效颦安可希。""持谢"即奉告，王维在诗里奉告那些和西施为邻的女子，切勿学习她皱眉的样子。我们常说的成语"东施效颦"出自《庄子》，说的便是一位容貌不佳的女子也想学西施皱眉的样子，但是所有人见了她这个丑样子都避之唯恐不及。

王维在此想说的是，西施的命运、际遇是不可复制的，效颦者得不到那样的机遇，即使学习她皱眉的样子，也不能像她一样享受荣华富贵。"朝为越溪女，暮作吴宫妃"，对于其他女子而言，这是不可能的。

这首诗语言通俗易懂，将西施一生的经历概括得很简单，着重写出了西施在受宠前后命运的变化，所谓人生之沉浮。实际上，王维在诗中语带讥讽，西施当年平凡的时候与别人根本没什么两样，一旦发迹了，似乎自我感觉也良好了，无论何事都无须亲自动手了，当年的穷朋友也攀附不上她了。王维写这样的诗，其实是对唐朝当时的境况有感而发，一些小人由于某种机缘得志了，别人也非常势利地想去模仿他们的样子，但事实上，机会是不可复制的。

在我们身边，或许也有人由于某种偶然的机缘飞黄腾达、身居高位了，于是目中无人，态度也变得傲慢骄横了，想来王维也是极为鄙视这一类人的。这实际上就是王维笔下的西施，王维想要指出的是，虽然她的命运经过极大的转折，也不能够忘记昔日的朋友，因其原来的出身也不过如此。钱锺书先生在《围城》中写道，有些人就像猴子，坐在地上时，别人看不见它的尾巴，猴子一旦爬上了树，爬得一高，它的红臀长尾就露出来了。钱先生讽刺的是有些人地位升高以后，态度也随之发生改变，他的缺点也就暴露出来了。王维的诗隐隐也有这样的意思。古代有的评论家认为这是一首艳情诗，其实诗中读不出半点艳情。不过更多的评论家认为这首诗含有寄托和讽刺，笔者觉得这样的解读是比较接近原意的。

西施的最终命运如何呢？汉代两本野史有着不同的记载，一本是《吴越春秋》，一本是《绝越书》。据其中一本书的记载，越王勾践利用西施扳倒吴王夫差以后，觉得西施也不是什么好人，便将她沉入江底。另外一本书则说，西施从此以后随范蠡归隐五湖，通俗地说便是永远幸福地生活在一起了。我们难以查证哪一个结局更接近历史事实，包括西施是否在历史上真实存在过，其实也一直有争议。

读王维这首诗，不光是解读西施的命运，我们更感兴趣的是王维笔下那种辛辣的讽刺意味。实际上他写出了身边的某些人随着自己命运的变化，他们对自己的看法、对别人的态度，整个地发生了改变。这样的诗在任何时代都不会过时，意义常在。首先，让人突然飞黄腾达的偶然性和机遇永远存在；其次，这些靠偶然的机遇飞黄腾达的人，他对别人、对自己态度的变化，也是完全可以预期的，这样的人同样永远存在。这就告诉我们，无论通过何种机遇，地位得到了何等提升，都应该保有一颗平常心，对昔日的朋友仍应平等对待，而不该骄横见于颜色。这对今人来说，同样是非常有意义的。

终南别业

中岁颇好道，晚家南山陲。

兴来每独往，胜事空自知。

行到水穷处，坐看云起时。

偶然值林叟，谈笑无还期。

这首《终南别业》极富禅意。我们知道王维字摩诘。维摩诘是古印度的大居士，虽生活在滚滚红尘之中，却极具智慧，还曾与文殊菩萨辩论，著名的佛经《维摩诘所说经》记录的便是维摩诘的事迹和话语。王维的名和字便是把"维摩诘"三个字拆开来，故而名维，字摩诘。王维与佛教有着很深的缘分，又因为他的山水诗中充满了禅意和佛教的趣味，所以人称"诗佛"。唐代大诗人中，李白被称为诗仙，杜甫被称为诗圣，王维则是诗佛。

关于这首诗的写作背景大概有两种说法：一说写于开元二十九年（741），王维隐居终南山之时，彼时安史之乱尚未爆发，但朝野中正直的高官诸如张九龄已经被贬，李林甫逐渐开始掌权，故而王维的心态开始转向消极，便在终南山购置了一座别墅，名为辋川别业，隐居其中以平复自己的心意。另一种说法则是此诗创作于王维晚年，即肃宗乾元元年（758）以后。笔者认为，这两种说法的分歧在于对此诗第二句中的"晚"字理解不同。"中岁颇好道，晚家南山陲。"中年的时候，我非常喜欢道。此处"道"即佛教的义理，王维在此表明，人到中年，他对世界的看法产生了一些变化，开始从佛教里寻找精神的寄托。如果把"晚"字理解为晚年，这首诗则可能写在肃宗乾元元年以后。如果把"晚"理解为晚近，即近来、最近，那么这首诗就有可能写在开元二十九年，即安史之乱尚未爆发之时。

"兴来每独往，胜事空自知。""兴来"即乘兴而来，诗人一时兴起，独自到终南山中散步，非常随性。"胜事"即令人快乐的事，"空"即"只有"。虽然某件事令我非常开心，但是只有我一个人心里明白，其他人无法分享。"胜事"二字，其实源自佛教的说法，《十住毗婆沙论》卷七云："贪著世间乐，不知有胜事。"诗人走着走着就走到了溪水的尽头，作为散步者，诗人内心是否感到失落惆怅？这时候他坐下来，可能坐在大石头上，也可能席地而坐，抬头一望，就看见山中白云涌起。"行到水穷处，坐看云起时"，这一联以简练、自然、恬淡超脱的笔墨写出了诗人在山间散步时所见的景致。但是此景十分特别，"行到水穷处"，溪水已经到了尽头，"坐看云起时"，似乎白云就是配合着穷尽的溪水而来，以安慰诗人的。诗人或许在疲累的状态下看见山谷中白云缭绕、缥缈幽深，心境便和大自然中的景物巧合地凑在了一起，不露痕迹。水穷云起，一切都搭配得那么自然，使我们想起今人常说的一句话：老天的安排总没错。

"偶然值林叟，谈笑无还期。""值"即遇见。诗人在山林中偶遇一位老人，可能是故知，又或是陌生人，诗人和他不着边际地聊天，忘记了回家的时间。这是一种多么悠闲的兴致，散步、看景、聊天，这真是诗人笔下的胜事啊！这首诗中除了山水，还有浓重的禅意。王维爱好佛教，这首诗写出的主观心境和自然景色那种看似偶然的凑合，其实正是诗人所追求的天机一片的禅境。

晚清诗论家俞陛云在《诗境浅说》中评道："行至水穷，

若已到尽头，而又看云起，见妙境之无穷。"溪水尽头似乎空无一物，柳暗花明，又看见山间云起，自是一番奇妙的景象、神奇的境界。于是俞陛云悟到："处世事变之无穷，求学之义理亦无穷。"世事变化无穷无尽，学佛教的义理同样无穷无尽，故而总结"此二句有一片化机之妙"，这两句诗简直是造化赐予的句子，"水穷云起，非人力所能到"。在俞陛云之前，纪昀评道："此种皆熔炼之至，渣滓俱融，涵养之熟，矜躁尽化，而后天机所到，自在流出，非可以摹拟而得者。"（《瀛奎律髓汇评》卷二三）这种自然的笔墨，实际上是出于诗人刻苦精到的锤炼，正是通过这种熔炼，方能达到"渣滓俱融"的效果，正如我们买的质量较好的榨汁机或破壁机，能把机器里的水果全部打碎，使人喝果汁时丝毫感觉不到残渣。当渣滓被融化后，诗人的涵养到了纯熟的境界，自矜和焦躁皆已不见，诗中只余一片自然流出的天机，这样的诗句不是后人可以随意模仿的，它纯粹出于自然。

纪昀认为这种自然是"熔炼之至"，是靠锤炼出来的。笔者十分赞同这种看法。王维山水诗的高明之处就在于，看似笔墨简单、情调恬淡、充满禅意，水穷云起看似是偶然相会而非刻意期盼，但其实无论是对内心感受的刻画，还是对外界景物的描绘，都是出自诗人的刻意经营。不过，王维的艺术手法非常高明，从他的这些充满禅意的山水诗中已经读不出他刻意经营、苦思冥想的痕迹了，这便是"化境"，渣滓俱融，只剩下浑融一片。无限的禅意就蕴含在天高云淡、水穷云起之中。这便是"行到水穷处，坐看云起时"的随心所欲的境界。这种境界更是佛教的境界，抛却刻意，便是禅意。

这首诗给了我们这样的启发：无论休闲也好，刻意追求事业也罢，许多事情的外在条件、各种主客观因素并不都是我们能够强求的，我们所要做的便是顺其自然，顺势而为，坦然接受成败，享受水穷云起的偶然带来的快乐。如此，我们的内心也会像王维那样自有"胜事"。

山居秋暝

空山新雨后，天气晚来秋。
明月松间照，清泉石上流。
竹喧归浣女，莲动下渔舟。
随意春芳歇，王孙自可留。

这首五言诗是王维隐居辋川别业时所作的著名山水诗。王维在此期间写过许多五言绝句，如《鹿柴》《竹里馆》等。这首《山居秋暝》虽不是绝句，但也是王维山水诗的代表作之一。

诗中描绘了一个秋天的傍晚，天色将暗之时，诗人在山中的所见、所闻、所感。起首两句"空山新雨后，天气晚来秋"，不仅道出了季节、时间，还交代了气候和环境。一场秋雨过后，暮色将至，山中的空气一定分外清新。诗人行至山中，心中的诗意油然而生，此时只要诗人忠实地把眼中所见落成文字，就会成为一首无可争议的好诗。"明月松间照，清泉石上流"，这两句诗看似毫不费力，只是忠实地写出了山中的月色、松林、清泉，但这些景物组合起来，在十个字中蕴含的信息是极为丰富的。视觉上，明亮的月光洒下来，照射在松树之间，又落到地上，这样一幅山中夜景自然是极为美妙的。而"清泉石上流"就是诗人听觉上的感受。首联提到"空山新雨后"，雨后，山间的泉水水量增大，水流湍急，因此，当清泉流过石上的时候，所发出的哗哗的水声就格外响亮。这两句虽然写得很美，但只是言物。随后的第五、六句，诗人笔锋则转到了人的身上。

"竹喧归浣女，莲动下渔舟"，前句的主角是浣衣女，即洗衣服的姑娘。天色已晚，浣衣女洗完衣服结伴归家。但这句诗首先呈现的并不是姑娘本身，而是隔着竹林传来的喧哗声。由竹林那头传来的说话声，诗人就能感受到或推测出山中有这样一群浣衣女结伴归来。而后句的主角自然就是"渔舟"，即捕鱼的船。然而，诗人未写渔船之前就先写莲花、莲叶的抖动，花叶一动，就说明水中有船要驶过来了。这两句诗虽然写的是人的活动，但首先呈现给读者的还是自然景物的变动。诗中的变化是由自然景物的变动推测而知的，甚至预示着人的活动，这便是"竹喧归浣女，莲动下渔舟"的妙处。为什么竹子后面有喧哗声？因为浣衣女回来了。为什么莲花、莲叶会动呢？因为渔舟返航了。这就是王维的用心所在。

面对这样的美景，面对这样宁静的夜色，面对这样悦耳的声音，面对这样恬淡的心境，王维在最后两句中发出了这样的感慨："随意春芳歇，王孙自可留。"此处的"随意"，一般解释为"任意、任凭"，"春芳"则是春天的花花草草。这时已是秋天了，没有春天的那些花草了，但这又有什么要紧呢？任随春芳凋零，但王孙还是可以留下来的，并不一定只为着春天那些花花草草而留。诗人说，这样的秋夜不也很美吗？隐士们留在山中，不也同样可以感受到"明月松间照，清泉石上流"的美景吗？这和春天又有什么分别呢？为什么一定要在春天才愿意留居山中呢？

正如前文所言，"随意"二字一般解释为"任意、任凭"，任凭春天的花草凋零，诗人也不以为意。但有的学者却别有看法。比如，《唐诗百话》的作者施蛰存先生，就认为"随意"应解释为"尽管"。尽管春天的花草已经凋零，隐居山中的王孙还是可以留居下来。若依从这样的解释，似乎句子的逻辑就更为顺畅。在英文中，"尽管"句属于让步状语从句，是一个带有轻微转折的连词。而"王孙"一词，较为人熟知的意思是指贵族的子弟，但这里的"王孙"却是一种泛指，即隐居在山里的、可能有一些身份的人。比如像王维这样的官员，在假期或是退休以后都可以隐居在山中，故而说"随意春芳歇，三孙自可留"。秋天，同样是美好的，同样是诱人的，这便是三维要对读者们说的话。

事实上，"王孙自可留"是有出典的，这个典故来自淮南小山的《招隐士》。此篇属于《楚辞》，但《楚辞》并不一定都出自屈原笔下。淮南小山，一般认为是淮南王刘安部分门客的统称。《招隐士》里有一句"王孙兮归来，山中兮不可以久留"，意思正好和王维的"王孙自可留"相反。王维却说，尽管春天已经过去，山中已是一片秋色，但王孙还是可以高高兴兴地留下来。《山居秋暝》显然是反用了《招隐士》这句话的意思，表达了王维对秋天山中万物的无限留恋。这里的留恋既是针对山间的景色，也是针对山间的人。总而言之，这是一幅人与自然高度融合、高度统一的美丽图画，而王维本人亦在这幅图画中徜徉，流连忘返，不愿归去。关于这首诗的中间四句，后人也有不少评价，清代人卢㠾和王溥所编的一本唐诗选本《闻鹤轩初盛唐近体读本》中，就曾对"明月松间照，清泉石上流"有过这样的评语："三四佳在景耳，景佳则语虽率直，不伤于浅。"意即第三、四句的佳处正在于写景，只要描写的风景非常美丽，那么即使语词直率，也不会让人觉得过于浅白。"明月松间照，清泉石上流"，其中构想的景物实在是太美了，于是读者并不觉得它像一句未经修饰的大白话，反而显得很有诗意。评语中还道出了这两句的高明之处："然人人有此景，人人不能言之，以是知修辞之不可废也。"人人都看见了此景，心头皆有此景，但我们无法把"明月松间照，清泉石上流"这样的景物组合用王维那富有诗意的语言表达出来。因此，诗中的修辞仍是不可或缺的。如何拼接词语，如何把景物转换成意象组合后呈现在读者眼前，诗人还是要费一番心思的。

王维看似毫不费力地写出了这样的诗句，实际上是下了很大的功夫的。这十个字既表现了景物的特征，又描写了景物的动态（如"照""流"），还道出了景物之间的关系，明月是松间照，清泉是石上流。看似极为朴素、平淡，却藏着巨大的信息量，这就是王维山水诗最大的特点。

而"竹喧归浣女，莲动下渔舟"这样的佳句，古人自然不会放过。明代文学家钟惺和谭元春曾合编过一本有名的唐诗选本《唐诗归》，其中钟惺就曾说道："'竹喧''莲动'细极！静极！""细"便是仔细的细，"静"为安静之静，读至此处我们不免产生疑问：明明又是喧闹的"喧"，又是移动的"动"，又怎么会是"细极！静极！"？钟惺的眼光极佳，可谓一针见血地指出了王维以动写静、以动衬静的笔法，以喧嚣来衬托山中的安静。竹林里只闻浣衣女的笑语声，莲花、莲叶只会为了归来的渔舟而摆动，除此之外，它们都处于静谧之中。假如无人涉足，这些山中之景就静静地驻在那里。因此，钟惺非但没有说"竹喧""莲动"写出动感，反而说它是"细极！静极！"，极为细致地描写了静谧的景象。可见，古人读诗的眼光是上佳的。

李白

（701—762）

字太白，号青莲居士。唐代诗人。祖籍陇西成纪（今甘肃静宁西南），生于安西都护府所属碎叶（今吉尔吉斯斯坦托克马克），幼年居于绵州昌隆（今四川江油）。青年时代漫游各地，天宝初入长安，供奉翰林，一度受唐玄宗赏识，后遭权贵谗言，出京漫游。安史之乱中，参与永王李璘幕府。永王兵败受牵连，流放夜郎（今贵州桐梓），中途遇赦东还。晚年漂泊困顿，卒于当涂（今属安徽）。有《李太白全集》。

清平调词三首

云想衣裳花想容，春风拂槛露华浓。
若非群玉山头见，会向瑶台月下逢。

一枝红艳露凝香，云雨巫山枉断肠。
借问汉宫谁得似？可怜飞燕倚新妆。

名花倾国两相欢，长得君王带笑看。
解释春风无限恨，沉香亭北倚阑干。

　　这三首诗是李白的《清平调词》，表面皆赞美杨贵妃和牡
丹花，背后还牵涉到李白、杨贵妃和高力士三个人的故事。
　　我们先来读第一首。"云想衣裳花想容"，"想"有两种解
释，有人认为是如、像的意思，天上的云彩就像杨贵妃身上穿
的华衣，沉香亭边的牡丹花又好似杨贵妃美丽绝伦的容颜；另
一种说法更为夸张，天上的云一心想成为杨贵妃身上的衣裳，
而沉香亭边的花一心想拥有杨贵妃那样美丽的容貌。无论是哪
种说法，都是赞美杨贵妃举世无双的美貌，笔者认为第二种
说法更加浪漫、更加夸张，也似乎更有诗意。"春风拂槛露华
浓"，"槛"即沉香亭的栏杆，春风吹拂着亭子的栏杆，牡丹
花在露水的滋润下更显浓郁娇艳。"若非群玉山头见，会向瑶
台月下逢"，这两句意思相近，"群玉山"是神话传说中西王
母所居之地，"瑶台"也是传说中仙人的住所。李白说，像杨
贵妃这样的美人，即使不在仙人的居处"群玉山"，也应该是
在"瑶台"的月下才能相逢。意即杨贵妃这样的国色天香，根
本就不应该生活在红尘，这是只有天上仙人才有的美貌。正

如杜甫《赠花卿》所写："此曲只应天上有，人间能得几回闻？"《清平调词》第一首中，李白把杨贵妃和牡丹花紧密地联系起来，用花之美衬托人之美，写得非常巧妙。

再来看第二首。"一枝红艳露凝香"，既是写花，又是写人，"红艳"既指牡丹花鲜艳的颜色，又指杨贵妃红润的脸色。"云雨巫山枉断肠"，"巫山云雨"是一个典故，宋玉《高唐赋》中曾记载楚王在梦中和巫山神女幽会，神女临别前说自己"旦为朝云，暮为行雨，朝朝暮暮，阳台之下"，后世便用"云雨"形容男欢女爱。李白说，有杨贵妃这样的美貌，虽然楚王和巫山神女经历了一番云雨，但大可不必为了神女而断肠，因为他与神女仅仅在梦中相遇，而杨贵妃这样的美人却是在现实中的，楚王是白白断肠了。此处用楚王与巫山神女相会的典故来反衬杨贵妃的美丽。

"借问汉宫谁得似，可怜飞燕倚新妆"，"可怜"即可爱之意，赵飞燕是汉成帝的皇后，同样以美貌著称。所谓"环肥燕瘦"，即指杨贵妃以胖为美，赵飞燕以瘦为美。如果问汉宫里谁能比得上杨贵妃，就只有赵飞燕了，但是赵飞燕若要与杨贵妃相较，还须倚靠新的妆容，即赵飞燕论姿色仍是比不上天生丽质的杨贵妃。就像今天街上有些美女，远看两眼炯炯有神，皮肤白皙匀净，唇红齿白，但是走近一看，都化了浓妆。脸上打粉底、涂唇彩、画眼影、贴假睫毛，甚至还用上了垫鼻梁等整容手段，这便相当于"新妆"。当然古人没有今天这些手段，总而言之，这首诗就是用巫山神女、赵飞燕这样的传说人物、历史人物来衬托杨贵妃举世无双的美貌。

再看最后一首。"名花倾国两相欢","名花",即宫中的牡丹花,"倾国"指倾国倾城的美人,这里即指杨贵妃,所谓"一顾倾人城,再顾倾人国"。牡丹花和杨贵妃相得益彰,吸引着唐玄宗百看不厌,常常带着笑容贪婪地望着她,故言"长得君王带笑看"。"看"在韵脚上应读为平声。"解释春风无限恨",此处"解释"是古今异义词,今天的"解释"是说明、阐说之意,而诗中的"解释"则是"消除"之意,春天难免有春愁春恨,杨贵妃的美貌足以让人消除这样的情绪。"沉香亭北倚阑干","沉香亭"即用沉香木建造的亭子,在唐皇宫的龙池附近,大家可以想象这样的情景:杨贵妃陪伴着唐玄宗在沉香亭畔悠闲地赏花、吃荔枝,李白则以卓越的诗才为杨贵妃写诗,来颂扬这位绝世佳人。

此情此景看似美好,体现出盛唐特有的富丽华贵,但是,据《松窗杂录》记载,杨贵妃和李白的故事其实没有那么美好。开元中,皇宫里种了许多牡丹花,牡丹花分成四种颜色,红色、紫色、浅红色、白色,唐玄宗就把这些牡丹花移植于沉香亭前,便于赏花。在一个月夜里,唐玄宗召杨贵妃陪伴,还让著名的歌唱家李龟年来演唱新的曲子,唐玄宗说:"赏名花,对妃子,焉用旧乐词为?"于是便将翰林学士李白召来,让他写新词。李白飞快地写了《清平调词三首》,由李龟年来演唱。杨贵妃在一旁拿着玻璃的七宝杯,喝着西凉州的葡萄酒,开心地领受了这三首《清平调词》。后来,杨贵妃再次唱起这三首词时，高力士在旁挑拨离间，说李白的《清平调词》是在羞辱杨贵妃，而非赞美，第二首中李白以赵飞燕比喻杨贵妃，这是对杨贵妃的侮辱和作践。杨贵妃自然认为自己是最美的，赵飞燕哪里比得上她？于是便听信了高力士的挑拨。后来唐玄宗再要任命李白做官，杨贵妃和高力士便拼命进谗言阻止，李白在宫中也没能久留，便被赐金放还了。高力士为何恨李白？李肇的《唐国史补》中记载了一个故事，唐玄宗召李白作诗，李白喝得酩酊大醉，把脚伸出来让高力士为其脱靴，高力士怀恨在心，对此事念念不忘，故而在杨贵妃面前挑唆，阻止唐玄宗对李白委以重任。

许多学者对这三人的狗血故事不以为然，经他们考证，李白并不是《松窗杂录》中所说的翰林学士，而是翰林供奉，即皇帝身边的文学侍从。供奉的时间也不是《松窗杂录》中所记载的开元中，而是在天宝初年。正史中没有记载高力士脱靴、挑拨离间的故事。当然，李白确实是遭到谗言攻击，但未必是高力士联合杨贵妃进谗言，所以，《松窗杂录》的可信度值得怀疑。而且从《清平调词》的文本来看，李白的本意必然是歌颂杨贵妃。李白颇费心思，把杨贵妃和牡丹花相提并论，美人和鲜花融为一体，让这三首诗的艺术境界令人瞩目而又难以企及。显然，李白并非刻意嘲讽贬低杨贵妃，这不需要多深的文学修养就能看得出来，也从反面说明了《松窗杂录》中记载的李白和杨贵妃的恩怨可能不足为信。我们不要被这样的故事败坏了欣赏诗歌的胃口，还是应该好好地品味这三首《清平调词》，或者也可以去听邓丽君演唱的《清平调词》，这是根据李白的诗谱的曲，将三首诗连缀起来，邓丽君的音色在第三首中尤为高亢，有兴趣的读者不妨一听。

东鲁门泛舟二首

日落沙明天倒开，波摇石动水萦回。
轻舟泛月寻溪转，疑是山阴雪后来。

水作青龙盘石堤，桃花夹岸鲁门西。
若教月下乘舟去，何啻风流到剡溪。

　　李白一生漫游，在唐玄宗开元后期，他寓居在东鲁，也就是今天的山东兖州。在这里他曾经写下两首泛舟游览的七言绝句，题为《东鲁门泛舟》。诗虽是在东鲁写的，有人认为李白是泛舟泗水之上，但这两首诗却和浙东有着密切的关系。两首诗中，第一首提到的山阴，也就是今天的浙江绍兴，第二首提到的剡溪，就是曹娥江干流流经今天浙江嵊州的一段，而这两个浙东地名，又和魏晋时代一个赫赫有名的"雪夜访戴"故事有关。

第一首一开头，写泛舟的时间从黄昏到夜晚，"日落沙明天倒开"。本来，黄昏时分，天色已经昏暗，但落日映照白沙，反而让沙地显得格外明亮，天空倒映在水中，说明水十分清澈。一个"开"字，把黄昏的流水描绘得明丽动人。第一句写天，第二句当然要写水，"波摇石动水萦回"。水波摇荡，本是寻常景象，但"石动"却不寻常，这不是写实，而是写人在舟中的错觉，石头的倒影仿佛在水中移动，其实是水流和小舟在动。"轻舟泛月寻溪转"中，"轻舟泛月"写的是整体的场景，照应诗题，极富诗意，又表明时间已经从黄昏过渡到夜晚。一个"转"字，说明溪水不是笔直的，而是曲曲折折的，这非但给舟中人增添了行舟的愉悦欣喜，更使得对于泛舟的描写充满了动感。最后一句"疑是山阴雪后来"用"山阴"二字点出"雪夜访戴"的故事，却不明说，让这次月夜泛舟的活动增添了魏晋风流的意味。"雪夜访戴"的故事见于《世说新语·任诞》，是说王羲之的儿子王徽之在一个大雪之夜去拜访名士戴逵："王子猷居山阴，夜大雪，眠觉，开室，命酌酒，四望皎然。因起彷徨，咏左思《招隐》诗。忽忆戴安道。时戴在剡，即便夜乘小舟就之。经宿方至，造门不前而返。人问其故，王曰：'吾本乘兴而行，兴尽而返，何必见戴？'"戴逵是东晋时代的著名画家和雕塑家，出身名门，而隐居不仕。《晋书》说他"后徙居会稽之剡县，性高洁，常以礼度自处，深以放达为非道"。戴逵身上体现了东晋名士独有的特色，他们生活优渥，富有修养，不再像魏晋之际的名士那样纯粹地放达不羁。王徽之居住在山阴的时候，一天夜里下起大雪，王徽之忽然想起居住在剡县的戴逵，于是雪夜乘小舟前往拜访，结果到了门前，却不进去，悄然返回了。他的理念是：雪夜访朋友，本是兴之所至，至于见不见朋友，根本就不重要。王徽之追求的是那种"乘兴而行，兴尽而返"的自由的、非功利的境界和状态，见朋友是功利目的，王徽之不在乎。所谓"真名士自风流"，魏晋名士的风流充分表现在这个故事中。

在第二首诗里，李白先写水流盘曲，就像青龙盘绕着石堤，次写两岸长满桃花，所谓"桃花夹岸"，这里化用了陶渊明《桃花源记》中"忽逢桃花林，夹岸数百步"之语，水色之青，花色之红，自然而然地形成一种对比。第三、四句"若教月下乘舟去，何啻风流到剡溪"，李白干脆点出了"风流"二字，而且说明，今夜月下东鲁门泛舟，比起王徽之雪中乘舟往剡溪访戴更加风流。所以，这两首诗都用了"雪夜访戴"的典故，而合起来看，第一首用的是从山阴来，第二首用的是往剡溪去，构成了一种巧妙的呼应关系。月夜泛舟和雪夜泛舟，情境相似又有不同，诗人也故意拿两者来比较。这两首诗中，都没有出现王徽之或戴逵的名字，又显得十分含蓄，真正是把魏晋名士的风流化进诗里，更化进诗人的骨髓里去了。

李白寓居东鲁的时候，生活比较安定，有心情细细观察和体味当地的景致，如"山将落日去，水与晴空宜"（《秋日鲁郡尧祠亭上宴别杜补阙范侍御》）。东鲁的风光也常常让他想起昔日曾经游览过的浙东，"水色渌且明，令人思镜湖"（《登单父陶少府半站台》），更不用说那首脍炙人口的《梦游天姥吟留别》了。从这当中，我们可以看出李白或许有着某种浙东情结。

梦游天姥吟留别

海客谈瀛洲，烟涛微茫信难求；
越人语天姥，云霞明灭或可睹。
天姥连天向天横，势拔五岳掩赤城。
天台四万八千丈，对此欲倒东南倾。
我欲因之梦吴越，一夜飞度镜湖月。
湖月照我影，送我至剡溪。
谢公宿处今尚在，渌水荡漾清猿啼。
脚著谢公屐，身登青云梯。
半壁见海日，空中闻天鸡。
千岩万转路不定，迷花倚石忽已暝。
熊咆龙吟殷岩泉，栗深林兮惊层巅。
云青青兮欲雨，水澹澹兮生烟。
列缺霹雳，丘峦崩摧。

洞天石扉，訇然中开。

青冥浩荡不见底，日月照耀金银台。

霓为衣兮风为马，云之君兮纷纷而来下。

虎鼓瑟兮鸾回车，仙之人兮列如麻。

忽魂悸以魄动，恍惊起而长嗟。

惟觉时之枕席，失向来之烟霞。

世间行乐亦如此，古来万事东流水。

别君去兮何时还？且放白鹿青崖间，须行即骑访名山。

安能摧眉折腰事权贵，使我不得开心颜！

　　说到写天姥山的诗，你大概首先会想起李白的《梦游天姥吟留别》。这不仅仅是因为它入选了语文课本，更因为其中奇幻的景象是那样别致，留在我们脑海里久久挥之不去。

　　在唐代，天姥山属剡县，今天，天姥山位于浙江新昌县的南部。其实，在写这首关于天姥山的名作时，李白并不在天姥山，而在山东，所以诗的题目叫"梦游天姥"。在唐代人殷璠编选的《河岳英灵集》里，这首诗的题目是《梦游天姥山别东鲁诸公》，这里的"东鲁"就是山东，显然，这首诗是为了与山东的朋友们告别而写的。

　　唐玄宗天宝元年（742），李白经朋友推荐，被玄宗召到长安。对于满怀济世理想，自视甚高的诗人而言，这是一个难得的政治机遇。靠着这个机遇，李白得以成为玄宗的文学侍从，在长安写了《清平调词》等反映盛唐气象，讨得皇帝欢心的作品。可惜好景不长，他因为傲岸放达的个性，得罪京城权贵，被"赐金放还"，也就是皇帝给些钱，让他回去了。

李白回到山东之后，又准备去吴越漫游，在天宝五载（746）离开山东之际，写下这首梦游天姥山的名作。

这既是一首记梦诗，也是一首游仙诗。诗的一开头，描绘了天姥山的风貌，主要是高峻。作者通过对比手法凸显了这一点。"海客谈瀛洲，烟涛微茫信难求；越人语天姥，云霞明灭或可睹。"先以海上仙山瀛洲的虚无缥缈，与越人口中天姥山的或可一睹作对比，说明了天姥山是现实中存在的名山，是可以接触到的。接下来写天姥山之高，"天姥连天向天横，势拔五岳掩赤城。天台四万八千丈，对此欲倒东南倾"。无论是赫赫有名的五岳、赤城山，还是高达四万八千丈的天台山，都不如天姥山高峻，都要匍匐于天姥山之下。这当然有夸张的成分，但你不得不佩服李白的想象力。而且"势拔五岳掩赤城"的"拔"字和"掩"字，"对此欲倒东南倾"的"倒"字，这些动词都使得作者笔下的天姥山气势更大，身姿更伟岸。

"我欲因之梦吴越"一句，标志着诗人梦游的开始。他在明月的映照下飞度镜湖，直抵剡溪，依靠的是想象的翅膀。以"谢公"——南朝著名山水诗人谢灵运作桥梁，从绿水荡漾、清猿啼叫的"谢公宿处"，到专为登山设计的"谢公屐"，诗人终于在梦中登临天姥山。"脚著谢公屐，身登青云梯。半壁见海日，空中闻天鸡"，他把天姥山白天的风光描写得如此奇丽秀美，引人入胜，又融合了神话传说，透露出独有的神秘感。

从"千岩万转路不定，迷花倚石忽已暝"两句开始，全诗转入对夜景的描绘。山中熊咆龙吟，震动丛林叠嶂，黑云低垂，水雾弥漫，忽又雷电交加，石门大开。这时，诗人的梦游天姥超越了单纯的登临，而展现了一个奇幻的神仙世界："霓为衣兮风为马，云之君兮纷纷而来下。虎鼓瑟兮鸾回车，仙之人兮列如麻。"云中仙人降临，仙人为数众多，并有老虎、鸾凤相伴，此时的天姥山，"恍恍惚惚，是梦境，是仙境"（沈德潜《唐诗别裁集》）。大自然的鬼斧神工，昼夜变幻，和神仙世界的光怪陆离结合在一起，共同构成了诗人此番梦游天姥的高潮。李白也就在这样的高潮中骤然惊醒："忽魂悸以魄动，恍惊起而长嗟。惟觉时之枕席，失向来之烟霞。"人已回到现实中，只觉得梦中天姥烟霞顿失，唯留枕席。这四句，古人认为起到了最好的过渡作用，"束上生下，笔意最紧"（朱之荆《增订唐诗摘钞》）。

从"世间行乐亦如此"到全诗的最后，写的是梦游天姥山之后的感慨，也是对东鲁的朋友们说的话。"世间行乐亦如此，古来万事东流水"，李白认为，人间乐事，也像这一回梦游天姥一样，虽然精彩奇幻，但很快就会过去，万事终究会付诸东流。这里包含着强烈的幻灭感，可以说，这来源于诗人几年来在长安的生活感受，先被皇帝赏识，后被权贵排挤，人生的沉浮，就像梦游天姥，似幻还真。李白深感挫折，但可贵的是，他豪情没有被这种挫折击溃，游历名山，是他摆脱困顿耻辱的一剂良药。"别君去兮何时还？且放白鹿青崖间，须行即骑访名山"，诗人是多么潇洒！骑上白鹿，遍访名山，才是他的人生追求和理想。京城那些玩弄权术、嫉贤妒能的名公巨卿，他们的鄙夷和排斥又算得了什么呢？这一段，可以说点出了全诗的主旨，而最后两句"安能摧眉折腰事权贵，使我不得开心颜"，体现出李白身上最可贵的品质。诗人蔑视权贵，敢于抗争，热爱自然，充满乐观，在梦游天姥之后，这些都真真切切地展现出来。

登金陵凤凰台

凤凰台上凤凰游，凤去台空江自流。
吴宫花草埋幽径，晋代衣冠成古丘。
三山半落青天外，二水中分白鹭洲。
总为浮云能蔽日，长安不见使人愁。

李白的这首《登金陵凤凰台》，与崔颢的《黄鹤楼》关系匪浅，后人常常将这两首诗相提并论、一比高下。为何有此比较呢？我们先来了解一下古人的意见。清代编的《唐宋诗醇》中评论道："崔诗直举胸情，气体高浑；白诗寓目山河，别有怀抱。其言皆从心而发，即景而成，意象偶同，胜境各擅。"崔颢的《黄鹤楼》从总体上来说是直抒胸臆的，气象高远而浑融，并非精雕细琢之作，李白则将所思注于眼前的山河，实指这首诗另有政治寓意，而非就景论景，就事论事。事实上，《唐宋诗醇》的说法是有依据的，尤其最后一联"总为浮云能蔽日，长安不见使人愁"，后人认为这有着明确的政治寓意，在后文中会详细说明。关于这两首诗的比较，清代沈德潜认为它们只是偶然相似，李诗未必承自崔诗："从心所造，偶然相似，必谓摹仿司勋，恐属未然。"（《唐诗别裁集》）李白这首诗在措辞、结构上和崔颢的《黄鹤楼》只是偶然相同罢了，两位诗人都极负盛名，其登临之所见所感难免会有类似之处，只要这两首诗都写得不错，读之有味即可，若非说这首诗模仿另外一首，未必有理据。

那么后人为什么把这两首诗相提并论呢？这源于宋人刘克庄"古人服善"的说法："太白过黄鹤楼，有'眼前有景道不得，崔颢题诗在上头'之句，至金陵，遂为《凤凰台》诗以拟之。今观二诗，真敌手棋也。"（《后村诗话》）古人对于前人的好诗有着发自内心的叹服，就如李白经过黄鹤楼时留下了两句诗"眼前有景道不得，崔颢题诗在上头"。可见这首诗给李白带来了极大的焦虑，李白深知，即便自己诗才盖世，再于黄鹤楼题诗，也很难超越崔颢。于是，李白只有另寻出路，在金陵，即今天的南京，写了这首《登金陵凤凰台》。这首诗和崔颢之诗多有相似，李白总算是在另一个景点写了另一首诗，如此便不会和崔颢一同在黄鹤楼作诗，供后人比较高下了。刘克庄认为这两首诗势均力敌，李白的诗也不错。

凤凰台位于南京的凤凰山上，传说南朝宋元嘉年间有三只五色大鸟栖于山上，时人以为是凤凰，故称此山为凤凰山，并造了凤凰台。"凤凰台上凤凰游，凤去台空江自流"，李白在此运用了重复的手法，"凤凰"两字在首句七字中便出现了两次。"凤去台空江自流"，凤凰已经离去，留下的只有滚滚长江。这两句的构思和《黄鹤楼》非常接近，崔颢诗有"昔人已乘黄鹤去，此地空余黄鹤楼。黄鹤一去不复返，白云千载空悠悠"四句，和《登金陵凤凰台》前两句的意思大抵相仿。改而李白用两句诗写出了崔颢四句之意。"吴宫花草埋幽径，晋代衣冠成古丘"，"吴宫"即三国时期吴国的宫殿，因吴曾在金陵建都，但由于岁月的冲刷，它的宫殿早已荒芜，园中的奇花异草也埋没在幽深的小径中，不可辨识。"晋代衣冠成古丘"中的"晋"指东晋，东晋的都城也是今天的南京；"衣冠"即指东晋的世家大族，如王家、谢家；"古丘"则指坟丘。那些世家大族的达官贵人、那些名士，早已埋没在荒野坟冢之中。这两句描写旧景今貌，抒发的是李白对历史的感慨。随后是对眼前所见之景的描写："三山半落青天外，二水中分白鹭洲。""三山"在今天南京西南、长江东岸，因有三座山峰并列，故曰"三山"；"落"即隐没。三座山峰一半隐没在青天之外，长江则被白鹭洲隔成两道水流，故曰"二水中分白鹭洲"。"白鹭洲"也在南京的西南方，古时是长江中的沙洲，由于地理变化，今日已和陆地相连，所以今人无法得见李白所写之景。最后，诗人说："总为浮云能蔽日，长安不见使人愁。"一般认为，"浮云"比喻奸臣，"日"则比喻皇帝，因奸臣总是竭尽所能蒙蔽皇帝，故李白登高却望不见长安。当然，在凤凰台上本就无法望见长安，诗人运用了比喻的手法，既写眼前所见，又写眼前所未见。无法望见长安，引发了诗人内心的愁思。"总为浮云能蔽日"，是他担心君主为小人所惑，进而为国家的命运感到忧虑。

《登金陵凤凰台》比崔颢的《黄鹤楼》多了一些历史的沧桑感，"吴宫花草埋幽径，晋代衣冠成古丘"两句之意是崔诗所没有的，而"三山半落青天外，二水中分白鹭洲"大抵相当于"晴川历历汉阳树，芳草萋萋鹦鹉洲"。但是，李白的末句表达了对政治局势的担忧，《黄鹤楼》则未有此意，只是表达了一种由景色自然而然引发的乡愁。李白的政治担忧或许可以说是内心真实的写照，但从整体来看，这种担忧紧接在写景句之后，稍显突兀。当然，从近体诗的格律来说，李诗比崔诗更符合格律。李白在黄鹤楼前面对崔颢之诗所产生的焦虑，西方称之为"影响的焦虑"。美国文学理论家哈罗德·布鲁姆曾说，后代诗人总是生活在前代的伟大诗人的影响之中，使他们产生焦虑。通俗来说，即前代诗人之诗水平极高，后世诗人若要在同一地点作同题材诗或者抒发同一感受，则很难超越前代。后来者力图推陈出新，但在前代诗人杰作的巨大阴影下，便产生了焦虑。布鲁姆认为，只有莎士比亚能够从这种焦虑中间摆脱出来，能够不受这种焦虑的影响。那么，我们应当可以做出这样的评价：在崔颢《黄鹤楼》的光环下，李白虽受"影响的焦虑"所累，仍写出了杰出的名篇《登金陵凤凰台》，它在历史上和崔颢的《黄鹤楼》真可谓势均力敌，棋逢对手。

宣州谢朓楼饯别校书叔云

弃我去者，昨日之日不可留；
乱我心者，今日之日多烦忧。
长风万里送秋雁，对此可以酣高楼。
蓬莱文章建安骨，中间小谢又清发。
俱怀逸兴壮思飞，欲上青天览明月。
抽刀断水水更流，举杯消愁愁更愁。
人生在世不称意，明朝散发弄扁舟。

《宣州谢朓楼饯别校书叔云》是李白非常有名的、同时也是极富个人风格的一首诗。宣州，即安徽宣城一带，是李白当时的客居之地。谢朓，南朝齐的诗人，诗风俊逸清新。因其与著名的山水诗人谢灵运同姓，谢灵运在前，谢朓在后，所以历史上通常把谢灵运称为"大谢"，把谢朓称为"小谢"。谢朓楼本是谢朓担任宣城太守时所建高斋，唐初复建，又名北楼、谢公楼，位于宣州的陵阳山上。晚唐独孤霖为此楼改名叠嶂楼，意为层层叠叠的山。后世就把它称为谢朓楼，即李白的诗里所写的那样。"饯别"即古人离别时和友人一起设个便宴，吃顿送别的饭。"校书叔云"则是指李白的族叔李云，李云当时担任秘书省校书郎，故有此称谓。因此，《宣州谢朓楼饯别校书叔云》的诗题意思是：在宣州的谢朓楼上设宴和担任校书郎的叔叔李云告别。

起首两句"弃我去者，昨日之日不可留；乱我心者，今日之日多烦忧"，各有十一字，读来通达晓畅。意即过去的时光已经离我而去，即便想挽留也无可奈何，如今的时光又乱我心神，使我烦恼而困扰。当然，这两句只是一种泛指，但如果联系李白的经历来看，就能感受到诗中的复杂情绪。李白曾在唐玄宗天宝元年（742）怀着理想来到长安，供奉翰林。但仅仅过了两年，即天宝三载（744）的时候，就遭谗言毁谤而被迫离开朝廷，怀着苦闷的心情开始了他的漫游。正是在此时，他来到了宣州。虽然当时安史之乱尚未爆发，但唐代政治、社会的黑暗和混乱已经显现出来，在目睹了这些现实后，李白便产生了一种莫名的烦恼，他既感叹过去的那些岁月里，自己的理想无法实现，又觉得如今的日子不能使他称心如意，所以说：

"弃我去者，昨日之日不可留；乱我心者，今日之日多烦忧。"虽然起首这两句气势宏大，但从中也可以感受到诗人莫名的愁绪。随后，"长风万里送秋雁，对此可以酣高楼"，仿佛又将诗人从这种愁绪中解脱了出来。在谢朓楼上饯别，万里长风吹送着南飞过冬的秋雁，对着这些避寒的大雁，李白和李云在高楼上尽情饮酒，喝到酒酣，故而称为"酣高楼"。

　　"蓬莱文章建安骨"，众所周知，"蓬莱"是一座传说中的海上仙山，据道家传说，仙府秘籍都藏于这座蓬莱山中。东汉时期，国家藏书之处的东观就用"蓬莱"代称，那么，"蓬莱文章"指的就是汉代的文章了。"建安"则是汉献帝的年号，建安时代诗歌创作极为繁盛，主要代表人物有曹氏父子（曹操、曹丕、曹植）以及建安七子，如王粲、陈琳等人。词气慷慨、情绪激昂，是三曹和七子诗歌的共同风格，因此，后世将这种风格誉为"建安风骨"。所以，李白此处提及的"蓬莱文章建安骨"，指从汉代到魏晋时期的文章，在这里用来形容李云刚健的诗风。而"中间小谢又清发"，指的则是以清新俊逸著称的谢朓诗，"清发"，即清新秀发的诗歌风格。事实上，李白此处是以小谢自比，将自己的诗歌与小谢诗并论。随后，诗人发出这样的慨叹："俱怀逸兴壮思飞，欲上青天览明月。""俱怀"，即指李白和李云两人都怀着超逸的兴致、壮阔的思想，这是一种浪漫的情怀，诗人极力表现出自己洒脱的状态。"欲上青天览明月"，实际上抒发的是李白飞上青天揽明月入怀的壮思妙想，此处的"览"是通假字，通扦揽的

"揽"。两个人在高楼上喝着酒，看着南飞的秋雁，觉得自己简直可以飞上天去揽住明月，这种浪漫的想象，是一般人写不出来的。因此，从这些句子来看，一方面李白对自己的文学才华非常自信，以"中间小谢又清发"自况；另一方面，他试图以这种豪放飘逸的情思来摆脱眼前的忧愁。既对逝去之事无法挽回深感不可留恋，也为当下的"今日之日多烦忧"寻找自我解脱的办法。

然而，诗人还是感叹道："抽刀断水水更流，举杯消愁愁更愁。"虽然他是潇洒飘逸的诗仙，但这份愁绪始终无法摆脱。李白将切断愁思喻为"抽刀断水"，无论诗人用刀如何去砍，都砍不断那源源不绝的水流，因此"抽刀断水水更流"。此话虽然朴素，却因恰切地描述了困扰他的愁情之特征而成为千古名句。"举杯消愁愁更愁"，这更是我们常说的一句话。有些人因为生活不尽如人意而爱上了喝酒，最后变成了酗酒者。事实上，喝酒根本无法使人摆脱人生的烦恼和困苦，越喝越痛苦，最后头晕目眩，其实并不是一件很快意的事。微醺尚可，酩酊大醉只会让人更难受。诗末云："人生在世不称意，明朝散发弄扁舟。"诗人长吁，活在这个世上实在是不如意，所以明天还是不戴帽子不束发，披散着头发，乘一叶扁舟远去吧！这是一种比喻的说法，意味着诗人要辞官隐居，飘荡江湖，看似很潇洒，但其实是对现实的无奈。李白初至长安时，也希望大有作为，但事实是，他并没能在朝廷久留，很快就因遭受谗言而被迫离开，无奈四处漫游，所以有"人生在世不称意"之叹。人生既不称意，便只有辞官，既不想做官，不如还是洒脱一点，披下头发去隐居吧，这就是这首《宣州谢朓楼饯别校书叔云》的大意。

看起来李白在这首诗中最终似乎还是未能摆脱他的愁绪，他与李云在饯别宴会上饮酒，又言"举杯消愁愁更愁"，说明酒并未奏效。然而，这首诗的语言、措辞，又给人积极、潇洒、乐观的感觉。从语言上来看，风格豪放，不受拘束，尽管诗人认为自己无法彻底卸下愁思，但诗中间的几句使我们看到了诗人依靠着王勃在《滕王阁序》里所说的那种"逸兴遄飞"的神思妙想和潇洒的人生态度，适度地放下了这种愁绪。所以古往今来，人们都特别喜爱这首诗。杜甫在《春日忆李白》中评价李白道："白也诗无敌，飘然思不群。"意即李白的诗天下无敌，诗风飘逸，思想卓尔不群。《唐宋诗醇》认为，《宣州谢朓楼饯别校书叔云》这首诗，正是杜甫所描写的李白"飘然思不群"的特征的典范，是其风格的代表。因此，尽管这首诗的标题冗长而难记，但又有谁不记得"俱怀逸兴壮思飞，欲上青天览明月""抽刀断水水更流，举杯消愁愁更愁"这样的名句呢？这样的诗，无论在什么时代，读起来都不会过时。只要人生活在世上，总有摆脱不掉的愁绪，那么在面对愁绪之时，吟诵李太白的这些诗句，总该能够使我们得到部分的解脱，使我们的人生稍微快意一点吧？这也是我们品读这首诗的目的。

这首诗还有另外一个题目——《陪侍御叔华登楼歌》，意即陪同担任侍御史的叔叔李华登楼所作的诗歌。那么，这里的人物就有了不同。原本题目为"饯别校书叔云"，此处则"陪侍御叔华"，李华和李云是否为同一人？有人认为是同一人，也有的人认为是不同的两个人。李华在唐代也是非常著名的文人。据考证，诗题如为《陪侍御叔华登楼歌》，则正能和李华的事迹相契合。此诗写于天宝十二载（753），李华在前一年，即天宝十一载（752）时官拜监察御史。此外，这首诗里并没有饯别之意，因此有人认为，此诗诗题应作《陪侍御叔华登楼歌》。

崔颢

（704—754）

汴州（今河南开封）人。唐代诗人。开元十一年（723）进士，开元后期曾为代州都督杜希望所器重，出使河东军幕，天宝间历任太仆寺丞、司勋员外郎等职。

黄鹤楼

昔人已乘黄鹤去，此地空余黄鹤楼。
黄鹤一去不复返，白云千载空悠悠。
晴川历历汉阳树，芳草萋萋鹦鹉洲。
日暮乡关何处是？烟波江上使人愁。

这首诗是大名鼎鼎的崔颢的《黄鹤楼》。宋人严羽《沧浪诗话》将这首《黄鹤楼》推为唐人七律第一。杜甫的《登高》曾被推为"古今七律第一格"，但在严羽看来，这首《黄鹤楼》在唐人的七律诗中独占鳌头。严羽的看法并非没有道理，且在当代为大数据所验证。几年前，学者王兆鹏先生推出了一份《唐诗排行榜》，他用大数据来统计唐诗在后世的影响，最后统计的结果是崔颢的《黄鹤楼》力压李白、杜甫的众多名作，成为对后世影响最大、最著名的作品。它在这份排行榜中获得了三项第一：入选古人选本次数第一，即古人所编的古诗或唐诗选本中多有收录《黄鹤楼》；获得历代点评次数第一，历朝历代的诗论家、文人都会对唐诗发表种种评论，这首《黄鹤楼》获得的后世评论总量最多，关注度最高；在今人文学史著作中全诗收录次数第一，现当代人编写的《中国文学史》中介绍的自然是最著名的文学作品，这些书在介绍唐诗时都选了《黄鹤楼》。所以，综上三点，加上其他的数据，表明崔颢的《黄鹤楼》是后世影响最大的唐诗。这个统计结果公布以后，有人表示意外，但是对于喜爱这首诗的读者来说，倒是颇感欣慰，觉得这首诗本就当之无愧。严格来说，《黄鹤楼》是唐诗从古体诗向近体诗过渡中的作品，虽然是一首七律，但它的平仄并不完全符合七律的要求。那么，这首诗的魅力究竟何在呢？

"昔人已乘黄鹤去，此地空余黄鹤楼。""黄鹤楼"在今天湖北武昌的蛇山上，位于长江边，气势宏伟。传说三国时期有位叫费文祎（一说即费祎）的人曾在此乘鹤升仙，也有人传说，仙人王子安曾在武昌西面的蛇山上成仙，山上有楼，故名"黄鹤楼"。道教中还有许多类似的传说，升仙之人名字皆不同，总而言之就是有一位仙人在此乘黄鹤远去了。仙人既已不见，"此地空余黄鹤楼"，这里只剩下一座楼孤零零地矗立在长江边，俯瞰着浩浩大江滚滚东去。"黄鹤一去不复返，白云千载空悠悠。"黄鹤既已消失，诗人仰望天际，看见蓝天之上朵朵白云飘过，千载之下，只有白云陪伴着这座名楼。此句或能激起读者内心的历史沧桑感，使人读之倍感惆怅。仙人、黄鹤皆不见，只余下这座楼，给人以物是人非之感。

随后诗人描写他登楼所见的景象："晴川历历汉阳树，芳草萋萋鹦鹉洲。""历历"即分明的样子，看得很分明、很清晰，"川"即江水，"汉阳"是现在武汉三镇之一，和武昌隔江相对。所以，诗人能够在晴天里清晰地看见汉阳一排一排的树木。"芳草萋萋鹦鹉洲"，"鹦鹉洲"在唐代位于汉阳西南二里的地方，是长江中间的小洲，现在由于地理的变迁，已经和陆地相连了。《三国演义》曾有祢衡"击鼓骂曹"之事，相传东汉末年，祢衡写过一篇《鹦鹉赋》，后来祢衡为黄祖所杀，埋于此洲，小洲因此得名"鹦鹉洲"。诗人伫立在黄鹤楼上，远远地眺望长江，只见水中的鹦鹉洲上芳草萋萋，极为美丽。这两句对仗工整，又用了叠字"历历""萋萋"，使景色鲜明地呈现在我们眼前。看到了眼前的实景后，诗人就生发出自己的感慨："日暮乡关何处是？烟波江上使人愁。"登名楼、看远景，可以激起人们心头多种感慨，而在这首诗中，诗人最后被引发的是乡愁。太阳落山了，家乡又在何处呢？远远望去，似乎望不见自己的家乡，故言"日暮乡关何处是"。又因是黄昏了，视觉没有白天那么明晰，江上由于水汽蒸腾，仿佛薄薄地笼上了一层轻烟，烟波浩渺，对面的汉阳树、鹦鹉洲已经模糊，诗人心中涌起了淡淡的惆怅，故而"烟波江上使人愁"。诗人明确地说出"日暮乡关何处是"，这大概是古代描写乡愁的诗句中最容易被人记住的两句。

除了前文所说这首诗不尽合七律平仄规定之外，"黄鹤"二字在前三句中多次出现，"昔人已乘黄鹤去，此地空余黄鹤楼"，"黄鹤一去不复返"三句中每一句都出现了"黄鹤"。这样高重复率的用词在一般的七言律诗中极为罕见，诗人通常避免这样用词，因为重复同一个词容易使读者感到乏味，而早期的版本也作"昔人已乘白云去"。但在崔颢的这首诗里，反而显得非常流畅。笔者甚至认为，这首诗之所以在后世影响极大，被后人推为"唐人七律第一"，可能就有赖于三次出现的"黄鹤"，它使得整首诗都变得朗朗上口，易于记诵。

杜甫
（712—770）

字子美，自号少陵野老。祖籍襄阳（今属湖北），生于巩县（今属河南）。唐代诗人。初唐诗人杜审言之孙。年轻时应进士举不第，漫游各地，后困居长安十年。安史之乱中投奔唐肃宗，授左拾遗。后弃官入蜀，定居成都。一度在剑南节度使严武幕府任职，因严武举荐，被朝廷任命为检校工部员外郎，世称"杜工部"。严武去世后携家出蜀，漂泊江南，病逝于舟中。有《杜工部集》。

梦李白二首

死别已吞声，生别常恻恻。
江南瘴疠地，逐客无消息。
故人入我梦，明我长相忆。
君今在罗网，何以有羽翼？

恐非平生魂，路远不可测。

魂来枫林青，魂返关塞黑。

落月满屋梁，犹疑照颜色。

水深波浪阔，无使蛟龙得。

浮云终日行，游子久不至。

三夜频梦君，情亲见君意。

告归常局促，苦道来不易。

江湖多风波，舟楫恐失坠。

出门搔白首，若负平生志。

冠盖满京华，斯人独憔悴。

孰云网恢恢，将老身反累。

千秋万岁名，寂寞身后事。

　　这是杜甫的《梦李白二首》。李白与杜甫是唐代诗坛上耀眼夺目的双子星，可谓是中国诗歌史上继屈原之后最伟大的诗人。唐宋八大家之首的韩愈曾写诗赞扬他们"李杜文章在，光焰万丈长"，说明唐人已经把李白、杜甫并称，看作诗坛两座并列的高峰。想必大家会好奇，既然李白与杜甫是同时代人，那么他们生命中是否曾有交集？他们关系如何？他们又如何评价对方呢？

　　事实上，李白和杜甫不但有交往，且关系匪浅。李白比杜甫年长十一岁，算得上是杜甫的前辈。天宝三载（744），他们在洛阳相识。李白曾深得玄宗赏识，后被小人所嫉，美其名曰"赐金放还"。而后李白到了洛阳，杜甫当时也恰巧在洛阳，两人见面后对彼此印象都不错，于是同游了梁宋，即今天河南商丘一带。次年，两人又同游了齐鲁，即今天的山东，由此结下了深厚的友谊。李白存世的诗歌中，可以确定有两首是写给杜甫的，一首是《沙丘城下寄杜甫》，另一首是《鲁郡东石门送杜二甫》，杜二甫即杜甫。《鲁郡东石门送杜二甫》这首诗就是李白和杜甫在鲁郡，即今天的山东兖州分别时写的。李白在诗中说"飞蓬各自远，且尽手中杯"：我们从此就如飞蓬那样各自飘远了，不知何时能再相会，既是如此，就让我们一饮而尽这杯中酒吧！这样的句子悲壮苍凉，事实上正如李白所言，李杜二人鲁郡一别后，终生未再见面。

杜甫作为晚辈，自然十分倾慕李白，在他这一生留下的诗中，写给李白的就有十五首，其中有些诗非常有名，比如《春日忆李白》，其中说"白也诗无敌，飘然思不群"，赞颂李白的诗高妙绝伦，期待和李白"何时一樽酒，重与细论文"。杜甫还有一首《饮中八仙歌》，写的是当时八位以喝酒著名的人士，其中这样形容李白："李白一斗诗百篇，长安市上酒家眠。天子呼来不上船，自称臣是酒中仙。"李白喝一斗酒就能写出一百篇美妙的诗歌，醉酒后就在长安街市的酒家里睡着了，皇帝召他，他也不去，而自称是酒中仙。李白嗜酒如命这一形象在杜甫的笔下得到了生动的描绘和反映。

还有一首《寄李十二白二十韵》，十二是李白的排行，唐人好用排行来称呼朋友，杜二甫的"二"也是排行。这首诗说："昔年有狂客，号尔谪仙人。笔落惊风雨，诗成泣鬼神。"过去有一个狂妄的人，外号是"谪仙人"，即李白，他只要一下笔就能够惊动风雨，写成的诗可以使鬼神哭泣。在杜甫所有写李白的诗中，《梦李白二首》极有特色，因为它写的是杜甫在梦中见到李白的情景，试想，中国历史上的诗仙李白一旦进入了诗圣杜甫的梦境，他会是怎样的形象？

《梦李白二首》写于乾元二年（759），乾元是唐肃宗的年号，乾元元年（758），李白因参加永王李璘的幕府而被聘为僚佐，后受到永王谋反的牵连下了浔阳狱，复被流放夜郎。夜郎即今天贵州的桐梓，在当时来说已经是很远的地方了。次年春天，李白还未行至夜郎，在巫山遇到了大赦令，便高兴地乘船下江陵返回。但是杜甫当时流寓秦州，即甘肃的天水，古代没有电话通信，关山远隔，音讯不通，杜甫只知道李白被流放夜郎的消息，但还不知道李白被赦免的喜讯，所以在秦州就写下了《梦李白二首》。

《梦李白二首》第一首开篇便是"死别已吞声，生别常恻恻"，死别已足以令人难受，活着离别更加令人悲伤。"江南瘴疠地，逐客无消息"，"瘴"即瘴气，"逐客"即指被放逐的李白。李白流落在南方，气候对他的身体也很不利，杳无音讯，不知他是生是死。"故人入我梦，明我长相忆"，今天晚上你来到我的梦中，正说明我长久的思念没有白费。"君今在罗网，何以有羽翼"，你李白今日身陷罗网，为什么还有羽翼，能飞入我的梦中来呢？"恐非平生魂，路远不可测"，你迢迢千里从南方到秦州，入我梦中来，我害怕你已不在人世。"魂来枫林青，魂返关塞黑"，"枫林"指南方，"关塞"指秦州，你来时，南方的枫林是青的，匆匆去时，这里的关塞一片漆黑。来去迅疾，只因在梦中。"落月满屋梁，犹疑照颜色"，"颜色"并非指赤橙黄绿青蓝紫之类的色彩，而是指脸色，月色仿佛照着你的脸色。最后说"水深波浪阔，无使蛟龙得"，此处"水深"是指朝廷形势险恶，永王叛乱，李白也受到了连累，可见政治局势非常复杂，一不留神就死无葬身之地。"无使蛟龙得"，是说不要让蛟龙把你吞灭了。这是李白进入杜甫梦中的情景，从中可以感觉到一种强烈的不安和深深的担忧。杜甫不知道李白到底是生是死，未来如何，一切捉摸不定，因而惴惴不安。

第二首写出了李白在杜甫梦中的形象。虽然也是梦境的描写，但从中可以看出诗圣对诗仙的评价。"浮云终日行，游子久不至"，李白的漂泊就如浮云一般，终日不定。"三夜频梦君，情亲见君意"，"三夜"即多个夜晚，"三"在此处是一种泛指，可见杜甫对李白友情之深。在梦里，李白的表现是"告归常局促，苦道来不易"，在梦里匆匆见面，倾吐友情，李白便辞行了。从南方瘴疠之地到秦州，路途遥远，所以"苦道来不易"。"江湖多风波，舟楫恐失坠"，这一路要走水路，但水路危险，江湖上风波很多，一不留神就要翻船。"舟楫"即船和桨，"失坠"即翻船，杜甫强烈的不安在这两句中表现得淋漓尽致。随后便是对李白形象的描写："出门搔白首，若负平生志。"李白常常喜欢以手挠头，来表明自己壮志未酬。"冠盖满京华，斯人独憔悴"，这两句非常有名，这是杜甫对李白境遇的设想，"冠盖"即冠冕和车盖，这是达官贵人的象征。京城中冠盖云集，达官贵人来来往往，在这样的人群中，唯独李白孤零零地在那里，神色憔悴。这自然是出自杜甫的想象，形象地勾画出李白独特的命运和形象。李白正是因为遭到排挤被迫离开长安，他与那些达官贵人、那些用尽心机追求功名富贵的人境界是多么不同，所以尽管李白才华绝伦，但是他与那些人格格不入。"孰云网恢恢，将老身反累"，"恢恢"，宽广的样子，老子说："天网恢恢，疏而不失。"天网似乎很疏阔，但不会放过任何一个有罪的人。杜甫在此处反用其意，实际上是感叹、同情李白老之将至，却被天网所困。杜甫不否认李白的罪过，却为这样的罪而感到深深的惋惜。"千秋万岁名，寂寞身后事"，你死后纵使声名千载，毕竟也是身后事了，骨子里却仍然寂寞。

在《梦李白》第二首中，李白是一个和杜甫有着深情厚谊、与京城达官贵人格格不入、在政治旋涡中不慎失足、声名远播但又内心寂寥的大诗人，这便是李白在杜甫心目中的真正形象。杜甫对他充满了同情，充满了共鸣，又充满了担忧，充满了惋惜，假如杜甫知道李白已经遇赦，重获自由，必然欣喜若狂。可惜，杜甫写诗时仍蒙在鼓里，所以才会写出这两首好诗。杜甫道出了心中对李白无穷无尽的思念，其中"冠盖满京华，斯人独憔悴""千秋万岁名，寂寞身后事"都是流传千古的名句，它被刻印在诗圣和诗仙交往的历史上，永远地保存着、见证着这两位唐代最伟大的诗人之间的深厚友谊。

客　至

舍南舍北皆春水，但见群鸥日日来。
花径不曾缘客扫，蓬门今始为君开。
盘飧市远无兼味，樽酒家贫只旧醅。
肯与邻翁相对饮，隔篱呼取尽余杯。

　　总体而言，杜甫笔下艺术成就较高的诗总带有些苦情色彩，多讲述其受战乱所迫漂泊的经历和孤独无依的状态。而这首《客至》则不属于这一类风格。诗题为《客至》，意即有客人来了。在诗中，杜甫描写了他宴请宾客的场景。据诗人自注，他请客的对象为崔明府。"明府"是县令的旧称，但这个崔明府究竟是何许人也？有人推测，崔明府可能是杜甫母亲家的亲戚，故而杜甫在这首请客的诗中，对崔明府的招待可谓是既热情又随意。若宴请的是位尊贵的宾客，就须以山珍海味款待之。当然，以杜甫的经济实力和当时的社会条件，也没有什么山珍海味，但和崔明府既是亲戚关系，便无须过分讲究礼数。《客至》这首诗写于杜甫搬到成都草堂后不久，因生活相对安逸，诗人的好心情也在诗中有所体现。

诗里描绘了这样一幅春景。"舍南舍北皆春水"，当时杜甫在成都居住的草堂地势并不高，随着春天的到来，南北河道里的水也逐渐高涨。所以，春水漫涨后，房舍仿佛就立在水的中央，这是一幅充满诗意、画意的景象。如此则带来了"但见群鸥日日来"的结果。水上栖息的鸥鸟误以为这是河道湖面，每天都在此盘旋。试想如今城市里的人若想看看鸥鸟，要坐着飞机、高铁到海边、到湖边才能看见，而草堂的主人却能在房中日日看着群鸥盘旋，这是一种怎样的视觉享受。事实上，"群鸥"背后还有一个典故。据《列子·黄帝》所载，有一孩童每日到海边与海鸥戏耍，海鸥皆主动与之亲近。一日，其父要求孩童捕捉几只海鸥到家中来，孩童从之。翌日，鸥鸟看见他，就只愿在空中盘旋，再也不愿飞下来了。《列子》此典本意为人不能有机心，即功利的想法。一旦人有了机心，海鸥也能有所察觉。杜甫诗中所写的"但见群鸥日日来"，实际上是隐隐地表明自己毫无机心，因此鸥鸟也愿意来亲近。当然，这里所写"群鸥"并不是海鸥，而是生活在淡水边的鸥鸟。首联所勾画的就是这样一幅温馨的乡村春景：鸥鸟飞舞盘旋，小房子坐落于春水之中。

此时有客人来访，即这位崔明府，从而引出了第二联："花径不曾缘客扫，蓬门今始为君开。"此处"客"和"君"所指皆为崔明府。那小径落满了鲜花，我并没有因为你要到来而将其清扫；我家那扇用蓬草编织的简陋的门，今天却是因为你的到来才第一次打开。这两句在点出"客至"的同时，后世不少评论家还从字里行间体察出许多信息来，认为杜甫在草堂居住期间应该颇为孤独。首联"但见群鸥日日来"说明除去鸥鸟，这里便鲜有客人来访。再从这一联来看，"花径不曾缘客扫"，地上铺满落花，也说明了平日无人走动来访，否则，杜甫应该早把落花打扫干净了。"蓬门今始为君开"，更加明确地表达了这一层意思，所以谓之"今始"，如今才为你打开。可见这位崔明府的来访，对杜甫家来说是一件大事。

　　在现代，每逢乔迁之喜，人们一般会邀请亲戚朋友来做客，亲戚朋友还会携礼前去，这是很重要的礼节，而主人家也会以好酒好菜招待。那么杜甫这次拿出了什么好酒好菜呢？"盘飧市远无兼味，樽酒家贫只旧醅"，"飧"是熟食之意，"樽"是一种酒器，而"醅"则是白居易《问刘十九》"绿蚁新醅酒，红泥小火炉"中所言的"醅"，即酿酒。"盘飧市远无兼味"，"无兼味"即没有更多的口味供人品尝，只有这么一盘菜。诗人说，我这里只有一盘熟食，但不是因为我吝啬，而是集市太远了，买菜不太方便，所以没有其他的菜肴。当下的我们无从得知杜甫这所谓一盘菜是不是只有一种菜。当我们到饭馆里用餐时，经常有一种拼盘菜，实际上一盘菜是几种菜的组合。但是从此处所讲的"无兼味"来说，很有可能只有一道菜。

"樽酒家贫只旧醅"，即盛在酒樽里面的酒是旧酒而不是新酿，也有人认为是指没有滤过的酒。古人一般不常喝没有滤过的酒。而杜甫所说的这种酒不是像今天的茅台、五粮液这种蒸馏酒，而是自家酿制的比较粗劣的酒。之所以提供这种粗劣的酒，杜甫说道："不是我不尊重你，只是家里只有这点条件了，就请你将就着喝吧！"虽然条件比较艰苦，家中亦只有旧酒，但杜甫对于这次请客非常重视。家里来访的人不多，家里的食物也不多，但好不容易来了一位亲朋，杜甫还是竭尽所能地把好东西都拿出来。有酒有菜肴，读者会猜想大概也就如此了吧，结果在最后的两句里，杜甫又翻出新意来："肯与邻翁相对饮，隔篱呼取尽余杯。"杜甫想起了邻家老翁：我家有酒，不知他是否愿意共饮一杯？所以他要招呼一声，请邻居来家中喝酒。这里的"肯"有询问的意味，而"隔篱呼取"则写出了杜甫隔着一道篱笆向邻家老翁发出邀约的情形："来来来，老先生您把酒喝完吧！"所以，这是一个温馨的场面。诗人未言明家眷是否在场，但从诗里看，当时画面中至少是有三人：主人杜甫，客人崔明府，最后又拉来了邻家老翁。

这是一首温馨的诗，在后人众多评论中，笔者认为黄生在《唐诗摘钞》中的几句评论可谓精炼而恰切。"前半见空谷足音之喜"，即好似空旷山谷中回荡起了脚步声。平日无人到访，而崔明府来访，这就是空谷足音。"后半见贫家真率之趣"，从诗的后半部分中，我们可以体会到穷人家的率真趣味。诗人直言不讳地把自家并不太富有的情况向客人说明，那是一种诚心诚意待客的热情，是一种坦率和真诚。最后黄生说："隔篱之邻翁，酒半可呼，是亦鸥鸟之类，而宾主两各忘机，亦可见矣。"这句评论耐人寻味，黄生认为酒过三巡之时能够随意唤来邻家老翁，这里的老翁就相当于《列子·黄帝》中的鸥鸟。正因为宾主崔明府和杜甫都无机心，故而邻家老翁对他们无所戒备，杜甫对邻居亦如此。

这种邻里关系和今天大不相同，如今小区里家家户户都装着防盗门，隔着厚厚的铁门，邻里互不往来，我们根本不知道楼上楼下或者对门的邻居从事什么样的职业，家中情况如何。但是，杜甫的这位邻居老翁对他们显然是非常信任的，所以随意便可将他叫来，同时也说明了杜甫和崔明府两个人毫无机心，皆是率真之人。

在杜甫的这首《客至》里，不但弥漫着一种温馨、难得的请客氛围，又具有农家的朴素、略带粗糙的乐趣。虽然家庭条件不好，但内心抱有这种率真，因此这样的阶层中也能拥有邻里之间高度的和谐融洽与彼此不设防的交往。所以，诗中所描绘的请客的场景和过程令人羡慕非常。当我们阅读这首诗时，眼前完全可以浮现出杜甫三人恣意喝酒、吃菜、聊天的情景，至于他们吃的是不是佳肴，喝的是不是佳酿，已经不再重要。四周被春水包围，头上有鸥鸟盘旋，这样难得的场景岂不让人心向往之？

闻官军收河南河北

剑外忽传收蓟北，初闻涕泪满衣裳。
却看妻子愁何在，漫卷诗书喜欲狂。
白日放歌须纵酒，青春作伴好还乡。
即从巴峡穿巫峡，便下襄阳向洛阳。

　　《闻官军收河南河北》中的"官军"即指唐军，"河南河北"是当时被安史之乱叛军最初占领的地区，现在唐军将其收复。这对于在安史之乱中备受离乱之苦、漂泊之苦的杜甫来说，真是一个天大的好消息。杜甫当时流落四川，在唐代宗广德元年（763）的正月，安史之乱罪魁祸首史思明的儿子史朝义兵败自杀，安史之乱结束。杜甫听到这个消息欣喜若狂。"剑外忽传收蓟北"，便是指唐朝军队收复幽州、蓟州一带的消息从剑门关以外传过来。

　　好消息传来，杜甫的反应是喜出望外、喜不自胜。第二句"初闻涕泪满衣裳"是说杜甫刚听到这个消息时，第一反应是涕泪交流，把衣服都沾湿了。明明是天大的好消息，杜甫为什么哭呢？这是喜极而泣。饱受战乱痛苦的杜甫，在听到这个消息的一刹那，首先想到的是，这样战火纷飞的苦日子终于结束了，再也不会有了，然后不免又想到自己在战乱中的种种磨难和九死一生的场景。具体情况，他在《北征》一诗中多有记述。这一刻，杜甫喜极而泣，以至于泪水沾满衣裳，完全可以理解。

"却看妻子愁何在"，这里的"妻子"是指妻子和孩子。
再回过头看看妻子和孩子，还有什么愁绪呢？愁绪早该消散。
于是诗人"漫卷诗书喜欲狂"。"漫卷"是指随便一卷，而不是
非常细心地收拾，赶快把"诗书"随便一卷，欣喜若狂。

卷起"诗书"要干吗呢？第五、六句就告诉你了："白日
放歌须纵酒，青春作伴好还乡。"诗人卷起了诗书，用歌唱来
表达内心狂喜。"放歌"可以理解为吟诗，纵酒的"纵"用得
非常好，好好庆贺一下。"青春作伴好还乡"的"青春"不是
指诗人青春年少，而是指春天。在春天明媚阳光的陪伴之下，
正好回到我日夜思念、久久怀想的故乡。这里的故乡是指河南
洛阳。这里诗人自己有注，说"余有田园在东京"，所谓"东
京"就是指洛阳，相应地"西京"是指长安。

诗人想赶快回到洛阳，于是诗的最后两句说，"即从巴峡
穿巫峡，便下襄阳向洛阳"。两句一共十四个字，用了四个地
名。"巴峡—巫峡"是走水路，"襄阳—洛阳"是从湖北一直到
河南。四个地名连缀起来，仿佛诗人的回乡之路非常之快，眨
眼之间便到了，比现代人乘坐飞机还快。这样的写法非常高
明，将地名连缀，显示出诗人回乡之旅的迅疾。其实回乡当
然没这么省力，时间也长得多。这正应了一个成语——归心似
箭。我只要想回去，我的心就回去了，虽然身体还在四川，但
心已经飞回了洛阳。

所以清代著名的评论家浦起龙在《读杜心解》中说，这

首诗是杜甫生平的第一首快诗。杜甫写了很多诗歌，风格多样，但名作大部分都很悲凉凄惨，因为杜甫一生命途多舛，尤其是在安史之乱中，和妻子分隔两地，朝不保夕，生命安全时时受到威胁，又不受皇帝待见。但这首诗中，我们一点都看不到诗人的悲切。他"却看妻子愁何在"，自己"漫卷诗书喜欲狂"，生怕别人不能理解自己内心的狂喜，还要写诗，要把归心似箭的心理状态呈现出来。所以从这首诗里，我们可以看出像杜甫这样饱受离乱之苦的唐代中下层文人内心十分真实的心理活动，以及听到安史之乱平定的消息当口真实的心理反应。

这是极其珍贵的。唐代史书记载安史之乱的有很多，这些书里可以读到朝廷的决策、战局形势的变化，但是读不到一个普通文人在那个历史时刻的真实内心世界，但是杜甫诗中可以读到。从这个意义上，后世的人把杜甫的诗称为"诗史"。这是另外一种历史，个体生命的历史，和唐代兴衰历史紧紧联系在一起，是一个时代最生动最鲜活的反映。

旅夜书怀

细草微风岸，危樯独夜舟。
星垂平野阔，月涌大江流。

名岂文章著，官应老病休。

飘飘何所似，天地一沙鸥。

　　这是杜甫五言律诗中的名作《旅夜书怀》。杜甫的七言律诗非常有名，比如《登高》《登楼》《客至》《秋兴八首》等，我们可以举出很多名篇。但杜甫的五律，如这首《旅夜书怀》，同样广为流传，也是杜诗中数一数二的作品。"旅夜"即羁旅之夜，"书怀"即书写自己的情怀。

　　杜甫离开官场后，晚年一直在西南漂泊，所以，在《咏怀古迹》组诗中曾自称"漂泊西南天地间"，这不是诗人的夸张，而是真实的经历。杜甫四处漂泊的主要原因是战乱，加之不受皇帝信任。他曾因上书营救房琯，触怒了唐肃宗，被贬至华州，仕途黯淡，后来就流寓秦州，即今天的甘肃天水。因为好友严武在四川担任成都尹，所以杜甫又从秦州一直往南到了成都，今天成都仍有著名的杜甫草堂，即杜甫寓居之所。但不幸的是，永泰元年（765），严武暴病而亡，杜甫失去了生活上的依靠和来源，被迫再次携带家眷离开成都，乘船沿江而东。当他漂泊至嘉州、渝州，一直到忠州，即今天的四川乐山、重庆忠县一带时，在一个夜晚，小船泊在岸边，杜甫望着天地之间的苍茫景色，写下了这首《旅夜书怀》。所以，这首诗是杜甫旅途中的作品。"旅"并非旅游之意，而是被迫漂泊西南，生活无依。

"细草微风岸，危樯独夜舟"写的是诗人眼中所见之实景。晚风吹过，岸边是细细的青草，"危樯"则是帆船的桅杆，"危"即高，"独夜舟"即晚上只有这么一艘孤零零的小船泊在岸边，四周悄然无人。"星垂平野阔，月涌大江流"，这一联一直为后人所激赏，十个字就将一幅大江的夜景在读者眼前铺展开来。李白在《渡荆门送别》一诗中写过"山随平野尽，江入大荒流"，和杜甫这一联诗略有相似之处，但后人认为杜甫这两句写得更好。笔者认为杜甫这两句诗主要有两个妙处。一是倒装句法。"星垂平野阔"，实际上是先因为眼前的平野非常广阔，天上的星星才会像要垂下来一般，垂得很低，垂在地平线上；同样，"月涌大江流"，长江夜晚仍奔流不息，这种动感使得一轮明月像是从江中涌出。但是诗人没有顺着写，而是先写"星垂"再写"平野阔"，先写"月涌"再写"大江流"，他把令人瞩目的景物如星星、月亮，先行呈现在读者面前，随后再为星月绘上气势宏阔的背景，此为第一个妙处。第二个妙处是动静结合。"星垂平野阔"是静谧的夜景，茫茫的原野伸向远方，只见远处地平线上垂着几颗星星，清晰可辨，可见那晚天气应该不错，给人以安静而孤独的感觉；"月涌大江流"则是充满动感的景象，大江浩浩荡荡奔流东去，此时月亮应是一轮圆月，或是接近于圆月，我们很难设想一弯新月从大江中涌出来的景象，圆月从奔流不息的江中涌出来，展现在诗人面前，也展现在读者面前。正是因为倒装句法和动静结合的描写，使得这联诗成了千古佳句。

如果说这首诗的前两联都扣住了题目中"旅夜"二字，那么它的后两联则扣住了"书怀"。此处诗人开始写自己的怀抱，写他的经历和感慨。"名岂文章著"是一个问句，诗人自问：我的名声是靠写文章得来的吗？我能够靠写文章名垂青史吗？"官应老病休"是说，再看看我的仕途，我既老又病，身体衰弱，我的官宦生涯应该到此为止了吧？事实上，杜甫在放弃了华州司功参军这个官职后，便投靠了严武，当中也担任过一些官职，但在严武去世以后，他的政治生涯基本上已经完结了。诗人心里很清楚这一情况，故而说"官应老病休"。

关于这两句，后人还有一种解释，认为诗人故意正话反说，他明明已经靠写作赢得了巨大的声名，却说"名岂文章著"；"官应老病休"也是同样的道理，诗人离开官场是因为朝廷的黑暗，使其在仕途中受到排挤打压，此处诗人故意说反话，自谓仕途结束是因为身体不好，是个人原因而非朝廷之故，实际上杜甫很清楚这就是朝廷的原因。笔者并不太赞成这种解读，这句诗就是诗人杜甫对自己当时的前景和心境的真实描绘，并非反话。他确实认为自己靠写文章也没有赢得什么声名，而仕途也因为身体原因到此为止了。笔者比较赞成把这联诗顺着解读，因为诗人看到了东去的大江，看到了星月孤独地垂在天际，又因为四周无人，更因为诗人处于漂泊无依的旅次之中，他根本不知道自己的未来在哪里，这些景象、心境、感慨交叠，催生出这首诗的尾联："飘飘何所似，天地一沙鸥。"诗人感叹，在西南地区漂泊无定，自己不正像在天地间盘旋飞翔的那只孤独的沙鸥吗？这种身世悲凉之感，被这样一个恰切又令人心痛的比喻精确而残忍地刻画出来。

杜甫写下这首诗时，距离去世还有五年。后来他漂泊到夔州住了一段时间，又沿江东下，一直漂泊到潭州，即今天的湖南长沙，他已经老病交加，最后，病逝在湘江的一条小船上。在漂泊生涯中，他大多数时间都是和家眷在船上度过的，这就是一代大诗人晚年令人唏嘘不已的归宿。笔者认为这首诗可以看作杜甫对自己一生的总结，尤其是最后四句。杜甫年轻时怀着"致君尧舜上，再使风俗醇"（《奉赠韦左丞丈二十二韵》）的远大志向，也曾投身官场。但后来经历安史之乱，又触怒了唐肃宗，以致无依无靠，只能四处投奔亲友，最后竟然病逝在湘江舟中。后四句既是诗圣对自己一生的总结，也是他晚年漂泊生涯最真切的写照。

秋兴八首（其一）

玉露凋伤枫树林，巫山巫峡气萧森。
江间波浪兼天涌，塞上风云接地阴。
丛菊两开他日泪，孤舟一系故园心。
寒衣处处催刀尺，白帝城高急暮砧。

这首诗是《秋兴八首》的第一首。《秋兴八首》是杜甫寓居夔州（今重庆奉节）期间所写的一组诗，八首诗都是七律，题目中的"秋兴"即由秋天所生的诗兴。秋色总会激起人们内心的种种感受，但杜甫的《秋兴八首》并不仅仅是虚泛地描写内心感受，实际上这八首诗有一个核心：长安。

　　"玉露凋伤枫树林，巫山巫峡气萧森"中的"玉露"即白露，秋天的露水。"凋伤"二字用得巧妙，此处为使动用法，使枫树林衰败便是"凋伤"。肃杀的秋风吹拂枫树林，树林仿佛遭受了巨大的打击，而"伤"字尤为精到，一般人常用凋零、凋敝，而此处"伤"字便有摧折之意了。秋露摧伤了枫树林，可见秋天气息之厉害。"巫山巫峡"泛指重庆奉节一带长江边的山林、峡谷，"巫山巫峡"气势宏伟，而在杜甫笔下，其气象显得格外萧瑟阴森。这两句仿佛带给我们飕飕的凉意，无论是枫树林还是巫山巫峡，这些景物都被一片肃杀的秋气笼罩，被萧瑟的秋意所感染，由此构成这首诗的环境背景。

　　"江间波浪兼天涌"，杜甫把江中的浪与天联系起来，"江"毫无疑问指的是长江，"兼天"即波浪滔天，波浪被风卷起，远远望去，仿佛要冲上天一般，与"白浪滔天"同义。"塞上风云接地阴"，"塞上"指的是夔州城，地理位置较高，风云一片直连大地，此之谓"接地阴"。这首诗还有一个版本，其中"接"作"匝"，"匝"即笼罩之意，无论是"接"还是"匝"，形容的都是肃杀的秋气由高向低，由夔州城向大地笼罩过来。风云从上往下，与"江间波浪兼天涌"从下往上的视角正好相反，一写天，一写地，又将整个天地连接起来。这两句写景比"玉露凋伤枫树林，巫山巫峡气萧森"来得更具体，气象雄浑壮丽。

"丛菊两开他日泪"，秋天菊花盛开，而"丛菊两开"则有两种解释：一是杜甫写这首诗时已在夔州住了两年，这是他第二年在夔州看到盛开的菊花了，故而说"丛菊两开"。若依此说，根据杜甫一生的行迹，这首诗应写于大历二年（767），因为杜甫是在大历元年（766）的春天移居夔州的；但更广为人们接受的说法是，杜甫写此诗时正值他在夔州度过的第一个秋天，上一个秋天则在云安。为何把云安的秋天和夔州的秋天合称为"丛菊两开"呢？因为这是杜甫离开成都后在外漂泊的第二个秋天，那么这首诗的成诗时间便可前推至大历元年，即杜甫初到夔州的那一年。"他日"即指以前的日子，杜甫回忆往昔，由今年的菊花想到去年在另一处漂泊时所看到的菊花，想起昨日辛酸的眼泪，便谓之"他日泪"。

"孤舟一系故园心"，"孤舟一系"即一叶扁舟停靠在岸边，"故园"则指长安。为什么长安对于杜甫来说是故乡呢？相传杜甫的祖先杜预原是京兆人，并非河南人，所以此处故园一般认为是指长安。杜甫说，我这艘船虽然停靠在长江边，但内心仍记挂着千里之外遥远的长安。长安是唐代的都城，又是杜甫祖籍，所以杜甫一直心系长安，也是表达对国家安危和命运的关切。

这两句的高明之处在于动词，如"丛菊两开"的"开"字和"孤舟一系"的"系"字，这两个字皆有两义。"开"既指菊花盛开，也指泪眼开；"丛菊两开他日泪"既可读为"丛菊两开"，作主谓结构，也可读为"开他日泪"，作动宾结构，意即激发、促使诗人想起昨日的泪水。同样，"孤舟一系"作主谓结构，但将后半句读为"系故园心"，则是动宾结构，即牢牢地系着我一颗思念故园的心。所以这两个动词在七言句中前后两端皆能通用，既能照顾到前面，又能照顾到后面，而不专属于哪一个名词，这便是杜甫七律的精妙之处，这一联也就成了这首诗中的名句。

"寒衣处处催刀尺，白帝城高急暮砧。""寒衣"即冬衣，古人到了秋天就要提早制备冬衣了，"刀尺"即裁缝用剪刀剪、用尺子量布匹，赶制冬衣，故谓"寒衣处处催刀尺"。此句中"催"字用得巧妙，天气突然转凉，必须要马上裁制冬衣，否则就来不及了。那么，"白帝城高急暮砧"与"冬衣"又有何关系呢？现在的白帝城是一个著名的旅游景点，位于重庆奉节瞿塘峡口长江北岸的白帝山，它在历史上同样有名，由西汉末年割据在蜀郡的公孙述建造。公孙述自称白帝，所以造的城楼便名为白帝城。《三国演义》中刘备去世前就在白帝城托孤，把儿子刘禅托付给老臣诸葛亮，虽然历史上真正的托孤地在永安宫，但"白帝城托孤"作为故事更为著名。在唐代，李白也在《早发白帝城》中写过"朝辞白帝彩云间"。"白帝城高"即指白帝城的地势高，"暮砧"即晚上人们在江边、河边捣衣时捶打布料发出的声音。唐人制冬衣，首先要把布料放在石砧上用木棒捶击，布料经过击打后就会变得非常平软，便于制作衣服，穿在身上也更为舒适，唐人称这样的工序为"捣衣"。李白曾在《子夜吴歌》中写道："长安一片月，万户捣衣声。""捣衣声"即砧声。因为赶制冬衣的人极多，所以"寒衣处处催刀尺"；因为人们都在捣衣，所以砧声此起彼伏，显得非常急促，故而"白帝城高急暮砧"。

要读懂杜甫的《秋兴八首》，须先把字词都弄明白。但在笔者看来，杜甫《秋兴八首》第一首的妙处还不在于字词。当我们把整首诗反反复复地念诵，就会发现其中包含了最典型的杜诗的味道，古人称之为"沉郁顿挫"。它的情调深沉婉转又略带压抑，气象雄浑厚重，而非清脆爽利。这便是《秋兴八首》，也是杜甫在夔州等地所写的七律最明显的特色。这一特色在《秋兴八首》，特别是第一首中表现得最为鲜明。至此，杜甫对七律的掌握以及技巧的运用已经达到了出神入化的地步。所以，所谓对仗的工整、描写景物气象之壮丽，对杜甫来说已经不在话下，它的妙处是从整体上塑造出忧郁深沉的气象，这种气象只属于杜甫一个人。如果与《阁夜》《登高》等同样在夔州写作的诗相比，这首诗所写的景色更加宏远，它所营造的秋天萧森的气氛更加无形地弥漫在字里行间，使人分辨不出它运用了何种句式，是哪个词达到了这样的艺术效果。这种肃杀之气和雄浑之感，弥散在整首七律中，其中既有视觉上的景物描写，如"江间波浪兼天涌，塞上风云接地阴"，又有听觉上声音的描写，如"白帝城高急暮砧"。而在这首诗中，杜甫没有明确地说明自己的身世，不像《登岳阳楼》《旅夜书怀》等诗，"亲朋无一字，老病有孤舟"，明明白白地写出来，而只是朦胧含蓄地说"丛菊两开他日泪，孤舟一系故园心"，因而引起了后人对此诗诗意的争论。这源于杜甫在艺术上所保留的距离感。这首诗写得很矜持，他故意隐隐透露出秋天肃杀的气氛，把自己对人生的感觉用一些读者似乎能体会又不能完全精确体会的词汇、句子进行传达。实际上，这首诗是高度抽象的艺术作品，正因为它非常抽象，具有很强的概括力，所以在杜甫七律中极具代表性。后人不管在何种心境下都可以反复地诵读这首诗，体会老杜胸中的那份沉郁，以及文字上的顿挫之美。

许多研究杜甫的专家对《秋兴八首》的整体结构都有自己的理解。萧涤非先生认为，杜甫这八首诗是一个整体，前三首侧重于写夔州，后五首的核心则是长安，而八首中的第四首其实是过渡和转折，这是关于《秋兴八首》整体解读的一个很重要的说法。我们在读完第一首诗后，不妨再去读读其他七首。余下七首中有不少名句，如第三首中的"同学少年多不贱，五陵衣马自轻肥"，"五陵"是唐代长安贵族的聚居之地，少年时的同学如今多是富贵人，"衣马自轻肥"，衣服都是上乘的质料，非常轻盈，马都养得很肥。实际上这句诗反映了杜甫胸中的愤愤不平之意。就如一个人去参加同学聚会，看到昔日某位成绩很差的同学，甚至可能以前经常有求于你，如今却成了高官巨贾，"五陵衣马自轻肥"了，有些人心中或许也会暗暗生出不平之意。第六首中有"回首可怜歌舞地，秦中自古帝王州"，秦中这个地方自古以来就是帝王所居之地。还有第八首中的"香稻啄余鹦鹉粒，碧梧栖老凤凰枝"，按照一般的语序应为"鹦鹉啄余香稻粒，凤凰栖老碧梧枝"，杜甫在此运用了倒装句，对仗工切。

总而言之，《秋兴八首》的艺术成就极高，体现杜甫后期七律诗艺术上最高的境界。多年前笔者曾看到这样一种说法，若要用其他艺术形式的作品与《秋兴八首》的艺术境界相比拟，那么只有德国作曲家勃拉姆斯的《第四交响曲》可以与之媲美。据说听了勃拉姆斯的《第四交响曲》以后，对于《秋兴八首》这一组诗的艺术境界和其中蕴含的情调就会有更深的体会。如果有兴趣，不妨找来勃拉姆斯的唱片一听，看看这位德国古典主义的作曲家和杜甫"玉露凋伤枫树林，巫山巫峡气萧森"的情调有何联系。

阁　夜

岁暮阴阳催短景，天涯霜雪霁寒宵。
五更鼓角声悲壮，三峡星河影动摇。
野哭千家闻战伐，夷歌数处起渔樵。
卧龙跃马终黄土，人事音书漫寂寥。

这是杜甫七律之中的名作《阁夜》，写于大历元年（766）寓居夔州之时。夔州，即今重庆奉节，杜甫曾在夔州写下了不少好诗，如《登高》《秋兴八首》等名作。诗题中的"阁"者的便是夔州西阁，后人一般认为杜甫那天夜宿夔州西阁，据眼前之景、耳中所闻写出了这首七律。

　　初读此诗，便觉悲壮。"岁暮阴阳催短景"，"岁暮"即一年将尽之时，"阴阳"则有多种解释，以前人们习惯将其解读为日、月，太阳为阳，月亮为阴，但后人又认为"阴阳"指时间的推移，若是如此，"催短景"便顺理成章了。年终之时，随着时间的推移，日照越来越短，故谓之"催短景"。此处的"景"并不是影子的意思，而是指日光，就如王维诗句"返景入深林"之"景"。"天涯霜雪霁寒宵"，"霜雪"自然是指风霜雨雪，而"天涯"之语，盖因夔州离杜甫的家乡非常遥远，故有远在天涯之意。"霁"则指雨雪初停，俗语有言"下雪不冷化雪冷"，雪融时会吸收空气中大量热量，故谓之"寒宵"。可见杜甫寓居在夔州西阁的那一夜大雪初停，严寒刺骨。

　　"五更鼓角声悲壮，三峡星河影动摇"，此联广为流传，苏轼曾在《东坡志林》中举出数联七言诗，谓之"七言之伟丽者"，其中便有杜甫这一联，可见古人对此颇为赞赏。此联描写的时间明确，五更天即天将亮的时刻，杜甫先写耳中所闻：天将亮时，有人敲更，又因蜀中战乱不息，故有号角声。无论是更鼓还是号角，在杜甫听来都异常悲壮。试想，冷冷的"咚咚咚"的敲鼓声和着号角"呜呜"的声响，岂不悲凉哉！"三峡星河影动摇"一句则美得让人心旌摇曳。长江三峡即瞿塘峡、巫峡、西陵峡，瞿塘峡位于夔州东面，故杜甫立于西阁，可以远眺三峡。两岸皆山，长江从中奔流而过，气势本就宏大，而杜甫又抓住了特殊的时间，他于凌晨观此景，黑夜还未褪去，繁星银河清晰可见，倒映在长江三峡的江面上，随着江水流动，星河之影便随之摇动，故曰"三峡星河影动摇"。显然，此句是杜甫在夔州西阁的眼中所见，从写景的角度来说，这两句诗对仗工整，几近完美，"五更"对"三峡"、"鼓角"对"星河"，"悲壮"是声音之特点，"动摇"是影子之形态。

除了所写实景之外，古人还认为杜甫此处暗用了典故，南宋胡仔《苕溪渔隐丛话》便引用《西清诗话》，认为此处"鼓角声悲壮"使用了曹操时代祢衡的典故。史书载有祢衡击鼓骂曹之事，所奏《渔阳操》之声悲壮，此事广为人知。后人认为"三峡星河影动摇"一句亦另有所指，同样是《苕溪渔隐丛话》引《西清诗话》，认为此处用了《汉武故事》中的典故。《汉武故事》是一本记载汉武帝时期历史事迹的小说，而非正史，其中有言"星辰动摇，东方朔谓'民劳之应'"。一旦"星辰动摇"，东方朔就认为这是老百姓的辛劳在天象上的反映，民怨使星辰发生动摇。因此，从《西清诗话》的观点来看，这两句诗实际上都用了汉代的典故。此外，《西清诗话》还引用了杜甫的话，认为作诗时使用典故，就如"水中着盐，饮水乃知盐味"。读诗时品不出未化的盐粒，说明盐已溶于水中，就如典故亦溶化在诗句中，读者只品出咸味，但分辨不出其中盐粒，这便是古人用典的高明之处。杜甫用典正是如此，将典故深藏其中，如不加以提示，还以为此联是写实景。笔者认为，这种说法或是一种后见之明，正因后人读此佳句，方翻书检索、搜寻记忆，发现在《祢衡传》《汉武故事》里似乎有类似的表述，便将此句与之关联，其实杜甫未必真用了此典。五更天悲壮的鼓角声和三峡壮阔、星河动摇的景象已足以让诗人写出千古名联了。

随后，"野哭千家闻战伐，夷歌数处起渔樵"，此处由听觉起句，以倒装描写诗人所闻，彼时蜀中战乱未息，"野哭"即旷野里传来的千家万户痛苦的哭声。此处战乱并非安史之乱，而是严武死后蜀中将领内部的混战，后人认为这里主要指的是"崔旰之乱"。崔旰原是严武的爱将，严武是镇蜀的地方长官，也是杜甫的老朋友。严武死后，包括崔旰在内的一部分人主张让王崇俊接替严武镇守蜀地，但朝廷已任命了郭英乂任职，最后自然是顺从了朝廷的任命。然而，郭英乂上任后做了一件非常极端的事，他诬陷当初的竞争对手王崇俊并将其杀害，于是当年拥护王崇俊的崔旰陷入了恐慌，生怕自己到成都后也难逃一死，索性起兵造反。如此一来，蜀中将领的混战便让老百姓卷入其中，"野哭千家闻战伐"，遍地皆是老百姓的哀哭声，场面悲惨。"夷歌"即少数民族的歌谣，夔州等地都是少数民族聚居之地；"渔樵"即渔夫和樵夫。捕鱼人和砍柴人晨起劳作，五更天便唱着歌谣出发了，诗人听着他们唱着少数民族的歌谣，故曰"夷歌数处起渔樵"。对现代人而言，凌晨时分都是宁静的，大多数人仍在睡梦之中，偶有早起晨练之人，在鸟鸣声中、在树荫里，呼吸着清新的空气，便开始锻炼身体了。因此，凌晨时分应是安逸的时刻，但在杜甫笔下，由于蜀中战乱、天下不太平，耳中听到的都是不甚愉悦的声音，眼中看到的除了大自然的豪壮外，其实都是令人心酸的景象，这便是"野哭千家闻战伐，夷歌数处起渔樵"的内涵。

这首诗容量很大，所以要给这样的七律作结，其实是很有难度的。而杜甫则写道："卧龙跃马终黄土，人事音书漫寂寥。""卧龙"即诸葛亮，诸葛亮号称卧龙先生，无论侍奉刘备或刘禅，都是无可挑剔、无比忠心的臣子。"跃马"则指西汉末年西蜀太守公孙述，公孙述与诸葛亮不同，他于大乱之时自称白帝，占据了蜀地，如今所说的"白帝城"中的"白帝"便是这位公孙述。西晋诗人左思在《蜀都赋》中写"公孙跃马而称帝"，便指公孙述自称白帝之事。"跃马而称帝"自然是一种文学性的描写，但杜甫在此引用，借"跃马"指公孙述，借"卧龙"指诸葛亮，意即无论是诸葛亮这样的大忠，还是公孙述这样的大奸，无论是有才之士还是不肖之人，结局都是相同的，最后都化为一抔黄土。历史沧桑，谁又能够永存呢？"人事音书漫寂寥"中，"人事"即亲友间的交往，"音书"则指互通消息，"漫"即徒然地。杜甫寓居夔州之时，朋友间的书信往来寥寥无几，诗人倍感寂寞。但即便孤独，亲友甚少慰问，也随它去吧，反正历史上的功臣和罪人最后不都化作黄土了吗？不过殊途同归。斯时杜甫老之将至，情绪亦不振，故以此作结，表达了诗人当下的心情和对历史的看法。

　　总而言之，这首《阁夜》是一首以壮景写哀情的七律典范之作。所谓壮景，即"三峡星河影动摇"这一类的描写，场面极为开阔，视野宽广，景物细部的描写又极为细腻敏锐，如"动""摇"这些动词的运用，体现出诗人对节候变化的异常敏感，这些都是对大自然的描写。随后诗人又写到国家和社会的现实，即蜀中战乱、身处异乡、希望渺茫。最后诗人感慨，历史长河中所有的人，无论是贤良抑或不肖，千古功罪最后都化为一抔黄土。虽然这首七律只有五十六字，但无论是景物容量还是情感容量都极为丰富。后人对此诗赞叹不已，但评论多停留在句子串讲、句法结构分析上。当然，本文也涉及了这些内容，但笔者还觉不太过瘾，所以在此详细解读。

登　高

风急天高猿啸哀，渚清沙白鸟飞回。

无边落木萧萧下，不尽长江滚滚来。

万里悲秋常作客，百年多病独登台。

艰难苦恨繁霜鬓，潦倒新停浊酒杯。

这是杜甫有名的七律《登高》，写在大历二年（767）秋天，登高的地点在夔州，即今天重庆奉节，这是杜甫晚年寓居的地方。这首诗被后人推为"古今七言律第一"（胡应麟《诗薮》），在唐诗中有极高的地位。

诗题很朴素，"登高"，杜甫并没有说明自己到底登上了哪一座高台。"风急天高猿啸哀，渚清沙白鸟飞回"，这两句十四字中就已包含了许多秋天的景物。秋天寒冷，寒风呼啸而过，虽然风异常急促，但天高云淡，杜甫就是在这样的天气下登高，耳旁还有猿猴的哀鸣之声。首句这短短七个字中，既有身体的感受，又有听觉和视觉的感受。"风急"是身体的感觉，"天高"是视觉，远远望去，蓝天高远，"猿啸哀"则是听觉。古诗中常写猿猴哀鸣，这样的描写总能激荡起读者心中无限的悲愁。"渚清沙白鸟飞回"，"渚"是水中小洲，小洲上有白色的细沙。小洲伫立在江水中央，堪入画境。而空中还有飞鸟盘旋，天上、水中之景构成了一幅美丽的写意画。总而言之，这两句诗中涉及的景物很多，风、天、猿、渚、沙、鸟，杜甫用区区两句十四字就把这六种景物囊括在内，笔力雄健，顿时让读者置身于秋高气爽的时节，忘却了诗人眼前所看到的萧瑟秋景。

"无边落木萧萧下，不尽长江滚滚来。""落木"即落叶。登高望远，只见大江奔流而去，山间落叶纷纷，一眼望不到边际。在秋风之中树叶盘旋，有萧萧之声，让人联想起曹操的诗句"秋风萧瑟，洪波涌起"。万里长江滚滚而来，与无边的落叶构成了完整辽阔的图景。无边的落叶是平面上的展开，而长江自远处一线奔腾而来，则是线性的展开。

诗人在高处看到这般场景，心头怎能不涌起强烈的波澜？于是，他联想到了自己的境遇："万里悲秋常作客，百年多病独登台。""客"即杜甫本人。由于安史之乱的影响，杜甫身无所依，带着家眷四处漂泊，沿长江一路到了夔州。在这样的秋天里，杜甫不能回到故乡，羁旅在外已经成为他生命的常态，而不像现代人这样出差几天。几年、十几年的漂泊，他简直不知故乡的滋味了，故谓之"常作客"。秋风萧瑟的季节，每个人心中难免升起一种悲凉的情绪，杜甫在这样的秋日里登高，秋天的悲凉和常年漂泊的孤独无依便紧紧地缠绕在一起。"万里"，形容离故乡之远，夔州距杜甫的故乡河南很远，这是诗人自我伤怀之句。

"百年多病"也非虚语，晚年的杜甫患有糖尿病、肺病等疾病，我们现已无法准确判断他到底患有多少种病。据"百年多病"猜想，杜甫应是常年患病。一个长期患病的病人，一个进入人生暮年的诗人，又常年在外漂泊，在这样一个萧瑟秋日里，心中当是何种滋味？"百年"正和"万里"相对，虽运用了夸张的手法，但仍是精妙的对仗。"悲秋"和"多病"则构成另一对仗，"悲秋"指的是外部环境，"多病"则直指自己的躯体。"常作客"和"独登台"也是工整的对仗，"常作客"指漂泊时间之久，"独登台"则指诗人极度孤独，没有一个人陪伴在他身边。

诗最后两句是"艰难苦恨繁霜鬓，潦倒新停浊酒杯"。安史之乱后，杜甫在各地漂泊基本上是依附于一些朋友，虽然朋友们在经济上给予了援助，但杜甫的生活负担仍然很重，日子一直很艰辛。"苦恨"即恨到极点。"艰难苦恨"的对象是什么？诗人没有明说，大唐由盛转衰的社会境况，使诗人过上了这样悲凉寥落的日子，这是整个时代的灾难，难以归咎到某个具体的人身上。"繁霜鬓"指鬓边的白发越来越多。中年以后，白发很容易在鬓边生长，人在忙碌、焦虑、苦闷之时，鬓角便可能会在几天之内染上白霜。"繁"形容白发之多，在短短的时间内，骤然生出许多白发。生理变化、诗人内心的"苦恨"及外在环境的艰难，这三者紧密相连。正是外部环境、现实生活导致了他内心的压抑和苦闷，这种痛苦又导致"繁霜鬓"。"潦倒新停浊酒杯"，现代成语"穷困潦倒"用在杜甫身上再恰切不过。尽管杯中装的是浑浊的酒，但杜甫因病戒酒，所以他连这浊酒都不能沾。喝酒是古人生活中非常重要的内容，在这首《登高》里，根据杜甫的描写，他连借酒消愁的机会也没有了。

诗人经过多年的漂泊，在这样一个秋日，用七言八句寥寥五十六个字，把自己极其悲苦、极其孤独的形象展现在我们眼前。诗圣的感情是那样深沉，这首诗的格调又是那样的悲凉凄婉。一千多年后，当我们读到这首诗的时候，心中像是打翻了五味瓶，我们试图用自己的心去体验杜甫当时的悲愁，但诗圣丰富的情感世界、人生的悲苦和磨难，又岂是我们现在的读者所能真正体会的！

登岳阳楼

昔闻洞庭水，今上岳阳楼。

吴楚东南坼，乾坤日夜浮。

亲朋无一字，老病有孤舟。

戎马关山北，凭轩涕泗流。

　　这是杜甫的五言诗名作《登岳阳楼》。岳阳楼，即岳阳城的西门楼，下临洞庭湖，现为江南三大名楼之一。与岳阳楼关系最为密切的文学名作之一是宋代范仲淹所写的《岳阳楼记》，然而范仲淹写这篇记文时并未踏足岳阳楼。杜甫不同于范仲淹，他是真正登上过这座楼的。大历三年（768），杜甫沿江一路漂泊到了洞庭湖，此时距他去世还有两年时间，但诗人已是贫病交加，据说他身患肺病，一只手臂也失去了部分功能，老病相催之下，诗人的心情可想而知。在这首诗中，诗人表达了垂暮之际对人生的无穷感慨，对自身处境的叹息，以及对国家前途的忧虑。

　　这首诗虽是一首五言律诗，但其内容和感情的容量、浓度，绝不亚于一首七言律诗。"昔闻洞庭水，今上岳阳楼"，起首两句干脆直白，说明岳阳楼对于诗人来说有一种特殊的意义：诗人久闻岳阳楼盛名，却从未登临，如今终得一见。正如我们与一位久仰其名但从未得见的人会面，我们大概会说"久仰久仰",杜甫对于岳阳楼便怀有这种久仰的感觉。其后两句便写登楼所见:"吴楚东南坼,乾坤日夜浮。"这两句境界极为阔大,诗人并未流连于具体的景物,如洞庭湖上的水波、水中的君山等,而是写出了登岳阳楼望洞庭湖所见的宏观的地理态势。"吴楚东南坼","坼"即分裂之意,在此可以解释为分界。吴地和楚地分列洞庭湖的东面和南面,其实楚地不光在洞庭湖以南,还有几个方位也属楚地,这里是举其大概,即吴楚二地被洞庭湖分开了,一东一南,洞庭湖居中,可见其位置之关键。诗人自然是无法览尽吴楚两地的,此处只是他的想象,诗人亲见洞庭湖实景,吴楚地图便仿佛在他脑海中浮现出来。"乾坤日夜浮"实际上也是带有想象性的情景,"乾坤"即指日月,日月昼夜升起时,宛如浮在洞庭湖水面上一般。一般来说,太阳和月亮自是不能同时升起,当然,若在清晨或黄昏时分,也有可能日月同现,不过杜甫是从宏观的角度概括性地描写洞庭湖上日月升腾的景象。从前四句来看,杜甫并未局限于一地一景,而是以宏大的视角写出了岳阳楼周边的地理形势与洞庭湖的形胜。

"亲朋无一字,老病有孤舟",诗的情调在此发生了变化。"无一字"即毫无音讯,古人所谓音讯主要是写信。来自亲朋好友的消息完全中断,不知道他们现在何方,是否还活着。读至此处,我们不禁联想起杜甫的另一首名作《春望》,其中说"烽火连三月,家书抵万金",在战乱中,最宝贵的便是家人的来信。直至大历三年,杜甫一直处于漂泊之中,因此无从获取亲友的音讯，如此境遇之下，诗人应是倍感孤独，于是便想到自身"老病有孤舟"：我既老且病，所拥有的不过是一条孤零零的小船，赖以栖身罢了。

在烟波浩渺的洞庭湖上，身患重病的诗人奄奄一息地躺在小舟上飘荡，未来在哪里？希望在何方？诗人无从得知。此处生动写实地展现了杜甫晚年凄凉悲惨的境遇。在《阁夜》一诗中我们曾了解到，严武是杜甫的好友，自从严武去世后，杜甫在蜀地失去了依靠，全家的生活没有了着落，此后便一路漂泊，晚年更是主要在船上度过。当他漂泊到岳阳楼时，已经接近漂泊生涯的终点了，此时距杜甫离世已时日无多。"亲朋无一字，老病有孤舟"大概是描写个人境遇的诗句中最为孤独凄惨的两句了。人活在世上，其实都依赖某种关系而活着，这里的"关系"指人与人之间的一种联系。人活着的意义，大概是依靠和亲友之间的关系建立起来的。试想，我们若身处完全陌生的世界里，不能和任何人交朋友，四周也没有任何亲属，在这样的状态下，我们便会产生彻底的孤独感，难免怀疑生存的意义。杜甫当时面临的情况也大抵如此。

第五、六句在整首诗的情感表达上来看是一个巨大的转折，起首"昔闻洞庭水，今上岳阳楼"仍存有一丝豪气，"吴楚""乾坤"皆是阔大之景，随后笔锋突转，"亲朋无一字，老病有孤舟"，这种渺小、孤单、寂寞、悲凉，才是诗人的真实处境。读至此处，难免唏嘘，杜甫以如此诗才，如此忧国忧民的情怀以及对生活的热爱，写下那么多刻画整个时代境况的伟大诗篇，但是到最后，竟落得"亲朋无一字，老病有孤舟"之境地。然而，我们无论如何也料想不到，这首诗会以这样两句作结："戎马关山北，凭轩涕泗流。""戎马"即战马，"戎马生涯"就是战争，"关山北"则指唐代的北方边境，"轩"即窗户。当时吐蕃屡屡侵扰北境，威胁长安，北方边境还处于战争的威胁之中，念及此，诗人内心便焦虑不安。诗人靠在岳阳楼的窗上，悲痛地流下了眼泪。杜甫的眼泪为何而流？为谁而流？不是为自己"亲朋无一字，老病有孤舟"的悲惨遭遇而流，而是念及国家动荡，百姓随时可能因战争流离失所，因此，是为国家而流、为百姓而流。他处于极度困苦的个人境遇之中，仍然保持着忧国忧民的心态，这便是杜甫最伟大之处。

说起忧国忧民，我们在上学时常听老师谈及古人某某忧国忧民，似乎是宏大而空泛的字眼。一般人多把个人得失、个人境遇放在首位。但是，这个世界上还有另外一种人，他们虽然并不一定有着很好的个人境遇，却始终心怀天下。喜，是为国家而喜；悲，也是为天下而悲。杜甫便是这样的人。所以，杜甫的精神境界超越了一般人。这首五言律诗的情感表达耐人寻味，它从前四句的雄浑之境，突转到了第五、六句描写个人极其渺小、孤寂的境界，仿佛是从宽到窄，让读者误以为杜甫在最后定会发出曾经有过的对个人命运的悲叹："飘飘何所似，天地一沙鸥。"但结句出人意料，杜甫的伟大之处就在于他最后还是心系国家命运，黎民百姓。"戎马关山北，凭轩涕泗流"把整首诗的关切扭转过来，再次回到了前四句中阔大的境界。

诗人的现实境遇孤寂如此，心中怀想的又是那么宏大的世界，诗人的关怀是那么的真切，这便是所谓的心忧天下。后人也注意到了杜甫在诗中写景气象之阔大和自叙之落寞所形成的对比。所以诗境有宽有狭，便是此诗在艺术上的独到之处。

江南逢李龟年

岐王宅里寻常见，崔九堂前几度闻。
正是江南好风景，落花时节又逢君。

诗题中所说的"江南"跟我们今天通常所说的江南不太一样。唐代的江南范围更广，杜甫当时是在潭州，也就是今天的湖南长沙一带，在唐代也算江南。杜甫在江南遇到了李龟年。李龟年此人不得了，是唐代著名的歌唱家。唐代有几位非常著名的艺术家，比如弹琵琶的雷海青、舞剑器的公孙大娘，李龟年则是在歌唱方面赫赫有名。杜甫与李龟年此前已经见过，即诗的第一、二句"岐王宅里寻常见，崔九堂前几度闻"。这两句是诗人在回忆往事："李龟年，我小时在岐王李范的宅子里经常见到你，在中书监崔涤的厅堂里几次听你唱歌。"杜甫年少时受到岐王李范和中书监崔涤的欣赏，所以有机会结识当时已经成名的歌唱家李龟年。大家一定要注意"寻常见"和"几度闻"这两个词，这说明杜甫对这位歌唱家印象十分深刻，见了不止一次，也不止一次地欣赏他的歌唱。

而今天在潭州，杜甫重逢李龟年。所以第三句就写"正是江南好风景"，这个"江南"正指潭州，意思是，现在正是江南风景最好的季节。而最后一句"落花时节又逢君"一出来，整首诗的情调就发生了变化与逆转。从前三句中，我们感受不到任何苍凉、哀痛之意。前两句意指这两人都是达官贵人的好友，经常在厅堂相见，并无悲切的情绪，第三句"正是江南好风景"——正是很好的时节，风景如画。这三句一看，都是十分令人愉悦的。我们可以想象，著名歌唱家在达官贵人府里唱歌，宾客如云，高朋满座，掌声雷动，大家纷纷发出赞叹之声，一幅十分繁华的场面。到今天，"正是江南好风景"，这不是挺好的吗？但第四句语气一转，"落花时节"四个字力重千钧，看似只是点明当时正值暮春时节，实际上暗示了写诗的时代与听李龟年唱歌的开元盛世已全然不同，这中间经历了八年的安史之乱，使唐王朝元气大伤，诗人杜甫自己也饱受离乱之苦，困顿不堪，先是流寓秦州，之后又漂泊西南，这些都是安史之乱给他个人生命造成的影响。在这首诗中，一前一后，一盛一衰，这种反差与对比全部通过"又逢李龟年"这一件事显现出来。

这一年是唐代宗大历五年（770），李龟年流落江南，杜甫也是生活无着落，四处漂泊到江南，这已是他生命的最后一年。无论是著名歌唱家还是诗人自己，在经历了安史之乱这样一场天翻地覆的动乱之后，个人的命运与心境都发生了极大的改变。所以我们说，杜甫的诗是"诗史"。如果想看唐代的由盛而衰可以去翻阅很多史书，如《新唐书》《旧唐书》等，但如果要了解安史之乱前后文人个体的真实心境，巨大的社会动乱对人们内心造成的影响，就得去读杜甫这样的诗人的诗，才能带给我们史书中体现不出来的个人对于时代的真切感受。

　　杜甫在诗里对李龟年命运、际遇的描写非常真实。唐代人记载，李龟年流落江南后，每逢良辰佳节，为人唱几支歌，"座中闻之，莫不掩泣罢酒"（《明皇杂录》），听众听了，都忍不住哭泣，酒也喝不下去，就是因为李龟年的歌声中带有时代的悲怆。哀痛的歌声打动了听众，使每个人对唐王朝的今昔盛衰都深深地感慨，十分伤心，以致歌听不下去，酒也喝不下去。杜甫与李龟年都是经历了安史之乱的不幸生命个体，杜甫把这种无奈、悲凉在这首诗中真切地展现了出来。

岑参（约715—770）

荆州江陵（今属湖北）人，郡望南阳（今属河南）。唐代诗人。天宝五载（746）进士，曾两度出塞，任安西节度使府掌书记、北庭节度判官。后任右补阙、起居舍人、虢州长史等职。代宗大历二年（767）任嘉州刺史。卒于成都。与高适并称"高岑"。有《岑嘉州集》。

逢入京使

故园东望路漫漫，双袖龙钟泪不干。

马上相逢无纸笔，凭君传语报平安。

这是唐代诗人岑参的《逢入京使》。"逢"是相逢，"入京使"是说使者要到京城去，京城是唐代的国都长安。这是一首七言绝句。岑参是唐代著名的边塞诗人。大家知道，在盛唐时期两个诗派最有名，一个是山水田园诗派，最著名的代表人物是王维和孟浩然，另外一个就是边塞诗派，代表人物是高适和岑参。岑参的诗最有名的是《白雪歌送武判官归京》，其中的名句有人人都能背诵的"忽如一夜春风来，千树万树梨花开"。岑参写边塞诗，为什么能够写得这么生动，让人有身临其境的感觉？这是因为岑参写边塞诗并不是闭门造车，他是真正到过边塞的，而且一共去了两次。

岑参为什么要到边塞去？当然为了谋求出路。他为了有所发展，二十岁就到长安，但是没有得到赏识和提拔，之后大概有十年的时间，就奔走在长安和洛阳之间。这两个地方达官贵人很多，著名的文士也很多，他希望能够出人头地，但是一直没有好的机遇。到了天宝三载（744），岑参终于考上了进士，但这也没有给他带来仕途上的显著进步。于是在天宝八载（749）的时候，他就出塞去投奔高仙芝。高仙芝当时在安西担任节度使，岑参去做他幕府的掌书记，就是幕僚。后来，高仙芝到武威做太守，任河西节度使，武威在今天的甘肃。岑参得到消息以后，就前往武威，在武威待了一段时间，之后又回到长安，这是岑参的第一次出塞。大概在天宝十三载（754）的时候，岑参应封常清的邀请进入他的幕府，封常清当时是安西、北庭节度使。岑参在他幕府里头又做了他的节度判官，跟着他一起出师西征。安史之乱爆发，唐肃宗驻在陕西的凤翔，于是岑参就从北庭到了唐肃宗的行在，至此第二次出塞结束。后来他就跟着唐肃宗回到了长安。岑参的仕途经过一系列的反复之后，最后是担任嘉州刺史，嘉州在今天四川的乐山，所以后世又把岑参叫作"岑嘉州"，他的诗集叫《岑嘉州集》。因此，这位诗人的仕途并不是一帆风顺的，他出塞其实也是为了给自己的坎坷仕途寻找一种时机、谋求一种变化，但是，实际上他的出塞最主要的成就是留给了后世一系列的边塞诗。岑参的边塞诗风格雄浑豪壮，把气候条件之恶劣、边塞景物之奇谲、将士生活之苦辛全部写在里面。就体裁而言，岑参最善于写七言歌行，而不是近体诗。

介绍岑参边塞生活的经历，是因为这与《逢入京使》这首诗是密切相关的。这首诗我们一般认为它是写在天宝八载或天宝九载（750），写在安西。也有人说它是写在岑参从长安出塞的路上，当时离长安已经有相当的距离了，所以里面渗透着他对于故乡深深的怀念。"故园东望路漫漫"，可见诗人离开故乡已经有很长的距离了，否则他不用"路漫漫"来形容。"故园东望"，那么诗人身在哪里？显然是在故园的西面，因为他要出塞，要从东一路往西走。"双袖龙钟泪不干"，"双袖"指两个衣袖。"龙钟"这个词，我们现在经常形容一个人老态龙钟，其实它在古代有多种解释，还可以用来形容涕泪交流的样子，也就是一把鼻涕一把眼泪。在岑参的这首诗里就是指涕泪交流的样子，眼泪沾湿了双袖，并不是说岑参年纪很大，老态龙钟。"龙钟"在古书里有时也指竹子和石头，或者单指石头，总之这个词有多种意思。

最后两句是名句，"马上相逢无纸笔，凭君传语报平安"。

被乡愁相思折磨得这么苦的诗人，眼泪都流不尽，只能眼巴巴地望着故乡，望眼欲穿也没有用。这个时候他正好碰到了一位要到京城去的使者，这扣住了题目"逢入京使"。"马上相逢"，两个人匆匆一过，都骑着马，当然没有笔墨纸砚。他们并不是要写诗，而是岑参想请使者替自己送一封报平安的家信，所以最好是有纸有笔。但可惜的是"马上相逢无纸笔"，即使一封简短的平安信也没有办法送出去，所以最后一句说"凭君传语报平安"——不能用纸笔来写信，那只能拜托你帮我递一个口信给家里人，我一路西去，到目前为止还是安全的。虽然出塞的路途遥远，在节度使幕府的前途未卜，但是我心里一直挂念着家里人。虽然实际上"传语"只能传递只言片语，但是更有千言万语蕴含在"报平安"三个字里头。它既表达了诗人对故乡和家人的无尽思念，也写出了家人对诗人的牵肠挂肚：到底此去前途如何，能不能适应塞外恶劣的天气环境，等等。而这样一种匆匆相逢又给人很无奈的感觉，故乡之遥远和两个人相逢之匆忙形成了一个很鲜明的对照。明人谭元春评论此诗说："人人有此事，从来不曾写出。"（《唐诗归》）出塞的人、离开家乡的人，大概都有这么一个场景，在路上正好遇到一个熟人，托他捎个口信，但是从来没有人把这件事情写出来，用这样简练、生动的笔墨把这种思念、牵挂形诸笔端。所以明代有位诗评家唐汝询，他在《唐诗解》里评价此诗："叙事真切，自是客中绝唱。"

白雪歌送武判官归京

北风卷地白草折，胡天八月即飞雪。

忽如一夜春风来，千树万树梨花开。

散入珠帘湿罗幕，狐裘不暖锦衾薄。

将军角弓不得控，都护铁衣冷难着。

瀚海阑干百丈冰，愁云惨淡万里凝。

中军置酒饮归客，胡琴琵琶与羌笛。

纷纷暮雪下辕门，风掣红旗冻不翻。

轮台东门送君去，去时雪满天山路。

山回路转不见君，雪上空留马行处。

　　这是唐代边塞诗中的名作，诗人岑参的《白雪歌送武判官归京》。这首诗中有一联脍炙人口的名句："忽如一夜春风来，千树万树梨花开。"这可不是描写春天梨花的诗句，诗人说"忽如"，忽然像，像什么呢？一夜之间，春风仿佛吹开了千树万树的梨花。这里的梨花，其实是指边塞的大雪，白色的大雪纷纷顺风而下积满了树梢，这样的场景就像是千树万树的梨花绽放。因为白雪和梨花皆为白色，故岑参此联所运用的巧妙比喻尤为人所称道，不但成为边塞诗中的名句，而且也是描写雪景的名句。其实，这首诗中的妙语、奇语还不止这两句，值得细细品读。

这首诗的背景是诗人在大雪天送别武判官，这位武判官名字生平皆不详。唐代节度使等由朝廷派出的封疆大吏，可以委任幕僚协助判处公事，这样的职务便称作判官。岑参也于节度使幕中担任判官，据统计，他在边塞军营中生活了六年，因此对边塞将士的辛苦、边塞风景的奇崛，都有着切身的体会，这也是唐代边塞诗人写边塞诗得天独厚的条件。今天在我们看来非常奇瑰的边塞景象，其实就来自诗人对边塞日常生活的体验。

这首诗的前八句是第一段，写边塞大雪及雪中的寒冷。"北风卷地白草折"，"白草"是边塞地区特有的牧草，一入秋冬便会变成白色。边塞地域广阔，几乎毫无阻隔，故大风卷地而来，把白草都吹折了，事实上，这样的风是大雪的预兆。于是在第二句中，大雪便纷纷飞来了，"胡天八月即飞雪"，"胡天"即少数民族地域，泛指边塞地区，此处八月是指农历八月，中原、江南地区尚在夏季，天气仍比较炎热，但在边庭，气候完全不同，昼夜温差极大，八月居然下起鹅毛大雪，这完全超出了在中原或是江南地区生活的文人的想象。这样的天气对于非边塞地区的人来说是反常的，但对于边塞的将士来说则是再正常不过了。实际上，"胡天八月即飞雪"倒不是猎奇之笔，而是诗人对恶劣气候的描写和对将士生活环境的刻画。

"忽如一夜春风来，千树万树梨花开"，此二句妙在何处？"忽如一夜春风来"，在极短的时间内，大雪纷飞，眼前顿时"千树万树梨花开"，所有树上都积满了雪，说明雪下得迅疾且大，否则如何能瞬间积满千树万树呢？以至于诗人产生了这样一种错觉，仿佛自己身处梨花丛中，满眼都是洁白的梨花。"散入珠帘湿罗幕，狐裘不暖锦衾薄。""珠帘""罗幕"即帘幕帷帐，"珠""罗"都是美化的写法，边塞地区应当没有这样华美的帐幕，此处描写的是雪钻进了珠帘，打湿了罗幕。"珠帘罗幕"里头是谁？是边塞的将士们。珠帘罗幕根本不足以遮风挡雪，其中严寒可想而知。"珠帘""罗幕""狐裘""锦衾"，这些都是美化了的意象，实际上诗人要表达的意思则是风雪太大，钻进了营帐，帐中将士已经快要冻死了，唯一的念头就是被子还不够厚实。你是不是有过这样的经历？三九严寒，似乎要用好几床被子叠起来盖在身上才觉得暖和；假如没有暖气，总觉得用被子裹着仍不足以抵御外界的寒冷，那种寒冷仿佛是从身体内部散发出来的。

"将军角弓不得控，都护铁衣冷难着"，这两句亦是名句，展现了寒冷的天气给边塞将士带来的麻烦。"角弓"即装饰了野兽角的强弓，原本将军拉弓射箭非常娴熟，但天气过于寒冷，手指或许已经冻僵了，所以他无法很好地拉开平时使用的强弓。"都护铁衣冷难着"，都护府是唐代设置在边区的一个机构，一般作统辖边区军政之用，其长官称作"都护"，此处"都护"是一种泛指。由于天气太冷，铁甲冰凉，将领无法把甲胄披在身上。在"胡天八月即飞雪"的恶劣气候中，将士为了保卫国家，必须披上甲胄以保护自己。但是甲胄披上身的感觉可想而知，寒冷本就由内而外地散发着，人又被套在铁甲里头，营帐外又是纷纷大雪，身体都冻僵了，这简直是一种雪上加霜的感受。至此是诗的第一段，诗人从多个角度描写雪景和人的反应，总而言之便是雪大天寒。

随后四句是第二段。"瀚海阑干百丈冰，愁云惨淡万里凝"，"瀚海"一般认为是指大沙漠，"阑干"却不是指栏杆，而是指纵横交错的样子。由于天气太冷，沙漠中的雪都结成了冰，冰柱子纵横交错着，沙漠中没有建筑物的阻隔，所以这些冰柱都很长，故谓之"瀚海阑干百丈冰"。再看天上，"愁云惨淡万里凝"，沙漠里的视野自然开阔，但在诗人眼中，朵朵云彩都是"愁云"，看上去阴郁惨淡非常，而且因为空间很大，云朵看上去飘动速度极慢，仿佛就凝滞在疏阔的天空中。"惨淡"实际上既是云的状态，也是诗人的心境，人在这样的环境中感受不到一丝温暖，所以天上的云也是惨淡的。这两句一是写地，一是写天。

接着，"中军置酒饮归客，胡琴琵琶与羌笛"，诗人的笔触转入中军帐送别武判官的情景。既然天气这么冷，大家就喝点酒取暖，也是为武判官饯别，喝完这杯酒，武判官就要从轮台回京城去了。"胡琴"不是我们今天所见到的二胡、京胡等乐器，而是泛指胡地各种各样的琴。"琵琶"在中国古已有之，但后来从西域传入的曲颈琵琶与中国古代的琵琶相结合，逐渐演变成今天所见的琵琶。至于"羌笛"，更是耳熟能详，"羌笛何须怨杨柳"中便有提及，此处泛指少数民族地区笛子类的乐器。试想，岑参笔下的饯别场面可谓热闹，在中军帐中既置酒，又有乐器演奏，帐外大雪纷纷，或许也让边塞的将士，无论是即将离别此地的武判官，还是继续驻扎在此的诗人岑参，以及其他的官兵感受到了一丝温暖。

然而室内不能久留，终究要送武判官离去。"纷纷暮雪下辕门"以下六句是全诗的最后一段，叙写送别武判官的情景。此时已是日暮时分，"辕门"即军营之门，《三国演义》中神射手吕布便曾在辕门射戟。送别地点从室内转到了室外，周边的景物映入了诗人眼帘。"风掣红旗冻不翻"，此句也是全诗中的名句，"掣"即扯动、牵扯，胡天八月的风极大，但红旗已在严寒中被牢牢冻住，无论风如何吹，发硬的红旗都无法翻转飘动。此句形象地写出了北地严寒，不仅人冻僵了，旗子也冻僵了，可见气候之恶劣。"轮台东门送君去，去时雪满天山路"，诗人送别武判官，从轮台东门离去。在唐代，轮台是庭州下辖的一个县，位于今天新疆的乌鲁木齐市米东区境内。诗人远远目送着武判官离开，背景就是铺满了大雪的天山路。漫天漫山都是雪，视线之所及，白茫茫一片，武判官一人，或许带着几名随从，骑着马，孤独地在漫山的大雪里走着，这样的场景既豪迈，又有些悲壮。"山回路转不见君"，山路转过几个弯，武判官的踪影已经消失了，但由于雪太大，马蹄深深地陷在大雪中，便留下了一连串蹄印，故言"雪上空留马行处"。

《白雪歌送武判官归京》作为唐代边塞诗之所以久为人传诵，大致有以下几点原因：一是诗人结合了自身在边塞的真实体验下笔作诗；二是诗人把边塞的寒冷、气候的恶劣化为具体的细节，如"将军角弓不得控，都护铁衣冷难着"，再如"纷纷暮雪下辕门，风掣红旗冻不翻"。当我们谈及寒冷时，"冷"只是一个概念，当它化为具体可感的形象，而这些形象又被诗人用奇瑰的笔墨呈现出来时，我们就能真正对唐代人在边庭的生活有深切的体会和直观的感觉，这便是此诗的妙处。岑参从多个角度描写了寒冷，军营内外、远景近景、具体的事物等等。诗人将其长期在边庭生活的感受浓缩在了这首诗里，且出语奇瑰，常常出人意表，故清代沈德潜在《唐诗别裁集》中说："参诗能作奇语，尤长于边塞。"笔者认为"奇语"两字，用来形容这首《白雪歌送武判官归京》再恰切不过。

常建（生卒年不详）

祖籍邢州（今河北邢台）。唐代诗人。开元十五年（727）进士，曾任盱眙县尉，后辞官归隐于武昌樊山，寄情山水，以写诗自娱。

题破山寺后禅院

清晨入古寺，初日照高林。
曲径通幽处，禅房花木深。
山光悦鸟性，潭影空人心。
万籁此俱寂，惟余钟磬音。

这首诗是盛唐时期重要的山水田园诗人常建的《题破山寺后禅院》。说起盛唐山水田园诗人，大家必然会想到王维、孟浩然。其实盛唐的山水田园诗人远不止这两位，比如还有常建。常建传世的诗虽然不多，《全唐诗》中只收录了一卷，但不乏优秀的作品。常建一生官做得不大，曾担任盱眙尉，盱眙在今天的江苏。一次，他到了今天江苏的常熟，在常熟虞山脚下一座名为破山寺的寺庙里留下了一首诗，诗题便是《题破山寺后禅院》。仅从诗题来看，这似乎只是一首平常的在禅寺中题咏的诗。这样的诗在唐代有很多，但常建这首诗可谓是千古传诵的名作。诗中最广为人知的两句就是"曲径通幽处，禅房花木深"。有个成语叫"曲径通幽"，即沿着一条弯弯曲曲的小径可以通向幽静的地方。今人到园林游玩，也常常能看见圆洞门额上写着"曲径通幽"，这个成语就是从常建这一联诗中化出。那么这首诗写了些什么呢？

"清晨入古寺，初日照高林。"诗人在一个天气晴朗的清晨踏入破山寺山门，因为破山寺在虞山脚下，它的后院和虞山山林相连通，所以诗人可以看到初升的太阳照在林间，日光从树和树之间的缝隙中倾泻下来。大家若在晴天到山林里去，必然也会有这样的视觉经验，这两句就描绘出山中寺院的清净。"曲径通幽处，禅房花木深。"在这两句中，诗人没有运用任何华丽的辞藻或诱人的字眼，而完全是朴实的白描手法。诗人沿着曲折的小径往幽深的地方走，看到的景象是"禅房花木深"，在茂密的花树林间看到僧人居住的僧寮，即禅房。因为花木的遮挡，诗人不能尽窥禅房，只能隐隐看见一角，如此更有味道。"山光悦鸟性，潭影空人心。"因为寺庙就在虞山之中，所以触目便是山光潭影。此处两个动词"悦"和"空"都是使动用法。"山光悦鸟性"，即美丽的山间风景使鸟儿愉悦、快乐，这自然是诗人的想象。"潭影空人心"，山中水潭幽深，使诗人的心为之沉静，为之一空。诗人正是通过"悦"和"空"，写出了大自然中山、鸟、人三者之间微妙的融合关系，勾画出一幅山间古寺清净的图景。"万籁此俱寂，惟余钟磬音。""万籁俱寂"也是一个成语，"万籁"即所有的响声。所有的响声在这一刻全部归于宁静，耳边回响的只有禅寺里晨钟和磬的敲击声。今天还有一个成语叫"晨钟暮鼓"，早上寺院敲钟是为了召集僧人，同样地，击磬也可以把僧人聚集起来。

关于磬有两个解释，我们一般所说的磬有点类似于编钟，是一种古代的打击乐器，一片一片挂起来，每一片都像一把弯的尺子，敲击时可以发出各种不同音高的声音。但是诗中的磬与寺庙有关，所以应指一种铜制或铁制的钵状容器，既可以在念经的时候敲打，也可以用来召集僧人，而非编钟一样的打击乐器。

读罢全诗，想必大家都略能体会"曲径通幽处，禅房花木深。山光悦鸟性，潭影空人心"的美妙。正是这样不事雕琢、完全出自天然的佳句，后人最难模仿。熙宁三年（1070），北宋大文豪欧阳修六十四岁，时任青州（今属山东）知州。这首诗有另外一个版本作"竹径通幽处"，欧阳修在《题青州山斋》一文中自述其常吟咏常建的"竹径通幽处，禅房花木深"，然而以欧阳修这样盖世的文才，一直想仿效却久不可得，"乃知造意者为难工也"。"造意"就是把心中的意境写出来，此为一大难题。欧阳修反复思量，终究莫获一言，根本没能写出一联和常建相匹敌的诗来，于是无奈地叹道："岂人才有限而不可强？"是我自己的才力有限，不可勉强啊！对此，欧阳修产生了心理阴影，说："将吾老矣，文思之衰邪？兹为终身之恨尔。"我大概是老了吧？文思也衰竭了，所以我写不出常建这样的好诗，这真是我终身的遗憾。欧阳修在晚年时写下了这段话，足见常建这首诗在他心中不可超越的地位。

那么，这首诗究竟好在哪里？它好就好在常建在平白的措辞中写出了一种难得的禅意。"曲径通幽处，禅房花木深"只是一句客观的描绘，但其中包含了禅意。"山光悦鸟性，潭影空人心"，便是禅悦。修禅的人领悟了禅的真谛后自然会涌出一种快乐之感，此谓之"禅悦"。"潭影"使人心空，"空"是佛教中一个非常重要的概念，它既不是"有"也不是"无"，而是非有非无的状态，是心无挂碍、抛却了一切尘世的牵挂所达到的境界，此谓之"空"。明人陆钿曾评价这首诗："读此诗，何必发禅家大藏，可当了心片偈，更妙在镜花水月。"（《唐诗选脉会通评林》引）不必读禅宗的书，且把这首诗当作一种佛教的偈语，来了却自己的心事，医治自己的心病。正是这样一种禅意，使得这首诗为历代读者所激赏。

诗成数百年后，北宋著名书法家米芾来到了破山寺，他一时兴起，挥毫写下了此诗，这幅宝贵的书法作品便一代一代流传下来。清乾隆三十七年（1772）中秋，有一名叫言如泗的常熟人得到了米芾书法的真迹。因为纸制品极易损毁，所以他就请了一位有名的刻石工匠，把米芾书写的《题破山寺后禅院》刻成石碑，竖立在破山寺中。这块石碑今天仍竖立在常熟虞山脚下的破山寺寺院内，当地人称之为"三绝碑"。因为包含了常建这首名诗、米芾的手迹，还有那位著名的刻石工匠的手艺，故谓之"三绝"。有一年笔者曾到破山寺，亲眼看到这块石碑，当凝视着米芾用笔走龙蛇、遒劲苍凉的风格书写的常建的这首诗时，我深切地感到中华文化的源远流长。如此流传下来的绝世珍宝当然就是破山寺的镇寺之宝。值得一提的是，如今这座寺院已不叫破山寺，而名为兴福禅寺。如果大家有机会到常熟的虞山脚下，可以到兴福禅寺一游，到后禅院走走，体会当年常建写《题破山寺后禅院》的真实环境，相信会对这首诗中的意境有更深的了解。

韦应物

（约737—约792）

字义博，京兆杜陵（今陕西西安）人。唐代诗人。十五岁起任唐玄宗侍卫。安史之乱爆发后，流落失职，入太学读书。建中二年（781）拜比部员外郎，后任滁州刺史、江州刺史，官终苏州刺史。世称"韦苏州"。有《韦苏州集》。

滁州西涧

独怜幽草涧边生，上有黄鹂深树鸣。

春潮带雨晚来急，野渡无人舟自横。

这是中唐著名山水诗人韦应物的《滁州西涧》。韦应物与柳宗元齐名，并称"韦柳"。中唐的山水诗和盛唐时期王维、孟浩然的山水诗不尽相似，许多诗篇带给读者一种清幽、清冷的感觉。

《滁州西涧》是一首七言绝句，是韦应物在滁州刺史任上所写。有一晚，诗人前往"西涧"散步，触景生情，便写下了这首诗。有的地理书中记载，"西涧"俗称"乌土河"，又作"乌兔河"，因为韦应物写了《滁州西涧》，所以后来有人在滁州这条河上建了一座"野渡桥"，显然是应了诗里最后一句"野渡无人舟自横"。其实，"西涧"到底在滁州的什么地方，宋人已经无法确认了。欧阳修在他的一篇文章《书韦应物西涧诗后》中对此已有考证。韦应物诗中描写了"春潮带雨晚来急"，显然是向晚的时候滁州西涧上有潮水涌来，且潮水颇急。欧阳修也做过滁州知州，开篇便道"环滁皆山也"的《醉翁亭记》就是在那里写下的，因此欧阳修应有发言权。他在文中写道，"州城之西"（即滁州城西）并没有"西涧"这么一个地方，城北虽有涧，但水非常浅，无法泊舟，江潮也不会涌进滁州城北的涧水中，所以欧阳修也无法准确说出"西涧"在何处，他怀疑韦应物是为了写这首诗而故意构想出这么一个地方："岂诗家务作佳句而实无此耶？"艺术是可以虚构的，实际上或许并没有这么一个地方。但是后世的人认为欧阳修的看法未免过于拘泥。人们注意到，在韦应物的诗集中有好几首诗都提到了滁州的西涧，说明确有此地，并非为了写诗而凭空构想，这是其一。其二，从唐朝到宋朝，地理环境必然发生了一些变化，因此不必把宋时有没有江潮作为判断"西涧"的标准。所以，在解读这首诗中的地点时不必拘泥。

　　"独怜幽草涧边生"，"怜"即"爱"，跟今天的可怜、怜悯的意思不同。诗人唯独喜爱西涧边上生长的那些幽草，它们不起眼地生长着。"上有黄鹂深树鸣"，只有幽草还不足以构成一幅完整的图画，在幽草之上，还听见了黄鹂鸟的叫声。诗人并没有看见黄鹂鸟，因为它躲在树丛的深处。"深树"二字用得精妙，树叶茂密，枝干硕大，层层叠叠，黄鹂鸟栖身于此，人们虽不能看见鸟，却能听见它的鸣叫声从茂盛的树丛深处传来。"幽草"和"深树"结合起来，便写出了滁州西涧周边安静又冷清的环境。

"春潮带雨晚来急"，春天的潮水在夜晚时分来得特别急，受到潮水的影响，原本不多的涧水也上涨了，且又下过春雨，水量自然更大，水流也更急。这是一个充满动感的描写，读罢仿佛置身于山涧边，可以听见涧水哗哗流动的声音。"野渡无人舟自横"，诗的末句则呈现了静态的景象，郊野的渡口就在西涧之上，此处横着一叶小舟。"横"即停泊，因为无人渡河，这艘小船就被弃置在那里，于是涧水、渡口、小舟就构成了一幅静物画，小舟仿佛是这幅画的主角，舟下是湍急的水流，旁边是悄然无人的渡口。

末句虽然看似只是在客观地描写景物，实际上却把整首诗的清冷孤寂表现得淋漓尽致。后人十分欣赏这首诗，《唐人万首绝句选评》评此诗："写景清切，悠然意远，绝唱也。"此外，还有人认为诗中体现了韦应物闲淡的心境，诗人只有拥有如此胸怀，才能领略"野渡无人舟自横"这样的野趣。难能可贵的是，这虽然是一首诗，但分明是一幅图画的模样，古人也注意到这首诗带给人的画面感和冲击力。那么这首诗到底是不是一首纯粹的写景诗呢？诗人要表达的仅仅是傍晚时分在滁州西涧边散步时所见的实景吗？

对于这样的问题，后人有不同的看法，南宋末年诗人谢枋得便认为这首诗实际上别有寄托，蕴含了比喻和象征在其中："幽草、黄鹂，此君子在野，小人在位。""幽草"即君子，身处低位也无人过问；"黄鹂"在树木的深处、高处鸣叫，则象征着小人在位。所以，这两个意象并不仅仅是眼前的实景，"幽草"象征"君子在野"，"黄鹂"象征"小人在位"。"春潮带雨晚来急"也并非在写春天的潮水，谢枋得认为："乃季世危难多，如日之已晚，不复光明也。"意即当时的时代危难重重，并不纯然是个治世，就如太阳落山时分，已不那么光明，象征着一个时代的混乱以及背后的不安。而末句"野渡无人舟自横"也并非单纯写景，"宽闲寂寞之滨，必有贤人如孤舟之横渡者，特君不能用耳"（高棅《唐诗品汇》卷四九引）。在宽闲、寂寞无人的溪水之边，必然有那么一位有才能、有道德的贤人，就像横在溪水中无人乘用的孤舟一般，未能被朝廷任用。若依谢枋得之言，似乎这首读起来纯粹写景的诗歌，确实带上了一点深意。贤人不得志，如幽草一般低矮地生长，无人关注，黄鹂鸟身居高位，在高树上只顾叽喳不停，象征着得意的小人。

但是，从字面上看，我们确实难以看出这首诗和现实生活中所谓的"君子小人"有对应关系，所以谢枋得的说法也遭到了许多诗论家的反对。清代沈德潜便直言看不出这首诗有"君子在下，小人在上"的意思，如果一定要这样说，便是不懂诗，也无法谈诗了。在笔者看来，如果硬要说这首诗讽刺了所谓的小人得志、君子怀才不遇、时世混乱等，难免显得牵强附会了，我们仍需从文本本身出发。笔者认为这是一首精妙的写景诗，它运用了对比的手法，而非象征、寄托。诗人把在涧边幽幽生长的野草和在树上叽叽喳喳叫唤的黄鹂鸟对比，一静一动，一低一高，一草一树。第三、四句又把"春潮带雨晚来急"中涧水的动感和"野渡无人舟自横"的静态作对比，所以这首诗中有两组对比。如果把这首诗画成一幅画，那么在画中便只能显示出静态的感觉，无法把韦应物文字背后的动态完全呈现出来，这便是《滁州西涧》的妙处。至于它背后到底有没有对时代的讽刺和内心愤懑的抒发，我们无法确知。但是，诗人的内心深处确有那么一点不平。"独怜幽草涧边生"，诗人不仅是"怜"，而且是"独怜"，鲜明地表达了自己主观的情感和态度：我独独喜爱生在涧边的幽草。而"上有黄鹂深树鸣"，诗人的情感色彩如何，我们不得而知。随后在"春潮带雨晚来急"和"野渡无人舟自横"的对比中，我们隐隐约约可以感觉到诗人故意营造一种冷寂的、不与世俯仰的氛围。从今天的理解来说，这是一种独立清高、自由的感觉，小舟并不随着潮水随意地摆动，也没有迫切地想要供人乘用，仿佛诗人隐隐地透露出自己的心志：我并不想迎合这混乱的时代，在带雨的、急急的春潮中，我有自己的人格和处世方式。但笔者并不能确定诗人是故意透露还是无意为之，他很可能就是想纯粹地写客观的景物，而在书写过程中，又不自觉地投射进自己的心绪。这便是《滁州西涧》的妙处，后人倒不必穿凿附会，理解为讽刺小人、同情君子。

韩翃
（生卒年不详）

字君平，南阳（今河南南阳）人。唐代诗人。天宝十三载（754）进士。曾在淄青、宣武节度使幕府任从事，后闲居长安十年。又任驾部郎中，官至中书舍人。"大历十才子"之一。

寒　食

春城无处不飞花，寒食东风御柳斜。
日暮汉宫传蜡烛，轻烟散入五侯家。

这是唐代诗人韩翃的七言绝句《寒食》。寒食似乎是个奇怪的习俗，因为中国人的饮食习惯是吃热食、喝热水，我们很难想象一个中国家庭成天冷锅冷灶。而西方人则喜欢喝凉水，常吃冷食，这是中西饮食的差异。但在中国古代，在清明节前有一个很重要的节日，即韩翃这首诗里写的"寒食节"，按规定节日内不能开火，家家都要吃冷食。那么，这样一个奇怪的习俗究竟从何而来？

　　根据各个朝代的不同规定，寒食节的时间从一天至三天不等，家家不能开火做饭。这个节日与春秋时期的人物介子推有关。晋献公的妃子骊姬想让自己的儿子奚齐继位，先害死了太子申生，申生的弟弟，即后来的晋文公重耳，为躲避迫害而流亡各国，在流亡过程中受尽了屈辱。彼时有一批忠心耿耿的臣子跟随重耳流亡，其中一人便是介子推。传说有一次，重耳因久未进食，几近饿昏，介子推竟从自己腿上割下一小块肉烧给重耳吃，可见其忠心。后来晋文公返国执政，便对当年跟随他流亡的人论功行赏，但唯独忘记了介子推。

　　后来晋文公记起了介子推，便想为他加官晋爵，但介子推拒不见他，并背着自己的老母亲上了绵山，即现在山西介休市内的一座山。晋文公命军队包围了这座山并上山搜索，但无论如何也找不到介子推，于是便放火烧山，本想能逼介子推和他母亲下山，结果大火烧了三天三夜，也没能见到介子推，又派人进山搜寻，发现母子两人已经抱着一棵烧焦的树烧死了。晋文公深感愧疚，论功行赏时忘了介子推，本想逼他出山却不幸将其烧死。为了纪念这位功臣，晋文公便下令将放火烧山的那一天定为寒食节，全国人民禁止生火做饭，只吃冷食，这便是寒食节的来历。直至唐代，寒食节仍然是一个非常隆重的节日，从诗人韩翃这首诗里可见一斑。

　　"春城无处不飞花"，春城，即唐代都城长安，春天处处是飞舞的柳絮，四周是一派欣欣向荣的春景。"寒食东风御柳斜"，在寒食节的这一天刮起了东风，吹得柳条弯弯，"御柳"即皇帝宫苑中的柳树，据说当时在宫中有寒食节折柳枝插在宫门上的习俗。这两句诗主要表现的是当时宫廷中过寒食节的情景，"御柳"二字就点出了宫苑的背景环境。"日暮汉宫传蜡烛"，汉宫即唐宫，唐代诗人常以汉代唐，傍晚时分，皇宫中传出了蜡烛。寒食节全国禁火，为何皇宫中人带头燃蜡烛呢？"轻烟散入五侯家"便隐晦地出示了答案，"五侯"泛指达官贵人，皇宫中传出的蜡烛火种首先赐予达官贵人，故谓之"轻烟散入五侯家"。

今人认为这首诗，尤其是最后两句含有讽刺意味，皇帝立下全国禁火的规矩，宫廷之中却将火种赐给达官贵人，说明当时的显贵享有政治特权，可以打破规矩。但是韩翃写得十分隐晦，表面上看，这首诗就是写寒食节那天长安城里、宫廷中过节的情景，看不出讽刺意味，只有细究之下，才会感到传蜡烛这一细节的怪异。其实韩翃的用意很深，专门点出了"散入五侯家"。这首诗在当时影响很大，传说唐德宗要选人起草文诰，唐代负责起草文诰的"知制诰"可谓是要职，大臣对此提出了两个人选，唐德宗便批示"与韩翃"，即任命韩翃。当时还有一位江淮刺史也叫韩翃，于是传旨之人再问，唐德宗再次批复："春城无处不飞花，寒食东风御柳斜。日暮汉宫传蜡烛，轻烟散入五侯家。"并说："与此韩翃。"即任命这个写下"春城无处不飞花"的韩翃。说明唐德宗对韩翃这首诗非常熟悉，也正因为这首诗而欣赏韩翃的才华。这首诗给韩翃带来的声誉可见一斑。所以，围绕这首七言绝句有几个故事。寒食节的来历非常悲壮，令人感慨，有一出京剧便叫《焚绵山》，专门演绎晋文公为逼介子推出山而火烧绵山，第二个故事便是韩翃因为这首诗而得到了唐德宗的赏识。

后来寒食节渐渐便与清明节合并了，风头被清明节盖过。按照惯例，汉代规定禁火三天，唐代规定禁火一天，到了清明节这天便可以正式开火，因为若禁火时间过长，老百姓难以一直忍受冷食。如今人们已经不过寒食节了，只过清明节。寒食节本是夏历冬至后的第一百零五天，如果人们在这天特别想吃冷食，就可以去买一点熟食，自己就不必生火做饭了，也不失为一种调节。

关于诗人韩翃还有一个故事，记载于孟启《本事诗·情感》，是韩翃和柳氏的一段爱情故事。柳氏原是韩翃的朋友李生的宠姬，钦慕韩翃才华，李生遂赠与韩翃。后来在战乱中，柳氏曾被一个立有战功的武人沙吒利占有，对此，皇帝便御批道："沙吒利宜赐绢二千匹，柳氏却归韩翃。"这是一个大团圆的结局，正因为这个结局非常符合中国古人对男女爱情大团圆结局的期待，所以这个故事还被唐人许尧佐写成一部小说《柳氏传》。小说写的便是才子佳人相约后花园的故事，而后女子被坏人霸占，最终又回到男主角身边，从此便幸福地生活在一起。这便是与诗人韩翃有关的另一个略显老套的故事。

孟郊

（751—814）

字东野，湖州武康（今浙江德清）人。唐代诗人。早年隐于河南嵩山。屡试不第，贞元十二年（796）四十六岁登进士第。先后任溧阳尉、河南水陆转运从事。元和元年（806）迁为兴元军参谋，病逝于赴任途中。

登科后

昔日龌龊不足夸，今朝放荡思无涯。
春风得意马蹄疾，一日看尽长安花。

这是中唐诗人孟郊的一首诗。大家应该对这首诗非常熟悉，因为诗中有两个我们今天常用的成语："春风得意"和"走马观花"。当形容一个人事业有成，或考试取得了好成绩时，我们都会用"春风得意"一词。而另一个成语"走马观花"则稍带贬义，当我们参观游览某一地方时，因时间问题或其他种种原因而草草了事，便称作"走马观花"。此诗题与唐代科举考试有关，通过这首诗我们大致可以了解唐人是如何考进士的。

"昔日龌龊不足夸"的"龌龊"二字，在今天看来是肮脏的意思，但在孟郊诗中，其实指的是不如意的处境和尴尬局促的人生状态。昔日，孟郊尚未考中进士，因此身边所有的事情都显得很局促、尴尬、不如意。孟郊在仕途上并不顺畅，他曾三次参加进士考试，直到贞元十二年（796），四十六岁的孟郊才终于考中。对诗人来说，这让他的心境发生了翻天覆地的变化。

在此之前，诗人饱尝落第后尴尬和痛苦的滋味。孟郊在另外一首诗《落第》中描写了自己的心境："弃置复弃置，情如刀剑伤。"在这样一个好时代，我明明有才，但应试不第，无法得到考官的赏识，无法得到朝廷的认可，最后只得落第返乡，心中仿佛被刀剑划过一般痛苦。然后，他第二次参加科举却再次落榜，于是便写下了第二首诗《再下第》，诗中有句云："一夕九起嗟，梦短不到家。"孟郊落第后滞留京城，夜晚无法安然入眠，多次起身叹气，以致无法做长长的梦。他虽想念家乡，无奈梦太短，未及还乡梦便醒了。"一夕九起"正反映了人生又一次失败给诗人带来的内心的失意和焦虑。由此可见，两次落第对于诗人精神状态的影响极大，使他心中长久压抑着怀才不遇的情绪。及至贞元十二年，人到中年的诗人孟郊终于考中了进士，此时的他不愿再回想昔日落第的局促、尴尬、不如意，故而说"昔日龌龊不足夸"。

"今朝放荡思无涯"，与前句显然是今昔对比。"放荡"一词在今天说来带有贬义，多指人在男女关系方面不严肃。这里的"放荡"则指的是无拘无束、自由自在的状态。从前未有功名，今日一朝登科，长久被压抑的心绪瞬间得到了释放，这就是"今朝放荡思无涯"所表达出来的狂喜。科举给诗人戴上的紧箍不复存在了，从此仕途有望，诗人当然喜不自胜，故而"思无涯"。"思无涯"所指的并非是思想的深远，而是情绪的高涨。从这两句诗里可以体会到，唐代读书人在考中进士前后，命运所发生的翻天覆地的变化，以及随之而产生的心境的变化。我们常劝诫别人在得意的时候要稍微收敛一些，谦虚一些，低调一些，但孟郊偏不，他就要把自己内心的得意通过这首小诗毫不掩饰地描写出来。

"春风得意马蹄疾，一日看尽长安花"，诗人作为一个新科进士，在长安二月的春风中骑着马在街道上疾驰，这便是"春风得意"。"春风"恰恰是应和了诗人当时欢喜的心境，又因为马跑得很快，诗人便产生了一种错觉，其实也是他内心的愿望，想要趁着登科后的兴致，索性在一天之内把长安的各色繁花全都看个遍。这样的一首诗，真正写出了一个读书人在得到朝廷认可之后，在考试制度中得到好处之后，那种真实的心理反应和感受。读罢这首诗，我们可以感觉到四十六岁的孟郊其实非常可爱，他能够不加掩饰地写出自己的得意，这在诗人中间也是不多见的。

借着这首诗，我们不妨来谈谈唐朝人是如何考进士的。科举制度产生在隋代，在科举制度产生以前，整个国家的官僚主要在门阀士族，即世家大族中产生，而非从平民百姓中选拔出来。科举制度的意义就在于，朝廷在统一的命题制度之下，把有才能、能为朝廷服务的人选拔出来做官。这样一来，它在很大程度上给予了每个读书人均等的机会，不管出身富贵或贫贱，都能凭本事考试。唐代科举考试分进士、明经、明法等，其中进士考试的地位是最高的。那么，进士考试要考些什么呢？考诗赋，即写诗作赋；考帖经，把儒家经典中的经文贴掉一段，考生像完成填空题一样把缺的部分默写出来；还要考策问，由考官拟定一些和当时政治事务相关的问题，考生须联系实际分析，写出对这些问题的见解。在唐代，科举考试年年举行，进士考试由礼部主持，考试时间一般在农历一二月间。放榜的时间自然是稍后，一般是在农历二月，初春时张榜。至于张榜的地点，现在一般认为是在当时礼部的南院，礼部将进士名单写于榜上，张贴出来供所有人查看，所谓的"金榜题名"，就来源于此。此外还有一个办法，即把进士的姓名写在帖子上送到考取的人家里，这叫"金花帖"，有点像今天的高考录取通知书，但仍以前一种张榜方式为主。因此，金榜题名后，不但考取的人可以光荣地看到自己名列其中，别人也都知道谁成了新科进士。对于一个读书人来说，还有什么比金榜题名更令人得意的呢？金榜题名后还有一系列活动，比如要拜见主考官，称之为"座主"，考中之人便是他的门生，他便是"主师"；还要拜谒宰相；还要与同一年考取进士的人聚在一起，在当时风景极佳的名叫曲江的地方举行"曲江宴"，欢天喜地地饮宴。这一系列活动实际上强化了唐代那些考中进士的人的喜悦心情，相当于官方的承认，给他们提供了享受的机会，使他们能够一洗过去的种种不如意，享受今天成功的喜悦。

随后，同一年考中的人中还会选出两位青年才俊作为代表，名叫"探花使者"。两位使者骑着马在长安城一些开放的园林里看花。在宋代，进士考试的第一名叫状元，第二名叫榜眼，第三名叫探花，其中"探花"的来源便是唐代的探花使者，即进士中看花的两名代表。在当时，走马看花的活动是新科进士的特权，不是所有人都可以到长安的著名园林去看花的，有的园林还是特意为进士开放的。所以，探花的活动实际上也构成了孟郊写"一日看尽长安花"的背景。当然，当时孟郊已四十六岁，因此并不一定是当年的探花代表，但他在诗中恰恰写出了当时非常流行的新科进士才能享有的探花特权。诗的关键不在于花，而在于看花人的心境。

和《登科后》作于同时期的诗《同年春宴》，记述的同样是登科后的心境。在这同一年，孟郊和此次考取进士的三十人一同享受着豪华的曲江宴，其中有这样的几句诗："视听改旧趣，物象含新姿。红雨花上滴，绿烟柳际垂。"这首诗非常直白，诗人一旦考取了进士，眼里看到的景物、耳朵听到的声音都和过去大不相同，万物万象仿佛含有了新的姿态、新的美色。看红花上的雨滴，看绿烟笼罩的垂柳，一切都是新的景象。看似是这一景象给诗人的视觉、听觉带来了新的刺激，实际上是诗人心境大为改观了。若说《登科后》中诗人尚未写明"一日看尽长安花"是何种景象，那么《同年春宴》中，诗人便通过"红雨花上滴，绿烟柳际垂"将他眼中之景展现在了我们面前。

总而言之，从孟郊的《登科后》和《同年春宴》中，从唐代科举考试后进士们的种种活动里，我们便可看出读书人得中进士后那种不可抑制的狂喜。故有人评价，这首诗是孟郊平生第一首"快诗"，快乐的诗。孟郊好作五言诗，前文所提到的几首落第诗，诗人心境皆忧郁晦暗，所谓"郊寒岛瘦"中的"郊寒"，即指孟郊的诗凄寒非常，总带着苦情色彩，而这首《登科后》则迥然不同。古人的眼光有时非常锐利，如有人就从这首诗里看出孟郊这个人"非远器"，他这种中了进士后的狂喜，是被人轻视的。无论是考试成功，还是事业有成，又或是实现了财务自由，人在成功之后都应该保持低调，不显山露水，不直接把内心的狂喜在字面上流露出来，否则，岂不显得太差劲了吗？但孟郊毫不掩饰。

事实上，孟郊在登科之后并未能身居要职。贞元十六年（800），即登科两年后，孟郊做了溧阳县尉，这是一个极小的官职。后孟郊辞官，做了一段时间的幕僚。韩愈曾在他的一篇名作《送孟东野序》中提出了"不平则鸣"的概念，孟郊字东野，这篇文章就是送别孟郊的。而"不平则鸣"则是韩愈由孟郊的经历引发出的感叹：虽然读书人考取了进士，但实际上境遇不佳，仍是怀才不遇，在这种情况下应当"鸣"，即发出自己的声音。可见孟郊登科的喜悦极为短暂，事实上并没有改变他一生的命运。这就提醒我们，无论是在什么领域取得了成功，都不应过分得意，这种成功带来的狂喜或许只是一时的，无法长久，人不应被这种成功感冲昏了头脑，而应保持冷静。真正能够掌握自己的命运，真正能够以平常心对待成功的人，才算是达到了比较高的境界。

韩愈 （768—824）

字退之，河南河阳（今河南孟州）人，自称"郡望昌黎"，世称"韩昌黎"。唐代文学家、思想家。贞元八年（792）进士，曾任监察御史，后因论事被贬阳山，又因谏迎佛骨被贬潮州。晚年官至吏部侍郎，人称"韩吏部"。中唐古文运动领袖，与柳宗元并称"韩柳"。有《昌黎先生集》。

左迁至蓝关示侄孙湘

一封朝奏九重天，夕贬潮州路八千。
欲为圣明除弊事，肯将衰朽惜残年。
云横秦岭家何在，雪拥蓝关马不前。
知汝远来应有意，好收吾骨瘴江边。

韩愈名列唐宋古文八大家之首，文采斐然，我们所熟悉的《师说》《进学解》这些文章，劝导人们尊重老师、告诉人们以怎样的态度来学习，都是出自这位韩文公手笔。历史上称韩愈为"韩昌黎"，"昌黎"是其郡望，在今天的辽宁省，韩愈自称祖上是昌黎人，其实，他出生在今天的河南孟州市。韩愈古文写作的笔力十分了得，他吸收了司马迁《史记》和诸子百家散文的特点，铸就了一支如椽巨笔。韩愈的诗歌和其文章同样著名，在唐代，他的诗歌可谓独树一帜，最明显的特点就是"以文为诗"，即以写文章的手法来写诗，所以他的诗和盛唐的李白、杜甫等诗人不尽相同。这首《左迁至蓝关示侄孙湘》就鲜明地反映了韩愈诗的特点。

　　初读诗题，略嫌拗口。"左迁"是中国古代贬官的说法，"迁"即变化。"蓝关"即蓝田关，在今天陕西省蓝田县以南，距长安不远。"示侄孙湘"，即写给"侄孙湘"，既然是韩愈的侄孙，此人自然是姓韩，名字应为"韩湘"，其父韩老成是韩愈的侄子，与韩愈感情深厚。韩湘在韩愈贬谪离开长安之时专程赶来会合，故韩愈写下了这首诗。

　　"一封朝奏九重天，夕贬潮州路八千"，读之抑扬顿挫，十分顺口。"九重天"即天的最高层，古人认为天有九层，最高一层便代指皇帝，意即早上递了一封奏章给皇帝，可到晚上就得到了贬官潮州的命令。潮州在今天的广东省，从陕西西安到广东潮州，路程之远，别说是古人，就连今天坐飞机也要很长时间。在韩愈的那个时代，真是千里迢迢，不知道要越过多少关山才能到达，于是韩愈就取其约数八千里，故云"夕贬潮州路八千"。这两句诗非常具有戏剧性，早上递了一封奏章给皇帝，到了晚上，朝廷一道圣旨下来就被贬往潮州。虽然韩愈被贬后的官职是潮州刺史，仍属于地方长官，但是距离京城过于遥远，且当时潮州属于南荒之地，在唐代仍是经济、文化较为落后的地区。"欲为圣明除弊事，肯将衰朽惜残年。""圣明"即皇帝，"肯"即怎么肯。我想要为圣上革除朝中弊端，又怎么肯凭着这副衰朽的身躯而顾惜我来日无多的余年？这有点奋不顾身的意思，然而结果不但没有得到皇帝的理解，反而被贬到八千里外的潮州去了。

随后一联非常有名："云横秦岭家何在，雪拥蓝关马不前。"韩愈骑着马离开京城，到达了秦岭，秦岭位于现在的蓝田县东南，只见白云在秦岭之上漂浮着，诗人自问：我的家又在哪里呢？诗人的家本在长安，如今贬到了八千里外的潮州，将在南方安家，一路上颠沛流离，未来充满了不确定性，能否安然抵达潮州仍是个未知数。古代医疗条件极差，而南方穷山恶水，又有瘴气，极其危险，谁又知道能否回到京城呢？"云横秦岭家何在"便是诗人发出的哀叹。不但诗人内心对未来没有把握，连他的坐骑遇上蓝田关上的积雪都踟蹰不前，不肯再往前走了。一人一马的感受，与"云横秦岭""雪拥蓝关"这样的景象结合在一起，饱含诗人心中说不清道不明的委屈和怨气。末尾两句是对前来与他会合的韩湘说的："知汝远来应有意，好收吾骨瘴江边。"我知道你前来会合是有意图的，将来等我到了潮州，我若死了，你便可以在江边收拾我的尸骨，运回来安葬。"瘴"即瘴气，相传南方山林之中有一种湿热之气，叫"瘴气"，容易使人得病。韩愈不免悲观：我这样的身体从北方千里迢迢去往潮州，将来的结局必然是因瘴气生病而亡，所以我的尸骨还麻烦你运回北方安葬。末句绝望中又含着满腹牢骚。

通读韩愈此诗，读者不免好奇，堂堂韩愈为何竟受如此委屈？是怎样天大的罪过才遭到朝廷如此对待，遭遇如此不公？事实上，此诗的写作背景是唐代历史上一个极为重大的政治事件——"谏迎佛骨"。著名的陕西扶风法门寺供奉着佛祖释迦牟尼的指骨一节，这便是所谓的"舍利"，每三十年，法门寺的舍利塔要开一次，将舍利取出供人观瞻。唐宪宗元和十四年（819）正好是开塔之年，唐宪宗信奉佛教，便想把舍利迎进皇宫供养三天。唐代当时佛教势力极为强大，上至皇帝、王公贵族，下至士大夫，都有很多佛教的信徒，相反，对于儒学则非常冷淡。事实上，佛教在当时掌握了很多社会资源，僧尼不从事生产，但又能得到很多供养，所以社会财富中很大一部分被佛教寺庙分去了。韩愈目睹这种情况，出于维护儒家的坚定立场，他反对唐宪宗迎佛舍利入宫供奉，为此写了一封奏表《谏迎佛骨表》。韩愈措辞坚决，历数自东汉以来信奉佛教的皇帝都不得长寿的历史事实，以劝诫宪宗放弃迎佛骨的念头。韩愈甚至说"佛如有灵，能作祸祟，凡有殃咎，宜加臣身"这样的话语：佛如果有灵，果真有报应，那就让所有的灾祸都降临到我的身上吧！韩愈此举可谓不顾一切反对迎佛骨入宫。而当时唐宪宗正处于对佛教狂热信奉的状态，听到如此坚决的反对声音便勃然大怒，甚至要处死韩愈；幸亏大臣裴度和崔群为韩愈说情，劝说宪宗韩愈"内怀至忠"，是个忠心耿耿的臣子，所以应当宽恕他，从而鼓励忠臣、贤臣敢于进谏。宪宗没有办法，既然不能杀韩愈，便要将他狠狠地贬谪，于是将韩愈贬至潮州当刺史。

此路九死一生。所以韩愈明明是做了他内心认为正确的，且对当时的社会来说应该也是积极有利的事，结果却遭受皇帝狠狠的打击。在这种不公的命运面前，韩愈自然是满心委屈，故而才有"欲为圣明除弊事，肯将衰朽惜残年"这样的叹息，才会对韩湘说"好收吾骨瘴江边"。

然而，韩愈之所以让我们敬佩，就在于他明知这封《谏迎佛骨表》上呈后必然会遭到致命的打击，但是他不顾一切，仍然发表他认为正确的意见，即便内心充满了委屈，也硬着头皮坦然地接受了不公正的命运，接受了这个使自己相当危险狼狈的结果，这就是韩愈人格的闪光之处，也是韩愈这首诗的感人至深之处。面对命运的不公，面对皇权的打压，他个人无法反抗，但是他并没有从此自暴自弃。赴任潮州后，韩愈做了很多有益的事，改善了民生，解决了频发的鳄鱼之害。潮州临海，鳄鱼常常惊扰渔民，给百姓造成不小的损失，为此韩愈写了一篇《祭鳄鱼文》，以赶尽杀绝威胁鳄鱼，使其离开当地水域。鳄鱼自然是听不懂的，但韩愈这篇妙文流传了下来，祭鳄鱼成为韩愈在潮州历史上足以流传千古的重要经历。而且，韩愈也并没有死在潮州，几年后，他又应召回京，后官至吏部侍郎，故历史上也称韩愈为"韩吏部"。最后，韩愈病逝于长安，终年五十七岁。

这首诗有两个值得注意的手法，第一个是所谓"以文为诗"的写法，尤其第二联"欲为圣明除弊事，肯将衰朽惜残年"，"欲为"和"肯将"这类词语的运用完全是古文的笔法，而不像诗。第二个则是"云横秦岭家何在？雪拥蓝关马不前"，他通过自然景象和马的动作反映了内心的不情愿，不只是"马不前"，实际上是"人不前"，诗人对京城、对家有无限的留恋，对前途有一种莫名的担忧。而这一联又极为流畅，可以说，这一联是让此诗成为千古名篇的重要原因。

白居易
（772—846）

字乐天，自号香山居士。祖籍太原，生于新郑（今属河南）。唐代诗人。贞元十四年（798）进士，授秘书省校书郎。曾任左拾遗、左赞善大夫，因越职言事，得罪权贵，贬江州司马。后历任忠州、杭州、苏州刺史，官至太子少傅，以刑部尚书致仕，卒于洛阳。有《白氏长庆集》。

池上（其二）

小娃撑小艇，偷采白莲回。

不解藏踪迹，浮萍一道开。

这是唐代诗人白居易的一首小诗《池上》。这诗很短，但是写得很有意思。诗写了什么呢？是说一个小朋友，他撑着一艘小艇，也就是小船，到人家的荷塘里偷采白莲花。成功了没有呢？他成功了，把白莲花采回来了。一般来说，偷偷做什么事总要把自己的痕迹给掩盖起来，但是这个小朋友太小了，他只一心想采到莲花，没有考虑到会不会被人发现这些问题。于是乎"不解藏踪迹"，不懂得把自己偷莲花的痕迹给掩藏起来，所以"浮萍一道开"，原来池上都是浮萍，小朋友撑着小艇驶过，水面上的浮萍就分开了，显示出一道痕迹来。

这首小诗是不是写得很有趣味，很有场景感，很有动感？实际上这首诗，是白居易六十多岁的时候在洛阳写的。白居易一生留下 2 800 多首诗，是唐代诗人中现存诗作最多的一位。白居易的诗，长的短的、各种体制、各种题材非常丰富。我们尤其要留意他的一些小诗，充满着生活的趣味。他善于捕捉鲜活的生活场景，用非常精炼细致的笔墨把它描绘出来，很具有戏剧性。

一位六十多岁的老人看见一个小朋友撑着小艇，到人家的池塘里去偷采白莲花，这个有趣的情景，白居易是怎样把它表现出来的呢？

这首诗歌里，我们尤其要注意几个动词。这首诗一共才只有二十个字，结果第一句"小娃撑小艇"里就用了两个"小"字。人，是一小朋友；船，是一艘小船。中间用了一个"撑"字，就可以想象这个小朋友虽小，但是一个人撑着小船去偷白莲，倒也是挺有勇气和自信的。"偷采白莲回"，这个"偷"字用得非常好，我们说偷是一种不太好的行为，但是白居易在诗里明确地告诉你，小朋友就是在大人不知道的情况下，偷偷地去采了白莲。而且一个"回"字，说明他偷采的行动成功了，他得逞了。然后是"不解藏踪迹"，"解"字和"藏"字，两个动词用得非常好。小朋友自以为得计，洋洋得意地把白莲花偷采回来了，但是他一点都不懂得自我隐藏，所以叫"不解"。"藏"也用得好，其实我们说他要做这件事，要隐藏也蛮困难，因为撑着小艇在水面行驶，总会留下一些痕迹。但是小朋友连这种自我隐藏的意识都没有，因为他太小了，在白居易看起来就非常可爱。他在光天化日之下，把这白莲花给采回来，全然不顾身后的船留下"浮萍一道开"的痕迹。所以我们可以看出，这个小朋友非常地调皮，但又很有智慧，不然的话，他怎么采得到这朵白莲花呢？可同时，他又非常天真，全无心计，不懂得掩藏自己的罪证。这几个元素结合起来，加上这二十个字中间非常巧妙的动词的应用，把小朋友整个采白莲花的行为就写得很生动。

这样一种行为，在六十多岁的老诗人白居易眼里，无疑是非常可爱的。白居易晚年在洛阳官做得很大，先是太子宾客分司东都，后来又任太子少傅分司东都。白居易活了七十多岁，年寿也挺长的。在洛阳的时期，是他一生中比较安逸的时期，也是诗人的晚年，有比较高的俸禄，有优越的生活条件，有非常闲适的心境，这就使得诗人能够用另外一种眼光——不同于写《长恨歌》《琵琶行》，不同于写《秦中吟》的带有批判性的眼光——来看待周边的世界，尤其是日常生活的世界。所以诗人眼睛里看到的这个小童，他偷采白莲的行为就特别生活化，特别富有戏剧性。

白居易的一些小诗，著名的还有《问刘十九》之类，往往写得非常口语化，于是有人嫌它们太俗、语言太直白。据说白居易写诗有一个标准，写完以后先念给文化水平很低或者索性没有文化的老太太听一听，看看老太太能不能听懂，能听懂的白居易就把它写下来，如果听不懂的话，那就再改。可见白居易在写诗的时候就有这种意识，要文化水平不高，甚至完全没有文化的这些人，都能够理解他的诗。

白居易在写这首小诗的时候，想必心里也有这样的意识，要大家都能听懂。对于今天的小读者来说，这真是一件好事。试想一位赫赫有名的大诗人放下架子，用我们完全能够理解的语言，用我们完全能够琢磨出意思的动词，精心构制了这样一首小诗，这是多么难得啊！整首诗描写了一个很美妙的场景，不但体现了小朋友的童心童真，也可以使成年读者暂时忘记人生中、社会上的纷纷扰扰，重新体验一下童心的纯真和快乐。

忆江南三首

江南好，风景旧曾谙。日出江花红胜火，春来江水绿如蓝，能不忆江南？

江南忆，最忆是杭州。山寺月中寻桂子，郡亭枕上看潮头，何日更重游？

江南忆，其次忆吴宫。吴酒一杯春竹叶，吴娃双舞醉芙蓉，早晚复相逢。

白居易六十六岁的时候在洛阳，回顾自己的一生，无论如何也忘不掉在杭州、苏州做刺史的那些日子。一般认为，这三首赫赫有名的《忆江南》词，就是他对江南生活的回忆之作。

白居易为什么会来到杭州做官呢？唐穆宗长庆二年（822），时任中书舍人的白居易五十一岁，自请外任，七月任命。对杭州，白居易是有感情的。少年时代在战乱中，他曾随家族到江南来避难，杭州这座城市的绚丽风光给他留下了深刻印象，再次来到杭州做刺史，他的心情也大不一样了。

在前一年，也就是长庆元年（821），有一个叫王廷凑的人袭杀魏博节度使田弘正，自称节度留后。朝廷派兵征剿，十万多人围困而无功。朝廷派这么多人对付藩镇叛将，却拿他一点办法也没有。白居易上书论河北用兵，主张减小作战规模，减少钱粮消耗，以招安为主，朝廷不听。建议得不到采纳的白居易，索性自请外任，到杭州做地方的一把手。

他的三首《忆江南》回忆江南，各有侧重。第一首，是对江南景色的总体性描绘。"江南好"是对江南的定评，"风景旧曾谙"则表明这是对往昔的回忆，是写记忆中的江南风景。
"日出江花红胜火，春来江水绿如蓝"两句，你放到杭州也可
以，放到苏州也可以，这是具体的描写，一个是写江花，一个
是写江水。这两句的妙处，在于以色彩的对比写风景，花比火
还要红，水绿得像蓝草那样，绚丽的色彩凸显了江南春天繁花
似锦、生机勃勃的景象。这里的"蓝"，不是蓝色，而是指蓝
草，在中国古代，人们用蓝草中提炼出的染料靛青来给布料、
衣服染色。词的最后一句以反问作结："能不忆江南？"这是
情不自禁的回忆，是美景深深印刻在脑海中的结果。江南那么
好，能不教人回忆吗？

　　《忆江南》的后两首，分别写了杭州和苏州的景色，对于
这两地，作者是有高下判分的。第二首专写杭州，显然，从
"最忆"和"其次忆"的比较中，白居易认为杭州更为诱人。
杭州可写的东西很多，作者选取了山寺寻桂和郡亭观潮两个场
景。值得注意的是，寻桂是在月中寻找，因为只要循着桂花的
香气便可找到，尽管是月夜，观潮是在郡亭上观看，枕卧其
上，潮头很高，轻易能看到。诗人意在说明，在其他地方，这
些或许是难得的景致，在杭州，则俯拾皆是，唾手可得。杭州
既然如此美妙，怎能不让诗人生出"何日更重游"的祈盼呢？
第三首专写苏州，"吴宫"指吴王夫差为西施所建的馆娃宫，
在苏州西南灵岩山上。诗人抓住当季香醇的"吴酒"和双双起
舞的"吴娃"，用"早晚复相逢"道出早晚要回江南的愿望和
能够重回江南的信心。对于已届暮年的诗人而言，江南与其说

是他希望重回的地方，还不如说是留在他心中的一个梦，一个念想。而在第二、第三首中，我们也可以看到，作者对杭州的回忆更多集中在优雅壮丽的自然景观，而对苏州的回忆则更多集中于醇酒美人的世俗乐趣，可谓各有侧重。总体而言，第一、二首的艺术境界更高，第三首则略为逊色。

刘禹锡

（772—842）

字梦得，生于河南荥阳。唐代诗人。贞元九年（793）进士，曾在杜佑幕府任掌书记，后任监察御史，参与"永贞革新"，任屯田员外郎、判度支盐铁案，革新失败后，贬为朗州司马、连州刺史，又任夔州刺史等，晚年回到洛阳，以太子宾客分司东都。有《刘宾客文集》。

西塞山怀古

王濬楼船下益州，金陵王气黯然收。
千寻铁锁沉江底，一片降幡出石头。
人世几回伤往事，山形依旧枕寒流。
从今四海为家日，故垒萧萧芦荻秋。

刘禹锡的怀古诗脍炙人口，比如《金陵五题》中《乌衣巷》"旧时王谢堂前燕，飞入寻常百姓家"应是大家熟知的一联。而这首《西塞山怀古》写的是西晋伐吴的历史故事，诗人对此颇有感慨。

要读懂这首怀古诗，我们首先要知道西塞山在何处。说起西塞山，或许有不少人会想起张志和的《渔歌子》："西塞山前白鹭飞，桃花流水鳜鱼肥。"然而，刘禹锡所写的西塞山在今天的湖北黄石附近，跟张志和笔下的西塞山不是同一处，张志和所写的西塞山在吴兴（今浙江湖州）。《西塞山怀古》写的是晋军在西晋初年以船队沿江而下讨伐吴国，经过了惨烈的战斗后，吴国最终兵败投降的史事。

"王濬楼船下益州，金陵王气黯然收。"王濬是西晋初年的益州刺史，益州即今天的四川。王濬的船队从益州沿江而下，使得吴国都城金陵的王气到此结束，即亡国。王濬的船队非比寻常，他带着必胜的决心造了大船，并把大船都连接起来。大船方圆一百二十步，一艘船可以容纳两千人，船上可以骑马往来，这样的规模就相当于今天的航空母舰，航空母舰上可以停飞机，王濬的大船上可以骑马，士兵来来往往，此谓之"王濬楼船"。这样的船队沿长江而下攻打吴国，吴国离灭亡也不远了。彼时吴国早已不是孙权的时代，而是其孙子孙皓的时代，令人惋惜的是，孙皓是一位残暴的国君，其治下的吴国国力衰微。当王濬的楼船来袭时，吴国也采取了应对的措施——"千寻铁锁沉江底"。"千寻铁锁"就是吴国抵御楼船的办法。当时孙皓采取了两个手段：一则把极粗的铁链连接起来，把江面封锁住，拦住大船；二则以大量铁锥沉入水里，试图以铁锥扎破木制的大船，使之沉没。孙皓自以为定能拦住王濬，然而王濬更有办法。对于铁锥，王濬请了许多游泳好手以木筏扎在铁锥之上，如此一来，铁锥便无法伤害大船。对于铁索，王濬用长十余丈、粗数十围的火炬，浇以麻油，点火焚烧，顷刻间铁索就被烧断了。所以孙皓这两招都没有抵挡住王濬的船队，结句便是刘禹锡所写的"一片降幡出石头"。"一片降幡"即白旗，白旗在中国古代是投降的标志。"石头"指石头城，故址在今南京清凉山，为孙权所建，这里代指金陵。刘禹锡以简练的笔墨，概括出了西晋初年船队伐吴的惊心动魄的场面。

随后，诗人发出了自己的感慨："人世几回伤往事，山形依旧枕寒流。"据说刘禹锡当时赴和州（今安徽和县）担任刺史，途经西塞山，写下了这首诗。六朝时代，政权更迭频繁，身处其中的人们一次一次地体会到了朝代兴衰、历史更替的沧桑感。只有西塞山形态依旧，靠着冰冷的江水，故为"山形依旧枕江流"。目睹如此江山，遥想当年西晋伐吴的惨烈场面，怎能不教诗人内心涌起苍凉之感呢？"从今四海为家日，故垒萧萧芦荻秋。""四海为家"，即天下太平，当时唐朝处于相对和平的状态，六朝的血雨腥风都已成为往事。只见当年的旧营垒，它们的遗迹显得格外萧瑟，此时又逢秋天，空留芦苇、荻花在江边飘摇。

这首诗的前四句是对历史事件的精练概括，后四句则是诗人对于历史的感叹，写出了历史的沧桑。

在笔者看来，它在艺术方面主要有两个特点。其一，诗中动词运用极为巧妙。"王濬楼船下益州"的"下"字概括了船队顺长江东下的情景；"金陵王气黯然收"的"收"字写出国家灭亡、谢幕之态；"千寻铁锁沉江底"的"沉"字，写熔断的铁锁成为历史的遗迹，沉入长江；"一片降幡出石头"的"出"字，表现了降幡从石头城里升起的动作。"下、收、沉、出"，这些动词精妙地概括了史实。其二，这首诗行文简练。清代著名的文学家纪昀评道，第四句"但说得吴"，第五句"括过六朝，是为简练"，第六句"折到西塞山，是为圆熟"（梁章钜《退庵随笔》引）。第四句写的是吴国投降之事；第五句以七个字把六朝兴废全部概括其中，故谓之简练；第六句"山形依旧枕寒流"，前文只字不提西塞山，只写王濬船队伐吴之事，第六句却写"山形依旧"，点出了诗题中的西塞山，不生硬，故为圆熟。所以，动词的运用和简练的特点便使此诗成为咏史诗中的名作。清代学者何焯认为："气势笔力匹敌《黄鹤楼》诗，千载绝作也。"（《瀛奎律髓汇评》）此诗可以和崔颢的《黄鹤楼》相媲美，堪称千古绝唱。

关于这首诗还有一个故事，唐穆宗长庆年间，刘禹锡、元稹、韦楚客三位诗人在白居易家做客，四位诗人商量要以金陵为主题写一组怀古诗。因为金陵是六朝古都，其间发生的历史事件数不胜数。刘禹锡第一个赋诗，他斟满了酒一饮而尽，便写下这首《西塞山怀古》。当刘禹锡赋诗完毕，白居易说：

"四人探骊，吾子先获其珠，所余鳞甲何用"？（何光远《鉴诫录》）刘禹锡已经写出最好的诗了，剩下来一片一片的鳞甲还有什么用呢？所以白居易、元稹、韦楚客都罢唱了。这个故事从侧面说明刘禹锡的《西塞山怀古》在当时的影响力。其实这个故事是不可信的。长庆年间，刘禹锡在夔州，即今天重庆奉节，绝无可能和韦楚客、元稹一起到白居易家中去。不过因为这首诗写得绝妙，后人便造出了这样一个故事，以白居易对刘禹锡的叹服来证明这首诗的出色。

酬乐天扬州初逢席上见赠

巴山楚水凄凉地，二十三年弃置身。
怀旧空吟闻笛赋，到乡翻似烂柯人。
沉舟侧畔千帆过，病树前头万木春。
今日听君歌一曲，暂凭杯酒长精神。

　　这是唐代诗人刘禹锡写给好友白居易的诗。在此之前，白居易和刘禹锡在诗歌上多有唱和，但两人一直未曾谋面。唐敬宗宝历二年（826），刘禹锡卸任和州刺史返回洛阳，白居易也从苏州返回洛阳，两人便在扬州初逢了。从诗题来看，"席上见赠"，表明了这首诗是刘禹锡的酬答诗，因白居易在宴会上赠诗刘禹锡，故有礼尚往来之意。"巴山楚水凄凉地"指的是刘禹锡常年贬居之处。刘禹锡主张改革，参加了著名的"永贞革新"，"永贞革新"失败后，包括刘禹锡在内的几名官员一同被贬。永贞元年（805）九月，刘禹锡先被贬为连州刺史，在赴任途中，再贬为朗州司马。十年后刘禹锡奉召入京，再被贬为连州刺史，后又转入夔州、和州为刺史，直到唐文宗大和元年（827），刘禹锡才得以返京。又因路途遥远，次年方抵京城。如此算来，从刘禹锡被贬，到终返京城，连头带尾正好是二十三年，故而曰"二十三年弃置身"。"巴"即四川的东部，古属巴国，"楚"即今天的湖南北部和湖北，古属楚国，"巴山楚水"，即巴楚的山山水水。刘禹锡被贬的地方，基本属于这一范围，这两句的含义大致是，刘禹锡二十三年间一直处于贬谪生涯之中。

"怀旧空吟闻笛赋，到乡翻似烂柯人"，此二句有两个典故。大家看到"闻笛赋"，或许并无概念，其实，这是指西晋文学家向秀的《思旧赋》。向秀与曹魏时期的嵇康是好友，嵇康因不满司马氏政权而被杀害。嵇康死后，向秀路过嵇康旧居，突然听见嵇康的邻居吹笛，听到笛声，向秀忆起亡友，于是写下了著名的《思旧赋》。实际上，"怀旧空吟闻笛赋"一句，刘禹锡是借向秀的《思旧赋》来怀念"永贞革新"失败后被杀害的王叔文，以及后来在贬谪生涯中郁郁而终的柳宗元等受打击的改革者，他们都是"永贞革新"失败的受害者。"到乡翻似烂柯人"，"翻似"即"倒好像"之意，"翻"即"反而"。"烂柯人"则指西晋时期一个名叫王质的人。此人有点传奇色彩，相传有次他上山砍柴，路遇两童子在下棋，于是他便驻足观看。等棋局终了，王质手中的斧柄，即"斧柯"，早已腐烂了，说明时间已过去不知多少年。待王质回到家中一看，村中与他同辈的人早已去世，听老人讲起他到山中砍柴，都说早已是几百年前的事情了。这便是"烂柯人"的典故。刘禹锡在这两句中怀念故去的友人，同时也表达了被贬谪离京二十多年后的物是人非之感。昔日的同僚或离世，或离职，剩下的皆是陌生人。他感慨自己就像西晋人王质到山中走了一遭，故土早已沧海桑田，不复旧人，不复旧貌。

随后两句便是千古名句"沉舟侧畔千帆过，病树前头万木春"，刘禹锡自比"沉舟"和"病树"，即将要沉没的小舟和病病歪歪的树。虽然我这艘船将要沉没了，但其他的船只仍在旁千帆竞发，奋勇向前；虽然我是一棵病树，但千树万树都在茁壮成长。这两句均为对比，我们如今常常把它理解为一种新陈代谢的规律，"千帆"取代了"沉舟"，"万木"取代了"病树"，新旧更迭，于是，社会、历史充满着一路向前的希望。事实上，刘禹锡的本意是讽刺那些春风得意的新官员。他因"永贞革新"的失败遭受了沉重的打击，但朝廷中总有那么一些刻意逢迎从而官运亨通的人来填补空缺。

末了诗人说"今日听君歌一曲，暂凭杯酒长精神"，"歌一曲"即指白居易所赠之诗，题曰《醉赠刘二十八使君》，刘二十八即刘禹锡，因排行二十八而得名，醉赠，即酒后所赠。诗中有这样两句："举眼风光长寂寞，满朝官职独蹉跎。"刘禹锡遭受贬谪，常年寂寞，满朝文武官员中却颇有一些官运通达之人，唯刘禹锡仕途坎坷、独自蹉跎。将这两句与刘禹锡的"沉舟侧畔千帆过，病树前头万木春"对照阅读，我们可以更深刻地理解刘禹锡对自身命运的感慨，以及对新官僚的些许讽刺。

最早留意到"沉舟侧畔千帆过，病树前头万木春"此句妙处的便是白居易。刘、白二人的唱和诗被白居易编为《刘白唱和集》，白居易撰《刘白唱和集解》就有对这两句的评论："真谓神妙，在在处处，应当有灵物护之。"这两句诗写得极妙，处处如有神助，这显然是白居易对友人诗句的极高评价，更何况此诗本就是赠给白居易的。但也有人意见迥异，明代文学家王世贞在他的著作《艺苑卮言》中提及这两句诗，认为："此不过学究之小有致者。"这不过是学究的语言，小有情致就能写出这样的句子，无甚特别。显然，王世贞认为这两句不过泛泛之语。但是，欣赏这两句的还是大有人在，如清代诗人沈德潜在他的《唐诗别裁集》中就说："'沉舟'二语，见人事不齐，造化亦无如之何。悟得此旨，终身无不平之心矣。""人事不齐"，即世事有起有落，不见得总是一帆风顺。世事有着偶然性，大自然也无能为力，读书人若能领悟这样的意旨，便不会生出愤愤不平的心思。有的人官运亨通，有的人仕途坎坷，有的人提倡改革而遭受贬谪，这都是平常之事，仕途本就如此，人生亦是如此，若能领悟其中的奥妙，便能一生心态平和。

在笔者看来，虽然第五、六句中"沉舟""千帆""病树""万木"的确是带有一些讽刺意味，但末尾两句"今日听君歌一曲，暂凭杯酒长精神"毫无疑问体现了刘禹锡在逆境中、在长期贬谪生活中豁达的心胸、开朗的心境及饱满的情绪。他和柳宗元不一样，他并没有被人生的挫折吓倒，更没有被政治压力压垮。此诗末尾两句正体现了诗人乐观的精神状态和向前看的勇气，而不是斤斤计较于自己二十三年的蹉跎岁月中所遭受的不公正对待，这是很值得后人反复吟味的。

柳宗元 (773—819)

字子厚，河东解（今山西运城）人。唐代诗人。贞元九年（793）进士，后任蓝田县尉、监察御史。贞元二十一年（805）顺宗即位，柳宗元参与"永贞革新"，失败后被贬永州司马，十年后又出为柳州刺史，卒于任所。又为中唐古文运动领袖，与韩愈并称"韩柳"。有《柳河东集》。

江 雪

千山鸟飞绝，万径人踪灭。
孤舟蓑笠翁，独钓寒江雪。

这首诗是柳宗元赫赫有名的《江雪》。我们可能在小学的时候就背过这首诗。不过，你是否真正读懂了这首诗的意思？别看这四句诗只有短短二十个字，其背后的意蕴却极为丰富。

解读这首诗首先便应从山水诗的角度入手。这首诗写得极美，极富画面感。"千山鸟飞绝，万径人踪灭。"诗人绘就了无边广阔的背景，"千山""万径"自然是夸张之语，但柳宗元用这样极端的词便把山和小径扩展到无以复加的地步，仿佛世间所有的山、所有的路都悄然无人，连一只鸟都没有。"千山鸟飞绝"，雪下得太大，天气太冷了，连鸟儿都不出来了。"万径人踪灭"，小径上人迹罕至，即使有人曾留下脚印也很快被大雪覆盖了，就像什么也没有发生过一样。读至此处，便让人想起《红楼梦》里那句话："落了片白茫茫大地真干净。"若把《江雪》这首诗比喻成一幅山水画，那么前两句描绘的就是这幅画里无限广阔的背景。

随后，画中的主人公出场了，一位渔翁坐在一艘小小的船上，戴着斗笠、披着蓑衣独自垂钓。"孤舟蓑笠翁"一笔点出了这幅画中主人公的形象，这是一个在白雪弥漫的千山万水中钓鱼的渔翁，这是一个在四周不见一人的寒冷世界里钓鱼的渔翁。"独钓寒江雪"，此句强调了"独钓"，而非两三人一起钓鱼，垂钓处就在"寒江雪"中。柳宗元再次把这幅画的背景展现在我们面前，强调了渔翁冰天雪地下在江上独自垂钓的情景。

诗题"江雪"二字便把这首诗的背景呈现了出来，正因为背景无限空阔、寒冷，故而反衬出寒江独钓的渔翁的孤独。

这种孤独是柳宗元刻意刻画的,"孤舟蓑笠翁"仍不够,还要"独钓寒江雪"。既是"孤舟",又是"独钓",在这个"千山鸟飞绝,万径人踪灭"的世界里,渔翁就这么孤零零一个人。这是一幅极美的水墨写意山水画,假如有一位高明的画家将"千山鸟飞绝,万径人踪灭"复现于纸上,大概只用寥寥数笔就能把这个清冷的世界勾勒出来。"孤舟蓑笠翁,独钓寒江雪",根据中国画的规则,往往会把小船和人物画得极小,或许只在画面的中央,用一个点加上寥寥几笔,绘出小船上渔翁低头垂钓之态,意境独绝。

然而这首诗的妙处不仅仅在于绘制了一幅寒江独钓图,这首诗是柳宗元因"永贞革新"失败被贬到永州时写下的。永州今属湖南省,柳宗元时任永州司马。永州司马虽然也是个官,但他是因"永贞革新"失败遭贬。白居易《琵琶行》的最后写道:"江州司马青衫湿。"在唐代,凡是被贬的司马,日子都不太好过,何况柳宗元又遭受巨大的政治打击。这样的写作背景就给了我们解读这首诗的第二种视角:柳宗元是否以"渔翁"自况,来象征自己的境遇?"千山鸟飞绝,万径人踪灭"不正象征着冷酷的社会吗?官场险恶,反对派在打击"永贞革新"的"二王八司马"时毫不留情。"二王"即王叔文和王伾,被贬后死去。"八司马"指柳宗元、刘禹锡等八人,都被贬到偏远的州去担任司马这样的小官。政治变幻云诡波谲,柳宗元总算尝到了宦海险恶的滋味。人情冷暖,世态炎凉,所以"千山鸟飞绝,万径人踪灭",世上仿佛空无一人,孤独的渔翁仿佛就是柳宗元本人。"孤舟蓑笠翁，独钓寒江雪"，在大雪天里，渔翁并没有像其他人那样躲在家中，而依然独自坐在小船上静心执着地垂钓，这样的渔翁形象高洁、孤傲、有原则，特立独行，不肯与世俯仰，这不就恰恰象征了柳宗元的命运、个性和形象吗？不管外在环境如何险恶，不管是否孤身一人，依然坚持做自己认为应该做的事，坚守自己的政治立场而不同流合污，这就是在冰天雪地中垂钓的渔翁带给我们的积极的启示。实际上，这是柳宗元将自己的人格投射在渔翁身上。柳宗元是一个写孤独的高手，他能把人的孤独置于大自然的宏大背景之下，并写出这种孤绝的境界。如此恶劣的天气，垂钓本是一件不可能的事情，但是这位渔翁做到了，他坚持了自己该坚持的，这种人格难道不值得我们学习和效法吗？

古代评论家也读出了这样的含义。王尧衢在《唐诗合解笺注》中评道："以一老翁披蓑戴笠，兀坐于鸟不飞、人不行之地，真所谓'寄蜉蝣于天地，渺沧海之一粟'矣，何足为轻重哉？"又言："江寒而鱼伏。岂钓之可得？彼老翁独何为稳坐孤舟风雪中乎？世态寒凉，宦情孤冷，如钓寒江之鱼，终无所得。"江水太冷了，鱼都潜伏了，哪里能够钓得到鱼呢？老翁又为何安然地坐在大风大雪之中呢？由此便可看出世态的炎凉。"宦情"即为官的情况，一旦在官场失势，同僚便不再来往，"如钓寒江之鱼"，最终一无所得。所以王尧衢便认为这首诗是"子厚以自寓也"，柳宗元字子厚，这首诗是柳宗元的自寓。

但正因为在大雪天中难以钓到鱼，所以有些评论家便有不同的看法，诗论家徐增在《而庵说唐诗》中说渔翁"当此穷途日短，可以归矣。而犹依泊于此，岂为一官所系耶？"反正也钓不到鱼，渔翁可以回家了，而他却仍在原地一心垂钓，难道只是想钓到水中的鱼吗？意即难道是为一个官职所牵累吗？徐增接着说："一官无味，如钓寒江之鱼，终亦无所得而已矣。"这样做官毫无滋味，就如在寒江中钓鱼一般，钓了半天也钓不到鱼，即在官场摸爬滚打了很久也做不到想做的职位，所以他说："余岂效此渔翁者哉？"我怎么能模仿这个渔翁的做法呢？徐增认为，渔翁在寒江中独钓是一种徒劳的行为，渔翁想钓到鱼，其实仍含有功利之心，但他没有想到冰天雪地之中不可能钓到鱼，所以渔翁的做法并不值得后人效仿。

而笔者个人则更倾向于认为，柳宗元是将渔翁作为自己人格的写照，以宣示自己的处世态度、政治立场、高洁的品格，他在向这个世界表明自己的坚定、孤高和不妥协。不管官场多么险恶，不管政治打压多么残酷，他仍然像那位老翁一样，在鸟不飞、人不至的寒冷世界里孤独地握着一根钓鱼竿。他是在钓鱼，还是在思考自己未来的人生、过去的经验？我们无从得知，这便是柳宗元的《江雪》留给我们的无限遐想。柳宗元是一个写孤独的高手，这首诗可能是唐诗中将孤独书写得最恰切、最动人，却又最残忍的一首诗。

柳宗元这首五言诗并不是一首近体绝句，诗中押的都是入声韵，"绝""灭""雪"都是入声字，所以这是一首古体绝句。相对于近体诗来说，古体诗显得有点涩、有点拗，和这首诗所要展现的孤独意境相当吻合。

登柳州城楼寄漳汀封连四州

城上高楼接大荒，海天愁思正茫茫。
惊风乱飐芙蓉水，密雨斜侵薜荔墙。
岭树重遮千里目，江流曲似九回肠。
共来百越文身地，犹自音书滞一乡。

这首诗是柳宗元的《登柳州城楼寄漳汀封连四州》，写于其被贬为柳州刺史期间。柳宗元的诗歌非常出色，同时他也是唐代古文运动的倡导者之一，与韩愈齐名，世称"韩柳"。与韩愈经历相似，柳宗元也曾备受打击、遭到贬谪。

这首诗诗题很长，当时柳宗元是柳州刺史，他登柳州城楼写了这首诗，并把它寄给漳州、汀州、封州、连州这四个州的刺史，这四位刺史分别是韩泰、韩晔、陈谏和刘禹锡。刘禹锡是著名的诗人、文学家，读者们相对比较熟悉，另外三人知名度则稍低。柳宗元为什么要写这首诗寄给四个州的刺史呢？因为这四人，加上柳宗元一共五人，都参与了中唐时期重要的政治改革——"永贞革新"。"永贞革新"是一次短命的改革，前后不过一百多天，很快就失败了，参与改革的这些人后来都遭到贬谪，柳宗元正是其中之一。他曾被贬为永州司马，柳宗元许多有名的作品，如《永州八记》，就是写于被贬永州期间。后来，他又被改贬为柳州刺史。

这是一首七言律诗，既是登楼所作，必然要写到登楼所见。"城上高楼接大荒"，诗人登上柳州城楼，望见了这座城楼连接着广袤的荒野。因为柳州当时属蛮荒之地，经济相对落后，所以环境不佳，从城楼望出去就是一片大荒之地。"海天愁思正茫茫"，在柳州自然望不见海，此处运用了比喻的手法，诗人的愁思正似海天那样广阔，茫茫无际。随后柳宗元笔锋一转，描写所见之景象："惊风乱飐芙蓉水，密雨斜侵薜荔墙。""飐"即吹动之意，"薜荔"则是一种攀援性的灌木，会布满墙壁。忽然刮起了令人震惊的风，吹动了水上的荷花、荷叶，雨点密密麻麻打在了铺满薜荔的墙面上。"斜侵"体现出雨点的密集、力度之大，仿佛要穿透薜荔墙一般。这两句写景十分细致，用字讲究，比如"惊""密""飐""侵"，这些形容词和动词并不是随意拈用的，体现了柳宗元在写景时费了一番大功夫，即古人所说的"炼字"。正因为如此，这两句的景色使人产生了一种强烈的不安，简直可以用"心惊肉跳"来形容。狂风密雨，荷花、荷叶颤动，薜荔墙几乎被雨点打穿，这样的风景给人带来的不是愉悦之感，而是惊慌失措。

"岭树重遮千里目，江流曲似九回肠"，本来是登上柳州城楼居高望远，但山岭上的树木遮住了我远望的双眼，眼前的大江弯弯曲曲，就如人的肚肠一般。"九回肠"的说法源自司马迁的《报任少卿书》，司马迁自述受腐刑后内心的痛苦，"肠一日而九回"，柳宗元在此正是借用了司马迁的这种说法来比喻眼前的大江。"共来百越文身地"，柳宗元与其他四位被贬的刺史一同到了百越之地，"百越"泛指五岭以南的少数民族，传说这里的人都要文身，《庄子·逍遥游》中就有记载："越人断发文身。"柳宗元所要表达的是，五岭以南的地方非常偏远，风俗习惯和中原也不尽相同。"犹自音书滞一乡"说的是虽然我们都来到了南方的蛮荒之地，但每个人分散在不同地方，我在柳州给你们写信，音书仍是阻隔。

这首登城楼诗所描写的景物、抒发的感受，总让人感觉不那么愉悦。确实，柳宗元在写这首诗的时候，内心应是相当复杂和郁闷的。这首诗写于元和十年（815），当时柳宗元初到柳州刺史任上，而在此十年前，即贞元二十一年（805），柳宗元和其他四位刺史经历了"永贞革新"，改革失败后被贬到各州任司马。十年后，他们好不容易回到朝廷，有人提议重新起用他们，未果，再次被贬到"边州"任刺史，所谓"边州"即偏远的州。从"永贞革新"的失败到柳宗元登上柳州城楼，中间相隔了十年，政治上的打击带来的心灵深处的阴影并没有散去，所以在登上城楼后，雨景便触动了柳宗元内心的忧愤。

他要把这种忧愤告诉其他四位同僚，便写下了这首诗。其中最有名的两句是"岭树重遮千里目，江流曲似九回肠"，想望远却不能，未来如何同样无从得知。后世一位名叫吴昌祺的诗论家在《删订唐诗解》中对"江流曲似九回肠"有一句精到的评论："本言肠之九回，而反言江流似之也。"这一句本欲说自己的心事百转千回，却反说是眼前所见的江流好像九曲回肠。实际上，"江流曲似九回肠"本是柳宗元内心的复杂感受，他把愁肠投射在弯弯曲曲的江流之上，故而写出这样一句话。

后世有人把柳宗元这首诗和韩愈的《左迁至蓝关示侄孙湘》相比较，晚清的俞陛云在《诗境浅说》中说道："唐代韩、柳齐名，皆遭屏逐，昌黎《蓝关》诗见忠愤之气，子厚《柳州》诗多哀怨之音。""屏逐"即贬谪。韩愈忠于朝廷，他不愿唐宪宗迎佛骨入宫，因而愤懑，而柳宗元此诗则充满着诗人内心的哀怨。"忠愤"和"哀怨"是韩愈和柳宗元对待贬谪的不同态度，贬谪的命运对于他们来说都是不公平的，韩愈虽然内心不平，但也能够坦然地接受，而柳宗元对于政治的险恶，对于小人的所言所行，内心始终充满了幽怨，这就是两人极大的区别。

其实在笔者看来，柳宗元从来没有从"永贞革新"的失败中走出来。柳宗元其人非常聪明，也算是少年成名，但"永贞革新"失败的打击几乎使他一蹶不振，甚至使他内心产生了巨大的阴影。从"惊风乱飐芙蓉水，密雨斜侵薜荔墙"这样的句子里，我们隐隐可以感觉到柳宗元对于当时朝廷政治的凶险满怀担忧和恐惧。柳宗元寿命不长，韩愈较其年长，但柳宗元却在韩愈之前病逝，这实际上和他的心理状态有着一定的关系。就这首诗而言，柳宗元把自己内心的不安和登楼所见的凄风苦雨巧妙而妥帖地结合在一起，所以这首诗看似句句都在写自然景色，但我们从每一个句子、每一个精心选择的字词中都可以看到诗人真实的心理状态和复杂的情感世界，这便是这首诗的精妙之处，也是它能够传诵千古的原因所在。

元稹 （779—831）

字微之，别字威明，河南河内（今河南洛阳）人。唐代诗人。贞元九年（793）明经及第，贞元十九年（803）举书判拔萃科，元和元年（806）又登制举甲科，授左拾遗。长庆二年（822）由工部侍郎拜相。与白居易友善，并称"元白"。有《元氏长庆集》。

遣悲怀（其三）

闲坐悲君亦自悲，百年都是几多时。
邓攸无子寻知命，潘岳悼亡犹费词。
同穴窅冥何所望，他生缘会更难期。
唯将终夜长开眼，报答平生未展眉。

元稹是中唐与白居易齐名的诗人，世称"元白"。元稹与白居易一起提倡新乐府运动，也曾一同准备科举考试中的制科，为了揣摩考题写过许多策文。在元稹的诗作中，有一类诗极为引人注目，即诗人为了怀念亡妻韦丛而写的悼亡诗。《遣悲怀》正是元稹悼亡诗中最著名的作品之一。

《遣悲怀》共三首，这是第三首。显然，这里的"悲怀"指的是诗人在妻子去世后，长久萦绕在心头、无法磨灭的悲痛之情，于是他将这些哀思尽数化作了悼亡诗。元稹二十五岁时迎娶比他小五岁的韦丛为妻。韦丛出身名门，是太子少保韦夏卿的幼女，出嫁前生活条件相当优越。但与元稹成婚之后，元稹家贫，夫妻两人只能过着困苦的日子，以野菜充饥，更无华服珠饰，贵族女子所能享受的待遇都不复存在。元稹内心甚为愧疚，然其妻贤惠，毫无怨言，夫妻感情融洽，生活尚称幸福。可惜好景不长，七年后，元稹任监察御史，韦丛却不幸因病去世，年仅二十七岁。诗人心头歉疚愈深，糟糠之妻跟着自己受尽苦楚，如今自己高官厚禄，终于有能力给家人带来物质的享受和精神的安慰，但一同吃苦的妻子却已离世，这种遗憾无法弥补，诗人只能将憾恨寄托于一首又一首悼亡诗里。

在中国古诗中，悼亡诗是一种很特殊的类型，一般都是丈夫为死去的妻子而作。"闲坐悲君亦自悲，百年都是几多时"，诗人无事枯坐，便忆及亡妻，感慨人生不过百年，转瞬即逝。"邓攸无子寻知命"，邓攸，西晋时人，字伯道，曾任河西太守。在西晋末年永嘉之乱中，邓攸舍子保侄，因当时其弟已不在人世，侄子是其弟唯一的骨血，舍子保侄之举足见此人品格高尚。然其子亡故后，邓攸再也没有儿子了，故时人有"天道无知，使伯道无儿"之言，老天无眼，竟让这样一个好人无后，实在教人扼腕叹息。"寻知命"中的"寻"即随即、将要之意，"知命"即知天命之年，指五十岁。元稹自比西晋邓攸，年将五十，但膝下无子。事实上，元稹当时有一女，然古人重男轻女思想较为严重，且妻子去世多年，元稹也将此事看作其人生中的一大憾事。"潘岳悼亡犹费词"，潘岳是西晋诗人，也是历史上有名的美男子，字安仁。潘岳之妻姓杨，夫妻感情甚笃，可惜在潘岳三十二岁时，妻子杨氏便去世了，潘岳怀着沉痛的心情写下了三首《悼亡诗》。提起悼亡诗，首推便是潘岳这三首。潘岳之诗同样情真意切、感人肺腑，诗中便有这样的句子："抚衿长叹息，不觉涕沾胸。沾胸安能已，悲怀从中起。"眼泪滴到了胸口，沾湿了衣襟，悲痛的情绪仍然难以遏止。但元稹在此反说"潘岳悼亡犹费词"，认为潘岳作诗白费辞令，只因悼亡诗写得再动人，也无法挽回妻子的生命，故去的人终究是故去了，可见元稹之痛痛彻心扉，难以化解。

"同穴窅冥何所望，他生缘会更难期"，"同穴"即指夫妻故去后合葬于同一墓穴，"窅冥"即深暗、幽暗的样子。即使夫妻能够合葬，但那时的我们已然无法互诉内心深深的情思。而所谓的来世再结缘，这样的期望又何其渺茫，这遗憾是无法弥补、无法挽回了。末句"唯将终夜长开眼，报答平生未展眉"最广为传诵，诗人既然否定了所谓"同穴""他生"，又如何来怀念、报答亡妻呢？他深情地说，只能用因思念难眠而睁了一夜的眼睛，来报答你活着时从未舒展的眉头。也有学者认为，这里诗人自比眼睛一直睁着的鳏鱼，表达不再娶的意思。因妻子韦丛在世时，与元稹的七年夫妻生涯中，日子困苦窘迫，韦丛常为生计担忧，愁眉不展。但时至今日，元稹高官厚禄，仍因思念妻子而失眠，他觉得只有用这样的行为才能稍稍报答妻子当年那从未舒展开的眉头。

从这组《遣悲怀》诗里，我们可以感受到诗人对亡妻所怀有的深深的歉疚。在第一首诗中，元稹的亏欠之意表现得更为直白："谢公最小偏怜女，自嫁黔娄百事乖。"将亡妻比作谢安最喜爱的小女儿，可自从嫁给了像战国时的贫士黔娄那样的人之后便诸事不顺。元稹此处以谢公比喻韦丛之父韦夏卿，以贫士黔娄自比。末句又言："今日俸钱过十万，与君营奠复营斋。"如今俸禄虽高，却只能通过一再祭奠，以求弥补当年的亏欠。其实，诗人无论如何"营奠""营斋"都弥补不了什么了。《遣悲怀》第二首中亦有千古名句："诚知此恨人人有，贫贱夫妻百事哀。"诗人直率地道出了经济拮据给家庭生活带来的悲哀。回首七年的夫妻生活，虽感情甚笃，但困窘的生活仍让人感到深深的悲哀。从第三首，尤其是末尾两句"唯将终夜长开眼，报答平生未展眉"中，我们感受到了诗人对亡妻刻骨铭心的怀念。

后人对元稹的《遣悲怀》三首评价甚高。现代著名历史学家，同时也是古代文学的研究大家陈寅恪先生在他的名著《元白诗笺证稿》里便指出元稹的悼亡诗中，最被世人传诵的就是

《遣悲怀》三首七律。韦氏不慕虚荣，元稹当时还不富贵，贫贱夫妻的关系十分纯洁，故诗中措意、遣词都极为真实，因而陈先生便说："遂造诣独绝欤？"这三首诗歌的造诣就显得极高了。清代的蘅塘退士孙洙在编《唐诗三百首》时也有过类似的评语，意思是古来悼亡诗中的佳作，恐怕要首推元稹这三首《遣悲怀》了。而笔者个人最为欣赏的，便是这第三首。

李贺
（790—816）

字长吉，河南福昌（今河南宜阳）人。唐代诗人。为大郑王李亮后裔，门荫入仕，授奉礼郎。仕途不顺，回到家乡昌谷乡，英年早逝。有《李长吉歌诗》。

马诗（其五）

大漠沙如雪，燕山月似钩。
何当金络脑，快走踏清秋。

李贺的《马诗》一共有二十三首，是一组诗，这是其中的第五首。

先来看看它字面上的意思。《马诗》顾名思义，当然是写马的。在前两句中，诗人李贺先给我们描绘了一个非常宏大的背景。"大漠沙如雪"，广袤的大漠杳无人烟，白色的沙就像雪一样覆盖着大地。"燕山月似钩"，这里的"燕山"指的是燕然山，也就是今天蒙古人民共和国境内的杭爱山。"钩"是古代一种弯形的兵器。"大漠沙如雪，燕山月似钩"这样的环境和背景，既宏大又苍凉安静。

第三、四句开始写马，先是"何当金络脑"。"金络脑"有人说是金属做的马笼头，就是马的辔头。大家都知道骑马要有马具，在马的头部有一个套住它脑袋的器具就叫辔头，又叫马笼头；也有人说，金络脑是用黄金装饰的马笼头。"何当金络脑"，什么时候给马佩戴上精致的辔头呢，让它能够"快走踏清秋"，这里的"走"就是奔跑的意思。古文中的"走"主要解释为"跑"。在"大漠沙如雪，燕山月似钩"的背景之下，马蹄声嗒嗒嗒嗒，马儿飞快地踏过秋风。

所以我们看李贺只用了二十个字，就把秋天大漠里马的形象写得非常生动。但是，这里要特别指出，李贺的用意并不是要写马本身，实际上整个二十三首诗，一般我们认为它都是托物言志的，就是作者心中要讲一些话，寄托于马这样一个动物来讲。那么作者要讲什么话呢？主要就是他怀才不遇。李贺非常有才能，但是他没有得到朝廷的赏识和重用，所以没有机会发挥自己的才能，最后二十七岁就去世了，是一个早逝的天才诗人。

要读懂这首《马诗》，恐怕要从李贺的身世经历入手。李贺生活在中唐时期，经历过德宗、顺宗、宪宗三个皇帝。实际上李贺是唐代皇室的后裔，他的远祖是唐高祖李渊的叔叔，叫李亮，封为郑王。但是后来家道中落了，到他的父亲李晋肃，也没有太高的地位。恰恰是父亲李晋肃的名字，给后来李贺的仕途造成了很大的麻烦。李贺去参加科举考试的时候，当时有一种舆论说进士考试的"进"和李贺父亲李晋肃名字中的"晋"读音相同，根据避讳的原则，再加上李贺是皇室的后裔，所以他不能考进士。当然，这只是一种观点，也有人非常反对这一点：难道因为他父亲的名字，你们就堵死了他人生上升的通道了吗？支持李贺考进士的，有一个著名的人物，就是韩愈。韩愈听说了李贺的事情以后，专门写了一篇文章，叫《讳辩》，从避讳的制度入手来替李贺说话，说没有这个道理，他父亲叫晋肃，他儿子为什么就不能考进士呢？按照这样的逻辑来推断，如果父亲名字里有"仁义"的"仁"，难道他的儿子这辈子就不能做人了？岂不荒唐吗！但是这对李贺的打击是实实在在的，所以他后来就没有走考进士这条路。过了若干年之后，李贺因为父亲皇室后裔的身份荫补得官，最后做了一个很小的叫奉礼郎的官，当然也实现不了内心的抱负。李贺很不愉快，便去投奔别人的幕府，想施展自己的才华。他有个朋友叫张彻，当时在潞州，也就是今天的山西长治。经过朋友的介绍，他在郗士美的幕府里帮忙，郗士美是昭义军节度使，李贺在这个幕府里一年又九个月，主要做文书的工作，根本施展不了自己的才华。他做得很没劲，索性就离开了，到江南漫游，这反而使他开阔了眼界。最后他回到了自己的家乡——河南福昌，后来在家乡去世，去世时年仅二十七岁。

所以李贺实际上是一个英年早逝的诗人，仅仅做过一些小官。考进士时因为非常荒唐的原因，无法正式走向仕途，之后到别人的幕府里，心情也并不愉快。因此李贺正是中唐时期非常典型的怀才不遇的一个诗人。既然怀才不遇，他就要通过诗歌来展现自己的雄心和抱负。这就是诗歌或文学的伟大之处，你在现实生活里受到压抑，志向得不到实现，心愿得不到满足，那么就寄诸文字。

李贺这二十三首《马诗》，学术界有人认为是在潞州郗士美幕府里做幕僚的时候写的。他的诗里有很多这样的例子，如"此马非凡马，房星本是星"，此马不是一般的平凡的马，这样的话里无疑就含有一种非常高的自我期许。如果我们把他写马看作是李贺某种程度上自喻的话，他认为自己才能不凡，就是没有机会大展宏图。

李贺虽然在仕途上不顺利，但是他留下的诗歌光耀千秋。唐代有几个著名的诗人，后世都各自有称号。李白号"诗仙"，杜甫号"诗圣"，王维号"诗佛"，李贺号"诗鬼"。为什么叫他"诗鬼"呢？因为李贺诗的风格非常特别。严羽的《沧浪诗话》里称他为"李长吉体"。他的诗歌想象非常奇幻，富有浪漫色彩，经常出现一些神鬼的意象，用字、用词也很特别。据说李贺写诗到了入魔的境界，他年轻的时候，骑一头毛驴，带着一个童子，童子身上背了个锦囊。他到处观察事物，构思诗句，想到了好句子，就把它记在纸上，放在这个锦囊里。等他回到家，他母亲看他这个模样就说，这个儿子呀，为了写诗真是要把自己的心呕出来。这便是成语"呕心沥血"中"呕心"的来历。李贺对于诗歌创作这样一种痴迷的态度，也成就了这位年仅二十七岁的诗人永久流传的诗名。

朱庆馀

（生卒年不详）

名可久，以字行，越州（今浙江绍兴）人。唐代诗人。宝历二年（826）进士，官秘书省校书郎，曾获诗人张籍赏识褒扬。

宫 词

寂寂花时闭院门，美人相并立琼轩。

含情欲说宫中事，鹦鹉前头不敢言。

这是中唐诗人朱庆馀的《宫词》。顾名思义，"宫词"这一体裁关注的多是宫廷中事，首创于中唐诗人王建。王建曾写下一百首宫词，每一首都是对宫廷生活场景和细节的描写。在王建之前，虽无"宫词"这一类诗歌，但有一种"宫怨诗"，专写宫女之幽怨。宫廷生活封闭而寂寞，并不是所有嫔妃、宫娥都能得到皇帝的宠幸，失宠的女子常年在寂寞中煎熬，满腹的心事无从诉说，对她们来说，皇帝的驾临是生活唯一的盼头。故盛唐诗人王昌龄曾作《长信秋词》，其中有两句名句："玉颜不及寒鸦色，犹带昭阳日影来。"这些宫女美丽的容颜还不如乌鸦青黑的毛色，乌鸦是自由的，它们从昭阳殿飞来，身上还带着阳光，而宫女只能闭锁在宫苑之中，无法得见皇帝。"犹带昭阳日影来"，诗人其实是以昭阳殿的阳光比喻皇帝。这一名句刻画的便是宫女们的寂寞。朱庆馀的《宫词》也是这样一首描写宫女寂寞的作品。虽同写寂寞，不同的诗人仍有各自独到的写法。

首先，诗人描绘了宫中的情景，"寂寂花时闭院门"，深宫之门常年紧闭，常人不得自由出入。"花时"，即百花争妍的时节，在这样令人心向往之的春日里，普通人家的女子都可以郊游踏青，但宫中仍是大门紧闭。宫人们只能在极为有限的范围内活动，终日不见皇帝，也无法随意走动，更谈不上与社会接触。"花时"本应是欣欣向荣的面貌，这里却用"寂寂"二字形容，鲜花的盛开和宫人的封闭形成了鲜明的对比。再看"美人相并立琼轩"，"相并"二字，显示了有两名宫女并肩而立，"琼轩"即华美的栏杆、窗户等。皇宫中金碧辉煌，凤阁龙楼，只见两位宫女或嫔妃立于窗前，窗外是繁花似锦的时节，如此场景蕴含着一种古典美。无奈美人处于深宫之中，在幽深而寂寞、无奈的场景中，这种美便成了残酷、清冷的美。仅靠起首的"寂寂"二字，便点出了深宫的氛围：一面是奢华的建筑、妍丽的大自然，另一面则是封闭的生活空间和封闭的精神世界。这种闭锁并非自愿为之，而是碍于深宫中的重重规矩，人，特别是宫女的思想，都被高度禁锢。

两位美人也非闲立着，"含情欲说宫中事"，她们眉目含情，想要说说宫中之事。"含情"二字甚妙，并不是今人常说的"含情脉脉"的那种爱怜之情，这里的"含情"含有的应是一种幽怨之情。两人有着满腹的心事想要向对方倾吐，宫中近来发生的事，宫女嫔妃们争风吃醋之事，皇帝又宠幸了谁，等等。从文献材料和近年来一些宫廷戏中，我们可以了解到嫔妃主要的权力来源便是皇帝，皇帝宠幸，地位便高，旁人的辞色也不一样，皇帝冷落，地位便迅速下降。所以，宫人在宫中没有自主性，完全依赖于皇帝的态度。而皇帝胃口多变，宠幸无常，故而引发出不少争风吃醋之事，甚至于钩心斗角、暗害他人等等。诗人没有明说宫女欲说何事，但可以想象应是不足为外人道的宫闱秘事。而这些事情在宫中也不能明说，只能暗地里交流。这首诗最妙之处便在于最后一句，正当宫人要诉说隐幽时，突然发现有只鹦鹉在面前，"鹦鹉前头不敢言"。宫中奇珍异物甚多，鹦鹉在当时也算是珍稀动物，因鹦鹉善学人言，宫人生怕鹦鹉学舌，传扬秘事，上达皇帝，谨慎起见，便不敢妄议。让皇帝听闻了些宫闱秘事还是小事，若其中涉及对皇帝的评价，甚至包括某些人对皇帝的微词，那就会惹来杀身之祸。在深宫之中，议论皇帝或是某位受宠的嫔妃，传到别的宫人耳中，可能都会惹祸。如此，我们便能理解两位宫人看见鹦鹉后的谨慎，只能以眼色传递信息。这便是朱庆馀笔下真实的唐代宫廷生活。

这首《宫词》可谓构思精妙。寻常的宫怨诗，一般着墨于深宫之闭锁，宫人之寂寞，宫女不受宠幸，有怨无处诉说，有情无处倾吐。但朱庆馀的《宫词》，巧妙地借用了鹦鹉学人言的特性，渲染了宫中紧张的气氛和宫人们谨慎的态度。当代学者施蛰存先生在他的名著《唐诗百话》中对这首诗做出这样的推测："这首诗的最初成分必然是'鹦鹉'。诗人首先找到了一个多嘴饶舌人的象征：鹦鹉。由此构思，得到了'鹦鹉前头不敢言'这个警句，同时也明确了诗意。前面三句，便都是从这一句推理出来的。"所以，在施先生看来，这首诗是倒过来写的，朱庆馀先构思了"鹦鹉前头不敢言"的场景，再添上前面三句。施先生的推测有道理，这很有可能是诗人创作时的真实构思过程，此诗之妙也主要是妙在末句。

朱庆馀借这样不敢言的禁锢的环境来写宫人的封闭和寂寞，还有一些宫词则是以他物的自由来反衬宫人的不自由。比如，宋代诗人武衍的《宫词》中写道："唯有落红官不禁，尽教飞舞出宫墙。"只有落花是自由而不受拘束的，它们随风飘动，可以飞出深宫大院，反衬了被闭锁在深宫中人的不自由。这是宫词的另外一种写法。笔者认为，朱庆馀的"鹦鹉前头不敢言"并不是对比的手法，而是递进的手法。宫人欲说还休，盖因宫中不仅处处有耳目，就连鹦鹉学舌也可能惹来杀身之祸。故而这首《宫词》后来便成了谨言慎行的象征了，"鹦鹉前头不敢言"这句话成为一句告诫别人不能妄议的俗语，可见朱庆馀这首诗的生动之处和对后世影响之大。

在王建、朱庆馀等人之后，宫词的写作形成了一个传统，后世的诗人虽未必经历过深宫的生活，宫廷环境也和唐代迥然不同，但他们通过阅读有关文献，也能够构思出一首首宫词，从而演变为中国文学中一个独特的门类。如果上溯这类宫词的源头，那么朱庆馀的这首诗也可以算作早期的一首重要作品。

杜牧 （803—约852）

字牧之，号樊川居士，京兆万年（今陕西西安）人。唐代诗人。杜佑之孙。大和二年（828）进士，为弘文馆校书郎。在江西观察使、宣歙观察使、淮南节度使幕府任职。后任监察御史，出为黄州等地刺史。宣宗时，为司勋员外郎，官终中书舍人。世称"杜司勋"。有《樊川文集》。

清　明

清明时节雨纷纷，路上行人欲断魂。

借问酒家何处有，牧童遥指杏花村。

这首诗是大名鼎鼎的唐代诗人杜牧的《清明》。在前面，我们分享了唐代诗人韩翃的《寒食》。寒食是古代著名的节日，但基本上在宋代以后，寒食节就被另一个更著名的节日——清明节所取代，今人便只过清明节了。寒食节的部分风俗，比如祭扫，都已经合并到清明节中。

这首诗首先写出了清明时节普遍的天气状况，"清明时节雨纷纷"。的确，每逢清明节，天气总是阴阴的、湿湿的，细雨绵绵，让人不适。"路上行人欲断魂"，"行人"看似指在路上行走的人，这里其实是诗人自指。显然，诗人漂泊在外，无法回家，寒食已过，家家炊烟升起，看到别人家中纷纷团聚，诗人心中便涌起了阵阵悲愁，这种失魂落魄的状态被描绘为"断魂"。于是，诗人便想到借酒消愁："借问酒家何处有？"询问路人何处有酒家，牧童便远远地指向了杏花村。

这首诗诗意很简单，但是围绕着这首诗却有不少疑点。首先，"路上行人欲断魂"的"断魂"，指的是诗人因悲伤而失魂落魄的模样，但有的学者则把"断魂"理解为一种酒，即路上行人想要喝"断魂"酒，所以"借问酒家何处有，牧童遥指杏花村"。笔者不太同意这种看法，"断魂"二字用得很重，应是描绘诗人在细雨纷纷的清明之日无家可归的漂泊之感。第二个疑点则是"杏花村"的位置，有人说在山西，有人说在湖北，有人说在南京，但笔者认为这里的"杏花村"其实是一种泛指，即杏花深处的一个小村落，不一定指向具体的小村庄或酒馆。所以，各地的学者大可不必为了杏花村的归属而争论不休。此外，在这些问题背后还隐藏着一个更大的疑点：这首《清明》诗到底是不是杜牧所作？

前人早有此疑问，缪钺先生就发现在杜牧的诗文集《樊川文集》《别集》和《外集》中都没有收录这首《清明》，这是疑点之一。第二，缪先生指出，唐人作近体诗时押韵有一定的规律，而在这首《清明》中，"清明时节雨纷纷"的"纷"属于"十二文"这个韵部，即在平水韵中属"文"字韵，"路上行人欲断魂"的"魂"属"十三元"，即"元"字韵，也就是说前两句的韵脚属于两个不同的韵部。在唐诗中，两个不同韵部的字不能通押，因此杜牧的这首《清明》诗的写法就显得非常反常和奇怪。所以缪先生认为，这首诗的作者可能不是杜牧，杜牧绝句非常多，押韵熟练，不应该存在这种疏漏。

当代学者卞东波先生，也曾写过一篇文章，他发现这首诗不但不见于杜牧的诗文集，而且最早出现在南宋的类书《锦绣万花谷》中，根本就没有署作者的名字，题目也不是《清明》，而是《杏花村》，诗下只有一个小注"出唐诗"，但出于哪位唐人则未明示。而这首诗第一次和杜牧的名字相联系则是在南宋末年的《分门纂类唐宋时贤千家诗选》中，这本书托名著名诗人刘克庄所编。其中选了一组描写清明的诗，第一首便是这首"清明时节雨纷纷"，作者署为杜牧。可见杜牧的名字和这首诗挂钩的时间非常晚，而且首次出现的地方是一本书商托别人之名编纂的普及性诗选，《全唐诗》和杜牧的诗文集均未收录，因此这首诗的来历便更显可疑。另外又有人发现，北宋前期词人宋祁，即写"红杏枝头春意闹"的那位词人，曾写过一首词叫《锦缠道》，词中写道："醉醺醺、尚寻芳酒。问牧童、遥指孤村，道杏花深处，那里人家有。"春日里喝得醉醺醺的词人还要找酒喝，于是便问路旁牧童，何处有酒喝。"问牧童、遥指孤村，道杏花深处，那里人家有"这句话和"借问酒家何处有，牧童遥指杏花村"极为相似，这是否可以作为一个证据？北宋前期的词人已经在模仿这两句诗，便说明《清明》是唐代的杜牧所写。如果此诗首次出现在南宋的书中，那么北宋词人宋祁怎么会模仿这两句诗呢？但不排除有这样一种可能：宋祁的"问牧童、遥指孤村，道杏花深处，那里人家有"写在前，而托名杜牧的这首《清明》诗是南宋人所写，模仿了宋祁的词。所以，这首诗的作者问题至今仍未有定论。

此外还有一个问题，这首诗中"路上行人欲断魂"一句，为何不是作者见别人扫墓，想念逝去的亲人而发？它与扫墓有没有联系呢？笔者认为它和扫墓没有关系，因为扫墓的习俗原属寒食节，在唐代，清明和扫墓没有必然的联系。真正形成清明扫墓风俗是在宋代，比如南宋高翥的诗《清明日对酒》中便写道"南北山头多墓田，清明祭扫各纷然"，南山北山上都是墓，清明时人们纷纷出门祭扫。宋孟元老的《东京梦华录》中记载着清明节的风俗："寒食第三节，即清明日矣。凡新坟皆用此日拜扫。"又说都城的人都到郊外去。郊外四周，花树之下，园囿之间，往往是罗列杯盘，人们互相劝酒，"都城之歌儿舞女，遍满园亭，抵暮而归"，那些能歌善舞的年轻人都在园亭或四周歌唱，至晚方归。显然，在孟元老的笔下，清明已经成为融合悲喜的节日了，既表达对逝去亲人的怀念，也是人们踏青出游欢聚的好日子。所以，清明扫墓的风俗是在宋代真正形成，假如这首《清明》果真是杜牧所写，那么在唐代，"欲断魂"必然与扫墓没有关系。如果不是杜牧所写，而是宋人之诗，则可能是另一回事了。总而言之，学术界对于这首诗是不是杜牧所写一直没有定论，当然，这不妨碍我们对这首诗的欣赏。

李商隐
（约813—约858）

字义山，号玉谿生，怀州河内（今河南沁阳）人。唐代诗人。早年受令狐楚赏识，开成二年（837）进士，后娶王茂元的女儿为妻，从此陷入"牛李党争"，曾任秘书省校书郎、弘农县尉、秘书省正字等职，一生郁郁不得志。与杜牧并称"小李杜"。有《李义山诗集》。

无　题

昨夜星辰昨夜风，画楼西畔桂堂东。
身无彩凤双飞翼，心有灵犀一点通。
隔座送钩春酒暖，分曹射覆蜡灯红。
嗟余听鼓应官去，走马兰台类转蓬。

这是唐代诗人李商隐的一首七律，也是他的无题诗中极为有名的一首。李商隐在晚唐诗人中以情致深婉著名，其诗歌用词精工，典故甚多，意境又朦胧，所以读之颇感隐晦，在唐代诗人中可谓独树一帜。

李商隐的名"商隐"看起来有点儿奇怪，这与一个故事有关。传说在西汉初，有四位在秦朝担任过博士的著名学者隐居在商山，彼时这四人年八十有余，须发皆白，被称为"商山四皓"。这四位老人德高望重，刘邦一直想请他们出山，以助自己一臂之力，但这四人一直隐居不出。刘邦即位后，先立吕后所生的长子刘盈为太子，而后又想把刘盈废掉，立赵王如意为太子。吕后得知此消息很焦急，问计于开国元勋张良，张良便建议吕后请商山四皓襄助太子。后来在一次宴会上，刘邦忽然发现太子刘盈身后站着四位须发皆白的老人，一问方知是大名鼎鼎的商山四皓。刘邦心想，他自己无法请动商山四皓，想不到太子竟有本事说动这四位老人立于身后，看来太子已经形成了他的影响力，便不能轻易废掉他了。因此，刘邦打消了废除太子刘盈的念头。"商隐"实际上就是指商山上的四位隐士。古人的名和字常常有一定的关系，故李商隐字义山，据说这便是李商隐名字的由来。

李商隐的人生经历非常坎坷，未及十岁，父亲便去世了。后来，他在洛阳得到当时一位官员令狐楚的欣赏和指导，令狐楚便成了他的恩主和老师。令狐楚很信任李商隐，让李商隐与自己的儿子令狐绚一同成长，感情上也像李商隐的父亲一般。晚唐的党争非常激烈，主要分为牛党和李党，两党皆因首领的姓氏得名。李商隐跟随着令狐楚归属于牛党，但后来娶了泾原节度使王茂元的女儿，王茂元是李党的成员，此事颇为人诟病。李商隐早年受过牛党成员令狐楚的恩惠和教导，后又娶了李党王茂元的女儿为妻，用今天的话来说就是没有节操，时人也认为他做人没有原则。这个尴尬的事情使李商隐一生都挣扎在晚唐党争的夹缝当中，所以他的经历十分不顺，没做过什么高官，这在一定程度上影响了他的诗风。在李商隐的诗中，有一类诗比较独特，即他的无题诗。现在可以确认李商隐题为"无题"的诗共有十四首，大多和爱情有关，但又隐晦朦胧，比如"相见时难别亦难，东风无力百花残。春蚕到死丝方尽，蜡炬成灰泪始干"，便出自无题诗。

再看这首无题诗，是李商隐对于昨夜宴会场景的回忆，但又不仅仅是写宴会。"昨夜星辰昨夜风"，这是诗人回忆昨夜的情景，夜里有很多景物，但诗人选择了给自己留下深刻印象的星辰和晚风，一个是视觉的形象，一个是身体的感觉。在这样一个夜晚，主人家在"画楼西畔桂堂东"举行宴会，"画楼""桂堂"实际上都是指富贵人家的屋舍。所以开头两句交代了宴会的时间和地点，且意境极美。当代作家亦有把"昨夜星辰"作为小说的名字，可见其优美。

那么在昨夜的画楼桂堂举行的宴会当中发生了什么事呢？随后两句极为有名："身无彩凤双飞翼，心有灵犀一点通。"特别是"心有灵犀一点通"更是家喻户晓。然而，句子虽然很美很有名，却难以捉摸。"身无彩凤双飞翼"指的是诗人自己，我身上没有彩凤那样翅膀；"心有灵犀一点通"，虽然我没有翅膀可以飞夹，但是我的心像灵犀一样能够和你两心相通。"灵犀"即犀牛的角，犀牛角的中间有白色的线纹贯穿两端，所以古人常以犀牛角比喻两个人心意相通，故谓之"心有灵犀"。显然，李商隐指的是他和参加宴会的一位女子之间的情意暗合。这两句极为高明，根据李商隐的诗句来看，他们二人并不能经常光明正大地见面，更不能以情侣的身份出现。但大家都明白各自心中有对方，即使远远地对望，心意就能相通。这样的句子是否能唤起你的联想？当你暗恋一个人，在和一大帮朋友相聚时，就会在这个聚会的场合特别关注心属的那个人的一举一动，如果那个人对你也有相似的回应，心中便会有情投意合的感觉，但是时机未到，彼此没有公开这种关系，只能隐藏在一大堆的朋友中，不让旁人察觉。李商隐写的可能便是这样一种隐秘的心理状态。

随后两句写的是宴会上做游戏的情景："隔座送钩春酒暖，分曹射覆蜡灯红。"第一个游戏是送钩，又叫藏钩，即把参加宴会的人分成两个小队，将一枚钩子藏在某个人手中，然后请另一队人来猜在谁手里，猜中为止。这与击鼓传花有点相似，但个中道理又不同，它是隔着一个座位把钩子传到某个人手里，但对手不知道，以猜中为胜。第二句"分曹射覆蜡灯红"中的"分曹"就是分队，射覆是另外一个游戏，即拿着一个小物件，比如玉环、石头等，用小小的钵盂或者丝巾之类的物件将其覆盖，让别人来猜这是何物。射，即猜度之意，而非射箭。这两句的妙处不在于介绍游戏本身，而是描述宴会上游戏的氛围。"隔座送钩春酒暖"，春夜的酒颇为温暖，饮罢身上暖融融的，在这样的天气里，在这样的身体感觉下做这些游戏，心情应是愉快舒畅的。"分曹射覆蜡灯红"的"蜡灯红"描写的便是宴会环境。红彤彤的灯和暖洋洋的酒，结合起来营造了温馨的氛围，诗人身处其中，又有一个与自己情意暗合的爱人，这是多么难得的事。

全诗前六句都是诗人对昨夜温馨场景的回忆。末尾两句诗人却发出了惆怅的感叹："嗟余听鼓应官去，走马兰台类转蓬。""嗟"即叹息，可叹五更天时，听到宫里传出的鼓声，天下没有不散的宴席，诗人不得不回到自己的岗位上，只能与暗恋之人分离了。"应"即应卯，等于今天的上班打卡。李商隐任何职呢？"走马兰台类转蓬"，"兰台"本是汉代官方藏书之所，在唐代又把秘书省称为兰台，此处应是指秘书省。此时李商隐担任秘书省校书郎或秘书省正字，因为这两个官职李商隐都做过，但时间不同。显然，这首诗是写在秘书省任职的时候，诗人骑着马在官署间走动办公。全诗最后三个字"类转蓬"形容的便是诗人自己，"类"即类似，"转蓬"即被风吹动后飘转的飞蓬，渺小孤单，身不由己。秘书省校书郎或秘书省正字都是小官，上班时完全如机器一般在兰台走马，无奈只能把昨夜温馨的场景抛诸脑后。

因此，这首诗实际上是借宴会的场面来写诗人内心的情愫，写他和宴会上的那位女子心灵相通、心有所属的微妙感觉。因为怀着这种情愫，所以宴会的场面便显得格外温馨，

"春酒暖""蜡灯红"，做游戏也颇有味道。星辰和晚风、画楼和桂堂都显得那么美好，实际上是诗人心中的美好使他对周围环境的感知也美好起来。你是不是有这样的感觉？恋爱时眼中的世界与恋爱前全然不同，其实是恋人心里感觉格外美好，世界仍是原来的模样。

除此之外，笔者认为这首诗写出了诗人心里微妙的感觉，男女两人心中暗自属意，但又没有到挑明的时机，于是只有两人心知。事实上，这种微妙的感觉在人人心中皆曾有，但又是人人笔下所难出的，只有李商隐这样的大诗人才能传神地写出来。于是"身无彩凤双飞翼，心有灵犀一点通"便成为千古名句，"心有灵犀"更成为成语。如今"心有灵犀"一词不仅仅指男女爱情，当工作、学习中，和同伴观念相似，心灵相契，也可谓之"心有灵犀"。这首诗的语词精美，意境朦胧，充分体现了李商隐的无题诗，包括他的爱情诗的典型特征。他不那么明显地描写男女之间的活动和情感，一切尽在不言之中。

无 题

来是空言去绝踪，月斜楼上五更钟。
梦为远别啼难唤，书被催成墨未浓。

蜡照半笼金翡翠，麝熏微度绣芙蓉。

刘郎已恨蓬山远，更隔蓬山一万重。

　　这是李商隐的又一首无题诗。这首诗写的是诗人对一位女子的思念。"来是空言去绝踪"，两人离别后，对方曾许下归期，但这样的契约终究落空，她再也没有回来，此谓"来是空言"。"去绝踪"即离去之后再也不见她的身影，从此以后，彼此隔绝，不复再见。"月斜楼上五更钟"点出了诗人所处的时间和环境，五更天时，月亮斜照在楼上，诗人辗转难眠，想念那位"去绝踪"的女子。从起首两句便可见，这首诗写的是男子对女子无尽的思念。"梦为远别啼难唤"，在梦里诗人和心上人远别了，分别之际，诗人竭力想把她呼唤回来，"啼"即哭，诗人哭喊着，声嘶力竭、撕心裂肺地想把他的爱人从远方喊回来，但这一切都是徒劳的。大家或许经历过在梦中哭喊的情景，有的人在梦中哭喊时还会说梦话，嗓子都喊哑了。然而一切都在梦中，虽然对于做梦的人来说，当时的情景非常真切，但梦醒之后，一切回到现实，爱人已逝，转眼成空。"书被催成墨未浓"，既然梦里呼唤不得，诗人只能在醒时给对方写信，向对方倾吐心中积聚的情绪，所以信写得极快，等不及把墨磨浓，便已经急不可待地提笔了。"墨未浓"体现出诗人的思念，希望对方能够到自己身边来，这种愿望是急迫的，否则他完全可以从容地把墨磨得更浓后再缓缓写信。

第五、六句是环境的描写，也是较为晦涩的两句："蜡照半笼金翡翠，麝熏微度绣芙蓉。""蜡"即蜡烛，烛光在夜里轻轻照射下来，落在用金线绣着翡翠鸟的被子上，这漂亮的被子即是我们今天说的锦被。烛光半笼着这条华美的被子，似乎颇为温馨。"绣芙蓉"即绣着芙蓉的帐子，古人就寝时都要支起帐子，我们今天已较少用帐子，或许不少人会用蚊帐，但那只是为了防蚊，古人的帐子还起到了一种保护隐私的作用。"麝熏微度绣芙蓉"，麝香的香味轻轻地飘向绣着芙蓉的帐子。麝香是古人常用的香料。这两句写的是房中、床前的情景，但描写的是一种什么样的情形呢？笔者认为有两种可能性，前人的解释也有分歧。第一种理解认为，这里写的是诗人的回忆，是诗人和这位女子相会时的环境和情景。昔日的情景温暖美好，视觉上，烛光照射下来，给人以温暖的感觉，嗅觉上，"麝熏微度"，房间里弥漫着清香，让人放松，这是两个相爱的人相处时的温馨回忆。第二种理解则是，诗人在五更天醒来，虽然见不到那位女子，但他设想此时对方应该还在睡觉，她的卧房中应是"蜡照半笼金翡翠，麝熏微度绣芙蓉"吧。如此一想，诗人思念更切。无论是哪种理解，这种看似温暖的场景，对诗人来说都是一种精神刺激。

于是诗末写道："刘郎已恨蓬山远，更隔蓬山一万重。""刘郎"表面上看来是用了汉武帝刘彻求仙的典故，其实是用了刘晨的典故。东汉时期，刘晨和阮肇到天台山去采药，遇到了仙女，当他们在山洞中住了几天后再回到凡间，发现他们的子孙已经隔了好几世了。故而古话说"天上一日，地上一年"，刘晨、阮肇入天台山采药遇仙女亦是诗中常用的典故。李商隐诗中的"刘郎"即指刘晨，他以这个遇仙女的人自比，"刘郎已恨蓬山远"，"蓬山"即仙山，传说海上有蓬莱、方丈、瀛洲三座仙山，"蓬山"便指蓬莱山。诗人心中怅恨仙山已相隔甚远，仿佛那个"梦为远别啼难唤"的女子就在这座仙山上，不可望也不可即。"更隔蓬山一万重"，如今诗人和心上人的距离，已非与"蓬山"一般的距离，而比"蓬山"更远一万重，仿佛隔了一万座"蓬山"，极言距离之远。

整首诗写了诗人对那个见不到、得不到，想爱而无法去爱的女子的无尽思念。除了第三联写的是卧房中的场景外，其余六句都在描写诗人当下的表现，做梦、写信，心头的暗恨、无奈、苦闷，这些感觉交叠在诗中，颇为真切，尤其"梦为远别啼难唤，书被催成墨未浓"二句，形象地写出了诗人撕心裂肺的感觉。相信诗人在梦醒时，眼角一定还残留着刚才梦中因思念而生的泪滴，他的嗓子一定还因为在梦中哭喊而略微嘶哑。"书被催成"，虽然信写得很快，诗人必定也倾吐了胸中的情意，但诗末说"更隔蓬山一万重"，这封信是否能够到达心爱的女子手里呢？即使她收到了信，又是否会做出相应的回应呢？恐怕只有天知道了。这首诗把男子对女子，特别是对相爱而不可得的女子的情思，写得刻骨铭心。

古人对这首诗也不乏评论，清代屈复《玉谿生诗意》中提到，这首诗"一相期久别"，"相期"即相约了，但实际上未能得见；"二此时难堪"，"月斜楼上五更钟"，主人公醒来时只有他一人，故而难堪；"三梦犹难别"，梦里艰难远别，醒来仍有撕心裂肺之痛；"四幸通音信"，还好能够写信；"五六孤灯微香，咫尺千里"，显然，这里把"蜡照半笼金翡翠"之语作第二种理解，诗人未见心上人，所以只能设想她如今的情形，这个女子所住的地方离诗人不一定很远，但就像隔着千里一样，诗人无法与她亲近；"七八远而又远，无可如何矣"，不管现实中的距离如何，两人相会的可能性几乎为零，心中距离自然是无限遥远。笔者认为，《玉谿生诗意》对于这八句诗的概括较为精到。

另外一本唐诗选注本《唐诗笺注》则用八个字概括这首诗的艺术风格："语极摇曳，思却沉挚。"这首《无题》语言风格轻盈，甚至有点活泼，特别第五、六句"蜡照半笼金翡翠，麝熏微度绣芙蓉"，描绘颇为细致。但其思念之情深沉而真挚，纠结缠绕，在心头挥之不去。诗人爱而不得，内心极为痛苦，无法解脱。这八个字精确地概括了整首诗的语言风格和感情浓度。

锦　瑟

锦瑟无端五十弦，一弦一柱思华年。
庄生晓梦迷蝴蝶，望帝春心托杜鹃。
沧海月明珠有泪，蓝田日暖玉生烟。
此情可待成追忆，只是当时已惘然。

　　这是李商隐的名作《锦瑟》，"瑟"是古代的一种弹拨乐器，与古琴相类。很明显，诗题"锦瑟"二字取自这首诗首句的前两个字，实际上就相当于一首无题诗。这首诗到底写了什么，历来众说纷纭。这大概是中国诗歌史上最难以解释的一首诗，后人解释时仿佛猜谜一般。接下来我们也来猜一猜它究竟说了什么。

　　"锦瑟无端五十弦，一弦一柱思华年。""锦瑟"即有着织锦花纹一般图案的瑟，非常精美。瑟是一种古乐器，中国古代的瑟一共有二十五根弦，据说更为久远的古瑟才有五十弦，在李商隐的时代，瑟应是二十五弦，故言"锦瑟无端五十弦"。"无端"即没有来由，古瑟莫名地就有五十根弦，这与李商隐时代真正的瑟的样式是不同的。"一弦一柱思华年"，"华年"即好年华，"思华年"即想念过去的好年华。"柱"是瑟上拴住弦的一种装置，所以在弹奏的过程中，拨弦时看到固定弦的柱，一弦一柱都使人想起过去历历在目的好年华。

"庄生晓梦迷蝴蝶"，"庄生"即庄子，战国时期的思想家庄周。《庄子》中记载庄子曾梦见自己化为蝴蝶，梦醒后却不知道是自己化为蝴蝶，还是蝴蝶变成了自己。这个故事在《庄子·齐物论》中表达的意思便是，若要齐万物，人和蝴蝶又有什么差别呢？"望帝春心托杜鹃"，"望帝"即古蜀国的国王杜宇，相传望帝死后，他的魂魄化为杜鹃鸟，终日悲啼。庄生梦蝶、望帝化为杜鹃这两个故事是古诗中常用的典故。"沧海月明珠有泪"也是古代的传说，传说南海深处有一种鲛人，长得既像人又像鱼，鲛人哭泣时，它的眼泪便会化为珍珠。实际上，珍珠源于贝壳类的水生动物从身体里分泌出的一种特殊物质，日积月累便慢慢变成了珍珠。"蓝田日暖玉生烟"，"蓝田"即蓝田山，位于陕西，那里盛产美玉，蓝田玉是著名的玉石。在阳光的照射下，蓝田玉仿佛散发出袅袅青烟。末句"此情可待成追忆，只是当时已惘然"，看似浅近却又颇为费解。从字面意思来看，"待"即等待，这份感情为何直到今天方才追忆呢？"只是当时已惘然"，只因在这份感情产生的那一刻，自己已是不胜怅惘了。

读罢全诗，虽然每句都很美，第二、三联又包含许多典故，但是串联起来后，后世的读者仍然无法在头脑中勾勒出这首诗的整体意思和演进的逻辑。所以，李商隐的《锦瑟》比他的其他几首无题诗更让人费解。于是后人便纷纷发挥聪明才智进行猜测。有人认为，这是一首悼亡诗，李商隐其实是用这首诗来怀念他的亡妻，即前面提及的王茂元的女儿王氏。清代学者朱彝尊便断言："此悼亡诗也。"李商隐所悼念的人擅长弹瑟，故而李商隐睹物思人。瑟本二十五弦，李商隐为什么说它有五十弦呢？因为二十五弦皆断成两截，变成五十根弦了，所以断弦就意味着李商隐暗指的那个人已经辞世了。"一弦一柱"紧连着"思华年"，说明这个人是在二十五岁时去世的。而庄生所梦见的蝴蝶、望帝所化的杜鹃，其共同特点便是都已化去，即象征去世。"珠有泪"则是诗人哭着悼念这位去世的人，"玉生烟"象征着诗人把她葬在了蓝田。最后朱彝尊解释道，这份感情难道要等到今天才追忆它？只因这个人尚在人世时就体弱多病，诗人就已常常担忧她会早逝，所以"此情可待成追忆，只是当时已惘然"。朱彝尊的"悼亡说"看似颇有道理，尤其是指出了蝴蝶和杜鹃的典故象征人逝世的共同点，似乎也能够自圆其说。

朱彝尊的观点之外还有另外一种说法，这是一首自伤之诗，自己伤悼自己的人生，就如屈原在楚辞中哀叹"美人迟暮"，其实是伤悼自己年岁渐老，人生依然充满着坎坷。这样猜测的理由是，"庄生"这一句付之梦寐，"望帝"这一句待之来世，因为望帝死后魂魄化为杜鹃，庄子则是做了一场梦，所以一个是"付之梦寐"，一个是"待之来世"。"沧海月明珠有泪，蓝田日暖玉生烟"这两句说的是"埋而不得自见"，"清时而独为不遇之人，尤可悲也"。无论是海中鲛人还是蓝田美玉都是被埋没的，寻常人看不见。"月明""日暖"即指时代清明了，方能看见鲛人和美玉，但是"独为不遇之人"，仍是一个怀才不遇之人，即使是天下清明，美玉不被埋没，又有何用？这便是为"自伤说"提供了一些理由。

钱锺书先生则认为，李商隐将这首诗放在诗集的首篇，实际上是用来概括李商隐一生的创作。钱先生在《管锥编》中写道，李商隐此诗是"自题其诗"，用这首诗来题自己的诗集，"开宗明义，略同编集之自序"，即编诗集时作者自拟的序。钱先生认为，第一、二句是作者叹自己"年华已逝，篇什犹留，毕世心力，平生欢戚，清和适怨，开卷历历"。年华已经逝去，留下来的诗篇是作者一生的心力，一生的欢欣和悲伤，所以当他打开诗卷的那一瞬间，过往的一切情感便清晰地呈现在眼前。"庄生晓梦迷蝴蝶，望帝春心托杜鹃"则是诗的写法，所谓"寓言假物，譬喻拟象，如飞蝶征庄周之逸兴，啼鹃见望帝之沉哀"，意即诗人把自己的情感比喻成具体的形象，就好比用蝴蝶来象征庄子的逸兴遄飞，用杜鹃鸟象征望帝心中之忧伤。总而言之，钱锺书先生认为这首诗是作者自叙其一生的诗歌创作历程和创作经验。

前文介绍的"悼亡说"和"自伤说"，以及钱先生的说法都有些依据，但都未能完全与文本严丝合缝。所以这首诗的解释一直没有定案，有些人干脆放弃了这种猜谜活动，比如梁启超在《中国韵文里头所表现的情感》中写了一段很有意思的话："义山的《锦瑟》《碧城》《圣女祠》等诗，讲的什么事，我理会不着……但我觉得他美，读起来令我精神上得一种新鲜的愉快。须知，美是多方面的，美是含有神秘性的，我们若还承认美的价值，对于此种文字，便不容轻轻抹杀。"像李商隐的《锦瑟》《碧城》《圣女祠》这些诗，朦朦胧胧、模糊神秘，非常费解，读者无须理会诗人想要表达什么，也不可能理得清楚，但是它的每个字、每个词、每句话都那么优美，索性就承认这是非常美丽的诗篇，而不必去深究它到底写了些什么。

梁启超的说法非常聪明，也很超脱。笔者个人则比较倾向于认为这是一首自伤之诗。诗人想到锦瑟，就想起逝去的年华，人生犹如一场梦，到底是庄子梦见了蝴蝶，还是蝴蝶化为了庄子？其实，人们也无法思考明白。人生悲哀就像杜宇死后所化的杜鹃鸟，声声凄厉。"沧海月明珠有泪，蓝田日暖玉生烟"，一句悲切，一句温暖，仿佛描绘了人生不同阶段的心境和遭遇。"此情可待成追忆，只是当时已惘然"，此"情"可以是爱情，或者只是一种追怀，一种对人生的莫名的情愫。诗人追念一生中复杂的内心情感，但是在这种感情发生的当下，他却未能明确地感觉到这些情愫。笔者亦是强作解说，勉强把对这首诗的理解串成逻辑的链条，不知道读者朋友以为如何？所以，在某种程度上，笔者也赞成梁启超的态度，假如我们想不透，不知道诗人是悼亡还是自伤，我们就姑且把它作为中国古诗中一件神秘美丽，却又不可重复的瑰宝来阅读，也可以从中获得一种美的享受。

贾　生

宣室求贤访逐臣，贾生才调更无伦。

可怜夜半虚前席，不问苍生问鬼神。

　　这是李商隐著名的咏史诗《贾生》。李商隐以无题诗闻名，但是，在李商隐的作品中，咏史诗同样令人瞩目。李商隐对历史上的人物和事件有着独特的看法，又用诗的形式表达出来，比如这首《贾生》，以及写杨贵妃被缢死之事的《马嵬》，都是李商隐极负盛名的咏史作品。

　　《贾生》是一首七言绝句，"贾生"即西汉初年著名的政论家、文学家贾谊。虽然只有寥寥四句，但这首诗含义丰富。既是咏史诗，必然与具体的历史事件有关，表达作者对历史的看法和感慨。因此，要读懂这首诗，我们须从贾谊说起。贾谊生活在西汉初年，少有文名，十八岁能文，在汉文帝朝任博士，汉文帝非常欣赏他的才华和治国理政的建议，于是贾谊又升任至太中大夫。但他遭到了当时的重臣灌婴与周勃的反对和排挤，后来又被贬为长沙王太傅，即长沙王的老师。贾谊被贬长沙之事非常有名，历史上诗人们常以此为典故，说明有才华的人也会怀才不遇，内心郁闷。任长沙王太傅三年后，贾谊被召回长安，彼时朝廷的形势已经发生了很大的变化，但汉文帝仍然没有重用贾谊，只封他为梁怀王太傅。梁怀王是汉文帝刘恒最小的儿子，深受宠爱。其实对贾谊来说，这个职位也体现了皇帝的信任。可惜好景不长，梁怀王坠马而死，贾谊认为自己作为老师，没有尽到照顾梁怀王的责任，最后郁郁而终，年仅三十三岁。贾谊写过许多名篇，比如《过秦论》，文中说道，"仁义不施而攻守之势异也"，把秦亡的原因归咎于不实行儒家的仁义。此外，贾谊还写过著名的《治安策》，痛切地反思时弊。

李商隐的《贾生》则是抓住了历史上关于贾谊和汉文帝之间交往的一个细节来写。据《史记·屈原贾生列传》记载，贾谊被贬为长沙王太傅后，汉文帝又召见了他，当时祭祀方毕，汉文帝坐在宣室，宣室即汉代著名的未央宫前殿的正室。汉文帝有感于鬼神之事，便问贾谊鬼神之本，诸如鬼神存在与否云云。贾谊则"具道所以然之状"，即把鬼神的事情原原本本地说给汉文帝听，不知不觉间两个人便聊到了半夜，汉文帝对贾谊所说的内容表现出了极大的兴趣，无意识地向贾谊凑近。贾谊语毕，汉文帝感叹道："吾久不见贾生，自以为过之，今不及也。"贾谊三年前被贬为长沙王太傅，我已经很久没有见他了，自认为已经超过了贾谊，今日听贾谊一番话，才感觉仍不如他。一般人将这个故事理解为贾谊再次受到了汉文帝的宠幸和赏识，汉文帝与之畅谈至深夜，足见对他的信任。但李商隐对这个历史情景，表达了不一样的看法。

"宣室求贤访逐臣"，汉文帝下过求贤诏，应是求贤若渴的，故文帝在宣室征询这位被放逐的臣子的意见。然而所谈之事为何，是治国理政，抑或发展经济，还是国防呢？李商隐没有在诗中第一句言明，读者只知汉文帝在宣室召见了贾谊。随后赞赏贾谊之才："贾生才调更无伦。""才调"即才华格调，贾谊少年之时就才华横溢，格调很高。从前两句看，李商隐似乎对汉文帝和贾谊都抱有欣赏之情，皇帝求贤若渴、虚心好学，臣子腹有诗书、才华横溢。然而第三句话锋一转，诗人的态度开始发生了变化："可怜夜半虚前席。"汉文帝"夜半虚前席"，"虚"即徒然之意，此处作副词，"前席"即在座席上膝盖向对方移动，靠近前去。可怜汉文帝在座席上向贾谊靠近，似乎对贾谊所说极感兴趣，但其实一点用处也没有，不过徒然之举罢了。此语似乎略带讥讽，诗人似乎并不赞赏汉文帝的做法，而诗人之所以有这样的态度，原因就在末句："不问苍生问鬼神。"汉文帝半夜三更凑近贾谊要听关于什么的意见呢？不是关于老百姓的事务，不是关于天下苍生的福祉，而仅仅是与鬼神有关的荒诞不经的事。李商隐深感痛惜，即使在汉文帝这位历史上还算是英明的帝王心里，真正关心的仍是鬼神之事，而非天下百姓。显然，这首诗就表明了李商隐对《史记·屈原贾生列传》中记载的汉文帝向贾谊征询之事的讽刺态度。

整首诗的主旨便是讽刺这位看似英明的统治者，实际上毫不关心苍生。李商隐对于贾谊和汉文帝这次夜半谈话的理解和过去很不一样。一般人大多感到庆幸，贾谊被贬为长沙王太傅三年，终得皇帝重新召见，且相谈甚欢，可见君臣相遇相知；

贾谊似乎也摆脱了过去三年间的种种委屈，这对于"逐臣"来说是一件幸事，也说明汉文帝重才惜才。但在李商隐看来，事实并非如此。虽然汉文帝摆出了积极的姿态，似乎不耻下问、求贤若渴，但心中都是荒诞之事，李商隐在此实际上是反用了典故，借讽刺汉文帝来讽刺晚唐的皇帝们昏庸不堪，喜欢求仙、服食，喜欢那些荒诞不经的故事。当然，汉文帝在历史上的功绩仍要比晚唐那些昏庸的皇帝强得多。

这首诗立意新颖，宋代评论家严有翼在《艺苑雌黄》一书中评"可怜夜半虚前席，不问苍生问鬼神"句："虽说贾谊，然反其意用之矣。"他总结道，对于一个典故："直用其事，人皆能之，但反其意而用之者，非识学素高，超越寻常拘挛之见，不规规然蹈袭前人陈迹者，何以臻此！"要反用典故，对历史事实发表和常人不同的看法，非那种一向学识高明，能够超越寻常见解，不愿意蹈袭前人观点的人是办不到的。把典故反用，在咏史诗中是一种常见的写法，但具体怎么用，既要用得合理，又要用得出人意料，用得精到深刻，使人佩服，就极具挑战性了。除了对历史有新的看法之外，还要以诗歌的语言来合情合理地表述，而不能牵强附会。从这一方面来看，李商隐的《贾生》堪称是这类咏史诗的典范。

韦庄

（836—910）

字端己，京兆万年（今陕西西安）人。唐代诗人。早年屡试不第。乾宁元年（894）进士，任校书郎。天复元年（901）入蜀为王建掌书记，王建称帝后，升任宰相，官终吏部侍郎同平章事。诗词兼擅，有《浣花集》。

菩萨蛮

人人尽说江南好，游人只合江南老。春水碧于天，画船听雨眠。

垆边人似月，皓腕凝霜雪。未老莫还乡，还乡须断肠。

唐代有两位著名的韦姓诗人，一位是中唐的山水田园诗人韦应物，与柳宗元并称"韦柳"，一位则是韦庄，是韦应物的四世孙。韦庄生活的时代自然比不上先人，他生活在晚唐，在唐帝国灭亡前已经入蜀，即今天的四川，给王建做掌书记，后来还劝王建称帝，协助王建建立了前蜀，并为前蜀制定了一系列制度。韦庄最有名的词大概就是他的《菩萨蛮》，共有五首，这是其中的第二首。

显然，这首词赞美的是江南风景正好，"人人尽说江南好，游人只合江南老"，天下人都知道江南风景秀丽，所以到江南游历的人只愿永远待在江南，直至老去。古代的交通条件没有今天便利，一个北方人，无论原本生活在长安还是洛阳，或因官职调任，或因游历到了江南，路上都要花费很长时间，有时候在江南做一段时间的官又被召回北方去了，可能一生再也没有机会重到江南，再也没有机会欣赏江南草长莺飞的美景。白居易在《忆江南》中写"江南好，风景旧曾谙"，就是回忆自己在江南为官的经历，江南永远留在他的脑海里，留在他的梦里。韦庄这首词里的江南，指的到底是不是今天的江南？学者对此有不同的看法。清初词人张惠言认为，韦庄笔下的江南其实是指蜀地，他描写的江南风光都是属于四川的。这一说法影响很大，但后世也有很多学者表示不认同，因为据研究，韦庄早年曾游历江南，这首词便很有可能是词人晚年在蜀地回忆早年游历江南的情景时，把思念中的江南写下来。

从字面来看，我们恐怕更愿意将其理解成真正描写江南景色的词作，而非描写蜀地。"春水碧于天，画船听雨眠"，完全是典型的江南风光。"春水碧于天"使我们联想起白居易的

"春来江水绿如蓝"，春水清澈，与同样澄澈的天空遥相呼应，水面上泛起了碧绿的波纹，游客在画船上安静地倾听着淅淅沥沥的江南细雨，在细雨声中慢慢睡去，这是一个多么富有诗意的画面。据说，有时候人在极度安静的环境中反而不容易睡去，而恰到好处的一点杂音和噪声，也就是所谓"白噪声"则能使人感到舒适，给人以精神放松的感觉。中国古诗中多有听雨的描写，比如蒋捷的词句"少年听雨歌楼上"，听雨，恰恰是享受着雨声沙沙，反而能使身心处于一种安闲的状态，这便是"画船听雨眠"的妙处，或许还有些许科学依据呢。在碧于天的春水中，躺在画船里听着雨声悠悠地睡去，这大概是江南游客所能享受到的最高境界了。

"垆边人似月，皓腕凝霜雪"，笔锋从江南的风景转到了江南的人。此句描写的是一个酒肆中的女子，酒垆边上"人似月"，人好似月亮一般皎洁沉静，赞美了酒垆边的女子性格、外貌之美好。词人仅用"人似月"三个字，便顿时让一个天生丽质又打扮朴素、天性自然的女子形象展现在我们眼前，不需多费笔墨，便把读者带到了江南繁华的酒肆之中，仿佛客人的喧闹声、卖酒女热情的招呼声都在我们耳边响起。

若说"人似月"是描写女子整体的样貌，那么"皓腕凝霜雪"便是她身上的一个细节，形容女子手腕的皮肤极白。"皓"即洁白，洁白得仿佛凝结了霜雪一般。因为女子在酒肆打酒做生意，手腕总要露出来，词人就抓住了这一个细节特征，禁不住让人猜想女子的脸色、肌肤，必定也是如霜如雪。苏东坡所谓的"冰肌玉骨",形容的大概就是这样的女子吧。韦庄手中仿佛有一支画人的妙笔,十个字便描出了一幅工笔的人物画,且人物活泼接地气。看了这样的风景、这样的人物,韦庄便发出感叹:"未老莫还乡,还乡须断肠。"劝你们未老时不要从江南返回家乡,否则必然伤心留恋,几近肝肠寸断。游人就应该一直待在江南,直至终老。

　　韦庄的老家在长安,但读罢这首《菩萨蛮》,我们可以看到唐代一个北方的文人对于江南的留恋和真挚的情感,使那些生活在江南的人们,想起来都倍感幸福和珍惜。关于韦庄的这首《菩萨蛮》,有的学者认为"垆边人似月"其实暗用了卓文君和司马相如的典故。卓文君出身于富商之家,与司马相如私奔后,为谋生计,卓文君当垆卖酒,司马相如则下厨洗盘子。若从这个角度来解读,便有人猜测韦庄在词中暗写了他的一段情。韦庄早年可能在江南曾结识这样一位女子,但这位女子必然不是他的妻子,他们两人或许有过一段情,于是他借"垆边人似月"描写他钟爱的那位江南女子。他之所以觉得"还乡须断肠",也是因为离开了江南,就再无法与那位女子相见,这是非常惨痛的分别。对此,学者还提出一个证据,在这组《菩萨蛮》的第一首中有这样两句:"劝我早归家,绿窗人似花。"那位女子十分善解人意,劝我早些回家,因为家中还有正房妻子。学者主张把这一组《菩萨蛮》合起来读,看起来似乎这段江南情缘是确有其事的。但笔者认为,我们读古诗词时不必如此胶着于字面,从这首《菩萨蛮》本身来说,并没有透露出他与江南情人之间的感情纠葛，只是表达了他对年轻时代游历江南生活的回忆和对江南的留恋，词中的女子很有可能只是他所见的一位当垆卖酒的普通女子，所以这首词非常纯净。韦庄虽然写下了这一组词，但他已没有机会重回江南了，最后便在蜀地终老。当然，韦庄官做得并不小，甚至做到了前蜀的宰相。

关于这首词，清代词人谭献曾经有过这样一个评语："强颜作欢快语，怕肠断，肠亦断矣。"（《词辨》卷一）词人再也见不到江南了，但仍故意说着江南的美好，这便是强颜欢笑，而心中痛苦非常，肠早已寸断。谭献读出了这首词里深深的愁绪，这是离开江南带给词人的惆怅痛苦。此外，这组《菩萨蛮》的第四首中有这么两句："遇酒且呵呵，人生能几何？"前些时候，网友找出这两句，认为这便是我们常在手机上给朋友发的"呵呵"的出处。那么，这两个"呵呵"是否同义？笔者无法确定，我们也无法起古人于地下，来询问韦庄本人。

李煜

（937—978）

字重光，初名从嘉，号钟隐，又号莲峰居士。南唐中主李璟第六子。史称"李后主"。宋太祖建隆二年（961）即位，开宝四年（971）改称"江南国主"。开宝八年（975）兵败降宋，押赴汴京（今河南开封），受封右千牛卫上将军、违命侯，后被宋太宗毒死。词作见于《南唐二主词》。

虞美人

春花秋月何时了，往事知多少？小楼昨夜又东风，故国不堪回首月明中。

雕栏玉砌应犹在，只是朱颜改。问君能有几多愁？恰似一江春水向东流。

这是南唐后主李煜的词《虞美人》。南唐是五代时期南方的重要政权，历经三位国主，第一位是先主李昪，第二位是李昪的儿子李璟，起初也称皇帝，后因处于后周的强大威压之下，便只能去掉帝号，改称国主，使用后周年号，历史上称为南唐中主，李璟的儿子李煜则被称为南唐后主，亦即今人常说的李后主。李后主的词共留存了三十多首，分为前后两期。前期主要写宫廷的奢华生活以及两位夫人大周后、小周后；后期词指的是李后主自投降宋朝，被宋军俘虏到汴京，实际上被变相囚禁起来之后，直到去世之前写的怀念故国、情调感伤的词。李后主的成就和历史地位，主要是由后期词所决定的，在这些词作中最负盛名的便是《虞美人》。

《虞美人》这个词牌颇有意味。顾名思义，它是因西楚霸王项羽的宠妾虞姬而得名。项羽兵败的故事使《虞美人》这个词牌仿佛天生就带上了感伤的色彩。

这首词主要写的是李煜对故国的怀念与无穷无尽的愁绪。"春花秋月何时了，往事知多少？""春花秋月"实际上代表了时间的流逝，因当时南唐已亡，李煜被囚禁在宋朝都城汴京的宅院之中，岁月的更替对他而言已经没有太大的意义了，因而感叹"春花秋月何时了"：这样的日子什么时候才结束呢？在小楼之中，时常掠过他脑海的便是故国南唐的场景。南唐的都城在金陵，他常常回忆起昔日自己还是国主时，享受着帝王的富贵，享受着和大周后、小周后的爱情，他在另一首词中写道"往事只堪哀"，如今回忆往事，心中除了哀伤，再无他想。

"小楼昨夜又东风，故国不堪回首月明中"，"东风"暗示着春天已至，由"东风"词人回想起了深深留恋的故国，但在这月明之夜，故国的领土已是宋朝的天下，故而"不堪回首"。作为一国之主，无法守护自己的国家，只能在大兵压境之际率众出降，把自己的国家拱手相让，李煜内心深处满怀着愁绪、歉疚、感伤，回忆往事，却又难以面对往事。

"雕栏玉砌应犹在，只是朱颜改。""雕栏玉砌"并非指宋朝的宫苑，而是昔日南唐的宫苑。南唐的宫苑建筑是何等奢华，李煜《破阵子》中曾描写道："凤阁龙楼连霄汉，玉树琼枝作烟萝。""凤阁龙楼"高耸入云，"雕栏玉砌"无限华美，李煜昔日便生活在这样的深宫之中。南唐亡国不久，他设想故国的建筑应当仍在那里，旧貌不改，但人的容颜已经变更，"朱颜"即红颜。词人被俘虏至宋都汴京后，身心都受到了巨大的创伤，他的容貌衰老了，而昔日在南唐宫中陪伴他的人，红颜也已不再。所以此处"朱颜改"并没有具体指向，而是泛指。物是人非，华美的建筑还在，人已不复旧貌了。最后两句是设问："问君能有几多愁？恰似一江春水向东流。""君"即李煜自指，他问：像我这样的人，内心究竟有多少愁绪呢？就好似长江一般，日夜奔流不息，无穷无尽，没有终止的一日。这两句虽出自一位亡国之君之口，但又写出了人类的普遍愁绪。所以不论在什么场合，若内心怀有浓重的哀愁，比如亲人亡故、背井离乡，又或是失恋，都可以吟一句"问君能有几多愁？恰似一江春水向东流"，以形容自己的心境。也正是因为有这样的句子，这首《虞美人》才脍炙人口，广为传诵。虽然词中所写的并非令人快乐的情感，但这首词的意义和感染力已经超过了一般亡国之君的自白，而带上了普适性，抒写了普泛化的情感。

王国维在《人间词话》中评道："后主之词，真所谓以血书者也。"以血写成之词，《虞美人》堪称典型代表。是什么样的处境和心绪，催生了这样一首感人肺腑的词呢？这要联系李煜被俘后的经历来看。据宋人王铚的笔记《默记》记载，李煜有一旧臣名叫徐铉，南唐亡国后，他随李煜到宋朝，又被太宗任用，便在宋朝为官了。有一次，太宗问他近日是否见到李煜，让他去看一看自己昔日的主子。徐铉说："没有您的命令，我哪敢去看呢？恐您以为我有二心。"太宗便下令派徐铉前往探视李煜。徐铉去李煜处，见到李煜后，徐铉要按昔日的君臣礼节行大礼，李煜连忙拉住他说："你今天怎么还可以对我行这样的礼呢？我不再是你的主子，我也是阶下之囚了。"李煜让徐铉坐下，因李煜是故主，所以徐铉只敢侧坐，李煜见此情状便放声大哭，说道："我非常后悔杀了潘佑、李平二人。"潘佑、李平是南唐的忠臣，但由于南唐内部的斗争，都被李煜打入牢狱，下狱之后两人自杀。李煜认为若潘佑、李平尚在，南唐未必会亡国，而两位忠臣死后，宋军兵临城下，他也毫无还手之力了。徐铉到宋太宗处复命，太宗问起李煜之言，徐铉不敢隐瞒，具言告之。太宗听后十分恼火，便给李煜赐了毒药。这种毒药叫作"牵机药"，据说人服用后，手脚、头便呈现相牵机之状，即头和脚靠近。据笔者理解，应当是痉挛，因为神经系统受到毒害，身体便会不自主地抽搐，然后死去。李煜服药后不久，果然一命呜呼。据说，除了徐铉传达的那句话，李煜的词句"小楼昨夜又东风"以及"一江春水向东流"也传入宋太宗耳中，因这两件事，宋太宗对李煜极为愤怒，于是用药毒死了李煜。这件事情不见于正史，其真实性恐怕已经很难考证清楚了。如果这件事是真实的，那么这首《虞美人》便是李煜的绝笔词或是绝命词，他的被害与这首词有莫大的联系。即便没有此事，我们从这首词中读到的也是亡国之君对人生再无留恋的悲伤情绪。李煜在生不如死、毫无希望的囚笼中吟出了这样一首词；曾贵为皇帝的人，在国家灭亡、自己被俘虏软禁后，生活对他而言完全就是一种折磨，除了求死之外，又能作何想法？

关于李煜被俘后的生活，正史中记载极少，笔记常说他有愤愤不平之语，这未必足信。但《续资治通鉴长编》记载，就在李煜去世的太平兴国三年（978），这一年正月，宋太宗视察崇文院，看到那里藏书颇丰，便将李煜召去，请他读书，并问他："我听说你在南唐时很爱读书，今天我看崇文院的书多数是你从前收藏的书，你现在可以尽情地看，不知你还愿意看书吗？"我们无法知晓宋太宗的用意，但这件事显然是胜利者在向失败者赤裸裸地炫耀自己的胜利。原本李煜的藏书，如今都变成宋太宗崇文院的书了，李煜要看书还要得到宋太宗的允许，这样的事情对李煜内心的刺激可想而知。想来，李煜在亡国后，遭遇的耻辱必然不止一件，且不能表现出任何不满，否则便会被当作有非分之想，遭遇危险。在这样的背景下，我们就不难理解"问君能有几多愁？恰似一江春水向东流"这样的话绝不是李煜的矫情，而是他内心真真切切的哀痛。好的文学家便是如此，要炼就广为人传诵的作品，他们付出的往往是自己的生命。这便是王国维说李煜词是"以血书者"的原因。

柳永

（约987—约1053）

初名三变，改名永，字耆卿，因排行第七，人称"柳七"，崇安（今属福建）人。北宋词人。景祐元年（1034）进士，历任睦州团练推官、余杭令、定海晓峰盐场监官等，官终屯田员外郎。有《乐章集》。

鹤冲天

黄金榜上，偶失龙头望。明代暂遗贤，如何向？未遂风云便，争不恣狂荡。何须论得丧？才子词人，自是白衣卿相。

烟花巷陌，依约丹青屏障。幸有意中人，堪寻访。且恁偎红倚翠，风流事，平生畅。青春都一饷。忍把浮名，换了浅斟低唱！

这是北宋词人柳永的词《鹤冲天》。人们一般认为，这首词是柳永第一次考进士，落第后怀着失落的心情写成的，但笔者对此有不同看法。

宋人吴曾《能改斋漫录》中记载了关于这首词的一个著名的故事：宋仁宗时期，皇帝"留意儒雅"，排斥"浮艳虚薄之文"，而当时柳永已因擅写"淫冶"的词作而闻名天下，淫冶之词即放荡风流的词作，其中便有这首《鹤冲天》，里面有"忍把浮名，换了浅斟低唱"之句。众所周知，进士考试的最后一个环节是殿试，理论上由皇帝做主考官，直接面对考生。当皇帝临轩放榜时，他看到了柳永的卷子或名字，便说："且去浅斟低唱，何要浮名！"你的理想不是"忍把浮名，换了浅斟低唱"吗？你接下来的日子且"浅斟低唱"去吧，还要什么浮名，还考什么进士呢？于是，皇帝便把柳永黜落了。这个故事广为流传，从此柳永对仕途心灰意冷，自称"奉旨填词柳三变"，"三变"是其本名，后改名为永。他说，我填词不是自发的，皇帝说"且去浅斟低唱"，那么我便是奉了圣旨而填词。当然，这是他自立的招牌，实际上，从《能改斋漫录》的记载来看，皇帝的训示带有贬义。那么这首词到底是不是柳永第一次考进士落第时写的呢？

"黄金榜上，偶失龙头望"，"黄金榜"即进士考试名单揭晓的榜，人们常说的"金榜题名"就是此黄金榜，"龙头"一般指状元，但在宋代，也可指礼部考试中的第一名。故此句是说，柳永并没有高居榜首。"明代暂遗贤，如何向"，此处

"明代"并非明朝，而是指圣明的时代。圣明的时代没有发现我的才能，是时代遗落了一个贤人，此处的贤人是柳永自指。"向"字是语助词，"如何"即叫我怎么办。"未遂风云便，争不恣狂荡。何须论得丧？""风云便"即风云际会，此处指考取进士，但事实上柳永并没有成功，故谓之"未遂"。"争不"即"怎不"，"丧"即"丧失"，"得丧"即"得失"。既然落榜了，何不风流快活一把，何必去论什么得失呢？"才子词人，自是白衣卿相"，凭着填词的才华，就是做一个不入仕的布衣卿相也挺好的。至此是词的上片。

下片起首"烟花巷陌，依约丹青屏障"，原来柳永放荡的方式便是流连于烟花柳巷，"丹青屏障"即画屏，此处指秦楼楚馆。"幸有意中人，堪寻访"，原来他中意的歌妓在等待着他，给予他极大的心理安慰。"且恁偎红倚翠，风流事，平生畅"，"且恁"即"暂且如此"，"偎红倚翠"之语则最早可追溯到五代十国之南唐后主李煜，李煜用红、翠这样鲜艳的颜色指代美丽的女子，有幸和美女相处，便谓之"偎红倚翠"。柳永此处并非指一般的女子，而主要是指歌妓。柳永对此颇为自得，"风流事，平生畅"，与歌妓风流快活，也是平生乐事。"青春都一饷"，"一饷"即"片刻"，人生苦短，青春转瞬即逝，抓紧时间，及时行乐才是正道。末尾两句最广为人知："忍把浮名，换了浅斟低唱！"既然人生短暂，我又为何要这浮名呢？狠心把先前追求的"浮名"换作"浅斟低唱"的生活，"浅斟"即斟酒、饮酒，"低唱"即听着歌女低声歌唱。这种生活，岂不比追求功名来得更自在吗？

初读此词，似乎是柳永落榜后所写，实际上，这首词的文本和吴曾《能改斋漫录》中的记载是互相矛盾的。若柳永在落第后方才写下"忍把浮名，换了浅斟低唱"，那么又何来"且去浅斟低唱，何要浮名"一事呢？皇帝既已读过此词，那么这首词应写于殿试之前，否则，皇帝不可能因此让柳永落榜。故而有学者推测，这首词是柳永在通过礼部考试后、殿试开始前写的，实际上柳永还是名列黄金榜，考上了进士，但没有取得省试第一名，故云"偶失龙头望"。但最后的名次是由皇帝通过殿试确定，皇帝认为，柳永此人的作风甚为轻浮，与自己一贯提倡的儒雅、"务本理道"的精神相背，且《鹤冲天》已经流传到皇帝耳中，所以，皇帝不希望让柳永中进士，于是便说了这样的一句话，把他黜落了。笔者认为这种推测较为合情合理。

柳永这首词的可贵之处在于其真性情。不管人生活在哪个时代，总会为这个时代的标准所束缚。从积极的层面来说，每个时代都会为人们提供一种进取之道。在宋代，文人士大夫的进取之道就是考取进士，从而入朝为官。柳永也曾在这条路上做出努力，可惜效果不佳，反而在写词方面声名远播。如苏轼的词作，虽和柳词风格不一，但事实上，柳永词作在苏轼心目中的影响甚大。笔者甚至认为，在柳永的词名之下，苏轼怀有一种"影响的焦虑"。柳永既"奉旨填词"，索性便"偎红倚翠"，去寻访意中人，这也是另外一种生活方式：不把自己局限于社会价值通常认可的进取之路，而是去过自己理想中的生活，发挥个人长处，凭着真性情过日子。虽然在词的下片，柳永主要描写他流连于秦楼楚馆的风流韵事，似乎品位不高，但这种不为世俗所困的精神，还是值得世人学习的。

到了晚年，柳永才真正考上了进士，做了一些小官，如屯田员外郎，故其又有"柳屯田"的称号，又因其排行第七，故宋人笔记中常唤柳永为"柳七"。其实，柳永曾任何种官职已然不重要，重要的是，他是宋词发展史上举足轻重的词人。对于词的形式的发展，特别是由小令转向慢词的演变过程，柳永贡献极大。他的风流韵事、他的"奉旨填词"的故事，一代一代流传下来，后来在词人中，"白衣卿相"似乎成了柳永的专称，"忍把浮名，换了浅斟低唱"也成了柳永的名句之一。虽然柳永晚年才真正走上仕途，但他的人生是失败的吗？笔者并不这样认为。柳永过着理想中的生活，写出了千古流传的作品，对于一个文学家来说，还有什么比这更令人羡慕的呢？所以，笔者认为人成功的道路并不止一条，有时候，我们并不是非要为世俗的规范所限，只要愉快自在便好。

凤栖梧

伫倚危楼风细细，望极春愁，黯黯生天际。草色烟光残照里，无言谁会凭阑意。

拟把疏狂图一醉，对酒当歌，强乐还无味。衣带渐宽终不悔，为伊消得人憔悴。

这首词是北宋词人柳永的《凤栖梧》。《凤栖梧》有另一个更广为人知的名字——《蝶恋花》。然而在柳永的集子中，这个词牌名大多写作"凤栖梧"。

初读这首词，不知词里的愁情因何而生。词的开篇便呈现出词人独倚危楼的形象，所谓"危楼"即指高楼，古代"危"字多有高的意思，"伫"即长久地站着，"倚"即倚靠。词人在高楼上凭栏久望，望见了春色，更兴起了春愁，故而说"望极春愁，黯黯生天际"。春愁不是具体可见的意象，所能望到的只有春景，比如远处的春山、春树，碧绿的草地，但柳永在此处直言"望极春愁"，把由春景而生出的愁绪直接作为"望"的对象来写，春愁又与极目远望所见的天际线紧密地联系在一起，故谓之"黯黯生天际"。仿佛柳永所见的不是眼前的实景，而是一种情绪，可谓巧妙。

当我们看见春景时，心情应是明朗的，那么，愁从何来？"草色烟光残照里，无言谁会凭阑意"，这两句点明远望的时间是在黄昏，即夕阳西下时分，夕阳的余晖映照大地，呈现出"草色烟光"的效果。混合着夕阳余晖的金灿灿的颜色照射在碧草上，天色将暗，远处的景色好似笼罩在一片烟霭之中，故谓之"草色烟光残照里"。"凭阑"即靠着栏杆，"会"即理解，谁又能够感受到词人此时此刻在黄昏独自凭栏，心中那种剪不断理还乱的复杂情感呢？这种说不清道不明的情绪，无人能体会。行文至此，词人写出了观景的时间和所见的景色，也说明内心的愁绪来源于所谓"黯黯生天际"的春愁，心情复杂，又带着无人理解的孤独，与首句"伫倚危楼风细细"的孤独惆怅相呼应，这便是词的上片给我们留下的总体印象。

下片中词人试图摆脱这种愁绪，"拟把疏狂图一醉"，结果却是"对酒当歌，强乐还无味"。"拟"即打算、计划，"疏狂"即狂放不羁，作者想狂放不羁地醉一回酒，以此摆脱内心的愁绪，借酒消愁的结果却是"对酒当歌，强乐还无味"。"对酒当歌"出自曹操的《短歌行》："对酒当歌，人生几何！譬如朝露，去日苦多。"曹操的风格本是慷慨激昂，虽然他在《短歌行》中感叹人生短暂，但是整体情调仍是昂扬的。但此处柳永的情绪就全然不同，"对酒当歌"，我自然也可以喝着酒唱着歌，但是"强乐还无味"，实际上，这些活动对于排遣内心的愁绪来说毫无作用，品着美酒也味同嚼蜡。

古典戏剧《西厢记》中，主人公张生和莺莺在长亭送别时，说吃的东西都是"土气息，泥滋味"，因为两个人即将分别，为离愁别绪所困扰，所以无论吃什么，味道都如泥土。此处柳永饮酒和《西厢记》里所描写的无味的食物是同样的道理。显然,这与曹操原来诗中"对酒当歌"的激昂情调大相径庭了。但是,词人还未明白说出如此多的惆怅缘何而来,难道仅仅是为了春天吗?末尾两句便揭晓了谜底:"衣带渐宽终不悔,为伊消得人憔悴。"直白地写出了词人愁绪的来源,原来是为了自己的意中人日渐消瘦,连衣带也越来越宽松了。但柳永毫不后悔,即便消瘦憔悴,仍痴情不改,一往情深。"伊"是一个代词,指代了柳永的意中人,"消得"并非消瘦之意,而是值得的意思。我虽然越来越消瘦,但是为了所爱之人,我甘愿身心憔悴。词末两句可见,词人在这首《凤栖梧》中表达的是对爱人的思念,他所有的春愁都由此而生。所以,从本质上讲,这是一首爱情词,虽然写得含蓄,柳永为了爱情不惜日渐消瘦、日益憔悴,至少从这首词来看,他对爱情极为执着。

后世评论家也被柳永这种态度打动。清代文学家俞陛云,即现代文学家俞平伯先生的祖父,就曾说柳永这首词,特别是"衣带渐宽终不悔,为伊消得人憔悴"二句,写的是一种所谓"长守尾生抱柱之信,拼减沈郎腰带之围,真情至语"(《唐五代两宋词选释》)。"长守尾生抱柱之信",先秦有一人名叫尾生,他与一位女子相约见面,结果洪水暴涨,淹没了约见的地方,尾生却偏要继续等待那位女子,他抱着柱子,任洪水涨起来也不走,最终抱柱而死。所以,俞陛云用尾生抱柱而死的故事形容柳永在词中所表达的对爱情的执着和坚守,所谓"衣带渐宽终不悔"就如尾生抱柱子坚持一般。"拼减沈郎腰带之围"，"沈郎"即南朝诗人沈约，沈约在写给朋友徐勉的信中说道：如今我年岁渐长，身体日渐消瘦，衣带的孔位常常要移动。这与我们如今皮带的使用类似，如果腰围减小，系皮带时就要往里移动几格，皮带才能把衣服扎紧。于是，后人便用"沈腰"形容日益消瘦，李后主就曾在词中写道："一旦归为臣虏，沈腰潘鬓消磨。"此处"沈腰"正是此意。俞陛云用"拼减沈郎腰带之围"形容柳永的"衣带渐宽终不悔"，认为柳永此话是"真情至语"，真情到极点了。

关于这首词更有名的评论是王国维在《人间词话》中提出的所谓"人生三境界"说："古今之成大事业、大学问者，必经过三种之境界：'昨夜西风凋碧树。独上高楼，望尽天涯路。'此第一境也。'衣带渐宽终不悔，为伊消得人憔悴。'此第二境也。'众里寻他千百度，蓦然回首，那人却在，灯火阑珊处。'此第三境也。"王国维又说："此等语皆非大词人不能道。"像这样的话，只有大词人才能写得出来，但王国维又开玩笑道，像他这般解说词作，恐怕是晏殊、欧阳修这样的词人所不允许的吧。因为也有人认为柳永这首《凤栖梧》实际上是欧阳修所作。王国维显然清楚地知道他所谓的"人生三境界"实际上是把宋代的爱情词句引申开去，为他自己所用，这便是古人所说的"六经注我"，即用古人的句子来表达自己的意思，其实古人未必是那个意思。

王国维认为，若要成就大事业、做出大学问，第一步要经历的便是"昨夜西风凋碧树，独上高楼，望尽天涯路"，设立一个目标，但只能远远地孤单地望着它，期盼哪一天能够实现它，此为第一境。第二境，有了目标后便为之努力，但过程极为辛苦，所以便用了柳永的"衣带渐宽终不悔，为伊消得人憔悴"这两句来指代。为了这个目标，身体日益消瘦憔悴都是值得的，要做出大事业大学问，必定要经历这样劳苦奔波的过程。这与孟子所讲的"天将降大任于斯人也，必先苦其心志，劳其筋骨，饿其体肤，空乏其身"相近，总而言之，要成就大事业必然要付出巨大的身心代价。最后第三境，王国维又举出了辛弃疾《青玉案·元夕》里的名句"众里寻他千百度，蓦然回首，那人却在，灯火阑珊处"，你在人群中千方百计地寻找，一遍一遍地探求，皆不能如意，最后"蓦然回首"，突然发现要找的那个人正静静地等在灯火将暗的地方。所谓"灯火阑珊"并非指灯火辉煌，而是指灯光非常昏暗。经过几番寻觅，终于找到了要找的人，实现了要追求的目标，成就了心目中的大事业、大学问，此为第三境。

有一些人生阅历的朋友，恐怕对王国维所提的三重境界并不陌生，回想自己的人生事业，恐怕也是深有体会。特别是王国维描绘的第二境，即"衣带渐宽终不悔，为伊消得人憔悴"，恐怕是每一个在事业的征途上苦苦奋斗、挣扎着的朋友所共同具有的真切的内心感受吧。

宋祁

（998—1061）

字子京，安陆（今属湖北）人。北宋文学家。后徙居开封雍丘（今河南杞县）。天圣二年（1024）进士，官至翰林学士、史馆修撰。与欧阳修等合修《新唐书》，书成，进工部尚书，拜翰林学士承旨。卒谥"景文"。有《景文集》。

玉楼春

春景

东城渐觉风光好，縠皱波纹迎客棹。绿杨烟外晓寒轻，红杏枝头春意闹。

浮生长恨欢娱少，肯爱千金轻一笑。为君持酒劝斜阳，且向花间留晚照。

北宋词人宋祁的《玉楼春·春景》是一首非常著名的写春

天的词。词中描写了春天出游的情景。

"东城渐觉风光好"，词人或是坐着马车，或是骑着马，向城外慢慢地走。越往城东走，便觉风光越好，显然，词人与大自然的距离越来越近了。"縠皱波纹迎客棹"，"縠皱"指薄纱的褶皱，"縠皱波纹"比喻水波，因为水波在微风吹动之下显出细细的波纹，有如薄纱一般。"棹"原指船桨，此处代指船。在微风吹拂的湖面之上，小船已经等候在那里，准备迎接游春的客人。"绿杨烟外晓寒轻"，描写的是春天清晨的景色，"绿杨"即柳树，作者把微风吹拂下细细的柳条比喻成一层朦朦胧胧的轻烟。在拂晓时分，乍暖还寒，但寒意不甚浓重，故谓之"绿杨烟外晓寒轻"，词人把身体微冷之感描写得很细腻。与此相对的，便是"红杏枝头春意闹"。这句词广为流传，"闹"字用得非常巧妙，围绕着这个字，古人还有过一些争议，我们后面再细说。

"浮生长恨欢娱少，肯爱千金轻一笑"，平常人一生中忙忙碌碌，忙于对功名利禄的追求，欢娱时光很少。宋祁官至工部尚书，恐怕也是身陷官场，闲暇享受不多。"肯爱千金轻一笑"，请大家不要吝惜千金，还是这片刻的欢愉更为宝贵。"为君持酒劝斜阳，且向花间留晚照"，这里运用了巧妙的拟人手法。已是黄昏时分，词人手持酒杯奉劝斜阳，请你慢慢地落下去，把最后的光辉留在花丛中，照耀那些花朵吧。斜阳在花卉上多停留一会儿，游客便可以多欣赏一会儿春色，这表达了词人的惜春之意。

这首词中的"红杏枝头春意闹"可谓脍炙人口。《遯斋闲览》记载，北宋词人张先曾做过一个小官，叫尚书都官郎中，他曾写下"云破月来花弄影"的名句。宋祁是工部尚书，官比张先大得多，但冲着"云破月来花弄影"就很想去拜访张先。拜访的时候，手下人问："尚书欲见'云破月来花弄影郎中'乎？"这话被张先在屏风后听见了，他猜出了来者身份，便应道："得非'红杏枝头春意闹尚书'耶？"来拜访我的莫不是那位写"红杏枝头春意闹"的宋尚书吗？说罢，张先就大大方方地出来见客，宾主置酒尽欢。说明"红杏枝头春意闹尚书"是宋祁专属的称号，就如张先的"云破月来花弄影郎中"一样性质。两位词人官职虽有大小之分，却有惺惺相惜之感。

然而，对于"红杏枝头春意闹"一句，古人有两种截然不同的评价。清代文人李渔，即《闲情偶寄》的作者，他认为这句话难以理解，关键在于"闹"字。"闹"一般是指人和人争斗，发出了声音。只听说桃李争春，红杏闹春却从未见过。如果可以用"闹"字形容红杏，那么像"吵""斗""打"这些非常激烈的字皆可用。他认为，用这些粗俗激烈的字来形容杏花不成体统。当然，也有人不以为然，方中通认为："非一'闹'字不能形容其杏之红耳。"（《续陪》卷四《与张维四》）他反驳了李渔的说法，不用"闹"字便不能形容出杏花之红。还有人说"闹"字卓绝千古，评价极高。近代学者王国维说："著一'闹'字而境界全出。"（《人间词话》）这首词的境界便靠"闹"字点化。

"闹"字用得究竟如何，至今仍是争论不休。"红杏枝头春意闹"今天已经成为一句名句，但以"闹"字来形容花朵的颜色的确不太常见。对此，钱锺书先生有一个巧妙的解释，他在《通感》一文中说，这里的"闹"字，"是把事物无声的状态说成有声音的波动，仿佛在视觉里获得了听觉的感受"。所以钱先生认为"闹"字主要是形容杏花之繁盛，而不是形容杏花之红。富丽繁茂的杏花是一种视觉形象，但因为宋祁用了"闹"字，使我们在视觉里有了听觉的感受。这是一种叫作"通感"的修辞手法。另外一位研究宋词的大家唐圭璋先生与钱先生观点相近，也认为"闹"字主要形容"花繁之神"。(《唐宋词简释》)因此，一般有很多字眼可以形容杏花繁茂，但宋祁所用的"闹"字的确是独树一帜、别具一格的。

　　而且笔者认为，要领略"闹"字的好处，须和前一句"绿杨烟外晓寒轻"的"轻"字对照来读，正因为前句是"绿杨烟外晓寒轻"，清晨的寒意并不浓重，后句"红杏枝头春意闹"便更显得杏花繁茂。"轻"字和"闹"字形成了鲜明的对比，在这样的对比下，春天清晨杏花的繁花似锦便淋漓尽致地展现在宋祁笔下。故而笔者认为要真正看出这句"红杏枝头春意闹"的好处，不仅要知道它运用了通感的手法，更要放入整首《玉楼春·春景》中加以理解。

欧阳修

（1007—1072）

字永叔，号醉翁，晚号六一居士，吉州永丰（今江西吉安）人。北宋文学家，诗文革新运动领袖。幼年丧父。天圣八年（1030）进士，曾任谏官，累迁至翰林学士知制诰，历官枢密副使、参知政事。神宗朝迁兵部尚书，以太子少师致仕，卒于颍州（今安徽阜阳）。有《欧阳文忠公文集》。

生查子

元夕

去年元夜时，花市灯如昼。月上柳梢头，人约黄昏后。
今年元夜时，月与灯依旧。不见去年人，泪湿春衫袖。

这是宋代文学家欧阳修的词《生查子·元夕》。《生查子》这个词牌原是唐代的教坊曲名，"查"字原为"楂"，后来误传为"查"，所以如今仍要读作"楂"。对于"生查子"三个字的含义，学术界尚未有定论。这首词的标题《元夕》即指元宵之夜，古人似乎多用"元夕"指元宵之夜，比如南宋著名词人辛弃疾的词《青玉案·元夕》便是如此。

《生查子》分为上下两片，但每一片均为五言四句，看起来像是两首五言绝句的叠合。其实，它的平仄韵律与五言绝句迥然不同。这首词的上下片，正好分别写了去年和今年的元宵之夜不同的情景，文字浅近。"去年元夜时，花市灯如昼"，"花市"不是今天卖鲜花的地方，而是指花灯之市，灯市上集聚了品种繁多的花灯供人们赏玩，光线极亮，把整个夜晚照得如同白昼一般，故而说"花市灯如昼"。在这样一个夜晚，"月上柳梢头，人约黄昏后"，月亮渐渐升起，天色将晚，男主人公和心爱的女子在花市中约会。

上片四句是一种巧妙的环境渲染，恋人约会本是一件比较私密的事情，但恋人们常常喜欢选在具有纪念意义的日子约会，比如现在每年元旦凌晨倒计时的时候，总有许多人在广场上呼喊迎新年，其中必然有许多对恋人。在宋代，元宵之夜是一个恋人经常约会的时间。有人认为这首词作于欧阳修少年时，词中男主人公就是欧阳修本人。元宵节灯会的热闹和恋人私会的情景恰好形成了一个很有意思的反差，正如不少青年男女选在狂欢节、游乐场等喧闹的场合表白，这样的场合会使人的情绪高度亢奋，把那些原本不敢表露的情感都诉诸言语了。想来，在元宵之夜热闹的灯市，恋人的约会也有这样的作用，感情的私密和场所的喧闹，恰到好处地形成了相互衬托的效果。

"今年元夜时，月与灯依旧"，一年转眼便过去，又是元宵节，花市上月光明亮依旧，各色花灯夺目，仍是那么耀眼，词人以简练的笔墨重现了"去年元夜时"的盛况。读至此处，读者内心或许会升起一种强烈的期待，希望词人和他的恋人在今年的元夕又相约，再次互诉衷肠，这是爱情的美好，也是人生的美好。但是，词末两句打破了这样的想象："不见去年人，泪湿春衫袖。"月还是那个月，灯还是那个灯，柳梢还是那个柳梢，黄昏还是那个黄昏，但是，恋人已不知所踪。今年的灯市只剩下男主人公一人，如孤魂般在喧闹的市集上游荡，眼泪打湿了春天薄薄的衣衫。显然，男主人公已与心上人分手，在"月与灯依旧"的夜晚，他独自一人，身处与去年完全相同的环境之中，伤心地怀念他的前女友。

读至"不见去年人"，或许会有一种心如刀绞的感觉，这样"泪湿春衫袖"就显得自然了。词人的前女友或是病逝，或是另有所爱，或是身赴异地，我们都无从得知，假如这首词果真是欧公少年之作，那么这首词里便埋藏着欧阳修这位大文豪、大政治家早年内心一段不为人知的私密感情，这种恋恋不舍只有他一人知晓，深藏在心里。欧阳修写的许多词风格都十分婉约，有时以女性视角写词，这首虽然是以男子口吻写的，但措辞柔婉，感情细腻。或许因为他的笔调过于细腻多情，所以后世有人认为这首词是宋代女词人朱淑真的作品，故而在朱淑真的《断肠词》中也收录了这首《生查子》。但据考证，这首词的原作者还是欧阳修，它只是被误收入朱淑真的词集罢了。清代诗人王士禛就曾写道："今世所传女郎朱淑真'去年元夜时，花市灯如昼'《生查子》词，见《欧阳文忠集》一百三十一卷，不知何以讹为朱氏之作。"又言："世遂因此词，疑淑真失妇德，纪载不可不慎也。"（《池北偶谈》卷十四）古人从正统的道德观念出发，对女性的道德要求，特别是情爱中的道德要求比男性要更高一些。这首词在后人，特别是明清人看起来，假如是欧公怀念他的前女友，问题还不大，若是出自女郎朱淑真之手，如此明目张胆地怀念前男友，后人便认为她有失妇德了。在今天看来，这样的眼光对女子来说是极为不公平的，凭什么女孩子不能怀念自己的前男友呢？但是当时的社会氛围便是如此，故而王士禛说："纪载不可不慎也。"

朱淑真因为被误认为是这首词的作者，所以后人便认为她不检点、不严肃等等，这自然是过去那个时代的衡量标准了。这首词之所以感人，不在于它有什么华美的文字形式，而是它用去年元宵夜的那场约会和今年元宵夜与恋人的分离写出了物是人非之感。亮如白昼的元宵灯市仍然繁华热闹，在这样热闹的场景中，伤心人更加伤心，这便是今人读之倍觉感动的原因。与此相类似的还有唐代诗人崔护的《题都城南庄》："去年今日此门中，人面桃花相映红。人面不知何处去，桃花依旧笑春风。"欧阳修的这首词比崔护诗更为形象细致，在情感方面更加婉约细腻，因而有着更为感动人心的力量。

渔家傲

　　五月榴花妖艳烘，绿杨带雨垂垂重。五色新丝缠角粽。金盘送，生绡画扇盘双凤。

　　正是浴兰时节动，菖蒲酒美清尊共。叶里黄鹂时一弄。犹瞢忪，等闲惊破纱窗梦。

　　这首词是欧阳修描写端午节的《渔家傲》。欧阳修曾写过两组《渔家傲》词，每一组有十二首，其特点是每首词都以一月、二月、三月这样的月份开头，写的都是当月的节令或者景物，如果该月正好有节令，比如五月初五是端午节，那词中便写节令，如果该月没有节令，便写当月的景物。这两组词非常生动，这样的词在文学上被称作"联章体词"，所谓"联章体"就是用一组诗或词来描写咏叹同一个对象。这也是唐五代一种曲子的主要演唱方式，在宋词中同样常见。

　　显然，欧阳修在这首词中描写了端午节的一些风俗。"五月榴花妖艳烘"，"榴花"即石榴花，农历五月正是石榴花开放的时节，石榴花开得非常娇艳，甚至可谓妖艳。随后又用一"烘"字写出了石榴花竞相开放的热闹、艳丽、浓郁的场景，这与宋祁的"红杏枝头春意闹"的"闹"字有异曲同工之妙。春天多雨，柳条上带着雨，分量很重，于是都垂下来，而非随风扬起，故谓之"绿杨带雨垂垂重"。这些都是五月典型的自然景象。随后便转入端午节的场景："五色新丝缠角粽。金盘送，生绡画扇盘双凤。"宋人生活非常讲究，粽子分成各种形状，这里的"角粽"或许就类似于今天的三角形粽子吧，但它用的丝线和今天的不同，我们一般用白线等来捆扎粽子，但宋人讲究的地方在于，每一根捆扎粽子的丝线颜色都不一样。如此一来，用五色新丝捆扎的粽子放在描金的盘上，简直是供展览的艺术品一般，让人舍不得吃，这便是宋人过端午节时吃的粽子。"生绡画扇盘双凤"，"生绡"即没有经过漂煮的丝织品，古人一般用来画画，此处是说扇面以生绡制成，上面还画着画。"盘双凤"应指扇子上画着凤凰，或是指前句"金盘送"的金盘上雕镂或描金的凤凰。无论是扇子也好，金盘也罢，都是十分精致的。

"正是浴兰时节动，菖蒲酒美清尊共"，这两句分别写了两种风俗。首先是浴兰汤，古人认为，五月初各种毒虫都会复苏，诸如蜈蚣之类，这些毒虫会对人的身体造成一定伤害，且天气渐热，各种疾病随之滋生。因此，人就需要把自己清洗干净，光用清水还不够，还须用兰汤沐浴。至于兰汤里用的香草则有着不同的说法，有人说用兰草，有人说用艾叶，也有人说用佩兰。总而言之，古人相信用香草浸的水洗了澡就可以祛病消灾，故而端午节在古代又名"浴兰节"，五月初五正是人们沐浴兰汤的好时节。"菖蒲酒美清尊共"，菖蒲酒指用菖蒲叶子泡的酒，古人在端午节都会饮此酒，据说可延年益寿。这两句便写出了宋人过端午节最为典型的风俗。试想象，先在兰汤中沐浴，沐浴后身心爽利，又与朋友亲人觥筹交错，潇洒对饮菖蒲酒，这样端午节可谓有滋有味。"叶里黄鹂时一弄。犹薏忪，等闲惊破纱窗梦"，黄鹂鸟不时在树叶的深处鸣叫，"弄"即鸣叫。"薏忪"即睡眼惺忪、睡意蒙眬，需要注意的是，此处"忪"字读作sòng，因为《渔家傲》词所押都是仄声韵，动、共、弄、忪、梦，都是仄声韵脚，所以此处应读为仄声。"等闲惊破纱窗梦"，"等闲"是古诗词中常用之词，有多种意思，例如寻常、随便，而此处的"等闲"是无端之意，即平白无故，毫无缘由。主人公睡得正香，黄鹂鸟无端一啼，便惊醒了梦中人。欧阳修笔下的这位主人公是位贵族女子，她才是这首端午节词的主角。实际上，这首词集中描写了这位贵族女子过端午节的情景，当然，饮菖蒲酒、浴兰汤这些活动，无论男女，宋人在端午节时都要进行，但显然"生绡画扇盘双凤""等闲惊破纱窗梦"都是在描写一位睡眼蒙眬的贵族女子，被不知趣的黄鹂鸟从梦中"惊破"。

宋人的端午节极为热闹，他们不仅仅在五月初五这一天过节，而且从五月初一开始，便在街上、集市上叫卖端午节的节令物品了。比如菖蒲叶子就是其中之一，另外还有艾草、桃枝、柳枝、葵花等等。时人喜欢趁天未亮之际，将艾草插在门上以驱邪。此外，宋人还有端午节互赠扇子的风俗，所以词中就写到了"生绡画扇盘双凤"。五月初五天气将热未热，各种虫子出没，所以要互赠扇子以驱虫扇风。宋代笔记中还有许多关于端午节的记载。如今端午主要的风俗便是吃粽子和插艾草，有的地方还会把艾草编成人形，甚至张天师的样子，这自然是有一定的难度。总而言之，人们习惯用艾草驱虫、驱邪、避毒、避害。古人对节令的变化非常敏感，因为节令的变化带来的是物候的变化。词中所写的兰汤沐浴、饮菖蒲酒，都是要预防节令变化可能带来的病灾，古人敏锐地感受到了节令的变化，因此便通过这些风俗祛病去灾、防虫防害。

欧阳修的《渔家傲》整体情调悠闲，既有民间喜庆欢乐的风味，但又由于主人公是一位百无聊赖的贵族女子，故而显得情致慵懒。如果读者们有兴趣，可以把欧阳修这两组二十四首《渔家傲》通读一遍，便能了解宋人对每个月的节令和景物的感受及过节的风俗，很有趣。

王安石（1021—1086）

字介甫，号半山，抚州临川（今属江西）人。北宋政治家、思想家、文学家。庆历二年（1042）进士，后历任淮南签判、鄞县知县、舒州通判等职。熙宁二年（1069）任参知政事，次年拜相，主持变法。因守旧派反对，熙宁七年（1074）罢相。一年后被再次起用，又罢相，退居江宁（今江苏南京）。有《临川集》。

登飞来峰

飞来山上千寻塔，闻说鸡鸣见日升。
不畏浮云遮望眼，自缘身在最高层。

古人常在诗中写到登高望远，如登名山、名楼、高塔等。王之涣《登鹳雀楼》中的名句"欲穷千里目，更上一层楼"的妙处便在于诗里有一种鼓励的意味，给予人目标和希望，似乎登楼活动是永无止境的，只要想看得更远，人便可以不断登上一层又一层。但也有这样一个例外，作者自豪地宣布自己已然登上最高层，这便是北宋宰相王安石。当然，在说这话时他只有三十岁，尚未成为宰相，仍是一个小小的鄞县知县，鄞县即现在的宁波鄞州区。王安石兴致勃勃地登山，写下了这样一首七言绝句，题为《登飞来峰》。

在这首诗中，诗人如实描绘了自己的登山见闻。飞来峰上有千寻高塔，听说鸡鸣时分能够见到日出。"寻"是古代的长度单位，一寻等于八尺，"千寻"显然是个夸张的说法，指极高的高度。随后诗人发出这样的感慨：不怕浮云遮挡我远望的双眼，只因我已身处最高层。这首名作似乎通俗易懂，但读者们是否真正理解了诗意呢？在进一步细读这首诗之前，需要先理解两个关键问题：第一，王安石登上的这座飞来峰究竟在何处？或许有人会肯定地说，飞来峰就在杭州灵隐寺附近。王安石为鄞县知县，就近去杭州登飞来峰看似是顺理成章的事情，但笔者要说明，王安石所登的绝不是杭州的飞来峰，因为当时杭州飞来峰上根本没有这座塔。南宋学者李壁曾在注释此诗时指出过这一点："灵隐飞来峰则初无塔，兼所见亦不至甚远，恐别指一处也。"（《王荆公诗注》）灵隐寺附近的飞来峰起初没有塔，且登上这座飞来峰后视野并不开阔，所以王安石诗中的飞来峰恐怕是指另外一个地方，可见李壁已经有所疑惑了。事实上，据学者刘成国在《王安石年谱长编》中考证，王安石登临的是越州的飞来山，即今天浙江绍兴的宝林山。宝林山上有一座应天塔，故这首《登飞来峰》和杭州的飞来峰其实没有关系。第二，诗的末句"自缘身在最高层"在有些书中写作"只缘身在最高层"，"缘"即"因为"，"只缘"或"自缘"在句意上都可以说得通，平仄也符合。但是，王安石原诗中应为"自缘身在最高层"，而非"只缘"，某些编书人恐怕受了苏轼《题西林壁》之名句"不识庐山真面目，只缘身在此山中"的影响，故而与王安石的诗句混淆了。

"不畏浮云遮望眼，自缘身在最高层"，诗人似乎在抒发一种属于成功登顶者的感慨，但后人读了总觉得诗里似乎还有无穷意味。因为王安石的身份很特殊，虽然诗成之时只是一个小小的知县，但后来果真"身在最高层"，当上了宰相，成了大政治家，并在宋神宗熙宁年间主持了惊天动地的变法，历史上称之为"王安石变法"。当然，王安石写诗时只有三十岁，无法预见自己后来的遭遇和仕途。但从这两句诗中我们可以看出，王安石丝毫不惧怕浮云遮住远眺的眼睛，他身上有难得的从容和自信。以前曾流行过一句网络语："神马都是浮云。"仿佛我们能看透一切外在事物。但当浮云真的飘过来时，我们是否真能够看透它？是否真能够越过它而望到背后的东西？这便是考验。王安石不会因为浮云的遮挡而放弃登高望日出的目标，故而丝毫不惧怕阻拦。"不畏"二字就代表了远望者面对困难时的勇气。

联系王安石此后的经历来看，他推行变法时遇到极大的阻力，诸如保守势力的反对、同僚的不理解、下属的不配合等。史学界常把司马光作为王安石的主要政敌，除此之外，变法还面临许多说不清道不明的牵制力量，并且不是通过明面上的手段。但是王安石深知，当时国家社会亟须变革风俗、树立法度，所以他丝毫不计较个人得失，矢志推行变法。他固知"人习于苟且非一日"，士大夫们苟且偷安、不思进取、安于现状已非一日，但他仍坚决地说："某不量敌之众寡，欲出力助上以抗之。"（《答司马谏议书》）我丝毫不考虑眼前的敌人有多少，一门心思、竭尽全力地帮助皇帝来抗衡这些反对变革的力量。所以王安石两度罢相，但仍不改初衷。这种为事业不恤人言的勇气和决心尤使人敬佩。

中国古诗中，"浮云"常常比喻奸佞小人、心怀鬼胎的大臣，如李白《登金陵凤凰台》诗末两句说"总为浮云能蔽日，长安不见使人愁"，即邪臣蒙蔽皇帝。但对王安石这句诗里的"浮云"似乎可以有更深层次的理解，它代表了一时的困难和假象。浮云确实能够遮挡远望的视线，但浮云终将散去，遮不住初升的太阳。只要你有足够的意志力，站得比浮云高，看得比浮云远，它就丝毫不能奈何你，也不能蒙蔽你。

王安石曾这样描绘当时朝中政令难行的情况："朝廷每一令下，其意虽善，在位者犹不能推行，使膏泽加于民，而吏辄缘之为奸，以扰百姓。"（《上仁宗皇帝言事书》）朝廷每每推行新的政令，尽管用意是好的，但在位官员却不能很好地推行，使老百姓得到利益，小吏甚至借此机会骚扰老百姓。可见当时的变革虽然非常迫切，但仍充满了困难和障碍。他又从宋朝建立以来"享国百年而天下无事"的表象中，敏锐地看出"本朝累世因循末俗之弊"，进而发出"大有为之时正在今日"（《本朝百年无事札子》）的变革呼声。这表明，王安石完全能够看透那些暂时阻碍变法的困难和蒙蔽自己的假象，完全可以超越这些障碍。

当然，光凭勇气仍不足以超越障碍，勇气之外还需要非凡的洞察力，"不畏浮云遮望眼"的"望眼"正象征着这种洞察力。诗人远望的视线穿过浮云直抵红日的那一刻，他终于看到了渴望看到的情景。尽管此情此景让人心神激荡，但王安石并没有陶醉在喜悦之中，他很清楚只有高瞻才能远瞩，要望见别人难以看到的风景，就要身处别人难以企及的高度。此处的"高度"并非指位高权重，而是对于未来事业的远见。王安石感叹"士蔽于俗学久矣"（《周礼义序》），士大夫被世俗的学问蒙蔽太久了，故主张"经术者所以经世务"（《皇宋通鉴长编纪事本末》），儒家经典应为现实的政治服务，这些理念都是王安石拥有远见的表现。

假如现在的你正在从事一项颇有难度的事业，面临许多困难和阻力，甚至遭受别人的非议和否定，但如果你能对这项事业、对自身抱有足够的信心，那么当浮云飘过来的时候，便无须多加理会，只管远远地眺望浮云背后的美景即可。从这个意义上来说，王安石这首诗当然不是一碗心灵鸡汤，而是一针鸡血。

苏轼

字子瞻，一字和仲，号东坡居士，眉州眉山（今属四川）人。北宋文学家。嘉祐二年（1057）进士，任凤翔签判。宋神宗时，在杭州、密州、徐州、湖州等地任职，因"乌台诗案"被贬黄州团练副使。宋哲宗时任翰林学士、侍读学士、礼部尚书等职，并出知杭州、颖州、扬州、定州等地。后因党争被贬惠州、儋州。宋徽宗时遇赦北还，卒于常州。有《东坡七集》。

饮湖上初晴后雨二首

朝曦迎客艳重冈，晚雨留人入醉乡。
此意自佳君不会，一杯当属水仙王。

水光潋滟晴方好，山色空濛雨亦奇。
欲把西湖比西子，淡妆浓抹总相宜。

《饮湖上初晴后雨二首》写杭州西湖，非常著名，尤其是第二首中，"欲把西湖比西子，淡妆浓抹总相宜"两句几乎成为人们对西湖的定评。但我们究竟应该怎样来理解这两句诗呢？其实，第二首和第一首有非常明确的呼应关系，两首诗是一个整体。假如不看第一首，恐怕也就不能很准确地理解第二首。

苏轼一生两次到杭州为官，第一次是熙宁年间担任杭州通判，大致相当于副市长，第二次是元祐年间担任杭州知州，这就等于是杭州市长了。《饮湖上初晴后雨二首》是苏轼在杭州通判任上写的。苏轼反对王安石的新法，在熙宁三年（1070）的进士考试中，考生叶祖洽为新法高唱赞歌而被定为状元，身为考官之一的苏轼极为不满。谏官谢景温就说苏轼在回蜀地为父亲苏洵丁忧期间，乘船夹带货物，贩运私盐。苏轼受到无端攻击，就索性避开朝廷的政治纷争，自请外调，在熙宁四年（1071）来到杭州任职。

这两首诗正是在这个背景下创作的，当时苏轼虽然遭受了一些攻击，但他并没有被贬谪，徜徉在杭州的湖光山色之间，他对西湖之美有了深切的感受。两首诗都紧扣题目中的"初晴后雨"来写。第一首中，"朝曦迎客艳重冈，晚雨留人入醉乡"，"朝曦"就是早晨的阳光，它照亮群峰，"晚雨"则让客人进入醉乡。第三、四句"此意自佳君不会，一杯当属水仙王"，第三句下一转语，故意说朋友不能体会西湖晴日和夜雨中的美，因为他喝醉了嘛，一杯酒还是应该敬水神。苏轼在这里自己加了一个注释:"湖上有水仙王庙。"《咸淳临安志》说:"水仙王庙在西湖第三桥北。"《西湖游览志余》则说:"在孤山南麓。"正是水神使得西湖有这样美丽的景色。很显然,第一首诗已经充分顾及了"晴""雨"两方面。

第二首写西湖,更是具有高度的概括性。苏轼理性地概括了西湖的晴雨风景,晴天是水光潋滟,雨天是山色空濛,囊括在两句诗里面。这两句也分别呼应了第一首的前两句,苏轼似乎要告诉我们,其他地方的风景,要能见度高,鲜明清晰,才好看,而西湖却是逢雨也美,甚至,雨水所造就的空濛的山色更有风味。这样的美景,只有在西湖能够看到。

这两句宏观的概括,已经把西湖的美景写尽了,写满了,接下来,苏轼就用西施比西湖,西施是最美的人,而西湖是最美的湖,这个比喻可说是神来之笔。"淡妆浓抹总相宜",本来,一位绝色美人是不需要化妆的,什么样都美,但因为诗中要写西湖"晴""雨"兼美的特点,于是就用美人的"淡妆"和"浓抹"来作比喻,在这里,我们不必胶着于淡妆是指"晴"还是"雨",反正是用两种妆容比两种风景,这切中西湖的特色,是极其高级的比拟,富有创造性和想象力,又体现出高度的理性和概括性。

清人王文诰评价第二首说:"此是名篇,可谓前无古人,后无来者。公凡西湖诗,皆加意出色,变尽方法。"(《苏文忠公诗编注集成》)这的确并非虚语,但需要指出的是,"水光潋滟"和"山色空濛"是苏轼描写西湖时很喜欢的措辞,比如《次韵仲殊雪中游西湖二首》（其二）也说："水光潋滟犹浮碧，山色空濛已敛昏。"可见西湖不同的美态早已深深铭刻在诗人的脑海中了。

於潜僧绿筠轩

可使食无肉，不可居无竹。
无肉令人瘦，无竹令人俗。
人瘦尚可肥，士俗不可医。
旁人笑此言，似高还似痴。
若对此君仍大嚼，世间那有扬州鹤？

　　这是苏轼一首通俗浅白的诗。苏轼起首便说："可使食无肉，不可居无竹。"宁可平日饭桌上没有肉，但住的地方绝不能没有竹子。原因便写在第三、四句中，对于士人来说，没有肉的后果不过是消瘦几斤，没有竹子的后果则更为严重，因为"无竹令人俗"。如果住处没有竹子，人也容易变得俗气。"人瘦尚可肥，士俗不可医"，人瘦尚且可以增肥，想来减肥的朋友对于这一点一定深有体会。当我们想通过节食减肥，不沾荤腥，人便瘦了，但过后若是忍不住开始吃荤菜，体重就会迅速反弹，甚至比节食之前增长更快，这便是"人瘦尚可肥"。"士俗不可医"，假如读书人庸俗了，品格便会低下，形象也不那么光彩，便无药可治了。"旁人笑此言"，苏轼在此借用了旁人的口吻，猜测旁人若听到这番话，定然会嘲笑他"似高还似痴"，意谓这番"无肉令人瘦，无竹令人俗"的议论，看起来似乎很清高，但在世俗人的眼里，便是不近人情的痴人说梦，因此这番话在旁人看来只能姑妄听之，不能当真。事实上，苏轼并不是在说痴话，他的态度是相当严肃的。

此诗前八句均为五言，末尾两句"若对此君仍大嚼，世间那有扬州鹤"却突转为七言句，不仅字数增多，句式也发生了变化。如果人对着竹子，嘴里仍作咀嚼状，那么世间哪里有所谓的扬州鹤呢？这句诗看似难懂，其实背后有个典故。"若对此君仍大嚼"的"此君"即指竹子。为何唤作"此君"呢？《世说新语·任诞》记载了这个故事，故事的主人公是东晋著名书法家王羲之的儿子王徽之，字子猷。其实，《世说新语》中王徽之最有名的故事是"雪夜访戴"，他在一个雪夜里乘着小船去拜访友人戴逵，及至戴逵家门前，未入门便原路返回了。旁人问之，为何远道而来却不见朋友一面便折返，王徽之回答："吾本乘兴而行，兴尽而返，何必见戴？"我来访戴，只是兴之所至，至于见不见戴逵，便无甚要紧了。可见王徽之是典型的性情中人，这便是东晋名士之风。

同样地，《世说新语·任诞》记载王徽之有次暂住在别人家的一座空宅子里，他命人在四周种上竹子，旁人便问道："你只是暂时借住，何必费心费力种这么多竹子呢？"王徽之"啸咏良久"，"啸咏"即指名士发出的洒脱的长啸之声，他指着竹子说："何可一日无此君？"我王徽之的生活中有哪一天能够离开竹子呢？我到哪里，哪里就得种上竹子，我住的地方，一定要看得见竹子，这是我的追求、我的品位。故后人常以"此君"代指竹子。而"大嚼"出自汉代桓谭的《新论》，书中有言，有人听闻长安是一个能让人快乐的地方，于是他出门，脸朝西方时就会开心地笑起来，因为向西望便是长安。同理，"知肉美味，则对屠门而大嚼"，当我们知道肉的美味时，经过屠户门口，即便吃不到肉，佀嘴里也会做咀嚼状过把瘾，因此，"对屠门而大嚼"或"过屠门而大嚼"就演变成后人常用的典故了。三国时代，曹植在其著名的文章《与吴质书》中便有言"过屠门而大嚼，虽不得肉，贵且快意"，虽然经过肉店时不买店里的肉，但嘴里咀嚼几下，心理上也是快意的。

末句"世间那有扬州鹤"则出自南朝人殷芸的《小说》，此"小说"与我们所熟知的"小说"不同，此处是中国古代"小说"的本义，即道听途说的故事。殷芸《小说》中有这样一个故事，几个客人聚在一起各言其志，有人说："愿为扬州刺史。"扬州富庶，风光绮丽，是销魂之地。有人则说："愿多资财。"希望能够攒很多很多钱，实现财务自由。还有一个人说："愿骑鹤上升。"即乘着仙鹤成仙，这是因为当时道教影响较大。有人希望成仙，有人希望实现财务自由，有人希望到天下最好的地方去做官，可谓人各有志了。可是又有一个人说："腰缠十万贯，骑鹤上扬州。"希望腰上缠着十万贯钱，又能成仙，骑着仙鹤到天下最美的地方去。故《小说》在结尾处评价这个人："欲兼三者。"即希望把所有的好处兼而得之，这无疑是一种贪心的想法。那么，苏轼用此典有何用意？如果你希望成为品位高洁的读书人，对着竹子却仍大做咀嚼状，既想痛快地吃，又想欣赏竹子的清雅，岂能兼而得之？故苏轼云"世间那有扬州鹤"，既想做出清高的姿态，又想拥有世俗的享受，天下岂有这等好事！

这首诗以五言为主，又融合了七言句子，读来虽浅俗，却饶有趣味。苏轼在前面六句中渐次说明"可使食无肉，不可居无竹"的道理，其中蕴含着苏轼作为情趣高雅的文人对待世俗的态度。他认为，读书人应坚持清高的品格，应适当远离世俗，保持高雅的趣味，这便是"不可居无竹"之用意。而"士俗不可医"，苏轼或有所指。当时一些士大夫热衷于升官发财，这种人生态度在苏轼看来是庸俗的，于是借助肉与竹子的对比，表明了自己的价值观和人生观。随后，苏轼又站在世俗人的立场上，对自己的话提出了疑问，"似高还似痴"，质疑自己的理想是痴人说梦，其实难以办到。正如我们劝导别人不要过分看重钱财，目光要长远，失败了还可以从头再来，但其实身处其中的人是很难做到的。最后苏轼又告诫道，既要雅，又要俗，既要利益，又要坚持品格，其实鱼和熊掌是不能兼得的，"腰缠十万贯，骑鹤上扬州"，此等美事只能存在于小说中。

所以，这首诗是一首既浅俗又富有趣味的诗，后世评论家对此也略有讨论。宋代诗论家陈郁在其诗话《藏一话腴》中评道："苏长公曰：'无竹令人俗。'岂为观美耶？借竹以养性，不为俗子之归耳。古今诗人，风流意度，清节高趣，政自不凡，如竹可爱，使人一见洒然意消。"他认为苏轼所说的"无竹令人俗"，不是只为观看竹子之美，而是借竹修养心性，不愿意做俗人。古今的诗人见竹之气度与自身清高的节操、高雅的趣味正相应和，故而觉得竹子分外可亲。这是比较正面的评价。需要补充的是，有的书中称苏轼为"苏长公"，此处"长"字念 zhǎng 不念 cháng。因苏轼在兄弟中为兄长，故称"苏长公"，所以有的书称苏辙为"少公"。明代有一本苏轼选集，题目就叫《苏长公合作》。清代诗人赵克宜对这首诗的流传提出了不同的看法，他认为："此不成诗，而流传众人之口，须知其以语句浅俗，便于援引而传，非以诗之工而传也。"（《角山楼苏诗评注汇钞附录》卷中）它之所以脍炙人口，是因为语言浅俗，像谚语、顺口溜一般，易于记诵，便于流传，而非诗本身有多么高明工巧。

笔者认为，赵克宜之言颇有理，在宋人看来，从诗的角度来说，这不能算是上佳之作，但今天看来，这首看似大白话的诗，其实最直观地反映了苏轼内心的价值选择。什么才是苏轼坚持和向往的？是肉呢，还是竹呢？苏轼已经告诉了我们他的选择。每个人都可以有自己的选择，那么你的选择是什么？

江城子

乙卯正月二十日夜记梦

十年生死两茫茫，不思量，自难忘。千里孤坟，无处话凄凉。纵使相逢应不识，尘满面，鬓如霜。

夜来幽梦忽还乡，小轩窗，正梳妆。相顾无言，惟有泪千行。料得年年肠断处，明月夜，短松冈。

这是苏轼著名的悼亡词。若说元稹的《遣悲怀》是古代悼亡诗中的翘楚，那么苏轼这首《江城子》堪称悼亡词中第一名作。这首词是苏轼为亡妻王弗所作，苏轼一生有两位妻子，一位侍妾，王弗是他的第一任妻子。王弗去世后，他又和王弗的堂妹王闰之结婚，在苏轼五十八岁时，王闰之也去世了，最后只有一位侍妾王朝云一直跟随他。然而，苏轼始终对第一任妻子无法忘怀，他把对王弗的深情倾注在了这首悼亡词里。

这首词写于宋神宗熙宁八年（1075），乙卯年，在这年正月二十日的夜里，苏轼突然梦见了他去世十年的妻子王弗，梦醒后写下了这首情真意挚的《江城子》。"十年生死两茫茫，不思量，自难忘。"王弗卒于宋英宗治平二年（1065），到宋神宗熙宁八年，正好相隔了十年。苏轼说："我们生死两隔十年了，茫茫不可寻，我即使不去想你，但自然而然地，始终难以忘记你。"苏轼此时已和王弗的堂妹王闰之结婚了，按人情事理来推断，他自然不可能将对亡妻深厚的感情时时表露出来，但他对王弗却始终无法忘怀。王弗，是乡贡进士王方的女儿，十六岁便嫁与苏轼为妻，生下了大儿子苏迈。王弗英年早逝，去世时年方二十七岁，而苏轼之所以娶了她的堂妹王闰之，或许就是因为王闰之在容貌和神情上与堂姐王弗有几分神似，所以苏轼带着对亡妻的怀念才有了第二次婚姻。值得注意的是，现代普通话里"忘"字读去声，但是"忘"字在古代读平声，这首《江城子》押的是平声韵。

"千里孤坟，无处话凄凉"，熙宁八年，苏轼出任密州知州，即今天的山东诸城。而王弗于去世的第二年葬在了苏轼的家乡——眉山以东的彭山县，现属四川。彭山距密州极远，王弗的坟墓孤零零地留在苏轼家乡附近，与苏轼父母葬在一地。当苏轼忆起亡妻，想起那孤坟远在千里之外，便深感无处诉说内心的凄凉。"纵使相逢应不识，尘满面，鬓如霜。"苏轼自叹，自己经历了十年岁月的磨砺，宦海沉浮，如今已是两鬓如霜，容貌大改了，即使两人再见面，妻子大概已认不出这个老头了。

"夜来幽梦忽还乡，小轩窗，正梳妆"，应和了题目中"记梦"二字。夜来入梦，苏轼又回到了故乡眉山，在自己的家中，妻子正坐在小窗之下梳妆打扮。这本是一幅多么温情的画面，苏轼可能站在她身后，默默地看着她梳妆。但是，当妻子转过身来，苏轼却无语凝噎。十年未见，有太多情绪要倾诉，有太多痛苦压抑在心底，又有太多思念，无法用三言两语表达，故而"相顾无言，惟有泪千行"。两人只有默默相对垂泪，这才是十年之后的一梦中最可能出现的场景。最后，苏轼说："料得年年肠断处，明月夜，短松冈。"料想每年最令人痛断肝肠的地方，就是在明月照耀下，那长满了矮松的山冈。那山冈是什么地方？就是爱妻长眠的地方。苏轼铺陈了许多抒情之语，描绘了"惟有泪千行"这样肝肠寸断的场景，最后，当他要说"年年肠断处"时，却只道"明月夜，短松冈"，似乎只是客观描绘了王弗墓地的景象，但恰恰是这六个字，展现了一种极致的孤独。四周无人，唯有妻子的墓孤零零地在月光下，而这座孤坟又与我相隔千里，看似在写坟墓的孤独，其实是词人满怀孤独的流露。在这首词中，苏轼运用了明白如话的语言，通过记妻亡十年之后的梦境，把自己对亡妻的一腔思念尽诉笔端，我们完全能从中体会到苏轼和妻子夫妻情深、两情相悦，却又生死两隔的无奈和哀伤。

说到王弗，这是一个聪慧的女子。何以见得？据苏轼所写的墓志铭记载，王弗嫁给苏轼时，并没有刻意表露自己曾受过教育，但后来苏轼发现，自己在读书时，有时会忘记书里的内容，王弗却能记得。苏轼好奇，便问她其他书里的内容，王弗都能说出个一二，于是苏轼说："由是始知其敏而静也。"又聪明，又安静，这便是苏轼对王弗的第一印象。可以说，王弗给了苏轼一个惊喜，因为在古代，许多人认为"女子无才便是德"，很多女子没有受教育的机会，而苏轼自然是希望妻子知书达理，两人方有共同话题。显然，苏轼对这一点非常满意。后来，苏轼在凤翔为官时，王弗常在人际交往方面提醒他。比如客人来访，苏轼与客人在外间讲话，王弗就站在屏风后，偶尔听到客人言语。等客人告辞后，王弗就会提醒苏轼："刚才来的那个人，讲话没有什么固定的立场，首鼠两端，又故意迎合你，朝你愿意听的方向去讲，像这样的人是不可信任的。"还有些人有求于苏轼，因而对苏轼格外客气，显得关系十分亲近，王弗规劝苏轼："这样的人也不可信，他刻意地接近你，很快建立起亲密的关系，将来若觉得你没有利用价值了，就会迅速地离你而去。"因为苏轼非常直率，尽管聪明，但有一颗赤子之心，所以也容易被别人蒙骗，而王弗则能及时地提醒他。且苏轼说"已而果然"，苏轼继续和这些人交往下去，正好验证了王弗的看法，可见王弗此人非常聪明，可谓是一位贤内助，能够及时提点丈夫，又能识别坏人。

王弗去世后，苏轼极度伤心。其父苏洵曾告诫他："王弗自患难时便跟随你，你永远都不能忘记她，等她将来过世之后，就将她葬在她婆婆的身边。"这说明苏洵对苏轼的家教极好，俗话说"贫贱之交不可忘，糟糠之妻不下堂"，要永远把患难与共的妻子记在心里，因为这种夫妻情分最为可贵。苏轼十年后还写下这样一首情真意切的词来怀念亡妻，可见苏轼没有忘记父亲的提醒，这首词也是发自肺腑的感人之作。想来，即使在苏轼生命中，又出现了王闰之、王朝云两位女子，但王弗在苏轼心目中的地位始终无人能够取代。

江城子

密州出猎

　　老夫聊发少年狂，左牵黄，右擎苍。锦帽貂裘，千骑卷平冈。为报倾城随太守，亲射虎，看孙郎。

　　酒酣胸胆尚开张，鬓微霜，又何妨。持节云中，何日遣冯唐？会挽雕弓如满月，西北望，射天狼。

　　《江城子·密州出猎》这首词在苏轼的词作中具有特殊地位。过去谈论宋词，人们习惯将宋词按风格分为豪放派和婉约派。苏轼一般被归为豪放派词人代表，但事实上，婉约词在苏词中占有极大比例，而豪放作品却相对较少。北宋时期，宋词总体为婉约风格，所以苏轼这首《江城子·密州出猎》以及其他带有豪情壮志的作品尤令人瞩目，故而将他列为豪放派词人。这首词确实写出了苏轼带领随从打猎时的豪迈壮观景象。所以，无论你是否认为苏轼属于豪放派词人，将这首《江城子·密州出猎》归于豪放词是毫无争议的。

　　这首词分为上下两片，描写了苏轼带领千人左右的随从在密州郊外打猎的情景。此词作于宋神宗熙宁八年（1075），词中苏轼自称"老夫"，但彼时他只有三十九岁。在当今社会，三十九岁只能算是在由青年迈向中年的过程中，大概四十岁后才可勉强称为中年人。然而古人平均寿命不长，苏轼去世时年仅六十六岁，所以在三十九岁时自称"老夫"，并不是矫情之语。"老夫聊发少年狂，左牵黄，右擎苍。"虽然我已是一把年纪，精力不如年轻人旺盛，但今天我兴之所至，左手牵着黄犬，右手擎着苍鹰，外出打猎，颇有一番少年人的豪情壮志，故谓之"老夫聊发少年狂"。如今我们也常用这句话。比如有一个上了年纪的人，听到了节奏欢快的音乐，他想起了年轻时曾经蹦迪，于是也手舞足蹈地来上一段，便可谓"老夫聊发少年狂"了。至于左手牵黄犬、右手擎苍鹰，是古人打猎的"标配"，传说李斯被杀时曾说：我今天还想步出上蔡东门，一手牵着黄犬，一手擎着苍鹰，但这样的生活已是不可再得了。因为李斯马上就要受刑，这种打猎的情景对他来说便是一种奢侈了。古书中多有记载，古人外出打猎以黄犬、苍鹰作为向导，狗奔跑速度极快，鹰侦查能力很强，如果猎人没有狗和鹰，根本无法获知猎物的方位，遑论猎取。此处，苏轼描写了自己的形象，与过往的一介文士形象不同，中年的苏轼满怀豪情壮志，颇有英雄气概。锦蒙帽、貂鼠裘是汉代羽林军的服饰，此处苏轼便以"锦帽貂裘"形容他的随从。随从有几何？"千骑卷平冈。"一人骑一马谓之"骑"，意即大约有一千名士兵跟随苏轼打猎。试想，三十九岁的苏轼一马当先，一千名骑士追随其后，如此场面必然会惊动百姓围观。于是，"为报倾城随太守，亲射虎，看孙郎"。此处"报"字，前人有两种解释：一说是"报告"，有人报告苏轼说老百姓倾城而出，都来看太守射虎打猎；另一说则是"报答"，因苏轼满怀豪情壮志，声势浩大地外出打猎，故而老百姓为了报答他，纷纷出来围观，以壮声势。"太守"是汉代官名，宋代并无此称，苏轼的职务是密州知州，即密州的最高地方长官；但宋人常于官职方面，尤其在文学作品中沿用旧称，故苏轼仍用汉代的称谓。再如范仲淹《岳阳楼记》首句："庆历四年春，滕子京谪守巴陵郡。"事实上，滕子京并不是"巴陵郡"的太守，宋代亦无"巴陵郡"，他是岳州的知州，岳州的位置就略相当于古代巴陵郡。所以，我们看到的宋人所写的"太守"，其实都指知州。"亲射虎，看孙郎"，"孙郎"即三国时期大名鼎鼎的吴国皇帝孙权。相传孙权曾在庱亭亲自射虎，虎未死，坐骑反为虎所伤；于是孙权又用戟投虎，最后与随从合力抓获了这只老虎，说明孙权武艺智谋皆了得。此处苏轼以孙权自比：今天我左牵黄，右擎苍，在随从的拥护和老百姓的围观下，我也要射一只老虎给你们看看。

"酒酣胸胆尚开张，鬓微霜，又何妨。""尚"即更加之意，打猎、射虎要有胆量，借着酒兴，心胸胆魄就更加"开张"，勇气便更足了。即便苏轼已是"老夫"，两鬓添了白发，又有何妨？虽然人到中年，但豪情未减、壮志未退、体力未衰，照样可以在打猎时做出惊天动地的举动。实际上，苏轼的用意还不在于打猎之事，他想借此向朝廷表明自己精力充沛，还可以为国家效劳。这便是一位宋代中年官员内心深处的雄心勃勃。何以见得？随后两句"持节云中，何日遣冯唐"便是其渴望得到朝廷重用的心志的显露。相传汉文帝时，云中太守名为魏尚，云中在今天内蒙古托克托县一带。魏尚颇有战功，可惜在一次上报杀敌人数时，魏尚向朝廷多报了六个，即虚报战功，便受到惩罚，被削去了爵位。而后冯唐向汉文帝进谏，认为魏尚战功赫赫，应当官复原职。汉文帝接受了冯唐的建议，于是派冯唐"持节"去赦免魏尚。于是魏尚官复原职，冯唐也因此被封了官。"持节"即出使之人手持长竿，此长竿即谓"节"。苏武牧羊的故事中，便有苏武坚持"持节"的情节。苏轼此言即是对朝廷的询问：朝廷何时能派来冯唐这样的人物，重新重用我呢？我虽年岁渐长，仍可以为朝廷出力，可以报效国家。此处明确地说出了苏轼渴望被朝廷任用的心意。从今天职场中人的心理状态来说，便是人到中年，雄心未减，期望在事业上做出一番大成就，于是渴望更好的平台和更多的机会，渴望得到更高层的赏识。从这个角度，我们便能很好地理解"何日遣冯唐"这五个字蕴含的中年人的心境。

词末写道："会挽雕弓如满月，西北望，射天狼。""会"即应当之意，苏轼自信地说，我完全有臂力拉满这把雕花的弓，搭上箭，向西北一望便能射中天狼星。古时人们认为天狼星主侵略、主战争，此处"天狼"便象征着宋朝西北方向的西夏，同时也兼指北方的辽国，因为西夏和辽在军事上对宋廷都有威胁。苏轼试图展现其充沛的体力，以示自己能够报效国家，甚至还能上前线。

读罢这首词，苏轼原本带给我们的那种潇洒文士的形象便更显丰满了，他不但是称职的地方官，又是一位满怀豪情的中年人。中年人最需要的是斗志和对未来的希望，需要的是对人生抱有一种不服输、不满于现状的奋斗精神，才能使中年过得有滋有味有意义，而不仅仅是一个斗志已衰、向老年过渡的阶段，苏轼在这方面给我们作出了表率。自然，并非人人都须有拉满雕弓的本事和射虎、射天狼的雄心，更不会有一千名随从，因为时代已发生改变，但我们即使没有这样的经历，心境却大抵是相同的。

再看这首词的深层含义。熙宁八年，王安石变法已经如火如荼地展开了。在变法初期，苏轼仍是支持王安石的，但不久，苏轼和变法派便在如何变法的问题上产生了较大的分歧，于是苏轼自请外调，到密州之前也曾在杭州任职，这不是贬谪，而是正常的调任。密州在当时并不是炙手可热的地方，苏轼赴任之前，密州灾害极多，故而苏轼上任后竭尽所能地做好地方官的工作，抗灾平盗的功绩也颇有可观，但以苏轼的聪明才智，又怎会满足在密州做个知州呢？他渴望回到朝廷继续建功立业，所以才有了这次打猎的举动，才有了这首《江城子·密州出猎》。然而，需要说明的是，这并不意味着苏轼此次出猎是为了受到重用而表演给朝廷看。

苏轼曾给朋友鲜于侁写过一封信，名为《与鲜于子骏书》，"子骏"是鲜于侁的字，其中谈及此词的风格："近却颇做小词，虽无柳七郎风味，亦自是一家，数日前猎于郊外，所获颇多。作得一阕，令东州壮士抵掌顿足而歌之，吹笛击鼓以为节，颇壮观也。"我最近作了一首小词，这首词虽没有柳永的婉约风味，但我认为它自成一家，自有独特的风格。几日前，我于郊外打猎，所获猎物甚多，便作此词，我让当地的年轻壮士拍手顿足歌咏之，又用乐器伴奏，吹笛击鼓为之打节拍，听起来颇为壮观。这段话说明苏轼对这首《江城子·密州出猎》颇为自得，它是苏轼词创作上的新尝试。当时社会上风靡的是柳永那样风格的词，苏轼自然也会写，但苏轼此次创作了一首完全不同于柳永风格的、被苏轼称为"自是一家"的《江城子》。所以，三十九岁的苏轼不但在打猎方面展现出一个中年人的雄心壮志，在词的创作方面也流露出了满怀的豪情。

永遇乐

彭城夜宿燕子楼，梦盼盼，因作此词

明月如霜，好风如水，清景无限。曲港跳鱼，圆荷泻露，寂寞无人见。纨如三鼓，铿然一叶，黯黯梦云惊断。夜茫茫，重寻无处，觉来小园行遍。

天涯倦客，山中归路，望断故园心眼。燕子楼空，佳人何在，空锁楼中燕。古今如梦，何曾梦觉，但有旧欢新怨。异时对，黄楼夜景，为余浩叹。

这首词写于元丰元年（1078）十月，苏轼时任徐州知州，在此之前，他离开京城在各地担任地方官已有七年之久。在任徐州知州之前，他曾担任过杭州通判、密州知州。在词前的小序中，苏轼对这首词的写作背景作了简单的交代。彭城即徐州的古称，苏轼晚上住在燕子楼上，在梦里见到一个叫盼盼的人，所以醒来后便写下了《永遇乐》。想必读者很好奇，这位盼盼是谁？苏轼为何会梦见她呢？

　　盼盼原是唐代一位歌妓，能歌善舞，风姿绰约，后被武宁军节度使张愔纳为妾室，两人感情甚笃。那么，她的事迹又是如何流传下来的呢？这就要说到唐代大诗人白居易。白居易早年中了进士以后曾经担任过校书郎，一次，时任工部尚书的张愔宴请他，酒席上大家觥筹交错，喝得非常高兴。酒过三巡，张愔就把他的爱妾盼盼请出来，让她招呼客人，或许还请她唱了一曲。果然，盼盼一亮相，主人和客人都兴致高涨，白居易诗兴大发，写了两句诗送给这位美女："醉娇胜不得，风袅牡丹花。"以花喻美人，于是宾主尽欢而去。随后，白居易与张愔以及他的爱妾盼盼都没有什么交往了。十二年后，白居易的朋友张仲素前去看望他，带去自己写的三首诗，题为《燕子楼》，即苏轼夜宿的徐州燕子楼。白居易读罢，又回忆起十二年前和盼盼在宴会上见面的情景，便向张仲素打听盼盼的情况。张仲素告诉他，张愔已经去世，但盼盼仍健在，十多年来一直住在张愔生前为她建造的燕子楼里，沉浸在对亡夫的无尽思念中，没有改嫁。白居易听后十分感动，就为《燕子楼》写了三首和诗。张仲素的原诗和白居易的和诗都流传了下来，其中不乏感人至深的句子，如："相思一夜情多少，地角天涯未是长。"两人感情之深，就算到了天涯地角，都不及这份感情长久。又如："瑶瑟玉箫无意绪，任从蛛网任从灰。"诗人想象盼盼独守空房的孤寂情景，丈夫去世后，她再也提不起兴致演奏昔日的乐器，任由它们结了蛛网，蒙了灰尘。白居易的和诗中也有佳句，比如："燕子楼中霜月夜，秋来只为一人长。"燕子楼的秋夜只为盼盼一人而漫长。又如："自从不舞《霓裳曲》，叠在空箱十一年。"丈夫去世后，盼盼从此再也不跳《霓裳羽衣舞》了，她的衣裳叠在箱子中闲置了整整十一年，说明盼盼对亡夫的感情忠贞不贰。

　　这便是苏轼所梦见的唐代美人盼盼的大致事迹。再看苏轼这首《永遇乐》，这首词是不是仅仅描写了一位独守空房、忠于爱情、怀念亡夫的古代女子呢？其实不尽然。"明月如霜，好风如水，清景无限。""明月如霜"直接化用了白居易《燕子楼》中"霜月夜"的意象。因为月光像地上霜一样皎洁无瑕，白居易诗云"满床明月满帘霜"，形容床上和帘子上都洒满了月光。"好风如水"，柔软细微的秋风轻轻地拂在脸上。"清景无限"，苏轼用一"清"字总结了前文中月和风清幽、清净的特点。"曲港跳鱼，圆荷泻露，寂寞无人见。"弯弯曲曲的小池塘里，鱼儿不断跃出水面，圆圆的荷叶上，秋天的露水化为一个个圆珠滚落下来。这两句极富动感，简直像一幅国画。然而，这些景物"寂寞无人见"，虽然鱼儿跳得很欢，荷叶上露珠滚动，但没有人看见这样充满动感的景象。所以苏轼在此以动感的画面来反衬秋夜的宁静，是以动感写静态。

但四周并非悄然无声，"纨如三鼓，铿然一叶，黯黯梦云惊断"。"纨如"形容的是打更的声音，古人半夜都要打更报时，三鼓便已是三更天了，即真正的夜半时分。"铿然一叶"，一片叶子落到地上自然会有些沙沙的响声，但苏轼却用"铿然"来形容一片叶子掉落的声音。"铿然"一般形容的是极重的响声，苏轼《石钟山记》中便写道："石之铿然有声者，所在皆是也。"指敲击石头时会发出铿锵有力的声音。此处用"铿然"形容一片落叶声，是为了突出秋夜寂然无声，连一丝丝轻微响动都可以听到，因此落叶的轻微响动就惊醒了词人。"夜茫茫，重寻无处，觉来小园行遍。"梦醒后一看，四周都是茫茫夜色，他无法再寻得那个梦境，索性便在燕子楼周围的小院里走上一圈。

"天涯倦客，山中归路，望断故园心眼。""倦"字非常关键，既表示了苏轼对官场的些许厌倦，也包含了对常年客居他乡为官、四处漂泊的厌倦。正因为厌倦，他便想到了隐居，很想归隐山中，同时也思念着自己的家乡。"燕子楼空，佳人何在，空锁楼中燕。"究竟是什么催发了他的厌倦？苏轼说，是因为这位女子的命运。盼盼为亡夫在燕子楼空守了十几年，这样一个忠于爱情的女子与厌倦了官场的词人之间有什么共同点呢？笔者大致估算了一下，盼盼是唐朝人，苏轼是宋朝人，白居易当年在酒席上第一次遇到盼盼的时候，大概是公元800

年，而苏轼写这首词是北宋神宗元丰元年，即公元1078年，苏轼和盼盼之间整整隔了280年。对苏轼来说，盼盼完全是个古人，表面上看来他与这位女子毫不相干。但我们不禁要说，文人的内心是最敏感的。《琵琶行》中白居易和弹琵琶卖唱的女子之间又有什么共同点呢？然而诗人有感而发，从中找到了共同点，写下"同是天涯沦落人，相逢何必曾相识"这样动人心魄的名句。同样地，苏轼此处也找到了曾经在燕子楼独守空房的这位女子和他自己，一个北宋官员、文人士大夫之间的共同点。

苏轼由燕子楼和盼盼的传说以及燕子楼"空锁楼中燕"的现况，尤其是盼盼独居十多年的境遇里，慢慢地感觉到了历史的沧桑。这是时间所带来的沧桑，忠贞于爱情的女子和厌倦了仕途的词人，在整个历史长河中都是极为渺小的个体。无非是因为这座燕子楼的存在，这两个渺小的个体偶然地在历史的洪流中相遇了。所以苏轼发出这样的感慨："古今如梦，何曾梦觉，但有旧欢新怨。"古往今来，人生就如一场梦，短暂的人生和漫长的历史相比又算得了什么呢？然而，每一个活着的人都在一场梦中，他们何曾醒来？只有旧欢新怨、旧爱新愁不断地发生着、上演着。在这里，苏轼从对一位女子和自身命运的感叹一下子上升到对整个人类在历史境遇中普遍命运的感叹。苏轼在词中常感慨的"人生如梦"便是此意。除了我们熟悉的《念奴娇·赤壁怀古》外，《西江月》中也写道"世事一场大梦，人生几度秋凉"，"休言万事转头空，未转头时皆梦"。

虽然听起来有些消极，实际上这是苏轼对人在无穷无尽的历史长河中的命运和个体渺小的真切慨叹。词末云："异时对，黄楼夜景，为余浩叹。"他设想在将来某一天，自己也已成为古人，后人在面对他所建造的徐州黄楼的夜景时，大概也同样会为苏轼这位曾经的地方官而感叹吧。

徐州常有洪水，苏轼作为知州领导人民抗洪，并建造了一座黄楼，想把洪水镇住，这应该是他非常重要的一项政绩，苏轼本人也很看重。然而，苏轼在燕子楼夜宿后，产生了王羲之《兰亭集序》中"后之视今，亦犹今之视昔"的感慨。从盼盼的命运、个人的经历，苏轼想到了历史和未来，所以这首词远远超越了对一位女子忠于爱情的歌颂、对她所经历的亲密关系的描绘、对爱情故事单纯的叙写。苏轼思想深远，也远超过往文人及后来者对盼盼故事的种种解读。苏轼的弟子秦观曾经写过十首《调笑令》词，每一首《调笑令》都配上一首诗，以咏一位美人。其中一首便是咏盼盼：

> 百尺楼高燕子飞，楼上美人颦翠眉。
>
> 将军一去音容远，只有年年旧燕归。
>
> 春风昨夜来深院，春色依然人不见。
>
> 只余明月照孤眠，回望旧恩空恋恋。

燕子楼高百尺，燕子在楼上高飞，美人盼盼常常皱起双眉，因为丈夫张愔早已离开人世，其音容笑貌也逐渐远去，只有燕子年年飞回。又是一年春天，春风依旧，只有明月每晚照着孤独难眠的女子，空自留恋丈夫的旧日恩情。和诗相配的《调笑令》词写道：

恋恋，楼中燕，燕子楼空春日晚。将军一去音容远，空锁楼中深怨。春风重到人不见，十二阑干倚遍。

燕子楼已空，春日向晚，张愔的音容已经远去。盼盼从心底里埋怨春风重新吹来，因为丈夫已经不见，她只能独倚栏杆，孤独地眺望周围的景致。

秦观的诗词语言非常优美，但他倾尽笔力抒写的仍是对忠贞爱情的欣赏及对盼盼独守空房的同情。而苏轼却能写下"古今如梦，何曾梦觉，但有旧欢新怨"，把对盼盼之事的感悟提升到人生哲理的高度，写出了人在历史长河中的命运和无奈、人与人一瞬间的相遇等等，这便是苏轼的高明之处。北宋周邦彦的《解连环》词也写了燕子楼事，其中一句"燕子楼空，暗尘锁、一床弦索"颇为形象。然而，纵使清真词精工典丽，仍然是从具体事物着笔，远没有苏轼词来得厚重。

一般说来，我们很少能读到古人对自己诗词的评价，但幸运的是，宋代不止一种笔记记载了苏轼对这首词颇为自得的故事。秦观的朋友曾去拜访苏轼，苏轼问他秦少游最近写了什么好词、得了什么好句，客人便念了秦观新作的《水龙吟》词，其中有一句："小楼连苑横空，下窥绣毂雕鞍骤。"

小楼连着花苑横在空中，楼下有一匹马，配着雕鞍，这是视觉效果的描写。苏轼一听便笑了："又连苑，又横空，又雕鞍，又绣毂，又骤，也劳攘。"（杨万里《诚斋诗话》）他说秦观这两句词里头用了"连苑""横空"，又用了"雕鞍""绣毂"，又用了"骤"字，实在太过繁琐。辛辛苦苦写了十三个字，其实只说了一个意思："一人骑马楼前过。"客人便问：既然秦少游的词烦琐啰嗦，那么您老人家有什么好词句呢？苏轼就举出了一句"燕子楼空，佳人何在，空锁楼中燕"，可见苏轼对这一句非常自得。秦观《调笑令》中的"恋恋，楼中燕，燕子楼空春日晚"，显然受到了苏轼此句的影响和启发。

狱中寄子由 (其一)

圣主如天万物春，小臣愚暗自亡身。

百年未满先偿债，十口无归更累人。

是处青山可埋骨，他年夜雨独伤神。

与君世世为兄弟，更结来生未了因。

这首诗是苏轼的"绝命诗"，在一些诗集中题为《狱中寄子由》，即苏轼遭遇"乌台诗案"后在狱中写给其弟苏子由，即苏辙的诗。有的诗集中这首诗诗题很长，实际上是苏轼自拟的一段话："予以事系御史台狱，狱吏稍见侵，自度不能堪，死狱中，不得一别子由，故作二诗授狱卒梁成，以遗子由。"我因为犯了事被囚于御史台监狱，监狱里的小吏态度恶劣，我自恐无法脱罪，将死狱中，若如此，便没有机会和苏辙告别了，所以写了两首诗交给监狱里的小吏梁成，拜托梁成把这两首诗交给子由。这样一个长长的诗题，其实就概括了这首诗的创作背景。

这首诗的字面很简单。"圣主"即指宋神宗。圣主极英明，这世上万物如春，但我这个小臣却非常愚蠢，自取灭亡。人生百年尚未过满，就要面临死亡，恐怕是要还了前世欠的债。"十口无归更累人"，在我死后，全家十口人失去了归宿。"是处青山可埋骨"，我死后可将我埋在此处青山。"他年夜雨独伤神"，"夜雨"即夜雨对床，古人亲友或兄弟久别重逢后要进行长长的晤谈，晚上便听着雨声，大家对着床畅聊一番，这就是"夜雨对床"的含义。苏轼在此处言及"他年夜雨独伤神"，是因为他们兄弟在早年曾相约将来一同归隐。苏辙在《逍遥堂会宿》诗序中提及，其幼年时跟从兄长苏轼念书，壮年之后游历四方，读到唐代诗人韦应物所写的"安知风雨夜，复此对床眠"时深有感触，便与苏轼有了这样的约定，他们相约不要留恋官场，尽早享受退隐闲居的快乐。正因为有这样的

296

约定，而如今苏轼却要先走一步，故而对弟弟说："因为我要被处死了，无法和你一起履行夜雨对床的约定，无法享受这样的闲居之乐了。我死后，你只能在将来的某一年，在夜雨里独自思念我了。"于是诗末写道："与君世世为兄弟，更结来生未了因。"苏轼对弟弟说："今生快要结束了，只愿我和你世世都成为兄弟。这世的兄弟缘未尽，留待后世相续。"

显然，苏轼这首诗是在对苏辙交代后事，颇为悲凉。令人好奇的是，苏轼早年极为聪慧，嘉祐二年（1057），苏轼兄弟一同高中进士，后又考了制科，苏轼入了三等，这是一个极佳的成绩，且原本苏轼仕途一向顺畅，为何在宋神宗元丰二年（1079）会突发这样一起险些使之送命的"乌台诗案"呢？这究竟是怎么回事呢？

乌台，即御史台，据《汉书·朱博传》记载，御史台中有柏树，有数千只乌鸦栖息于柏树之上，故又称御史台为乌台、柏台。"乌台诗案"则是起于当时御史认为苏轼诗中有诽谤朝廷、诽谤皇帝之语，罪不可恕，必须治以重罪。宋神宗熙宁年间，由于王安石推行变法，朝廷中新旧党争激烈。熙宁九年（1076），王安石第二次罢相，从此便退居金陵。在熙宁变法如火如荼地展开期间，苏轼内心其实不太赞同王安石的变法方式，故而自请外任。"乌台诗案"发生于元丰二年（1079），在这一年之前，苏轼任湖州知州。由于不满新法，他在一些诗中有所抱怨，当时的御史恰巧是苏轼的政敌，这些诗句便成了把柄。御史中丞李定和监察御史里行何正臣、舒亶三人联名上奏弹劾苏轼，罪证便是他的一部诗集《元丰续添苏子瞻学士钱塘集》，简称《钱塘集》。此三人对集中的一些诗文断章取义、穿凿附会，认为苏轼在这些诗文中妄自尊大，诋毁新法，包藏祸心，讪谤朝廷。李定认为苏轼有四条可废之罪，且"讪上骂下"；监察御史里行舒亶则攻击他"怨望其上"，没有"人臣之节"，不像做臣子的样子。他们的目的便是把苏轼置于死地，幸而宋神宗本人还算爱才。当然，面对御史的轮番攻击，神宗也面临了一定的政治压力，于是下令御史台逮捕苏轼，"乌台诗案"就此爆发。

当时，朝廷派皇甫遵前往湖州缉拿苏轼，驸马都尉王诜在得到消息后就派人通知苏辙，苏辙又命手下火速将消息传给苏轼。如此一来，等皇甫遵到来时，苏轼已经做好被朝廷缉拿的心理准备了，其妻王闰之在家中烧毁了他所有的诗作。苏轼自知罪名重大，屡次想自杀，又想投河而死，又想服药自尽，但最后都没有实施。到达京城后，苏轼就在御史台监狱接受审讯，和他有诗文交往的文人也受到了一定程度的牵连，但朝中也有不少人为之辩护，苏辙就是竭力为其申冤的人之一。哥哥遭了冤狱，苏辙自然是义不容辞地为哥哥说话。此外，还有吴充、张方平这些颇有政治资历的大臣为之求情，就连宋仁宗的皇后，当时的太皇太后曹氏以及退居金陵、和苏轼的政见相左的旧相王安石都为苏轼出面求情。加之宋代的皇帝有不杀士大夫的传统，因此，在多方努力之下，苏轼最终幸免于难，被贬为黄州（今湖北黄冈）团练副使，且不得签书公事，用今天的话来说，这便算是失去了政治待遇，"乌台诗案"也就比了结。

故而整个"乌台诗案"的发生，实际上是跟苏轼政治观念相左的御史通过断章取义的办法对苏轼进行了一次严重的政治构陷，使得苏轼九死一生。好在神宗没有下决心把苏轼杀掉，于是苏轼到了黄州后，经过一番痛苦的思索，人生观发生了巨大的变化。今人读到的许多苏轼最有名的作品，如《念奴娇·赤壁怀古》《前赤壁赋》《后赤壁赋》，都写于贬谪黄州时期。在这些篇章中，有一篇真实地展现了苏轼在黄州时期的心路历程——《黄州安国寺记》。当然，苏轼被贬黄州及心理上的解脱都是"乌台诗案"的后话了。这首《狱中寄子由》是苏轼在狱中生死未卜的情况下写成的，那么，苏轼为何突然会给弟弟写下这首"绝命诗"呢？

据说，当时苏轼与儿子苏迈约定，平时苏迈在送饭时只送一些蔬菜和肉，若苏迈打听到朝廷上有对苏轼的案子极为不利的消息，那么送饭时菜、肉便换作鱼。一次，苏迈托人送饭，忘记告诉他这个约定，于是此人在不知情的情况下就给苏轼送了条腌鱼。苏轼见此鱼，唯恐时日无多，便匆忙向苏辙交代后事，写下了这首"绝命诗"。在写这首"绝命诗"时，苏轼已经做了必死的打算，"与君世世为兄弟"，已然在交代来世之事了，可见其内心的绝望。今人认为苏轼是一位潇洒文士，常说"人生如梦""世事一场大梦"云云，实际上，他对人生的大彻大悟正是在经历了"乌台诗案"这样的大难，九死一生后得来的。"乌台诗案"一方面使苏轼的身心遭受了重创，但从另一个角度来说，也锻造了苏轼伟大的灵魂和人格。假如没有"乌台诗案"，也无法成就历史上光芒万丈、充满智慧、对今人仍深有启迪的伟大的苏轼了。

卜算子

黄州定慧院寓居作

缺月挂疏桐，漏断人初静。谁见幽人独往来，缥缈孤鸿影。

惊起却回头，有恨无人省。拣尽寒枝不肯栖，寂寞沙洲冷。

这是一首典型的咏物词。咏物词是宋词中非常重要的一种类型，这首词所咏之物是"鸿"，即大雁。

黄州，即今天的湖北黄冈，苏轼因"乌台诗案"被贬黄州，任黄州团练副使。初至黄州，居所未定，苏轼便借居在一座叫定慧院的寺院里，后来又搬到临皋。于今看来，他在定慧院居住期间，心态仍未调整妥当，他对自己在"乌台诗案"中所受到的打击还未能坦然接受，所以这首《卜算子》读来便让人感觉是一首很"高冷"的作品。无论是描写的时间段，还是其中的意象，以及词人对"孤鸿"特征的描绘，真是既高洁又冷峻，正应了末句"寂寞沙洲冷"。

"缺月挂疏桐"，缺月远远挂在稀疏的桐树之上。显然，这首词的背景是在夜里。"漏断人初静"，"漏"即古人计时用的漏壶，通过漏壶滴水，古人便可以计算出大致的时间，"漏断"即深夜时分。夜深了，四周安静下来，人们大多已进入了梦乡。此时，"谁见幽人独往来，缥缈孤鸿影"，突然出现了"幽人"和"孤鸿"的形象。有谁看见"幽人"独来独往，又看见缥缈的孤鸿的影子。"孤鸿"即失群的大雁，大雁通常成群飞翔，偶尔有一只失群了，便被叫作"孤鸿"。"幽人独往来"与"孤鸿"合起来，便是孤独二字。"幽人"即幽囚之人，显然指的便是苏轼本人，他被贬到黄州，实际上是被变相监视起来，并不是完全自由的。《周易·履卦》中有"幽人贞吉"之语，苏轼在此处便借用了《周易》中"幽人"的形象自指。而"孤鸿"的形象则是缥缈的，这与今天常说的"虚无缥缈"略有不同，缥缈是指"孤鸿"飞得极高，难以接触，这便是一只大雁的形象。

这首词下片集中描写了大雁。"惊起却回头，有恨无人省。""省"即省察、察觉。深夜时分，大雁被某种声音惊起，惊起后却又回过头来，似乎恋恋不舍，又似乎略带警觉。据词人猜测，这只大雁心中必然有恨，但是恨从何而起，却是旁人难以知晓的。这两句表面上写的是大雁的状态，但其实也在写"幽人"的状态。"惊起却回头"，可见大雁时刻保持警觉。在深夜时分"有恨无人省"，可以理解为"幽人"心中充满着忧愁、暗恨，却无人知道他为何而愁、为何而恨。"拣尽寒枝不肯栖，寂寞沙洲冷。"大雁盘旋，从这根树枝飞到那根树枝，但始终不肯安心地停留在哪棵树上，最后反而栖息在寂寞寒冷的沙洲之上。沙洲即水中小洲，是由水波冲刷，由泥沙淤积起来形成的小块陆地。"拣尽寒枝不肯栖，寂寞沙洲冷"写尽了高冷的感觉。

在日常生活中，若要讽刺一个人攀附了高层的关系，得到了比他所处的地位要高得多的人脉资源，便会嘲笑他"攀高枝"。对于这种人，我们一般都持鄙视的态度。苏轼在此处写孤鸿"拣尽寒枝不肯栖"，不愿意随意地定下自己的落脚点，而是挑挑拣拣，到最后也不肯栖在任何一根枝条上，我们可以把这样高冷的选择理解为大雁不屑于世俗的选择，它要回避大家都热衷的枝条，偏偏去冷清寂寞的沙洲上歇脚，这便是这首词高冷情调的最明显的体现。

那么这首词的核心到底是"孤鸿"还是"幽人"呢？这是一首著名的咏物词。从字面上看，它无疑是写大雁的，比如"惊起却回头""拣尽寒枝不肯栖"，这些语句都在写大雁的动作。但是，因为上片出现了"幽人"的意象，而"孤鸿"在这首词中的特征也是"幽人"所具备的特征，所以这两者其实可以互换。夜半三更，独自往来的"幽人"和失群的大雁，在夜色中构成了整首词的画面。

若仅从字面理解来说，这首词读来还颇有些费解。苏轼许多词都写得明明白白，即使是在黄州贬谪期间写的词，如《念奴娇·赤壁怀古》之类，都是非常易懂的。但是苏轼在这首词中，通过这样的大雁形象到底要表达一种什么样的意思，要袒露一种怎样的心境呢？这是颇费思量的。与苏轼同时代的诗人黄庭坚曾经为《东坡乐府》写下一则跋语，评价这首《卜算子》道："东坡道人在黄州时作，语意高妙，似非吃烟火食人语，非胸中有万卷书，笔下无一点尘俗气，孰能至此？"写出这首词的人似乎不食人间烟火，这个人若不是胸中有万卷图书，下笔没有尘俗之气，又怎能达到这种境界呢？这首词在黄庭坚看来就是一首不食人间烟火的词，高妙缥缈。

黄庭坚的判断和我们的阅读感受基本契合，但古人常常会围绕着一些文学作品创作出另外一些文学作品来。这首《卜算子》虽然字面上显得很高冷，但古人围绕它所记载的故事却是一点都不高冷。有人认为，这首词其实是苏轼为一个女子而作，但女子的身份莫衷一是。有人说是为一位王氏女子而作，这位女子看上了苏轼，但苏轼最后并未与之成婚，所以苏轼便以这位王氏女子为主人公写了这么一首词。有人则说这位女子是苏轼的一位邻家女子。最离谱的一种说法是，这首词根本不是苏轼在黄州贬谪期间所作，而是后来贬至广东惠州时写下的，而词中的主人公则是温都监之女，即当地一位官员的女儿。这女子年方十六，一直不愿嫁人，但当她第一次遇见苏轼以后，便说此人是"吾婿也"。她对苏轼极为着迷，苏轼吟诗时，她便偷偷跑到他的窗边去窥视，结果被苏轼发现，这位女子便翻墙逃走。苏轼心想此事不能放任下去，于是便让温都监为女儿好好寻觅一位夫婿，但最终未果。后来苏轼又被贬谪儋州，即海南岛，这位女子自然不可能随着他过海去，再后来，苏轼听说这位女子在惠州去世，颇为伤感，便写了这首《卜算子》。这是三个故事中最离奇也是最详细的一个，当然这是不足为信的。它塑造出了一个对苏轼极端痴迷的女粉丝形象，十六岁倾心于苏轼，最后为苏轼而死。

关于这首词的主旨，笔者认为清人黄蓼园讲得最为确切。黄蓼园曾编过一本《蓼园词选》，其中评论道："此词乃东坡自写在黄州之寂寞耳，初从人说起，言如孤鸿之冷落，第二阕，专就鸿说，语语双关。格奇而语隽，斯为超诣神品。"这首词写的是苏轼在黄州贬谪生活的寂寞，词从"幽人"讲起，就如失群的大雁一般冷落寂寞。词的下片专写大雁，但每一个句子都是双关的，既写大雁，又写"幽人"，所以这首词格调奇特，语言隽永，在黄蓼园看来可谓"超诣神品"。这个评价是很高的。黄蓼园的这个说法准确道出了苏轼这首词的主旨，比温都监之女、王氏女、邻家女等故事要靠谱得多。

定风波

三月七日，沙湖道中遇雨。雨具先去，同行皆狼狈，余独不觉，已而遂晴，故作此词。

莫听穿林打叶声，何妨吟啸且徐行。竹杖芒鞋轻胜马，谁怕？一蓑烟雨任平生。

料峭春风吹酒醒，微冷，山头斜照却相迎。回首向来萧瑟处，归去，也无风雨也无晴。

人们讲起苏轼的达观，经常会引用一句话"一蓑烟雨任平生"。这句广为人喜爱的话便出自这首词。这是苏轼因为"乌台诗案"被贬黄州之后写的，是作者十分著名的一首词作。

据词前小序，我们得知，词写于元丰五年（1082）三月七日，正是他到达黄州的第三个春天。沙湖在黄州东南三十里，"雨具先去"，是说随行的人把雨具都拿走了。因为雨具拿走了，所以跟他同行的人都狼狈不堪，唯独苏轼不觉得被雨淋是件狼狈的事，下雨不是很正常吗？过一会儿雨停了，苏轼就专门写了这首《定风波》。

这首词充分展现了苏轼在黄州时期的潇洒风神和精神境界。比如说"一蓑烟雨任平生"足见苏轼的豁达、旷达。但假如深入文本作细读，就可能会读出这首词中不一样的味道。第一句说"莫听穿林打叶声"，你们看"莫听"两个字，因为雨是突然下起来的，之后雨很大，穿林打叶。苏轼说，你们不要听，就当它没事儿，这句话语法上来讲是祈使句，是一个命令的口吻，教大家下雨了不应该怎么做。但是应该如何呢？就是第二句写的"何妨吟啸且徐行"。"何妨"就是"不妨"，一般下雨的时候我们都会走得很快，而不是闲庭信步，可是苏轼说我现在偏要慢慢走，不但要"徐行"，而且还要"吟啸"，吟啸是喉咙里发出高亢悠长的呼叫之声，魏晋时代很多名士都会长啸。吟啸加上徐行，这两个行为颇见苏轼的悠然自得之意。非但如此，词中还刻意用了"何妨"两个字，强调下雨对于这两种悠然自得的行为一点妨碍都没有。第三句"竹杖芒鞋轻胜马"中，"芒鞋"就是草鞋，下了雨，手里拄着竹杖，脚上穿着草鞋在雨中走，比骑马还要轻快，只要设身处地想一想，就知道这无论如何都是不可能的。那么苏轼为什么要故意这样说呢？这只是他的主观感觉，或者他想要故意通过文字呈现给读者的一种感觉。接下来两个字恐怕非常出乎读者的意料："谁怕？"当然，《定风波》这个词牌到这时候确实需要两个字顿一下，但"谁怕"这两个字一般是在什么场合下说的？吵架的时候会说，或者表明决心的时候会说。这个词很直白，甚至有些粗鲁，为什么苏轼在一首词作里面会口无遮拦说"谁怕"？怕什么？表面来看是怕雨，接下来是"一蓑烟雨任平生"，作者说，我不怕，因为我有蓑衣，雨能奈我何？

从这首词的上片，我们看出苏轼的达观和潇洒。但是在他这几句话里面，你可以感觉到，苏轼在遇雨的情况下，他要非常强烈、非常主观地向读这首词的人表明：我和别人是不同的！他在小序里说"同行皆狼狈，余独不觉"，一般人都很狼狈，就我不觉得。任它风吹雨打，我照样可以慢慢走，照样可以按照我自己的节奏做事，突如其来的雨对我不算什么。他刻意要表达这个意思，要把自己跟一般官员同僚区分开，仿佛是说，我苏东坡不怕，你们都怕，我苏东坡可以做到"一蓑烟雨任平生"，你们大多数人都做不到。

再看词的下片，"料峭春风吹酒醒，微冷，山头斜照却相迎"。这时候已经到黄昏了，下了大雨反而走得慢，原来是因为他喝醉了。这时候酒醒过来，夕阳正好照着他，"回首向来萧瑟处"，形容刚才大雨中的环境以及被雨淋的狼狈，整个的行为过程，这里用"萧瑟"两个字来形容。"向来"就是刚才，因为天已经放晴了，不是说往事不堪回首，而是觉得刚才的狼狈其实都是短暂的一瞬，因为天气说变就变，现在已经变成了另外一副模样，雨过天晴，很多负面的东西已经过去了。最后说"归去，也无风雨也无晴"，这句话作何解读？无论是风雨还是晴天，我都无所谓。因为他回去的路上还有可能遇雨，这是三月七日，暮春时节，雨水非常多，但是苏轼说我无所谓，因为这个问题我想明白了。即使是再来这么一点雨我也完全可以不在乎了，我照样回去。

需要强调，苏轼的《定风波》是通过文本的构建来营造一种达观的形象和态度。第一，苏轼用他人与自己的反应作对比，别人遇雨都抱头鼠窜，但是他却不觉得有关系，故意长啸，故意慢慢走，这是非常反常的举动。第二，他自身行为与天气突变的对比，他的行为和这突如其来的天气变化相比也是不正常的。"竹杖芒鞋轻胜马"固然是一种洒脱，但事实上这副装束在雨天野外走路肯定不如骑马轻松。第三，是对于自己人生态度的直接申明，无论是"一蓑烟雨任平生"，还是"也无风雨也无晴"，这样大胆而直截了当地在词中表明自己的人生态度，也显得格外醒目。总之，《定风波》表现了苏轼对达观形象的一种自我营造，但这并不妨碍我们对其中达观精神的倾慕。尤其是"也无风雨也无晴"一句，把苏轼对于逆境和气候变化的那种满不在乎写得非常潇洒。今天有很多人借用这句话自豪地宣布，在今后的人生道路上，无论处于顺境还是逆境，我都能够坦然面对和接受。这不就是这首《定风波》所给予我们的最宝贵的人生智慧吗？ 晚清郑文焯在《手批东坡乐府》中说："此足征是翁坦荡之怀，任天而动。琢句亦瘦逸，能道眼前景。以曲笔直写胸臆，倚声能事尽之矣。"他一方面作了人生态度的直接申明，一方面又把自己的人生态度放在突如其来的下雨的场景当中，好像是因为大自然的变化而激发出种种内心感受。这就是填词的最高功夫，苏轼是做到家了。

苏轼诗词中的人生智慧，可以看作中国古典诗词中人生智慧的一个代表，具有十分典型的意义。在中国古代文人中，苏轼或许是最善于用中国古代的儒、释、道思想来使自己的人生丰富而有趣味的，正如林语堂在《苏东坡传》序中所说：

至于他（指苏轼）自己本人，是享受人生的每一刻时光。在玄学方面，他是印度教的思想，但是在气质上，他却是道地的中国人的气质。从佛教的否定人生，儒家的正视人生，道家的简化人生，这位诗人在心灵识见中产生了他的混合的人生观。

林语堂对于苏轼思想的概括也许比较简单，但"混合的人生观"之说应当是不错的。苏轼的人生智慧来源于其"混合的人生观"，而他的诗词，又是人生智慧的直观显现。

临江仙

夜归临皋

夜饮东坡醒复醉，归来仿佛三更。家童鼻息已雷鸣。敲门都不应，倚杖听江声。

长恨此身非我有，何时忘却营营？夜阑风静縠纹平。小舟从此逝，江海寄余生。

这首词是苏轼的《临江仙·夜归临皋》，写于苏轼被贬黄州期间。元丰六年（1083），苏轼住在临皋，此地位于黄州城南，初到黄州的几年，苏轼一直住在此处。有一马姓朋友送给他一块荒地，谓之"东坡"，苏轼便可以在此处除除草、耕耕田，后来苏轼就以东坡居士为号。《临江仙·夜归临皋》这首词中就涉及这两个地点。

苏轼在东坡喝醉了酒，带着酒意摇摇晃晃地走回家，此时正好是夜半时分，家里的童仆已经鼾声如雷，无论苏轼怎么敲门，都无法将童子叫醒，所以他只能一个人拄着竹杖在长江边聆听江声。苏轼孤零零地站在江边，滚滚长江奔腾而过，这是一个多么孤独又安静的场景。无法唤醒家童虽然无奈，却给了苏轼一个机会，在深夜扪心自问、安静思考人生。所以这件事情非常凑巧。假如家童没有睡熟，起来给苏轼开了门，醉醺醺的苏轼必然倒头便睡，可能就没有这首词的诞生了。

夜深人静时分，苏轼伫立江边，听着江声，此时他的人生思考又是怎样的呢？这便是这首词的下片。"长恨此身非我有，何时忘却营营"，这两句可谓痛切。"此身非我有"的观念出自《庄子·知北游》，庄子认为"吾身非吾有也"，我的身体并不属于我，而是"天地之委形"，实际上是天地赋予我以人的身形。我们今天常说身体是一副皮囊，便有此意。苏轼此处用了"长恨"二字，恨的便是"此身非我有"的状态，恨自身命运不受自己控制。苏轼在"乌台诗案"中受人诽谤，诬陷他在词中讪谤朝廷。当然，他对于当时的新法、对于朝廷中某些人是颇有看法，但若说他在文学作品中反对皇帝，有不臣之心，那着实是冤枉了苏轼。但正是这个事件给了苏轼非常沉重的打击，让他险些送命，随后被贬为黄州团练副使，如今半夜连家门都进不去。此时此刻即便洒脱如苏轼，其实也很难避免这种恨意，恨命运根本不在自己手中。自己遭奸人讪谤，便只能被贬，那么早年读的这些书、为朝廷做的工作、为老百姓做的那些实事，全都白费了，如今变成一个实实在在的罪人，这便是苏轼恨之所在。"何时忘却营营"，这是一句有力的发问。"营营"即汲汲以求，往重了说就是投机钻营。苏轼自问："我这辈子，何时才能真正忘记那种汲汲以求功名利禄的状态呢？"这是苏轼沉痛的反省，希望自己能够早日忘却，又对自己前半辈子都处于追求事业的汲汲营营的状态而感到自责。

回过头来再理解上句"长恨此身非我有"，苏轼除了感慨命运中所遭遇的偶然因素之外，仿佛又在自责这副躯体很多时候都用来投机钻营，并没有真正为自己而活，而是为别人而活、为朝廷而活、为很多烦冗的琐事而活。这两句应该非常契合现在很多人的生活状态，整日忙忙碌碌、焦头烂额，最后脑子里一片空白，不知自己在为谁而忙、为何事而忙。整日为着领导交办的事情忙东忙西，结果可能忽略了家人。有时候想在家里安安静静读半天书，然而各种各样的事情纷至沓来，即使不愿去做也依然身不由己，所以常常处于一种矛盾的状态中。人总是难以完全摆脱对外在事业的追求，当我们极度忙碌，觉得简直已经走投无路时，苏轼的"长恨此身非我有，何时忘却营营"就像禅宗老和尚的当头棒喝，让我们安静下来思考：这些事情到底是为谁而做？如今忙碌的状态到底是要追求什么？越是忙碌的人，在生活中越是应该常常扪心自问，而非毫无头绪、一味劳碌。

随后苏轼写道："夜阑风静縠纹平。""縠纹"即很薄的绉纱的纹路。夜深了，风轻轻吹过，长江上的水波也是细细的。开头说"归来仿佛三更"，苏轼在江边又站了一会儿，此时夜更深了，或许将尽了，因为到五更天便是凌晨了。"小舟从此逝，江海寄余生。"既然"长恨此身非我有"，既然想"忘却营营"，那么最后去往何方呢？苏轼说："但愿我能坐上一叶扁舟，从此随风而逝，在江海上寄托余下的时光。"这是词人经历了一番人生的成功和挫折后，深夜在长江边独自拄杖凝思时对自己人生的看法。他似乎想通了所有，放下了所有，放弃了营营以求的状态，将余生寄于江海之上。这种状态难道不潇洒吗？

这便是苏轼这首词的大致意思。但是，并非所有人都能读懂这首词。据宋人叶梦得的《避暑录话》记载，这首词就曾因别人的误读，闹出了巨大的乌龙事件。苏轼初到黄州，可能对地方上的环境气候不太适应，所以"病赤眼"，生了眼病，眼睛发红，一个多月没有露面，大家觉得苏轼似乎还病得挺重，都怀疑他是不是还有其他毛病。流言传来传去，最后竟传成苏轼已经去世了。这个消息传入苏轼的友人范景仁耳中，彼时范景仁在许昌，一听便嚎啕大哭，立马让弟子带了金箔作为丧礼前去吊丧。然而弟子比较冷静，劝范景仁不妨先去信一封，问问情况，假如消息属实，再带上丧礼前去也不迟。于是范景仁便写信问苏轼，苏轼展信大笑。但正是这样一次误传，使得跟苏轼有关系的人心里似乎都蒙上了一层阴影。

没过多久，一个夜晚，苏轼和几个朋友在江边喝酒，回去以后便写下了"小舟从此逝，江海寄余生"，随后宾客散去。结果次日便有传言，苏轼写完这首词后，将帽子和衣服都挂在江边，乘一艘小船长啸而别，寄身江海去了。听闻这个传言，当时黄州的知州徐君猷便急了，因为苏轼是有罪之人，朝廷罚他本州安置，就必须要待在这个地方。现在苏轼失踪了，不就说明地方官员玩忽职守吗？于是他立马赶往苏轼住处探听究竟，结果到那一看，苏轼鼾声如雷，还未睡醒——原来是虚惊一场。这个乌龙事件坏就坏在苏轼写的这两句"小舟从此逝，江海寄余生"被时人误读误传，最后误传为苏轼失踪的消息。这则流言当时还震动京师，传到了皇帝耳中，足见苏轼虽然人在黄州，但是他在朝中的影响力仍在。所以，虽然苏轼在这首词中说要摆脱一切喧嚣和世俗的纷扰，摆脱营营以求的状态，从此以后获得身心的自由，达到庄子所追求的境界，但是，苏轼在当时是一个非常有影响力的人物，即使是有罪之身，实际上也很难获得这种真正的自由。

这首词给了今人极大的启示，当我们忙忙碌碌却又不知为何而忙时，便读读这首《临江仙·夜归临皋》，也许就能为未来的生活找到新的方向。

洗儿戏作

人皆养子望聪明，我被聪明误一生。

惟愿孩儿愚且鲁，无灾无难到公卿。

　　这是苏轼的诗《洗儿戏作》。中国人对于聪明和愚蠢一直都有自己的看法，尤其是对于自己孩子的聪明和愚蠢。家长都希望自己的孩子比别的孩子更加聪明，只愿他们聪明一世，不愿他们糊涂一时。读到苏轼这首《洗儿戏作》时，会觉得他想法很特别。

　　宋神宗元丰六年（1083），当时苏轼因"乌台诗案"被贬黄州，前两任妻子都已去世，陪伴他的是侍妾朝云。这年，朝云生下一个儿子，起名为苏遁，小名干儿。苏轼时年四十六岁，也算是中年得子。按照北宋的习俗，小孩出生三天或满月，要给他洗澡，并邀一些亲友到家中，谓之"洗儿会"，就相当于今天的满月酒。洗儿的时候，苏轼诗兴大发，随手写下了这首《洗儿戏作》，诗名为"戏作"，便说明这首诗不过是游戏笔墨罢了，因而像打油诗。苏轼说，世人生下自己的孩子，都希望孩子是个聪明人，我虽聪明，却被聪明耽误了一辈子，因此我只愿我的孩子又愚蠢又鲁莽，没有什么智慧，希望他由此"无灾无难到公卿"。

　　初看此诗，虽觉通俗易懂，但是其中蕴含的逻辑却似乎有些奇怪。苏轼聪明过人，却自言被聪明误了一生。他并没有从自己的聪明中得到什么好处，也没有因为聪明而飞黄腾达，所以，他希望自己刚出生的孩子愚蠢一点，如此才能一生无灾无难，不像他经历"乌台诗案"，险些送命。孩子如此"愚且鲁"，才能做到公卿。公卿是对高官的泛称。于是，我们不禁要问：孩子聪明到底是好事还是坏事呢？假如孩子不聪明，有些蠢笨，又如何做到大官呢？苏轼的逻辑不是自相矛盾吗？南怀瑾先生在《论语别裁》中就专门评论了这首诗："第四句毛病又出在他太聪明了，世界上哪有这种事？生个儿子又笨、又蠢，像猪一样，一生中又无灾无难，一直上去到高官厚禄，这个算盘打得太如意了。"所以他认为，从人生哲学的观点来看，如果他是苏轼的老师，这首诗的前三句可圈可点，末句不但要打叉，还要把他叫来面斥一顿，斥责他："你又打如意算盘，太聪明了！怎么不误了自己呢？"显然，南怀瑾对这首诗评价不太高，尤其反对末句。

笔者个人认为，南先生对文字过于较真。正像清代诗人查慎行所说，这首诗里蕴含着"玩世疾俗"之意，即玩世不恭。苏轼自然是聪慧过人，当年在京城因考试一举成名，但他深知正是因为自己有才华，所以在政治旋涡之中，尤其在激烈残酷的党争之中极易成为目标，而后来他的确遭遇了重大的打击，即"乌台诗案"。所以，这首诗里包含了他对人生遭遇的不平，因为自己遭到了无端的打击和诽谤，故而才说："我希望我的儿子是个愚笨的人。"只有那些蠢笨的人才有高官厚禄，既然如此，我儿子又何必做一个聪明人呢？这是苏东坡写这首诗的真实想法。

从这首诗里倒可以引出一个话题。现在的中国社会，每个家长都希望自己的孩子是聪明绝顶的人。我们常听到家长夸奖自己的孩子聪颖过人，很小的时候就会说什么，就懂得什么，同龄的小朋友都做不到，又说同事朋友的孩子都比不上自己的孩子。家长有这样的愿望是很自然的，但从现实来看，不可能每个孩子都如自己的父母设想的那样聪明。长大后，在学习和工作中显现出智力高下、才能短长，都是自然的事情。所以家长希望自己的孩子聪明，当然是主观上的美好愿望，但关键在于，一旦发现自己的孩子在某方面不如别人的孩子，或者孩子在未来的发展中并没有家长设想的那么聪明，不是那种才思敏捷，做数学题做得飞快，或是写作文出口成章的孩子，家长大可不必气馁，也不必拼命逼孩子参加各类辅导班，或埋怨孩子不够刻苦。

美国哈佛大学著名的心理学教授霍德华·加德纳曾提出一个著名的关于人的智能、智力的理论——"多元智能理论"。在《智能的结构》这部著作中，他提出了一个很重要的观点：人的智能不是单一的，不可能用一份测试智商的卷子就可以客观地衡量每一个人智力的高低。人类的智能是多元的，包含着多个不同的方面。他认为智能主要含有九个方面：语言智能、数理逻辑智能、空间智能、身体和运动智能、音乐智能、人际交往智能、内省智能、自然探索的智能以及存在智能。通俗来说，有的人语言智能比较发达；有的人数理逻辑、数学运算更为出色；有的人空间感知力较强，比如笔者本人的空间感知能力就很差，经常会迷失方向，对笔者而言要把地图和现实中的方位对应起来需要花费很大的力气；有的人音乐智能发达，听过一次的旋律就能记住；有的人善于人际交往；有的人自我反省能力很强；等等。这九种智能，每个人发达之处不尽相同，也不可能有九种全发达的人存在。所以，用加德纳的理论来看待一个小孩，小孩子如果数学成绩差一些，可能语文成绩就好一些；如果语文数学都不太好，英语能力或许就比较强。万一孩子各门功课的成绩都平平，是不是说明他就是各种智能都非常低下的孩子呢？也不尽然。有些能力和智能，要在孩子长大以后才能显现出来，需要孩子经过基础教育阶段，到了大学或走上工作岗位后才能被人们发现，而这种智能很有可能成为他谋生的重要手段，且别人是不具备的。作为家长万不可因孩子在基础教育环境中各门功课稍有落后便对自己的孩子灰心丧气，觉得孩子智力不如别人，这是不对的。

假如孩子真的在各方面看上去像苏轼所说的"愚且鲁"，又该如何呢？的确，如果从孩子身上看不出哪方面的智能特别突出，随着年龄的增长，情况也没有改观，家长也不必过于担忧焦虑。人能否成功，除了主观条件之外，还跟他所处的环境、时势有很大的关系。我们需要顺势而为，世界变化的大势是我们不能违抗的，有时也是无法预料的，我们只要顺势而为，不逆势而行，中等智力的人就可以在他所从事的行当里取得基本的成功，这是毫无问题的。至于要做高官得厚禄，或成为富商巨贾，除了孩子的智力之外，还要依靠机遇，确实不是人人所能求得的。况且，有时候做一个平常人，一辈子快乐健康，虽未见得有什么大成就，但可以自由地过完一生，没有外界过多的束缚，比如事业的压力或对成功的期许像鞭子一样在抽打着他，那么一个人本质上还是幸福的。父母对孩子最大的期望不就是过得幸福吗？幸福是多种多样的，正如聪明也是多种多样的一样。所以，请你千万不要埋怨孩子考试成绩不好，脑子不够聪明，这些都无关紧要，关键是家长的心态。

大家或许好奇：苏轼的这个小儿子苏遁最后的前途如何？有没有位至公卿呢？可惜的是，就在苏轼写下这首《洗儿戏作》十个月后，小名干儿的苏遁因染病在金陵不幸夭折了，年纪尚不足一岁。古人医疗条件不好，孩子极易夭折，故而苏轼也没能看到儿子未来的成就。后来苏轼为苏遁写了两首悼念的诗，也算父子一场。诗题云："去岁九月二十七日，在黄州，生子遁，小名干儿，颀然颖异。至今年七月二十八日，病亡于金陵，作二诗哭之。"其中第一首云：

吾年四十九，羁旅失幼子。

幼子真吾儿，眉角生已似。

未期观所好，蹁跹逐书史。

摇头却梨栗，似识非分耻。

吾老常鲜欢，赖此一笑喜。

忽然遭夺去，恶业我累尔。

衣薪那免俗，变灭须臾耳。

归来怀抱空，老泪如泻水。

黄庭坚

（1045—1105）

字鲁直，号山谷道人，晚号涪翁，洪州分宁（今江西修水）人。北宋诗人。治平四年（1067）进士。历任叶县尉、国子监教授、校书郎、著作佐郎、秘书丞。因参修《神宗实录》被新党诬其失实，屡次贬官，卒于宜州贬所。有《山谷集》。

登快阁

痴儿了却公家事，快阁东西倚晚晴。
落木千山天远大，澄江一道月分明。
朱弦已为佳人绝，青眼聊因美酒横。
万里归船弄长笛，此心吾与白鸥盟。

黄庭坚是北宋著名的诗人。在一般读者的心目中，黄庭坚的诗名或许不及苏轼响亮，其实在宋代，包括在宋诗对后代的影响方面，黄庭坚的地位极高。北宋时期有一影响深远的江西诗派，后人奉江西诗派"一祖三宗"，祖即杜甫，三宗即北宋三位诗人：黄庭坚、陈师道、陈与义。在后世看来，黄庭坚继承了杜甫的风格，实际上，黄庭坚的诗用典更多，书写也更为巧妙，其中有着难以名状的机巧，故而后世文人偏爱黄诗。黄庭坚主张写诗要"夺胎换骨""点铁成金"。"夺胎换骨"即对前人的诗"师其意，而不师其辞"，即保留原意，改变辞藻与句法，有继承，又有创新。"点铁成金"则指以古人平常的诗句，反用其意，或加入其他典故，或多层次地运用典故，如此一来，诗歌便显得巧妙，这便是"点铁成金"。

这首《登快阁》是黄庭坚元丰五年（1082）任泰和县知县时写成，泰和县位于吉州，现属江西，快阁便在今天的江西泰和县以东，下临赣江。在宋代，知县只是一个小官，黄庭坚处理完一天的公务，心情比较放松，于是登上了快阁，故谓之"痴儿了却公家事"。"快阁东西倚晚晴"，快阁的东西面皆能看见黄昏落日的景象。此处"痴儿"二字耐人寻味，"痴儿"自然是诗人自指，但此处也含有一个典故，即《晋书》中杨济写给傅咸的一封信，信的大致意思是：天下事情那么多，哪里办得完呢？痴心人想"了官事"，把天下的事情一件一件全部了结，是不现实的，因为"官事未易了也"。试想在宋代，一个小官员成天埋首于案牍之中，处理各种各样的公文，政事都是县里鸡毛蒜皮的事情，必然案牍劳形。好不容易熬到下班，这位知县大人总算可以登上快阁这样一个视野较为开阔的地方，吹吹凉风，享受享受闲暇的乐趣。

随后两句为诗人登上快阁后的眼中所见，此联也颇为有名："落木千山天远大，澄江一道月分明。"与杜甫《登高》中"无边落木萧萧下，不尽长江滚滚来"有异曲同工之妙。"落木千山"不仅写了山，写了落叶，还写了远处天的广阔无垠，因而视野极为开阔。"澄江一道"指的是赣江，"澄"即澄澈。"澄江一道"清晰地展现在眼前，头顶是一轮分明的月亮。天气晴好，山、树、江、月四景构成了一幅赏心悦目的风景画。黄庭坚好用典故，典故又分为语典和事典，语典即化用前人的语句，事典即化用历史上的事件。此处"澄江一道月分明"则化用了南朝诗人谢朓的诗《晚登三山还望京邑》，其中有两句"余霞散成绮，澄江静如练"，天上的晚霞散开好像绮罗一样美丽，澄澈的江水安静地流淌着，好似一条白练。所以，黄庭坚"澄江一道月分明"和谢朓的"澄江静如练"两者有一定的继承关系。

"朱弦已为佳人绝，青眼聊因美酒横"一句看似难懂，实际上，句中用的都是常见的典故。"朱弦已为佳人绝"意即佳人不在，琴弦不再拨动了，指的便是俞伯牙和钟子期的故事。《吕氏春秋·本味》记载，俞伯牙和钟子期是知音，钟子期死后，俞伯牙"破琴绝弦，终身不复鼓琴，以为世无足复为鼓琴者"。古人称弹琴为鼓琴，钟子期去世后，俞伯牙摔琴断弦，只因世上再也没有值得为之弹琴的人了。"佳人"常指美人，但在诗中，诗人所指的是知音好友。"青眼聊因美酒横"则用的是三国时候阮籍的典故。阮籍极为清高，擅为"青白眼"，青眼即黑眼球，白眼即眼白，当他面对不同的人时，眼珠的位置是不一样的。若是所谓礼俗之士，繁文缛节，阮籍是看不起的，便拿白眼来看对方。今天说来翻白眼是无礼的行为，但阮籍生活在魏晋时代，魏晋人极有风骨，有时就非常任性。嵇喜曾拜访阮籍，阮籍轻视嵇喜，便朝他翻白眼，嵇喜败兴而归。但嵇喜的弟弟就是赫赫有名的嵇康，嵇康带着酒、琴造访阮籍，阮籍大喜，乃见青眼。所以若得阮籍以青眼相对，就是极高的待遇，访客至少不是俗人，阮籍才会青眼有加。后来由这个故事便引申出"青睐"一词，若形容一个人特别看重某人，便谓之"青睐"。那么诗人的青眼是因何而起呢？"青眼聊因美酒横"，说明诗人是一个性情中人，朋友不在就不愿抚琴，只有酒才能够让诗人正视。

末尾两句更是证明了黄庭坚的真性情："万里归船弄长笛，此心吾与白鸥盟。"辞官归隐，乘着小船，在船上吹吹笛子，便谓之"万里归船弄长笛"。与整天弯着腰、佝偻着背，处理那些无穷无尽、堆积如山的公文相比，这样的理想可谓潇洒。"此心吾与白鸥盟"，这是用了《列子·黄帝》中的典故，在前面的篇章中也曾提及。有一人每天在海边与鸥鸟逗趣，鸥鸟都自觉地落在他身边，其父便说："我听说鸥鸟都愿意接近你，不如你明天抓几只回来给我玩玩吧。"这个人次日再到海边，鸥鸟在天空盘旋飞舞，就是不愿下来，因为他带了功利的目的，存了机心，所以鸥鸟感受到了他的心思，便盘旋不下了。黄庭坚用此典故，表明自己归隐后内心完全放空，没有丝毫的功利和机心，便可以与鸥鸟结盟了。

这首诗写得非常工整，中间两联，一联写景，一联用典，这两联从两个角度反映了诗人在一天忙碌后放松的心情和潇洒、散淡的心境。这种心境，大概是工作忙碌之人向往和羡慕的。李白曾在诗中说道："人生在世不称意，明朝散发弄扁舟。"李白的诗相对而言较为激烈，世事不如人意，便要披散着头发归隐了。这与《登快阁》末尾两句的诗意是相近的，但"此心吾与白鸥盟"就显得温婉许多，读之使人内心舒畅，仿佛是焦躁内心的一剂清凉剂。黄庭坚非常了解小官员的心情，因而这首诗也显得格外体贴。如能将此诗反复品读，工作的繁忙、事务的焦虑，大概都能烟消云散了吧。

这首诗后世评价仍有分歧。宋代诗论家张戒在《岁寒堂诗话》中认为，黄庭坚"落木千山"两句使用"远大""分明"这样的词语，自然新奇，但究其实际，这是"小人语"，"小人"并非指黄庭坚的品质有问题，而是指诗句的格局较小。比之杜甫"无边落木萧萧下"这样的诗句，格局仍不够开阔，有工巧之嫌。但清代文人张宗泰对此说法表示质疑，他认为宋诗到了黄山谷，即黄庭坚，虽有时不免于粗疏、晦涩、偏僻之病，但其意境之开阔，有时能开辟所谓"古今未泄之奥妙"，实际上是褒奖了黄诗的创新性。若说《登快阁》是"小人语"，那么，"不知道何处有此等小儿能具如许胸襟也"（《鲁岩所学集》），不知哪位小儿能有此广阔胸襟，写出"落木千山"这样气势宏大的诗句呢。

寄黄几复

我居北海君南海，寄雁传书谢不能。
桃李春风一杯酒，江湖夜雨十年灯。
持家但有四立壁，治病不蕲三折肱。
想得读书头已白，隔溪猿哭瘴溪藤。

　　这首诗是北宋诗人黄庭坚的《寄黄几复》，其中最广为流传的两句便是"桃李春风一杯酒，江湖夜雨十年灯"。那么，这两句放在整首诗中到底表达了什么意思？而这首《寄黄几复》又表达了黄庭坚怎样的心绪呢？

　　黄几复，名介，几复是其字，他是诗人黄庭坚少年时代的好友，两人交情深厚。这首诗写于宋神宗元丰八年（1085），当时的黄庭坚监德州德平镇，在今天的山东，他的老朋友黄几复则是四会县的知县，在今天的广东，两人一南一北，相距甚远。因此首句便说"我居北海君南海"，虽然我们都住在海滨地区，但相隔极为遥远。此处暗用了《左传》中的典故，《左传·僖公四年》："君处北海，寡人处南海，惟是风马牛不相及也。"你在北，我在南，我们无论如何也碰不到面。后来"风马牛不相及"成了人们耳熟能详的成语。正因为我们距离遥远，所以"寄雁传书谢不能"。一般来说，朋友之间既然不能见面，总要通过书信来交流。古人传说可以雁足传书，但黄庭坚却说和朋友相隔太远，请大雁传递书信也难以办到。古代还有一个传说，大雁南飞到湖南衡阳便会北返，不再往南边去，而黄几复所在的四会县处于广东，属于岭南地区，按照传说，大雁飞不到黄几复所在的地方，所以"寄雁传书谢不能"。"谢"表示歉意或辞谢之意，即诗人想托大雁传递书信，可惜实在办不到。

随后一联"桃李春风一杯酒，江湖夜雨十年灯"，被同属苏门六君子的张耒评为"奇语"，但张耒没有进一步解释原因。在笔者看来，这联诗之所以能够流芳百世，大概有以下几个原因：首先，这两句是名词性意象的叠加，"桃李""春风""一杯酒""江湖""夜雨""十年灯"，没有出现一个动词，对仗工整暂且不提，更高妙之处在于只有这些名词组合在一起，却形成了完整的句意。"桃李春风一杯酒"自然是饮一杯酒了，"江湖夜雨十年灯"必然是独守孤灯，但其中没有借助动词，仅靠名词的叠加就把诗人所要表达的意境呈现在我们眼前。这一点和马致远《天净沙·秋思》中的"枯藤老树昏鸦，小桥流水人家，古道西风瘦马"相类似，二者皆未使用动词进行衔接。其次，这两句中所用的都是我们极为熟悉的，从诗人写诗的角度来说，可谓是非常烂熟的词语。如说到"一杯酒"，我们便会想起"劝君更尽一杯酒，西出阳关无故人"，而说起"江湖夜雨"，则会想起李商隐的《夜雨寄北》。照理来说，将这些烂熟的词语堆叠在一起，并不能产生令人意外的陌生化效果和绝妙的意境。一般人难以做到，但黄庭坚成功了。他通过这些熟语的组合，在上句和下句中为我们描绘了迥然不同的两幅画面。

上句描述了诗人和朋友十年前相会的情景。老友难得相会，大家在桃李春风中觥筹交错，饮一杯暖酒，心情愉悦畅快，充满着朋友之间的深情厚谊和脉脉温情。下句"江湖夜雨十年灯"写的则是两人分别十年后，或是诗人自己，或是黄几复孤独漂泊的情景，此时的他们经历了人生的沉浮，尤其是宦海沉浮，诗人便用下句表达了这种孤寂清冷的感受。"江湖"自然是漂泊之地，诗人被派遣到各地为官，总在漂泊羁旅之中，居无定所。"夜雨"凄冷，而夜雨中的孤灯就更为凄凉，诗人或许独自在灯下埋头读书，或许在静静地思念故人，氛围清清冷冷。所以，这联诗的上下两句一暖一冷，两种意境就产生了鲜明的对比效果，人生的相聚和朋友之间十年的离别，都被这两句话写尽了。人生无非是这两种状态，或是相聚，或是离别。但跟长久的离别相比，相聚的欢愉恐怕只是片刻的，而离别的孤独和凄苦才是漫长又无奈的。所以，虽然诗中用的是一些烂熟的词语，但其中透露出来的是诗人对人生聚散况味的深刻体会。这种况味，对于内心极为敏感的诗人，对于中国古代的文人士大夫来说，实际上是人生基调之一。古代交通通信都极为不便，所以这种常年的离别更显得无可奈何，由此才产生了这样伟大的文学作品、这样美妙的诗句。

"持家但有四立壁，治病不蕲三折肱"，这两句描述的是黄几复。"持家但有四立壁"用汉代司马相如的典故，卓文君和司马相如私奔，当时司马相如家中条件极差，《史记》中记载"家徒四壁立"，衍生出了成语"家徒四壁"，形容家中空无一物。黄庭坚巧妙地把"四壁立"换成了"四立壁"，意思相同，但语言形式更为新奇。此句即言黄几复置家时，并没有从官场上得到什么好处，他为官清廉，虽是四会县的知县，但家中依然清贫。"治病不蕲三折肱"，黄几复不是医生，这句诗并非说他治病，而是凸显他治理地方的政治才能，这是一种比喻手法。古人有所谓"三折肱之为良医"的说法，出自《左传》。"肱"即上臂，是肩到肘的位置。古人说一个人这段手臂若骨折三次，就也能成为一个好医生了，这与久病成良医同理。在此诗句中，黄庭坚是赞扬自己的老朋友很有治理地方的才能，"蕲"即求，就像医生治病一样，他并不需要等到骨折三次，得到这样的教训，忍受这样的病痛后才知道如何治病，他本来就知道应该怎么治理地方。显然，这一联是诗人对黄几复的褒奖，前一句夸奖他的私德，后一句则称赞他作为地方官施政的能力。

"想得读书头已白，隔溪猿哭瘴溪藤"，诗人设想对方在过着怎样的生活。十年未见，设想黄几复必然因常年读书而白发满头，既写出了黄几复好学刻苦的品质，又充满了人生感慨。末句"隔溪猿哭瘴溪藤"显得极为凄凉，南方山岭中多有瘴气，人到了南方中了瘴气就容易多病。而黄几复所居的四会县就属于岭南地区，古人认为这地区就充满着瘴气。隔着山中的溪流，只听得攀缘在藤蔓上的猿猴的哭声。猿猴的叫声非常凄厉，杜甫说"听猿实下三声泪"（《秋兴八首》其二），所以猿猴的叫声常与悲伤的情绪相联系，因此黄庭坚在诗中直写猿哭，而非猿啼或猿鸣。他不但写猿，而且写猿猴活动周边的环境，所谓"溪藤"即隔着溪水远远望去，看见山中缠绕的藤蔓，只见猿猴在上面攀缘。在黄庭坚的想象中，黄几复就是在这样的环境里读书为官。在古人的观念中，这里的生活条件自然要比德州德平镇更为恶劣。事实上，黄庭坚隐隐透露出了担忧：老友处在这么恶劣的环境中，又是十年不见，头发已白，我们到底何时才能再相见呢？这样的重新聚首，难道还有可能吗？

其实，人生的相聚和离别是古代诗人非常热衷的话题，正因为这两者都不可避免，所以才会在诗人敏感的内心中激起巨大的情感波澜，才会酝酿出像"桃李春风一杯酒，江湖夜雨十年灯"这样的名句。黄庭坚的诗歌通常被认为善用典故，语言较为晦涩，而这首诗还算比较通俗易懂，所以无论是在中国古代，还是在今天爱好古诗词的朋友中间，这首诗都广为流传。它用精练的语言、恰当的典故写出了诗人对朋友、对人生、对相聚和离别的真切感受，一千年后这份情感还一直打动着人们。

秦观 （1049—1100）

字少游，一字太虚，号淮海居士，高邮（今属江苏）人。北宋词人。元丰八年（1085）进士，为临海（今属浙江）主簿。元祐初，除太学博士，累迁国史院编修。在党争中屡遭贬谪。徽宗立，召为宣德郎，卒于藤州（今广西藤县）。有《淮海集》。

踏莎行

郴州旅舍

雾失楼台，月迷津渡。桃源望断无寻处。可堪孤馆闭春寒，杜鹃声里斜阳暮。

驿寄梅花，鱼传尺素。砌成此恨无重数。郴江幸自绕郴山，为谁流下潇湘去。

《踏莎行·郴州旅舍》是秦观婉约词的代表作，此处"莎"应读为 suō，是一种名叫莎草的植物，郴州在今天的湖南。秦观是苏轼的弟子。北宋后期，新旧两党政治斗争激烈，新党得势后，旧党人物纷纷遭到打击，苏轼自不用说，在"乌台诗案"中险些送命，最后被贬黄州。秦观作为苏轼的弟子，在政治倾向上与之相近，所以也作为旧党被编管郴州，贬到湖南去了。在宋哲宗绍圣四年（1097），秦观又得到调令，迁至广西，编管横州，在离开郴州之时就写下了这首《踏莎行》。因此，大家一般认为这首词是秦观和郴州的告别之作。

秦观寓居郴州旅舍，他眼前看到的景象是"雾失楼台，月迷津渡"，在层层迷雾中，楼台看起来一片模糊，渡口在月下也被雾气笼罩着，不甚清晰。郴州离桃源很近，桃源也属于今天的湖南，然而秦观无论如何也望不见桃源，故言"桃源望断无寻处"。这三句似乎都在写雾气之中景色不分明，也给这首词笼罩上了一层说不清道不明的不祥色彩。环境寂寞凄冷，一片迷离，秦观根本看不清未来，而他本身也遭受了党争的打击，深陷在政治旋涡之中，所以此处写景的句子恰好映射出词人此刻的心情。

"可堪孤馆闭春寒，杜鹃声里斜阳暮。""可堪"即怎堪、哪堪。词人独自寓居在旅舍之中，春寒料峭，旅舍大门紧闭，词人耳中听着杜鹃鸟凄厉的叫声，眼中看着夕阳西下的情景，显得格外孤独寂寞。若要论凄凉景色的描写，那么秦观这两句"可堪孤馆闭春寒，杜鹃声里斜阳暮"可谓上乘。王国维在

《人间词话》中评道："少游词境，最为凄婉。至'可堪孤馆闭春寒，杜鹃声里斜阳暮'则变而凄厉矣。"这两句已非秦观通常的凄婉风格了，而是凄厉哀伤。从音韵的角度来说，"可堪孤馆"四个字的声母，用普通话读都是 k 和 g 的音，有一种明显的阻塞感，让人颇感不畅，读起来非常贴合主人公当时的处境和心情。

"驿寄梅花，鱼传尺素。""驿寄梅花"的典故见于《荆州记》，三国吴的陆凯曾给范晔写过一首诗："折梅逢驿使，寄与陇头人。江南无所有，聊赠一枝春。"此处秦观自比范晔，"驿寄梅花"就表示他收到了北方友人寄来的问候，"梅花"仅为指代。"鱼传尺素"的典故来自汉乐府《饮马长城窟行》后半部分："客从远方来，遗我双鲤鱼。呼儿烹鲤鱼，中有尺素书。"把这个鲤鱼状的匣子打开后，其中有书信。所以"驿寄梅花，鱼传尺素"这八个字传递的是同一个意思，即友人从北方寄信来问候自己。

然而秦观并没有心情为之一振，而是"砌成此恨无重数"。"砌"字用得巧妙，正因为北方友人问候，所以这位因党争而贬谪南方的官员，心中的暗恨重重堆积起来，就如砌墙一般，故谓之"砌成此恨"。"无重数"即无穷无尽，怨恨就如一堵厚实的墙，将词人囚禁其中。词人在末尾两句发出了疑问："郴江幸自绕郴山，为谁流下潇湘去。"郴江能绕着郴山流淌，这是它的幸事，为什么郴江一定要曲曲折折地流到潇水和湘水去呢？苏轼非常欣赏这两句。大家一般认为这两句意思是：连郴江都不愿意待在原地老老实实地绕着郴山流动，而要到别的地方去，更何况是人呢？我这个贬谪在南方的官员，难道就一辈子守在这里吗？我的心其实是向着北方去的，总盼着有一天能回到朝廷。所以，秦观在描写郴江水流的背后，其实是在写自身的命运。

读罢这首词，我们可以充分体会到所谓婉约词的那种婉约朦胧。如果不了解这首词的写作背景，就很难明了词中曲折表达的被排斥的孤寂无奈和迷惘。关于这首词还有一个传说，据说秦观到长沙时，有一位妓女看上了他，秦观也对其有意，写下"郴江幸自绕郴山，为谁留下潇湘去"送给她。然而秦观还是要南下，去往贬谪的地方。妓女虽然很爱他，但由于当时党争非常严酷，妓女没有胆量和他同行。最后秦观病死于滕州，当他的灵柩运回来时，这位妓女就做了一个梦，梦见秦观已死，灵柩将回，于是她便去路上迎秦观的灵柩，祭奠完毕后也自缢殉情了。这个故事在洪迈的笔记《夷坚志补》中也有记载，但只说妓女悲痛而亡，而未提及自杀。这个故事真实性如何，我们难以判断。如果是真的，那么这位女子对秦观可谓是一往情深，虽然她没有胆量随词人同往贬所，但是她爱上了在党争中备受打击的词人，足见她是个刚烈的女子。如果这件事情是子虚乌有的，那么秦观这首《踏莎行》就纯粹是表现了一个旧党成员在严酷的政治环境下悲凉迷惘的心境。正因为他把这种心境与景物结合得恰到好处，故而这首词就成为婉约词名作。

周邦彦

（1056—1121）

字美成，号清真居士，钱塘（今浙江杭州）人。北宋词人。神宗时为太学生，献《汴都赋》，被擢为太学正。后任庐州教授，知溧水县，还京为国子主簿。徽宗朝官至徽猷阁待制，提举大晟府。有《清真集》。

少年游

并刀如水，吴盐胜雪，纤手破新橙。锦幄初温，兽烟不断，相对坐调笙。

低声问向谁行宿，城上已三更。马滑霜浓，不如休去，直是少人行。

这是北宋词人周邦彦的《少年游》，这首词展现的是宋朝女子如何挽留自己的情郎，生动形象地描写了一对情侣相处的情景。

　　"并刀如水，吴盐胜雪，纤手破新橙"，起首四字"并刀如水"或许让一些读者颇感费解：为何未见其人，先亮其刀？其实，"并刀"是指并州出产的剪刀，"并"在此处作地名，读为第一声。并州大概相当于今天山西太原、大同及河北保定这一带地区，当地出产的剪刀以锋利著称，"如水"便是形容剪刀的锋利。"吴盐胜雪"则是吴地出产的盐，质地很好，颜色洁白，所以比雪还要皎洁。"并刀"锋利，"吴盐"皎洁，词人写这些有何用意？"纤手破新橙"便揭开了谜底，原来是一女子在用纤纤玉手剖橙子。到了秋冬季节，橙子成熟，试想，女孩用洁白如玉的手剖开橙子，准备供两人一同享用，这是一个多么温馨的场景。吃橙子时放盐，是因为据说盐可以去掉橙子本身带有的酸涩味，所以"并刀如水，吴盐胜雪，纤手破新橙"展现的是一个女子在耐心地为情郎剖橙子的画面。"锦幄初温，兽烟不断，相对坐调笙"，一男一女共处一室，除了吃橙子外，还需有共同语言，而"相对坐调笙"说明两人都非常精通音乐，相对而坐，可以调节笙的吹奏音准。"锦幄初温"，"锦幄"即精美的帷帐，帷帐中温暖如春。"兽烟不断"则指香炉中散发着的阵阵香气在室内弥漫，"兽"指香炉如兽首一般的形状。室内熏着香，帷帐已经温热，一男一女安静而温馨地摆弄乐器，准备吹奏一曲，这是词的上片。

　　下片说"低声问向谁行宿，城上已三更"，女子问男子"向谁行宿"，即今晚预备住在哪里，"城上已三更"，此时已是半夜。值得注意的是，女子发问时是"低声问"，她心里自然希望男子留下来陪着自己，但是她毕竟含蓄，虽然向钟爱的男子发出了请求、传递了信号，态度仍是羞涩，既没有大声要求："你今晚就别走了！"也没有说："你不要走。"而是问："你今晚要住在哪儿？"三更半夜，还能到哪里去呢？意思是，你今晚就留下吧！随后，女子说得更明确了："马滑霜浓"，指的是屋外的环境，三更天，霜重路湿，马蹄很容易打滑，种种自然迹象都不利于男子的出行。最后，女子说出了关键的四个字"不如休去"，"休"即不要，你不如今晚就别走了吧！"直是少人行"，有人解释，这句话的意思是，即使屋外有人行走，但行人必然稀少。当然，也只是人少，而非空无一人。

这首词向我们展示的是一个温馨的情景，上片描写了一对有情人的活动，一男一女在暖洋洋的屋里剖着橙子，相对而坐把弄着乐器，吹奏曲子，而这些活动都是对下片的铺垫。随后，女子说出了她的心意，她要留住她的情郎，不让他今晚甩袖而去。她先是含蓄地问男子还打算到哪儿去，又陈述了外面环境的不便，"直是少人行"，现在已经不是离开的时候了。虽然在解释了这首词的含义后，读起来似失之香艳，但总体上来说，这首词的表达仍是十分含蓄的。评论家沈谦在《填词杂说》中说道，"周词情意缠绵"，词中的女孩子"言马言他人，而缠绵偎倚之情自见"，缠绵悱恻、依偎不舍的情意自然而然地显现出来，不须明白直露。这首词无秽言秽语，情调含蓄温婉，使我们了解了一千多年前的宋朝人是如何谈情说爱，如何私密相处，女子又是如何委婉又坚决地挽留情郎的，她既要试探，也要明确地释放她的信息。

关于这首词还有一个传说。当时，周邦彦是太学生，有一次他到名妓李师师家中做客，方至不久，宋徽宗也去拜访李师师，于是周邦彦只能尴尬地躲在床下。宋徽宗并不知道周邦彦在房里，便向李师师献殷勤，拿出了吴地新进贡的橙子给李师师。两人吃着橙子，宋徽宗又和李师师亲密地"打情骂俏"，周邦彦在床下全数听入耳中，便在刺激之下写了这首《少年游》。这个故事载于宋人张端义的笔记《贵耳录》，流传颇广，因为它塑造了太学生周邦彦和皇帝宋徽宗之间的情敌关系，既香艳又狗血。这个故事和这首词一直捆绑在一起，似乎渐渐变为这首词的本事，其实，很多人都指出此事不可信。笔者认为，词意和这个故事并不相干，这首词明明写一对男女互相爱慕，好不容易共处一室，情到浓时，女孩子便委婉地挽留男子，与宋徽宗、周邦彦争夺李师师的狗血故事简直格格不入。当然，读者可以自由地理解。

李清照

（1084—1155）

自号易安居士，济南章丘（今属山东）人。宋代词人。学者李格非之女，十八岁嫁太学生赵明诚。靖康之变后随夫南渡。赵明诚病逝后，李清照流徙于杭州、绍兴、金华等地，处境凄凉。有《漱玉词》。

一剪梅

红藕香残玉簟秋。轻解罗裳，独上兰舟。云中谁寄锦书来，雁字回时，月满西楼。

花自飘零水自流。一种相思，两处闲愁。此情无计可消除，才下眉头，却上心头。

李清照的这首词，毫无疑问写的是相思，但和许多男词人以女子的笔调来写相思的味道不尽相同。她身为女子，笔下的相思就格外刻骨，感情格外细腻。虽然宋代男词人常代替女子作闺音，也借女子的身份写相思之情，但和李清照仍有极大差别。

"红藕香残玉簟秋。轻解罗裳，独上兰舟。"起首三句点明了相思的季节，"红藕"即荷花，"红藕香残"表示荷花已经凋零，天气入秋了。"玉簟秋"三个字非常巧妙，"玉簟"即夏天常用的竹席，竹席比草席更凉快，入秋后，明显感觉躺在竹席上不大舒服，太凉了。所以天气入秋的一个标志，便是对竹席的这种触感变化。"红藕香残玉簟秋"七个字精准地把秋凉萌生的感觉表现了出来。其实人人皆会有这样的体会，后世评论家自然不会放过这七个字，清代著名词论家陈廷焯在《白雨斋词话》中说到易安佳句时便举出了这句"红藕香残玉簟秋"，他的评价是："精秀特绝，真不食人间烟火者。"陈廷焯认为这一句有一种不食人间烟火的美妙，虽然她写的是人对秋天的敏锐感觉，但读之却有超凡出尘的美。

入秋以后，女主人公"轻解罗裳，独上兰舟"，"罗裳"即罗衣罗裙，"解"，一般认为是把罗裳解开，但是也有学者认为，其实是把罗裳轻轻提起、挽起，因为女子要上"兰舟"，不应把衣裳脱掉，而是轻轻地提起来，方便她登上小舟。"独上兰舟"，表明女主人公孤零零地登上了小船，没有他人的陪伴。"兰舟"原指用木兰木做成的小舟，后世常以"兰舟"代称一般的小木舟。词人登上小舟以后，抬头望天，便有"云中谁寄锦书来，雁字回时，月满西楼"之句，她盼望她的丈夫从远方把书信寄来，此处"锦书"是对书信的美称，尤指夫妻、情侣之间互相传递的书信。《晋书·列女传》中记载，在前秦时候，有一位官员窦涛被徙往远方，他的妻子苏惠非常思念他，于是自己织锦缎，作《回文旋图诗》，共计八百四十个字，寄给丈夫。妻子对丈夫所有的思念都写在回文诗里，言辞凄婉，所以后世就把书信，特别是夫妻之间的私密通信称为"锦书"。词人说，我盼望着丈夫从远方寄一封信来问候我，倾诉思念之情。"雁字回时"，大雁在天空飞翔时，有时会排成"人"字形，有时会排成"一"字形，在古诗文中便称之为"雁字"，大雁飞回时，只见月光洒满了西楼。为何此处突然提及大雁？一种可能是词人抬头望见了天空的实景，另一种可能则是她用了"雁足传书"的典故，据说大雁能够帮助人传递书信。前后结合起来，李清照表达的是盼望与丈夫通信，能够在书信中诉说衷肠。

"花自飘零水自流"，两个"自"用得极妙，词人在兰舟上看见了船边潺潺的流水，荷花凋零后的花瓣落在水中，故而"花自飘零水自流"。"一种相思，两处闲愁"，"一种相思"指的是她与丈夫心中都在思念着对方，怀有同一种相思，但两人又分隔两地，故谓"两处闲愁"。我刻骨铭心地思念着你，遥想你思念我，大概也是这样一番感情，这便是"一种相思，两处闲愁"。想念你又不得相见，闲来无事，愁绪便渐渐生起。"此情无计可消除"，这种相思之情无法消除，就像今天我们如果和自己的爱人分隔两地，无论如何排遣，都有挥之不去的孤独感。看电影时，便想起昔日爱人坐在身旁一起看；逛街时，就想起有爱人陪着一起逛的情景。所有排遣相思之情的活动，都只会勾起越发浓烈的相思，所以"此情无计可消除"。"才下眉头，却上心头"，因相思而皱眉，但是似乎才把相思之情排遣掉，却又在心中升腾起来。或在眉头，或在心头，李清照把对丈夫浓烈刻骨的思念真切地展现了出来。

　　元代伊世珍在《琅嬛记》中记载了这首词的写作背景，李清照和丈夫赵明诚新婚不久，赵明诚即将负笈远游，李清照不忍别离，故而找了一块锦帕，题上《一剪梅》送给丈夫。但也有学者考证，李清照和丈夫婚后并没有马上分离，赵明诚也没有负笈远游，所以这首词是后来写的。当赵明诚真正离开李清照的时候，她便陷入深深的思念，这首词是别后思念丈夫的真情流露，而非临别之际的赠别之作。笔者个人比较认同后一种说法。这首词极负盛名，后人也有很多评价，除了陈廷焯评"红藕香残玉簟秋"不食人间烟火外，明代人茅映在《词的》中认为，这首词的风格是"香弱脆溜，自是正宗"。又香又弱，指词中表达的感情柔弱婉约；脆，则指爽脆，不拖泥带水、黏黏糊糊；溜，即滑。茅映的评论很有趣，"香弱脆溜"四个字看似形容一种食物，但却被用来形容李清照这首词的风格，而且说这种风格"自是正宗"，恰恰是词的最正宗的风格。我们反复把这首词朗读几遍，便能感觉茅映说的这四个字不是胡诌，而是确有此感。想象着吃一个又脆又香甜的苹果的口感，然后再读一遍这首词，那种感觉只可意会，不可言传。

也有一种观点认为，"红藕香残玉簟秋"写的是从室外转向室内的情景，"红藕香残"明显是在室外看荷花，"玉簟秋"则是指室内。但是，俞平伯先生在《唐宋词选释》中提出了一种不同的看法：竹席完全可以铺在船上，"若释为一般的室内光景"，那么"下文'轻解罗裳，独上兰舟'即颇觉突兀"。因为光景已经转为室内，假如"玉簟"是室内的竹席，后文又突转室外，"轻解罗裳，独上兰舟"，"花自飘零水自流"，如此便会产生矛盾了，所以俞平伯先生认为，把竹席理解为铺在船上便可解开这个矛盾。

另外，古人又从词律的角度评论这首词，李清照所写的这首词并不完全合乎《一剪梅》这个词调的平仄和押韵要求，特别是押韵方面。按照《一剪梅》原本的词调来说，上片第四句"云中谁寄锦书来"的"来"字，和下片第四句"此情无计可消除"的"除"字都应押韵，须和"秋""舟""楼"押相同的韵。虽然"来"和"除"是平声韵，但不和其他几个字押韵，那么就谓之出韵，即不押韵。但是，也有人指出，这其实是《一剪梅》词调的一种变体，李清照的《一剪梅》和其他词人，比如北宋晚期周邦彦的《一剪梅》和南宋时期吴文英的《一剪梅》都不尽相同，他们的第四句的末字都是押韵的，李清照则不押。还有人提出，这首词上片末尾两句"雁字回时，月满西楼"应作"雁字回时，月满楼"，"西"字是多余的，如此才符合《一剪梅》词调上片的字数。"雁字回时，月满楼"似乎也蛮动听，但是也有人不同意这种说法，认为既然李清照的《一剪梅》对于常规的《一剪梅》来说是一种变调，那么添字也不足为奇。我们已经习惯了"雁字回时，月满西楼"，如果去掉"西"字，虽然读起来也顺畅，但感情上要逊色不少。

夏日绝句

生当作人杰，死亦为鬼雄。
至今思项羽，不肯过江东。

　　这是宋代女词人李清照写的一首小诗。众所周知，李清照是婉约派词人中赫赫有名的一位。她的词清新婉约，有时流露出女性的伤感，但是这首诗特别有丈夫气。那么擅长写婉约作品的李清照为什么会写出这么一首有男子汉大丈夫气概的诗呢？这就要从她的经历说起了。

　　李清照生活在两宋之际，丈夫赵明诚与她非常恩爱。靖康二年（1127），北宋即将灭亡。赵明诚受命担任江宁（今江苏南京）知府，手下人汇报，江宁有人要搞兵乱。赵明诚作为一把手，听到消息后本该重视，但他也就听之任之，倒是手下的人非常重视，暗暗做着抵御叛乱的准备。结果不出所料，真的发生了兵乱，他手底下的人早有准备，平息了叛乱。当他们要把这个消息告诉长官赵明诚时，却发现赵明诚已经从城里逃跑了。这件事在当时性质十分严重。长官手底下的人十分警惕，不顾生死，平息叛乱，长官却自己先跑了。这无论如何都成了赵明诚的人生污点与丑闻，他从此被罢职。李清照十分不愉快，与她恩爱的丈夫竟然干出了这种事。所以李清照后来逃亡时，到了今天的安徽省马鞍山的和县，也就是当年楚汉相争时西楚霸王项羽兵败自刎的地方，感慨万分，再也忍不住，写了这首《夏日绝句》。

这首诗一上来就说"生当作人杰，死亦为鬼雄"。"人杰"，就是活着的人中的英雄，"鬼雄"就是鬼魂中的英雄。这两个词都有出处，"人杰"出自汉高祖对他手下几个辅助他的开国元勋张良、韩信、萧何的形容，"鬼雄"出自《楚辞》。我们即使不知道这些出处，一听到诗句，也能感受到其中的豪迈之气。一个人要做顶天立地的人，而不是贪生怕死、危难时刻自己先开溜的懦弱的人。所以有人认为李清照这首《夏日绝句》对丈夫的行为有所讽刺。诗的后两句用了西楚霸王项羽的典故。这就要讲到当时项羽兵败的经历。据《史记·项羽本纪》记载，项羽在乌江兵败，并不是没有机会逃走，当时乌江亭长满怀好意说："江东虽小，地方千里，众数十万人，亦足王也。愿大王急渡。今独臣有船，汉军至，无以渡。"用今天的话来说，江东还有项羽的群众基础在那里，回去以后重新招揽士兵，鼓舞士气，说不定还有翻身的机会。项羽说了著名的一段话："籍与江东子弟八千人渡江而西，今无一人还，纵江东父兄怜而王我，我何面目见之？"所以我们今天常常说没脸见江东父老，出处就是《项羽本纪》里的故事。于是项羽拒绝了这位好心的乌江亭长的提议，孤身一人和汉军作战，最后自刎而死。

对于这件事，历史上的人对项羽多有赞誉，认为他是一个失败的英雄，是一个悲剧人物。虽然他由于自己的个性、战略方案等缘故败在了刘邦手下，但是作为人的个体来说，项羽的的确确是个真男子、大丈夫，所以后来才有霸王别姬等凄美故事，实际上都是为了呈现项羽这种英雄末路的悲剧命运。

李清照抓住了这个故事说："项羽就是我们做人的榜样。我到了乌江，想到了今天的时势，想到了丈夫的作为，我就想到了项羽。如果拿项羽来作一下对比，这些苟且偷生的人，包括抛弃了广大北方人民南逃的宋朝宗室和官员，怎么能和项羽这种宁死不渡乌江的英雄气概、豪壮性格相比？"所以叫"至今思项羽，不肯过江东"。结局是死，但是宁愿死，也不要去干苟且偷生的勾当，也不做对不起乡亲父老的事，这就是李清照崇尚的气概、崇尚的英雄。李清照的立场与态度在这首诗里表现得非常鲜明。所以李清照尽管被归为婉约派的女性词人，却有着大丈夫的坚毅、豪迈、刚强。

陆游

陆游

（1125—1210）

字务观，号放翁，越州山阴（今浙江绍兴）人。南宋诗人。宋孝宗时赐进士出身，曾任隆兴府通判。乾道七年（1171）加入王炎幕府。后升任礼部郎中兼实录院检讨官，不久罢归故里。主持编修孝宗、光宗《两朝实录》和《三朝史》，官至宝章阁待制。有《剑南诗稿》。

临安春雨初霁

世味年来薄似纱，谁令骑马客京华？
小楼一夜听春雨，深巷明朝卖杏花。
矮纸斜行闲作草，晴窗细乳戏分茶。
素衣莫起风尘叹，犹及清明可到家。

这是南宋著名爱国诗人陆游的七律《临安春雨初霁》。说起陆游，我们总会联想起他诗词中满怀的爱国豪情，因为他总在诗中强调自己矢志抗金，壮志未酬。但这首《临安春雨初霁》的情调，却和我们熟悉的陆游诗不尽相似。

　　这首诗格调清新自然，从字面上看，似乎感受不到一丝爱国豪情，和"楼船夜雪瓜洲渡，铁马秋风大散关""铁马冰河入梦来"这些诗句的情调迥然不同。这首诗写于宋孝宗淳熙十三年（1186），彼时的陆游已是个六十二岁的老人了。在现代社会，六十二岁并不算老，男性六十岁退休，这个时候正好可以悠闲地享受生活。但是对古人来说，六十二岁已是高龄，虽然陆游高寿，活到八十六岁，但是六十二岁的他回首昔日抗金救国，已然经历了很多重曲折。当时陆游已在家赋闲五年之久，眼看自己的雄心壮志再也没有机会实现，恰在此时朝廷起用他为严州知州。严州在浙江中部，陆游当然知道这个官职和抗金没有什么关系，无非是朝廷不让其赋闲罢了。按照当时的礼节，陆游在赴任前须到南宋都城临安觐见孝宗皇帝，实际上临安只是行在，理论上宋朝都城仍在开封，虽然它已被金人占领。

　　《临安春雨初霁》就是陆游住在旅馆里等待皇帝召见时写下的一首诗。这首诗像是一声叹息，是一个六十二岁的老人经历了世事沧桑的变化后，带着永远无法实现的理想抱负而发出的一声无奈的叹息。故诗中第七句"素衣莫起风尘叹"的"叹"字正好概括了整首诗的情调。

"世味年来薄似纱"，世间的情味淡薄得像纱一般。诗人没有直言世事不顺，也没有直言人情淡漠，而是用"薄似纱"这样的比喻，形象地刻画了淳熙十三年春时自己的心境、处境和对周遭世界的感受。实际上，这种感受是他心中理想的火焰渐渐被浇灭的失望。所以，他跟周围的人相处，或是闲居在家，都觉得淡然无味。偏偏此时，"谁令骑马客京华"：谁叫我骑着马又到京城临安来了呢？当然，陆游此话是明知故问，他明知是孝宗召见他，但却问"谁"。"客"，即"客居"，陆游在临安只是赴任前临时居住，此处用"客"字自然是妥帖的，但却给读者一种荒唐的感觉。不错，陆游清楚地知道他到临安只是为了应召，不可能去抗金。严州知州这样的官职不咸不淡，皇帝召见他后自不会勉励他如《平戎策》中所书，去实现理想抱负。对于陆游的人生来说，这一次等待召见也好，赴任严州也罢，其实都像是走走过场。老人毕竟已经六十二岁了，他对自己的前途看得很清楚，所以他明知故问："谁令骑马客京华？"我到这里做什么呢？据说皇帝召见了他后，对他说："陆游啊，你诗名很盛，严州这个地方风景很不错，山清水秀，你赴任严州知州后，不正好可以写出很多优美的诗篇吗？这不正好同你的兴趣爱好、你对诗意的追求相合吗？"孝宗应当没有什么恶意，但对一个矢志恢复国土的英雄人物来说，此话简直是一种侮辱。

随后一联是千古名句："小楼一夜听春雨，深巷明朝卖杏花。"江南春天多雨，诗人在旅舍的小楼里住了一夜，也听了一夜的雨，可见诗人心事重重，长夜难眠，只听得窗外春雨淅淅沥沥。单看这句"小楼一夜听春雨"，似乎是一句浪漫、闲适、风雅的诗句，但其实这是一位年迈的抗金志士内心深处无奈的一种外化和写照。"深巷明朝卖杏花"则是诗人的推测，下了一夜的雨，杏花可能都被打湿、打落了，所以那些卖花的姑娘们趁着清早，把花都拿出来卖给客人，从小巷深处传来的姑娘清脆幽远的叫卖声似乎就在耳边响起。这便是诗人在客居京华百无聊赖的状态下，一夜无眠之后的心境和感受。

既然皇帝尚未召见，总不能一直无聊，于是诗人想到了写字品茶。诗中第五、六句分别描写了这两项活动："矮纸斜行闲作草，晴窗细乳戏分茶。""矮纸"即短短的纸。现在我们写书法都要用长长的宣纸，陆游此处显然不是写大字，而是写小字。他闲来兴之所至，在短纸上作草书，且字行是斜的，说明陆游写得比较随意，不是为朋友题字，也不是为庙宇、书院题写匾额，而是诗人借写字打发时间，此处"闲"字传神生动。"晴窗细乳戏分茶"点出了诗人品茶的地点是在小楼的窗下，"细乳"并不是真的指牛奶，而是指沸水点茶膏后泛起的白色泡沫。有些种类的绿茶就有这样的泡沫，比如碧螺春，但是像龙井这样的茶似乎就没有这样的细沫。宋代称这种细沫为细乳。"分茶"是宋人茶道的一种方式，宋人点茶之后，往往用茶匙搅动细沫，茶沫留在茶面，变幻出各种各样的形状，所以茶不仅供人饮用，还有观赏效果。"闲"和"戏"字相映成趣，都展现出诗人悠闲的状态。这两句呈现出了南宋士大夫风雅精致的生活方式，写字品茶皆有讲究。这对当今追求生活品位的人士或许颇有启发。但从"闲"和"戏"字里，我们也能明显地感受到陆游从事这些活动时的无奈。

诗末说"素衣莫起风尘叹，犹及清明可到家"，"素衣"即浅色的衣服。西晋诗人陆机在《为顾彦先赠妇》中写道："京洛多风尘，素衣化为缁。"北方风尘较多，若人穿着素衣而来，很快就会被尘土污染为缁衣，即黑色的衣服。陆游在这首诗中反用了陆机的诗意，即使身着素衣到临安来，也不用担心京城风沙之大，因为不会久留此处，清明便能回家了。有的人认为这两句具有象征意义，"风尘"指京城达官贵人中污浊的风气，陆游轻视之，故言归家，以免被临安的风气污染，如此解读就显示出诗人的清高。但是，笔者认为，陆游在此处反用陆机诗意，实际上想表达的是他匆匆而过，衣服尚未染上尘土，人便已返乡。他心里明白这次所谓的召见，只是按照官场的惯例，做做表面功夫罢了，对他真正自我价值的实现并没有太大意义，他也不可能因为这次召见而真正得到重用，真正实现自己收复故土的理想。

如果把这首诗的颔联和颈联，即第二、三联中的四句单独拿出来，或许会认为这首诗写得精致风雅、对仗工整、意境优美，让人不禁猜想陆游晚年是否已经放弃了他的理想而完全倒向了那种闲适的生活。但事实并非如此，如果联系这首诗的写作背景，联系陆游的处境，联系整首诗的上下文来看，这种"闲""戏"的情调背后，其实蕴含着陆游这位伟大的爱国诗人被深深压抑着的愤懑、苦闷和由此而生的无奈。诗人的闲雅是为政治形势所逼，这也是陆游一生的悲剧所在。尽管他没有真正抗金杀敌，最多只在军队里担任幕僚，但到大散关巡逻时，诗人感觉似乎已距敌军不远了，故言"铁马秋风大散关"（《书愤》），这对诗人来说已是非常深刻的记忆了，是离他恢复中原的理想最近的时刻。

可惜，这样的时刻在陆游的一生中并不多。嘉定二年（1209），八十六岁的陆游在故乡去世，他一生的种种情感、壮志未酬的苦闷以及被逼迫出来的闲雅都化作九千多首诗词，所以陆游也就成了中国文学史上创作诗歌总量最多的诗人之一。

钗头凤

红酥手，黄縢酒，满城春色宫墙柳。东风恶，欢情薄。一怀愁绪，几年离索。错错错。

春如旧，人空瘦，泪痕红浥鲛绡透。桃花落，闲池阁。山盟虽在，锦书难托。莫莫莫。

这是南宋词人陆游的词《钗头凤》。陆游不仅创作了大量诗歌，他的词作也十分杰出，被后人结集为《放翁词》。

"红酥手"，即红润、酥腻的手，显然这是一双属于女人的很漂亮的手。"黄縢酒"指宋代官方酿制的美酒，官酿的酒有一个标志，用黄纸或黄罗帕来封口，故谓之"黄縢酒"，又叫"黄封酒"。"满城春色宫墙柳"，这首词是写绍兴的，我们知道，南宋的都城（实际上是行在）是在临安，也就是今天的浙江杭州，而不是在绍兴，但是绍兴是陪都，所以也有宫墙，陆游描写绍兴春天宫墙中的柳树，便谓之"宫墙柳"。"东风恶，欢情薄"，一般我们认为东风是极好的，又把春风叫作东风，带给人们温暖，吹开了百花，但在词人笔下，"东风"却是"恶"的。"欢情"则指男女两情相悦，但显然这里写的是"欢情薄"，感情应是出了问题。"一怀愁绪，几年离索"，"离索"即离群索居，这里指分离。随后一连三个"错"字，让读者摸不着头脑。是谁错了？错在哪里？读罢这首词的上片，仍不知道这首词在写什么。

所以要读懂这首《钗头凤》，在解释下片之前，我们必须先把背后的故事说一说。陆游曾有位妻子叫唐琬，南宋有人说唐琬是陆游的表妹，两人是姑表兄妹的关系。表哥表妹成婚，这在古代是很常见的。两人婚后感情甚笃，但陆游的母亲对唐琬颇有意见，希望陆游能与她离婚。在这种婆媳矛盾中，主要是陆游的母亲对唐琬有看法，这就让陆游很为难，他不愿意离婚，因为他跟唐琬感情非常好。于是，陆游曾经采取了一个权宜之计，把唐琬安置在别院，不住在家里，但陆游时常去看她，也不妨碍两人团聚。但是这件事后来被陆游母亲得知，再也瞒不下去了，陆游不敢违抗母命，只能忍痛"出之"，即休妻，相当于今天的离婚，但他的内心非常痛苦，这样决定是心不甘情不愿的。两人离婚后，唐琬嫁给了宋朝宗室的一个后裔赵士程，陆游又娶了一位王姓的女子为妻。但两人在分手之后，心中始终无法忘却对方。据说，有一次陆游到礼部参加科举考试落榜了，他回到绍兴，来到了一个叫沈园的园子消愁解闷，碰巧遇上了前妻唐琬和她的丈夫赵士程一同游园。据宋人笔记记载，唐琬比较落落大方，把这个事情告诉了丈夫赵士程，并准备了一些美酒佳肴送给陆游，陆游看到这一幕深感惆怅，于是在沈园的墙壁上题了这首《钗头凤》。据说唐琬读后，心情非常压抑，不久之后便郁郁而终。所以，这是在长辈干涉下两情相悦的婚姻被破坏，硬生生造成的人间悲剧，这首《钗头凤》就成为陆游这一段伤感经历的历史见证。

陆游高寿，一直活到八十多岁，在他题写《钗头凤》词四十年后，他再游沈园，唐琬早已过世，彼时沈园已不叫沈园，原名沈园，只因它原来的主人姓沈，四十年间，园子几易其主，早已更名。陆游故地重游，又写下了两首诗，其中一首云："梦断香消四十年，沈园柳老不吹绵。伤心桥下春波绿，曾是惊鸿照影来。"四十年过去了，沈园的柳树早已老得连柳絮都飞不起来了；走到那座桥下，又看到绿波荡漾的美景，他想起当年和唐琬在这里偶然相遇的情景。斯人已逝，让诗人情何以堪！

　　所以，这首《钗头凤》的上片实际上写的是陆游和唐婉分手以后，在沈园中偶遇的情景。"红酥手"指的就是唐婉美丽的手，"东风恶，欢情薄"，自然就是词人内心愤懑的情绪在字面上的投射，有人认为"东风恶"就象征着陆游的母亲破坏了一段美好的姻缘，"东风"即陆游的母亲，笔者认为这种说法过于拘泥了。总之，词人心境极坏，故而"一怀愁绪"，"几年离索"即他与唐婉已经分开几年了，这整件事情就是"错错错"。想必词人一定非常后悔，当初应该违抗母命，遵从自己内心的选择，珍惜这份感情，但是悔之晚矣，一切都是"错错错"。

　　"春如旧，人空瘦，泪痕红浥鲛绡透。"春天依旧，两人分离后，唐婉已不像过去那样丰腴红润了，瘦了好几圈。见了陆游后，可想而知，她的眼泪止不住就流下来了，"泪痕红浥"，"浥"即浸湿，因为脸上涂着胭脂，所以眼泪和着胭脂流下来，湿透了她的手绢，即"鲛绡"。古人认为南海海底有鲛人，据说鲛人能织一种绡，其实就是生丝织品，这种绡很轻薄，此处就用"鲛绡"代指手帕。"桃花落，闲池阁"写的是沈园的情景，桃花被东风吹落，象征着感情一去不复返，池阁虽美，但是空荡荡的，仿佛象征着词人的命运，唐婉走后，他已心无所念，心如死灰了。"山盟虽在，锦书难托"，"山盟"即海誓山盟，两人当初立下的海誓山盟犹在词人心头，从未忘却，这份感情也不曾淡去，但唐婉已是赵士程的夫人，陆游也另娶了妻子，这份感情无法再用书信传递了。最后词人沉痛地写下了"莫莫莫"，即"罢了"的意思。一切都不可挽回，再怀念过去又有何用？罢了，罢了，罢了。经历了一番沉痛的爱情悲剧后，故人相见，词人心头百般滋味纠结在一起，写成的《钗头凤》，"错错错"，"莫莫莫"，背后蕴含了词人多少懊悔、遗憾、埋怨、愁苦，但是这一切都不可挽回了。

相传，唐琬在看到了陆游这首题在沈园壁上的《钗头凤》之后，也写了一首《钗头凤》应和。唐琬本人没有词集留存，而这首《钗头凤》被收录在明代人编的词集中，在宋人的笔记里，唐琬的《钗头凤》只保留下六个字："世情薄，人情恶"，全词则保留在明人编的词选里：

世情薄，人情恶，雨送黄昏花易落。晓风干，泪痕残。欲笺心事，独语斜阑。难难难！

人成各，今非昨，病魂常似秋千索。角声寒，夜阑珊。怕人寻问，咽泪装欢。瞒瞒瞒！

这首词同样非常沉痛，把唐琬作为女方不能和爱人长相厮守的无奈心境表露了出来。然而，宋人说当时已经见不到这首词的完整文本，所以有的学者，比如俞平伯先生就怀疑这首词是后人根据宋人笔记中的"世情薄，人情恶"补写出来的。原词并没有流传下来，后人有感于陆游和唐琬这段爱情悲剧，就根据残存下来的六个字敷衍出一首词来。所以这首词到底是不是唐琬的作品，还是要打个问号。

另外，历史上一直流传陆游和唐琬是表兄妹的关系，但是，最早记载这段爱情悲剧的宋人笔记《耆旧续闻》当中并没有记载两人是表兄妹关系，后来在周密的《齐东野语》中才提到他们是表亲。据考证，其实陆游和唐琬并没有亲戚关系，大概有了这种表兄妹的关系，有了这样的传说，就会显得他们的爱情悲剧更加令人伤心。总而言之，陆游的《钗头凤》是个人悲剧的真实写照，而唐琬的那首《钗头凤》无论真伪，如果把这两首词对读，便能看到古代一对深深爱慕的男女，最后不能厮守终生，内心到底是怎样的痛苦。

杨万里（1127—1206）

字廷秀，号诚斋，吉州吉水（今属江西）人。南宋诗人。绍兴二十四年（1154）进士。初授赣州司户，继调永州零陵丞。孝宗朝任临安府教授，迁太常博士，任吏部员外郎、太子侍读、秘书少监等职。光宗朝任秘书监，出为江东转运副使，六十五岁时致仕归乡。有《诚斋集》。

闲居初夏午睡起（其一）

梅子留酸软齿牙，芭蕉分绿与窗纱。
日长睡起无情思，闲看儿童捉柳花。

这是南宋诗人杨万里的绝句。初夏时节，人处于春夏的转换之中，一时难以适应，于是常觉得懒洋洋的，打不起精神来应付别的事情。杨万里的两首题为《闲居初夏午睡起》的绝句，便专门描写人们在初夏时懒洋洋的、无所事事的状态。这里是第一首。

杨万里和陆游、尤袤、范成大并称为南宋中兴四大诗人，这四位诗人各有特色。大家知道，陆游写诗写得非常多，他一生留下来的诗有近万首。杨万里其实也创作了很多诗，据说有两万多首，今天留下来的有四千多首。在整个宋代，杨万里留下来的诗的数量可以说是数一数二的。

杨万里也是一位长寿的诗人。早年的时候，他主要受到江西诗派的影响。江西诗派是宋代的一个诗歌创作流派，以黄庭坚、陈师道、陈与义等诗人为代表，他们的写作风格就是多用典故，讲究"无一字无来处"，又讲究把前人的诗进行翻新，即所谓夺胎换骨、点铁成金。这样一来，他们的诗里就包含着大量前人的语句和典故，不仅后世读者读起来非常吃力，当时的人读着应该也会觉得比较费力。在这种时代的风气之下，杨万里当然也只能学习，但是他学着学着，自己的个性就出来了。中年的时候，据说他对诗的创作"忽若有物"，突然醒悟，豁然开朗。他觉得诗不一定要像江西诗派这样来写，现在这样作者写起来费劲，读者读起来也费劲。诗歌完全可以用自然的笔调和清新的语句写出来，诗歌应该是诗人内心情感的自然流露，或者对于大自然的观察。所以杨万里说："老夫不是寻诗句，诗句自来寻老夫。"不是我要去找那个诗句该怎么写，而是到了一定的境界，诗句自己会来找我。这说明他已经摆脱了江西诗派的影响，所以后世把他的诗专门作为一种诗体来看待来称呼，因为他号诚斋，所以叫作"诚斋体"。

从诗题来看，这首诗写于初夏时节午睡之后，且诗人是在闲居的处境中午睡，给人以百无聊赖之感。杨万里午睡醒来后，便觉"梅子留酸软齿牙"。初夏正是梅子成熟的季节，吃多了梅子总感觉牙齿酸酸的，再吃其他东西的时候总觉得牙齿似乎不那么给力，杨万里便用一句"梅子留酸软齿牙"描写了这种微妙的感觉，"留"字尤为巧妙，写出了齿间挥之不去的酸软之感。"芭蕉分绿与窗纱"，蕉叶极为宽大，绿色映在了窗纱上，此处动词运用同样十分巧妙，诗人用"分"字写出了芭蕉的主动性，似乎芭蕉把自己叶子的翠绿色匀给了窗纱。这首诗还有一个版本作"芭蕉分绿上窗纱"，笔者个人认为"与"字似乎更妙。"日长睡起无情思"，夏日漫长，诗人在长长的午觉后神智仍然不那么清醒，懵懂惺忪，自然也就没有什么情思了，百无聊赖、无所事事，既看不成书，也写不了字，喝不了茶，于是便"闲看儿童捉柳花"。"捉柳花"即追逐戏弄柳絮，古人称柳絮为柳花，又作杨花，是古诗词中常见的意象。柳絮细小的、毛茸茸的，在空中飘飞。有的人会对此过敏，引起鼻咽不适。而杨万里悠闲地看着小孩子随着风追逐柳花，这便是诗人长夏午睡后的消遣。

后人对这首诗有不少评论，南宋学者罗大经在《鹤林玉露》中引用了南宋著名抗金将领张浚的评论："廷秀胸襟透脱矣。"杨万里字廷秀，号诚斋，张浚认为从这首诗中可以看出杨万里的胸襟非常通透，但对此未做解释。笔者认为，这首绝句纯粹是出乎自然，它所描写的景物和"儿童捉柳花"的场景也十分自然，其中似乎也没有用到什么典故，也没有表现什么宏大的思想和抱负，就是一个平常的读书人在初夏时节午睡后的心境。

但是，这样一首诗看似平淡，实际上诗人创作时，特别是在动词的运用上，着实花费了一番功夫，比如"芭蕉分绿与窗纱"的"分"，比如"闲看儿童捉柳花"的"捉"。关于"捉"字，杨万里还曾透露过一点信息。南宋末年文人周密在《浩然斋雅谈》中谈道："诗家谓诚斋多失之好奇，伤正气。"有人认为杨万里的诗好用奇特的词语，有损诗歌的正气，周密对此表示反对，认为杨万里这首《闲居初夏午睡起》就颇有情致，随后他引用了杨万里的一句话："工夫只在一'捉'字上。"杨万里自言其用力之处便在"捉"字上。"捉"字确实给人以自然而活泼清新之感，但这个字显然是诗人精心选择的结果，这便是古人创作诗歌时所谓的炼字了。

但也有人对这首诗提出过一些意见，清人王端履认为这首诗有问题，"梅子留酸""芭蕉分绿"已经是初夏风景了，既然是夏天，王端履便问道："安得复有柳花可捉乎？"（《重论文斋笔录》卷九）初夏时节，哪里还有柳花呢？柳絮飞扬是春天之景，所以，杨万里所写的"儿童捉柳花"与前文梅子、芭蕉在季节上产生了分歧，杨万里其实将两个季节的景象合在了一首诗里。对此，钱锺书先生在《宋诗选注》中认为王说"可备一说"，说明钱先生认为这样的说法颇有道理。可见，即使是这样一首看似毫不费力，纯粹是出乎自然的七言绝句，其背后也蕴含了诗人颇多心思和考虑。

关于杨万里诗歌看似毫不费力，实则精心打磨的风格，钱锺书先生在《宋诗选注》中用过一个很有趣的比喻："读者只看见他潇洒自由，不知道他这样谨严不马虎，好比我们碰见一个老于世故的交际家，只觉得他豪爽好客，不知道他花钱待人都有分寸，一点儿不含糊。"这个说法十分形象，杨万里的诗看似亲和，没有典故，人人皆能读懂，并未故意要挑战读者的知识积累，但其实他在用字、构词、立意、造句等方面花费了极大的工夫。杨万里的诗留存数量颇多，当我们带着钱锺书先生的判断，再进一步读杨万里其他的作品，或许就会有一些新的体悟。

过松源晨炊漆公店（其五）

莫言下岭便无难，赚得行人空喜欢。
正入万山圈子里，一山放出一山拦。

杨万里共有六首题为《过松源晨炊漆公店》的小诗。这是其中最有名的一首，也就是第五首。

我们前面已经介绍过，在读杨万里诗的时候，千万不要为它表面的这种平淡清新所迷惑，这首小诗也是一样。它看起来好像写得毫不费力，但其实也是诗人苦心营构的产物。

松源和漆公店都是地名，在今天安徽省的南部，也就是皖南地区。诗句读上去好像没有什么文字障碍，"莫言下岭便无难，赚得行人空喜欢"，这是讲，别说下山的路很容易走，一点困难都没有，这样说的话会使这些上山的游客听了以后空欢喜一场，以为下山一点都不费劲，对后面下山的路有过高的期待，其实人们恰恰想错了，下山的路一点都不好走。这正应了我们平常所说的一句俗话：上山容易下山难。

下山是什么感觉？"正入万山圈子里"，好像走进了一个万重山包围的圈子里面，"一山放出一山拦"，好不容易走过了一座山前面又有一座山。因为重山叠嶂，形成了一个圈子，把人包围住了，所以刚刚从这个山头上走出来，接着底下一个山头又拦住了。这个真的写得很形象，山本来是没有生命的，它也不会故意和爬山的人作对，但是在杨万里写起来，好像一个个守门的门神一样挡在面前，越过了一座还有一座，一圈圈地往下绕，好像永远都走不出这个牢不可破的圈子。这是诗人人生经验的总结，他对下山这个事真正有体验，看到了它的难度，因此说：你们这些人不要错以为下山就很容易，到处去说还引得游客们空欢喜一场，其实下山真不是那么容易的。

杨万里的这首诗非常通俗，读起来简直像一个顺口溜，但它非常有宋诗的特点。第一，它好议论。第一、二句就是一个议论，"莫言下岭便无难，赚得行人空喜欢"，对人们通常以为的下山一点都不难这样一种观点有一个很鲜明的反驳：你们说得不对。在这句诗里并没有什么形象。后两句"正入万山圈子里，一山放出一山拦"，像是诗人登山的一种实际感受，便带有一点形象性，特别是"万山圈子"，爬过山的朋友都知道，有的山地形很复杂，如盘山公路一圈一圈，如果是靠自己双脚走的"驴友"，一不小心还容易迷路了。但是这两句诗除了写山之外，还有宋诗的另一个特点——富有哲理性。这种"一山放出一山拦"的境遇，就像一个人走在人生的道路上面，困难总是克服了一个又遇到一个，永远没有哪一段是一马平川、毫不费力，从头轻松走到底、不遇到任何挫折磨难的。如此循环往复，就是我们的一生。人生的况味也就在于此，只有翻过了一座又一座山，绕了一个又一个圈子之后，我们才会对真实的人生有所感悟，才能体味到不是一帆风顺，有时候未必是一件坏事。

有了这个认识，未来遇到什么困难，就想想杨万里的这两句诗，也许会觉得挡在面前的困难也不是那么可怕。这就是杨万里这首诗带给我们的人生启示。

朱熹

（1130—1200）

字元晦，一字仲晦，号晦庵，祖籍徽州婺源（今属江西），生于南剑州尤溪（今属福建）。南宋思想家、文学家。绍兴十八年（1148）进士，任泉州同安县主簿。孝宗淳熙时知南康军，改提举茶盐公事。光宗时，历知漳州，秘阁修撰。宁宗时，为焕章阁待制。晚年遭遇"庆元党禁"。有《晦庵先生朱文公文集》。

春　日

胜日寻芳泗水滨，无边光景一时新。
等闲识得东风面，万紫千红总是春。

这首诗是南宋大学者朱熹描写春天的《春日》。春天到了，与家人好友外出游春之际，我们是否会联想起一些描写春天的优美诗词呢？比如北宋苏轼的"春江水暖鸭先知"，比如南宋张栻的"春到人间草木知"。这些诗句无疑描绘的都是春天到来之际，大自然的动物和植物对春天降临的敏锐感知。

"胜日寻芳泗水滨"，"胜日"即晴朗的好天气。"寻芳"的"寻"字颇为巧妙，展现了诗人对春天的渴望。春天到了，满眼都是花团锦簇的春色，但真正的美景是要靠诗人用他敏感的眼睛去寻找和发现的。这不是无意之得，而是刻意的寻找，须花一番工夫方能发现春天最美丽的景致，故称"寻芳"。"芳"便象征了春天的一切美景。正如人们常说，生活中并不是缺少美，而是缺少发现美的眼睛。

诗人到何处寻春呢？泗水之滨。泗水是今天山东省中部的一条河流，诗人要去河滨寻找春天。"无边光景一时新"便是诗人的发现。"光景"即景色，泗水之滨春色无边，满目沁人心脾的春天气息，人似乎被春天包裹了一般，这便是朱熹笔下的"无边光景"。"一时新"颇为巧妙，景物由于春天的降临，顿时旧貌换新颜了。原本光秃秃的树枝长出了新芽，有些花卉在早春开放，整个世界因为春天的到来而变得不同。这样的变化并非渐变，而是瞬间到来。"一时"和"无边"构成了鲜明的对比，"一时"是时间上的迅疾，"无边"是空间上的广大，由于春天的到来，一夜之间一切变得让人们耳目一新，新得让人措手不及。

"等闲识得东风面"，"等闲"即寻常、随便、毫不费力。东面吹来的风即春风，春风挟裹着春天的气息和滋味，有花朵和绿叶的清香，也有泥土的芬芳，种种滋味混合着扑面而来。朱熹故意写道"识得东风面"，"识得"两字便与前文的"寻芳"构成了因果关系。因为"寻芳"，故而认识了扑面而来的东风，这是一种拟人的写法。

这首诗的末句可谓脍炙人口，"万紫千红总是春"是对春天的正面描绘，仿佛是一个从正面拍摄的大全景。如果你是摄影爱好者，一定看过摄影家拍的类似的照片，真可谓满目生辉。各种各样的颜色汇聚一处，娇艳欲滴，"万紫千红总是春"这句话本身就是一幅色彩绚丽的画，它把春天最本质、最显眼的特点描绘了出来。因为色彩极难描写，若要找出描写春天总体特征的句子，其实颇有难度。唐宋诗词中有许多写春之句，但往往是写某一方面，而不像朱熹这样从整体着眼。因此，我们不得不佩服朱熹对春天精到的观察和眼力，且语言磅礴大气。

然而，这首《春日》背后其实还有更深的含义。其中奥妙就在首句"胜日寻芳泗水滨"的"泗水"二字。泗水在今天山东省的中部，位于孔子故乡曲阜附近。朱熹是南宋人，当时，包括山东在内的北方地区被金人占领，已非宋朝国土。朱熹一辈子都没有到过今天的山东地区，遑论泗水，他为什么会描写自己到从未去过的泗水之滨寻春呢？"泗水滨"其实是出于一种想象，但这样的想象并非凭空而来，其背后有很深的意涵。春秋时代，泗水属于鲁国，孔子与之有着密切的关系。孔子曾在洙水和泗水之间聚徒讲学，因此后世就把孔子的学说称为"洙泗之学"。所以诗中的"泗水滨"并非朱熹实际踏足的地方，而是指孔子讲学之地。实际上，朱熹在此是为了表达对孔子之道的倾慕。由此类推，首句"胜日寻芳泗水滨"的"寻芳"，后人便认为寻的是圣人之道。"万紫千红总是春"也并非纯粹描写春天之景，而是写朱熹领悟了儒家之道后的心境，仿佛满目都是春色。所以，这首诗其实表达了朱熹对儒家之道、对"洙泗之学"、对圣人孔子的倾慕之情，而非对春天的实写。

清代词人谭献曾说："作者之用心未必然，而读者之用心何必不然。"(《复堂词录序》) 意即虽然作者在写诗时心中想法未必如此，但读者在读诗时却可以这样来理解。因此我们完全可以理直气壮地把这首七言绝句当作朱熹描写春天的一首好诗。其实朱熹本人尤爱游山玩水，亲近大自然，罗大经《鹤林玉露》中记载"（朱熹）闻有佳山水，虽迂途数十里，必往游焉"，倘若他听说某地有美丽的山水，即使要走几十里路，也必定要去游览。朱熹本人也说道："未觉诗情与道妨。"(《次秀野韵五首》其三) 他从未觉得作诗和寻道互相妨碍，于是，我们便更有理由把这首《春日》当作一首描写春天的诗来阅读了。

辛弃疾

（1140—1207）

原字坦夫，改字幼安，号稼轩，济南历城（今山东济南）人。南宋词人。参加耿京抗金义军，归宋后，历任江阴签判、建康通判及湖北、江西、湖南、福建、浙东安抚使等职。主张抗金，被主和派排挤落职，在信州（今江西上饶）闲居二十年，始终未受重用。有《稼轩长短句》。

青玉案

元夕

东风夜放花千树，更吹落、星如雨。宝马雕车香满路。凤箫声动，玉壶光转，一夜鱼龙舞。

蛾儿雪柳黄金缕，笑语盈盈暗香去。众里寻他千百度，蓦然回首，那人却在，灯火阑珊处。

这是南宋词人辛弃疾的词《青玉案·元夕》。元夕即元宵节，在众多描写元宵节的词中，辛弃疾这首词大概是最有名的了。人们或许对"众里寻他千百度，蓦然回首，那人却在，灯火阑珊处"尤为熟悉，今天我们若要表达千方百计寻人不得，最后却柳暗花明地找到了，就常常会引用这一句。王国维在《人间词话》中提出，古今成大事业、大学问的人要经过三重境界，最后一重境界便是"众里寻他千百度，蓦然回首，那人却在，灯火阑珊处"，即历经了种种奋斗和艰辛，寻寻觅觅，最终便会发现所要达到的目标就在那里。对于做大事业、大学问的人来说，这种境界便是一种收获的喜悦，这种喜悦有时候是突如其来的，"蓦然"便是忽然、突然之意，收获或许就出现在没有预想过的地方。比如爱迪生为了寻找合适的灯丝，试验了几千种材料，最后才发现既能发光，又不会轻易被烧断的材料是钨丝，这便是王国维所说的"那人却在，灯火阑珊处"之意。当然，这并非"得来全不费工夫"，在此之前，必然花费很大一番努力。

那么，辛弃疾这首词本身写的是什么内容？"东风夜放花千树，更吹落、星如雨"是描写元宵之夜彩灯和焰火燃放的情景，"花千树"并不是指真正的繁花，而是指彩灯。这是南宋的风俗，元宵之夜，临安城彩灯竞放，彩灯又伴着焰火，后人所谓"火树银花不夜天"，焰火在空中吹落，散作流星雨般的景观，光彩夺目。也有人认为此处并未写焰火，而仅仅是写彩灯，所谓"更吹落、星如雨"，写的是一种球形的彩灯。随后辛弃疾又描写了观灯的人，临安城内人来人往，车马声喧，故谓之"宝马雕车香满路"。词人并未描写看灯的个体，而是写人潮涌动的整体场景，"宝马雕车"四个字便概括了那些装饰华丽的马匹、车辆在街道上穿行的场面，热闹壮观。四周都是彩灯，头顶上都是烟花，街道上都是宝马雕车来来往往，整条街都弥漫着妇女们胭脂香粉的气味。从"宝马雕车香满路"一句中便可以看出当时临安城的繁华喧嚣，人口之密集，经济之发达。

　　"凤箫声动"，写的便是背景音乐，"凤箫"是箫的美称，中国古代有所谓"吹箫引凤"的传说。在这样宝马雕车、火树银花、满街香气的场景之下，还有凤箫奏出的美妙乐声作背景，这个元宵之夜无疑美到了极致。"玉壶光转"，人们对此有不同的理解，有人认为"玉壶"比喻的是一轮明月，也有人认为"玉壶"指的是一种形似玉壶的彩灯。我们自然无法把辛弃疾请来问个究竟，但这并不影响我们对词意的理解。"玉壶光转"，在皎洁的月光或灯光下，周遭分外明亮，"一夜鱼龙舞"，鱼形和龙形的彩灯整夜地舞动。也有人认为"鱼龙"是一种传说中的动物，人们把彩灯做成了这种动物的形状。整首词的上片以雄健有力的笔调描绘了元宵节的临安城，街巷流光溢彩，人流如织，车马喧嚣，整个场面充满了动感。"东风夜放"的"放"字、"吹落"的"吹"字、"凤箫声动"的"动"字、"玉壶光转"的"转"字、"鱼龙舞"的"舞"字，正是这些动词使物象仿佛都活动起来。当我们在阅读这首词的上片时，好似在看电影一般，元宵之夜临安城的美丽和光彩一幕幕地展现在眼前，美不胜收，令人目不暇接。

词的下片由热闹转向安静。"蛾儿雪柳黄金缕"写的是三种物件，都是当时妇女佩戴的饰品，据宋人周密的笔记《武林旧事》记载，元宵之夜，临安城的妇女们都会佩戴很多发饰，比如珠翠、闹蛾、玉梅、雪柳、菩提叶等。所谓的"蛾儿"可能就是闹蛾，笔记中记载，把白纸剪成蝉的形状戴到头上便谓之闹蛾；据人们推测，"雪柳"很有可能是指在头上戴的一种柳叶状的饰物；"黄金缕"据说是用金丝线所织成的一种头饰。我们无法确切地知道"蛾儿雪柳黄金缕"是什么模样，但辛弃疾通过这样的描写展示了在元宵之夜观灯的妇女们装饰之精巧，且因观灯人数众多，所以便有各种各样的发饰。"笑语盈盈暗香去"，"笑语盈盈"即女孩们的说笑声十分清脆，"暗香"指女孩身上散发出的清香，女孩们说说笑笑，顺着大街小巷一溜烟地跑去，身后留下了淡淡的余香。这真是一个令人沉醉又着迷的场景，活泼、生动、诱人。然而，这些女子都不是词人要找的人。"众里寻他千百度，蓦然回首，那人却在，灯火阑珊处"，灯火阑珊处的那个人才是词人真正所爱，也是词人在人群中苦苦寻找的那一位。观灯的人实在太多了，或许把他们冲散了，所以"众里寻他千百度"，"众里"即人群里，有的人错把这句词背作"梦里寻他千百度"，实际上没有这样的说法。词人伸着脖子在人堆中找了千遍百遍，却遍寻不得。"蓦然回首"即突然回转头来，一般在元宵节的灯火之夜找人，必然是向着光线好的地方去找，或许并不会留意灯光比较昏暗零落的地方，但词人可能在亮堂的地方反复找寻皆无果，然后"蓦然回首"，却发现自己的心上人孤零零地立于灯火阑珊之处。"阑珊"即稀疏零落之意，形容灯火衰弱昏暗。所以，词的下片有一个明显的转折，从"笑语盈盈暗香去"的热闹情景，转向"那人却在，灯火阑珊处"的孤寂。虽然词人偶然在昏暗的灯光下发现了自己要找的那个人，但是，词末几句与前文的热闹喧嚣、光彩夺目形成了鲜明的对照，完成了由闹向静的突然转变，在一个宏大的场景、一片喧嚣之中，凸显了一位孤零零地站在灯火阑珊处的女子。

正因为"诗无达诂"，那么词也应该无达诂，后人在阐释时很难有百分百准确的答案，只要能够自圆其说，便可从多种角度来解释名作。对于辛弃疾的这首词，后人同样有着各种理解。有人认为，实际上辛弃疾是以那位站在灯火阑珊处的女子自喻，凸显了自身的孤独。因为在写下这首词的时候，辛弃疾初归宋廷不久，担任司农寺的主簿。辛弃疾从沦陷于金人之手的北方返归南宋朝廷后，在这个元宵之夜，他看到临安城一片灯火灿烂的景象，或许想起了那些沦于金人之手的北方老百姓的命运，深感自己与这种繁华格格不入。梁启超把这种解释推到了极致："自怜幽独，伤心人别有怀抱。"（《艺蘅馆词选》引）意即这首词是词人自怜之作，寂寞孤独的伤心人，在喧嚣的元宵之夜，心中别有所思、别有所想。梁启超的解释可备一说。再则就是王国维所谓人生的第三重境界之说。

在笔者看来，这首诗本质上来说可以看作是一首纯粹写元宵节观灯的节令词，至于其象征着词人的孤独，象征着要做大学问、大事业的人所追求的某种境界，这些都可以看作是读者引申的意思，而非词人本意，或文本本身所具有的含义。即使是把它作为一首单纯描写元宵之夜的词作来看，这首词在艺术上的成就也是数一数二的，它的艺术境界，包括字词、意象组合，动静对比，宽广的背景与个体的幽独之间的反差，词人都运用得相当巧妙。所以，笔者更愿意纯粹地把这首词作为一首节序词来看待。

丑奴儿

书博山道中壁

少年不识愁滋味，爱上层楼，爱上层楼，为赋新词强说愁。

而今识尽愁滋味，欲说还休，欲说还休，却道天凉好个秋。

这首词是辛弃疾的《丑奴儿》，词牌《丑奴儿》又名《采桑子》。这首词是词人闲居江西上饶时写的。众所周知，辛弃疾是著名的爱国词人，忠于朝廷，主张抗金，他是怎样到了江西上饶闲居的呢？

辛弃疾是今天的山东历城人，当时山东地区早已被金人占领，不属于宋朝的国土，但是在金人占领区的人民大多仍心向宋廷，所以一直有零零散散的起义军。辛弃疾在21岁时，聚集了大概两千多人，参加了起义军的队伍，队伍的领导人叫耿京，辛弃疾则在耿京的起义军中担任掌书记。结果，耿京被军中叛徒张安国杀害。耿京被杀后，起义军溃散，群龙无首，辛弃疾发誓要为耿京报仇，便率领了五十余人骑马袭击了几万人的金营，活捉了叛徒张安国，一直带到建康交给南宋朝廷处置。当时敌我双方力量悬殊，辛弃疾虽仅带着几十个骑兵，但却冲进了几万人的金人大营，可以想象，他必然是以风驰电掣的速度找到了张安国所在的营帐，又以极强的臂力擒拿了张安国，随后带着人马归顺了南宋的朝廷。

像辛弃疾这样从金人占领区投奔过来的人，当时被称作"归正人"，在南宋统治者宋高宗眼里，辛弃疾自然是一个英雄人物。起初，宋高宗对他的行为表示了赞赏，但是大家都知道，宋高宗的内心并不真正想抗金。北宋末年，宋徽宗、宋钦宗父子被金人掠去以后，宋高宗便重建了朝廷，若要抗金，徽、钦二宗的身份问题便摆在他的面前。假如能把金人占领的北方地区全部拿下，在徽、钦二宗尚未去世的情况下，宋高宗的身份便非常微妙。所以在宋高宗内心深处，他并不希望彻底地北伐抗金。这也决定了辛弃疾后来的命运。回归南宋朝廷后，他极力主张抗金，为此也写过一些阐述抗金主张的文章，如《美芹十论》，但宋廷并不真正相信他，并不真正赞成他的主张，于是便把他安排到不同的地方为官，官职大多是安抚使、转运使等，这自然不是辛弃疾投奔南宋朝廷的初衷。他原想投奔宋朝以后，能够带着人马继续北伐抗金，但如今却毫无机会。这样的英雄人物被雪藏，辛弃疾的内心真正感受到了壮志难酬。而且，在南宋朝廷内部，归正人并不能得到真正的信任和重用，常遭到朝廷主和派的弹劾。淳熙八年（1181），辛弃疾开始营建上饶带湖的庄园，以作闲居之用。这一年十一月，辛弃疾遭到弹劾之后，便罢官到这个庄园闲居了。自此，除了中间短暂地复出做官之外，他的闲居生涯长达二十年。

　　一个青年时代充满着豪情壮志的英雄人物，怀揣着杀敌报国的理想投奔南宋朝廷，非但得不到重用，反而被闲置二十年，这就导致辛弃疾把他内心所有的忧愤倾吐在词中，他无法上阵杀敌报国，他所怀揣的理想、热情全部化为内心的愤懑，最后流于笔端。这首《丑奴儿》就写于他闲居带湖庄园期间，当时他常造访位于今天江西广丰西南的博山，又名博山岭，在山道中的石壁上留下了不止一首词。故而这首词的标题就叫《书博山道中壁》，这是一首题壁词。

　　这首词的风格和我们熟悉的辛弃疾以典故砌垒出来的词，

如《永遇乐·京口北固亭怀古》《水龙吟·登建康赏心亭》等大相径庭。这首词的文本没有设置任何语言障碍，几乎不需要什么注释。"少年不识愁滋味"，我在少年时代根本不知道忧愁为何物。"爱上层楼，爱上层楼，为赋新词强说愁"，词人并非学王之涣"欲穷千里目，更上一层楼"。古人登高望远，所见景象往往可以勾起内心的愁绪，这在中国古典诗词中极为常见，比如崔颢的《黄鹤楼》"日暮乡关何处是，烟波江上使人愁"，就是在登上黄鹤楼以后所见之景勾起了乡愁。但辛弃疾说：其实我在少年时代根本就不明白忧愁是怎么回事，为了挤出一点愁思来填词，我便经常登上高楼，而且"爱上层楼，爱上层楼"。这样重复的行为在今天看来是不是很可笑？这便是为文造情，作者要写出一个作品之前，心中毫无感触，便只好通过某种方式去营造某种感受，方能写出带有这种感受的作品，这种愁绪的酝酿不是出于诗人内心自然的情感反应，而是出于创作新词的需要。所以，词人当时的愁绪就像挤牙膏一样，并非自然流露，而是在登上高楼以后一点一点地勉强挤出来的，这不是真正的愁。对于文学创作来说，这样的愁即使保留在词中，也不那么真实深沉，必然是有些浅薄的。

"而今识尽愁滋味"，如今回归了南宋朝廷，历尽坎坷，受排挤、受怀疑、受打压，所有的"愁滋味"全都尝了一遍，故谓之"识尽"，此处"尽"字用得精到。人生所有的忧愁，理想不能实现的苦闷，不能杀敌抗金的愤懑，词人尽数体验，这不正好提供了赋新词的好材料吗？按理来说，词人有了这样痛切的人生感悟后，必然能把愁绪写得淋漓尽致，酝酿出许多佳作来。但是词人却说"欲说还休，欲说还休"：我虽想把愁绪表露出来，但是又有何用？说出来也改变不了我闲居庄园、百无聊赖的生涯，说出来也不能使我的抗金主张得到朝廷的认可，更谈不上被采纳，说出来现实的政治环境也无助于实现我的人生壮志，所以，就没有什么可说的了。当然，也可以理解为词人的愁绪郁积太多，在朝廷中受排挤打压的郁闷，闲居的种种无聊，有劲使不上的无助感，要从何说起呢？但是词人也并非一言不发，"却道天凉好个秋"，所有愁绪都化为了一句对天气的感叹：秋天到了，天气转凉了，真是好一个秋天啊！

词的末句似乎只是对天气的寻常感叹，看似轻易而随便，然而这声感叹却是极重极重的，是所有积聚在词人胸中的愁绪的重量。这句感叹里，道出了人到中年，对政治、对现实、对自己的未来极度无奈的愁绪，词人已经难以分清愁绪是因何而起，所有的情感全部化为"天凉好个秋"这五个字。所以最后一句写出了一种沉重的、长久的情感压抑，带有极度的无奈和绝望。

辛弃疾这首词虽未用一个典故，几乎是一读就懂，但文字背后的情感力量深重而浓厚，超越了词人一人的人生经历。当人到中年，体会了人生的百般滋味以后，还会像少年时那样轻易地说出"愁"字吗？如果还是随便地说出口，就说明太幼稚了。还会像少年时那样为了表达一点愁绪而独上层楼吗？必然也不会，因为现实生活中的种种无奈早已将人围困了。所以，辛弃疾的这首词写出了对整个人生的无奈，而不限于他的个人经历，这便是我们今天能够与之产生情感共鸣的原因。不管你是"不识愁滋味"的少年人，还是"识尽愁滋味"的中年人、老年人，都会对这首词有自己的感悟和理解。

姜夔

（1154—1221）

字尧章，号白石道人，饶州鄱阳（今属江西）人。南宋文学家、音乐家。屡试进士不第，曾受知于诗人萧德藻，又与杨万里、范成大等人交游。往来于江苏、浙江、江西、安徽等地，以布衣终老。有《白石道人歌曲》。

暗 香

辛亥之冬，余载雪诣石湖。止既月，授简索句，且征新声，作此两曲，石湖把玩不已，使二妓肄习之，音节谐婉，乃名之曰《暗香》《疏影》。

旧时月色，算几番照我，梅边吹笛？唤起玉人，不管清寒与攀摘。何逊而今渐老，都忘却、春风词笔。但怪得、竹外疏花，香冷入瑶席。

江国，正寂寂，叹寄与路遥，夜雪初积。翠尊易泣，红萼无言耿相忆。长记曾携手处，千树压、西湖寒碧。又片片、吹尽也，几时见得。

这是南宋词人姜夔的《暗香》。实际上"暗香"这个词来源于宋初林逋的咏梅诗《山园小梅》，其中有一联名句"疏影横斜水清浅，暗香浮动月黄昏"，而姜夔的这首词就是由林逋的《山园小梅》衍生而来。同样，姜夔还写了另外一首词《疏影》，《疏影》和《暗香》是姜夔的自度曲，即姜夔自创了曲调，在《暗香》这首词的小序中，姜夔就交代了自度曲的来龙去脉。"辛亥之冬"，即宋光宗绍熙二年（1191）冬天，姜夔踏着雪到苏州西南的石湖拜访范成大。姜夔布衣终身，而范成大不仅是个诗人，官也做得很大，一度官至参知政事，相当于副宰相，那时已经退居在苏州石湖，自号"石湖居士"。范成大十分欣赏姜夔的诗才，故而姜夔前去拜访他，并在范成大处住了一个月。后来，范成大也曾寄给姜夔一些信笺，请姜夔写诗词。这是文人雅事，比如我想让一个朋友写一些诗给我，就可以先寄一些精美的信笺给他，朋友收到了信笺也不好不写，无论如何也要写一两首寄赠给我。范成大不但要求姜夔写诗词，而且要他自创新曲，即所谓"且征新声"，所以，姜夔就应邀写了两首新曲子，范成大非常喜欢，"把玩不已"，并让家里两名歌妓学习演唱，音节幽婉和谐。最终，姜夔就把这两个曲调命名为《疏影》和《暗香》，即取林逋《山园小梅》的诗意。

这首词篇幅较长，分为上下两片。上片起首三句"旧时月色，算几番照我，梅边吹笛"，"旧时月色"显然是词人回忆过去在梅花树下吹笛的情景，他把这个情景在脑海中复现出来形诸文字，文字便显得极为风雅。"旧时月色"与"梅边吹笛"的意象组合起来，便形成了回忆的中心，即他的情人，故言"唤起玉人，不管清寒与攀摘"。"玉人"即美人，"不管清寒与攀摘"即不顾天气的寒冷，与玉人一同攀摘梅花。"何逊而今渐老，都忘却、春风词笔"，这三句顿时从对往昔的回忆回到了现实中。何逊是南朝梁诗人，尤喜梅花，曾写下《咏早梅》这样的诗。姜夔以何逊自比，感慨自己如今渐渐衰老，已经忘却了当年才华横溢，写词如春风一般顺畅的感觉，拥有"春风词笔"是多么得意的事，但如今才情已大不如前了。"但怪得、竹外疏花，香冷入瑶席"，然而现在竹外却有疏疏落落的几枝梅花，在寒冷之中散发出幽幽的香气，沁入了室内，飘进了我的座席。所以，词的上片以梅花为核心，将回忆和现实交织起来，营造出时间上的交错感，另一方面，词人又将梅花与自己深爱的女子两相交错，虽然是咏梅，实际上以梅来写"玉人"。因此，上片词意较为曲折，值得细细玩味。

"江国，正寂寂，叹寄与路遥，夜雪初积"，"江国"即江南水乡，冬天的江南水乡同样冷寂，词人想折一枝梅送给远方的爱人，但是雪太大，路途遥远，恐怕不能寄到爱人手中，所以用了一个"叹"字。"翠尊易泣，红萼无言耿相忆"，这两句巧妙地把"翠尊"与"红萼"作对比来写，"翠尊"即绿色的酒杯，有人认为，这是杯子盛了酒之后泛起的绿色，也有人认为是用绿宝石制成的杯子。词人端起精美的酒杯，但是心中伤感。"红萼"指梅花，"红萼无言"，梅花自然不会说话，但是看着无言的梅花，词人自然而然地回忆起与爱人相处的场景，只因这段回忆与梅花有着颇深的渊源。"长记曾携手处，千树压、西湖寒碧"，这是千古名句，意境极美，"千树压"自然是指梅树，"西湖寒碧"，冬天碧绿的西湖水便被称作"寒碧"，压着这西湖碧水的正是千树的梅花。冬天梅花盛开，花朵分量较重，凑在一起颇为壮观，仿佛压着一湖碧水，这句巧妙地写出了梅花之多，因此清人邓廷桢《双砚斋随笔》评论此句："状梅之多，皆神情超越，不可思议，写生独步也！"姜夔写梅之多，这样不可思议的句子足以独步于天下了，后人难以再重复。"又片片、吹尽也，几时见得"，然而，现实中的梅花一片片都被风吹尽了，何时才能再见如西湖边盛放的那样美丽、那样繁茂的梅花呢？这首《暗香》以咏梅为核心，穿插着词人对往昔生活、对甜蜜爱情的回忆，在今昔对比之中，在人和花的交错之中，词人写尽了自己的人生境遇和人生感慨。

古人早已留意到姜白石这首咏梅词的出色之处。南宋张炎在著名的词学著作《词源》中评道："诗之赋梅，惟和靖一联而已……词之赋梅，惟姜白石《暗香》《疏影》二曲。前无古人，后无来者，自立新意，真为绝唱。"诗中写梅花，只有林逋的《山园小梅》这一联"疏影横斜水清浅，暗香浮动月黄昏"写得最好。而词中写梅花，便只有姜夔的《疏影》《暗香》这两首词最为上乘。这两首词前无古人，后无来者，就如李白在黄鹤楼看见崔颢的题诗，便再也写不出能超越《黄鹤楼》的诗来了。毫无疑问，张炎极看重姜夔这两首咏梅词。古人对此还有许多评论，清代不少词论家认为这首词含有某种象征意味，甚至直指君臣、政治，笔者认为这是不可取的。现代学者刘永济先生在《唐五代两宋词简析》中写道："词旦咏梅，而非敷衍梅花故实，盖寄身世之感于梅花，故其词虽不离梅而又不黏着于梅。"词虽然咏梅花，但并没有铺排关于梅花的典故，而是在其中寄寓了词人的身世之感，所以这首词，虽然离不开梅花，但又不黏着于梅花，穿插着词人的情感和回忆。词人和情人之间的关系，他们昔日携手西湖边的令人怀念和艳羡的情景都在这首咏梅词中得以展现。笔者认为刘先生的评论非常恰当，寥寥几句话就道出了《暗香》的特点。

作为《暗香》的姊妹篇，姜夔的《疏影》也是一首著名的咏梅词，我们不妨也诵读《疏影》，以增进对《暗香》的理解。

　　苔枝缀玉，有翠禽小小，枝上同宿。客里相逢，篱角黄昏，无言自倚修竹。昭君不惯胡沙远，但暗忆、江南江北。想佩环、月夜归来，化作此花幽独。

　　犹记深宫旧事，那人正睡里，飞近蛾绿。莫似春风，不管盈盈，早与安排金屋。还教一片随波去，又却怨、玉龙哀曲。等恁时、重觅幽香，已入小窗横幅。

叶绍翁

（1194—?）

字嗣宗，祖籍建安（今福建建瓯）。南宋诗人。本姓李，后嗣于龙泉（今属浙江）叶氏，改姓叶。大约生活于公元 1224 年前后，隐居西湖之滨，与葛天民互相酬唱，属于江湖派诗人。

游园不值

应怜屐齿印苍苔，小扣柴扉久不开。
春色满园关不住，一枝红杏出墙来。

这是宋代诗人叶绍翁的《游园不值》。这首诗讲的是春天诗人去游览一个花园，但是花园的主人不在，所以叶绍翁没能进门去欣赏园中的景色。这是非常遗憾的一件事情，所以就叫"游园不值"。这里的"值"在古文里头解释为遇见。

叶绍翁是南宋江湖诗派的诗人。这首诗体现出了宋诗的特色。什么叫宋诗的特色？唐代的诗人写诗，一般情感比较强烈，而宋代的诗人往往比较讲究理性、理智。我们耳熟能详的有苏轼的"横看成岭侧成峰，远近高低各不同"，这是写庐山的，以及朱熹的"问渠那得清如许，为有源头活水来"。这些诗句其实都是非常理性的，是思考出来的诗句。

为什么说《游园不值》这首诗也很有宋诗的味道呢？诗的第一、二句写道："应怜屐齿印苍苔，小扣柴扉久不开。"叶绍翁到小园子里去游玩，他敲了半天门，门都没开。这个"小扣柴扉"里"柴扉"就是柴门。那么，实际上肯定是主人不在，但是叶绍翁的第一句写的却是"应怜屐齿印苍苔"。"应"表示一种猜测的意思。大概是主人怕我的木屐把小园子里面的青苔踩坏了，留下了齿痕，所以门久久不开。实际上就是主人不在，但是作者多了一层想法，这首诗就显得多了一层曲折，这样一来诗就显得别有情趣。实际上主人不在，叶绍翁也是知道的，"游园不值"里"不值"两个字就说明了这个情况。

这样一来，读诗的人就感到了小小的失望，试想一下诗人兴冲冲地在百花开放的季节跑到花园里，本想欣赏优美的春景，结果门都进不去。那诗人是不是怅然若失，只能扫兴而归呢？并不是这样。你看第三、四句"春色满园关不住，一枝红杏出墙来"，虽然门没开，但是小园里的春色早就已经溢满了整个花园，不是这扇不开的柴门所能够阻挡、所能够封闭的，尤其是红艳艳的杏花，从小园的墙头探了出来。这枝红杏就是春天的代表，墙和门都挡不住它，遮不住它。这两句写得真好，有了这枝出墙的红杏，前面主人不在、柴门不开的情景带来的小小失望一下子烟消云散。虽然没能进小园，但是小园里头春天的气息和勃勃生机带来的对于生命力的感受，能实实在在地体会到。

所以诗人这一趟来得值不值？这个"值"当然不是遇见的意思，是值得的意思。笔者认为是很值得的，为什么？因为诗人已经看见了出墙来的一枝红杏，已经领略了小园中的春色，至于围墙里面的春光什么样子，留待诗人去想象，也留给我们读者去想象。所以这首诗的运思非常巧妙，诗里面有多层的曲折，诗人的情感也有变化。

当然，我们如果阅读过更多的唐诗和宋诗的话，就知道"一枝红杏出墙来"的写法其实并不是叶绍翁的首创。唐代诗人吴融在一首《途中见杏花》中写道："一枝红杏出墙头，墙外行人正独愁。"陆游有一首诗叫《马上作》，里面也有两句"杨柳不遮春色断，一枝红杏出墙头"，是说杨柳遮不住春色，一枝红杏伸出了墙头。不管是吴融的诗也好，陆游的诗也好，实际上都给叶绍翁的"春色满园关不住，一枝红杏出墙来"这个名句以启发。所以读诗我们不能一首诗孤立地来读，恐怕要和他前代的诗人以及同时代的诗人那些意思比较相似的句子做一些比较。但叶绍翁的这两句，比前面两位诗人的诗句更有名。钱锺书先生说特别是它的第三句"春色满园关不住"写得比陆游"更新警"，因此更能刺激我们的阅读感受。这里需要说明的是，这句诗常常有人背成"满园春色关不住"，因为"满园春色"是一个成语，但是叶绍翁诗的原文就是"春色满园关不住"。其实我们根据近体诗的平仄的规律就可以推断"满园春色"肯定是错误的。为什么？它的下一句"一枝红杏"的"枝"是一个平声字，所以上一句跟它相对的第二个字肯定是个仄声字，"春色满园"的"色"是去声，是一个仄声字，和平声字"枝"正好相对。如果是"满园春色"的话，它第二个字"园"跟上一句的"枝"一样也是平声字，在近体诗的格律里面这样的写法显然是错误的，所以肯定是"春色满园关不住，一枝红杏出墙来"。

蒋捷

（生卒年不详）

字胜欲，号竹山，阳羡（今江苏宜兴）人。南宋词人。咸淳十年（1274）进士。宋亡后隐居太湖竹山，人称"竹山先生"。有《竹山词》。

虞美人

听雨

少年听雨歌楼上，红烛昏罗帐。壮年听雨客舟中，江阔云低、断雁叫西风。

而今听雨僧庐下，鬓已星星也。悲欢离合总无情，一任阶前、点滴到天明。

这首词是南宋末年著名词人蒋捷的《虞美人·听雨》，显然，这是一首描写词人在某一天听雨的词。

这首词的妙处在于，词人用听雨的行为概括了从少年到壮年，再到暮年的人生经历，在不同的人生阶段听雨，虽然雨声滴答不变，但雨声在心里激荡起的感情，以及词人在雨声中体验到的人生况味是不同的。"少年听雨歌楼上，红烛昏罗帐"，词人青春年少，可能流连于歌楼酒肆，也可能在自己房中享受着与爱人的两情相悦。"红烛昏罗帐"即温暖的烛光昏昏暗暗地照着床上的帐幔，氛围既温馨又略带感伤。词人在少年时代没有经历过世事的变化，没有经历过人生的大起大落，所以在他的脑海中，少年时代听雨就留下了这样一个有些温馨，又有些惆怅的画面。

可是，人不可能永远停留在少年时代，到了壮年时代，词人说"壮年听雨客舟中，江阔云低、断雁叫西风"。壮年时代的听雨则是在客舟中，词人乘船离开家乡，可能是为了科举考试，也可能是要做官，总而言之，在羁旅之中，词人似乎感受到了些许人生起伏的滋味。人不能一辈子待在家乡，为了生计，为了前途，词人不得不外出。在客舟中，人本就怀着浓郁的乡愁，又听得雨滴打在江中，激起响亮的声音，望着潇潇烟雨，就更容易唤起词人内心思念故乡的愁绪了。极目望去，只见江面宽阔，乌云低垂，天上只有一只失群的孤雁在西风中凄厉地鸣叫，这样的场景虽未必象征词人人生的失败，但是，他似乎已失去了早年伴着"红烛昏罗帐"听雨的自然自在，更多的是身不由己和隐隐的失意。联系词人所生活的时代环境和词人一生的经历来看，或许不难找到他壮年听雨这般心绪的来源。

古人中总有一些人是生不逢时的，他们没能在一个王朝最兴盛、最发达的时候出生，而是诞生在王朝末期，国家衰亡的趋势已经不可挽回了。蒋捷就是一位诞生在南宋末年的词人，他在宋度宗咸淳十年（1274）考中进士，但是，咸淳十年的这批进士是南宋历史上最后一批进士，这是宋朝最后一次开科取士了。仅仅在这次进士考试两年之后，临安就被元军攻克，南宋大臣们一直进行着顽强的抵抗，我们熟知的文天祥便是其中之一，直至1279年，宋军最后在崖山海战中被元军击败，崖山在现在的广东江门，经此一役，南宋彻底灭亡。蒋捷好不容易在咸淳十年考取了进士，但没过几年，朝廷就灭亡了，这种时代变迁是个人无能为力、无法改变的，那么放在蒋捷面前的就是两条路，要么出仕新朝，为元人做官，但是很多南宋末期的有识之士不愿意这样做；另外一条路便是隐居。

　　蒋捷选择了后一条路，最后隐居在太湖之滨，即今天江苏宜兴的竹山，有时候迫于生计，会到私塾上上课，教教学生，以保证生活的来源。然而更多时候他都漂泊在各地，不仕元朝。南宋末年有一大批文人都跟蒋捷的处境非常类似，他们的创作可谓独树一帜，蒋捷也和周密、王沂孙、张炎这三位著名的词人并称为"宋末四大家"。了解了蒋捷的生平经历后，我们便更能理解为何在他壮年生活的回忆中，丝毫看不到本该有的意气风发，而充满着孤独和无奈。听雨本身自不必说，就算是"江阔云低"，离群的孤雁在西风中鸣叫，这样的场景激起的心绪绝对不是一个在仕途中春风得意的壮年人所应该拥有的。天下发生了翻天覆地的变化，蒋捷即使再有热情抱负，也不可能为朝廷效力了，他所能做到的只有不仕元朝，保持遗民的气节。

"而今听雨僧庐下，鬓已星星也。"如今词人已步入暮年，他在僧庐下听雨，"僧庐"即和尚住的房子，也可能是佛寺。站在僧庐下听雨的词人，两鬓已经染上了白霜，"星星"即头发斑白零落的样子。孤身在僧庐下听雨，给人以万念俱灰、心如枯井之感。所以，词人最后说道："悲欢离合总无情，一任阶前、点滴到天明。"通过少年、壮年和暮年三个人生阶段听到的雨声，词人最后悟出来的是人生悲欢离合总无情，而无情正是因为命运的不可改变。当你以为要和爱人永结同心了，可是朝廷被元人攻占，政权更迭，你可能就不得不打破原来井井有条的人生规划去逃亡。读书人想入仕途，但是旧朝灭亡，若要保持气节，便不能为官，可能从此就走上了一条不曾设想却又无力改变的人生道路。我们虽然不知蒋捷在天翻地覆的宋元更迭中个人经历到底如何，但是在遗民的笔下写出的"悲欢离合总无情"，其中的沉痛和无奈，远远超过了生活在盛世的普通文人的一己悲欢。这一句仿佛是整首词的总结，在少年、壮年、暮年三个阶段听雨，从中听出的便是"悲欢离合总无情"。这句词分量极重，也可以说是词人对他的一生做出了总结，是他对全部人生体验的概括，所以带给我们的感受和苏轼的"人有悲欢离合，月有阴晴圆缺，此事古难全"迥然不同。

后世评论家非常敏锐，明代评论家潘游龙在读到"悲欢离合总无情"这一句时发问："难道不泠泠？"（《古今诗余醉》）难道不觉得背脊上有飕飕的凉意吗？这是作者对自己一生做出的鉴定。清代评论家许昂霄则评道："此种襟怀，固不易到，然亦不愿到。"（《词综偶评》）。词人对于"悲欢离合总无情"的参悟，自然是普通人不容易体悟，也不容易形诸笔端的，但是，我们不愿有那样的体悟。对人生做出这样的总结，岂不残酷？既然对人生有了彻底的解悟，词人蒋捷所能做的也只有"一任阶前、点滴到天明"。词人终夜难眠，无可奈何，只能听着阶前的雨声滴滴答答，一直挨到天明。别说是到天明了，即便是到次日中午，又再到天黑，又能拿雨水怎么办呢？这便是蒋捷《虞美人·听雨》所蕴含的极为丰富而又感伤的心绪。

这首词的末句使笔者想起了另外一位宋代词人万俟咏的几句词："梦难成，恨难平，不道愁人不喜听，空阶滴到明。"做梦做不成，心头的恨意也难以平复，这老天爷好像偏偏和我作对，它不知道一个心怀愁绪的人最不喜欢听雨声，任由雨声滴滴答答，一直滴到天明。他的意思和蒋捷正好相反，蒋捷说，反正"悲欢离合总无情"，便任由雨下吧，而万俟咏则说，雨怎么这么烦人，到现在还不停。所以对比之下，蒋捷的情绪应是更加悲凉、更加彻骨的。每每读到蒋捷这首词，总会想起台湾诗人余光中那首著名的《乡愁》，他同样把人生不同阶段的乡愁浓缩在几个不同的场景中，将乡愁化为具体可感的邮票、船票、海峡，这些都是他在不同人生阶段所体验到的乡愁。蒋捷这首词写的也是他在不同人生阶段听雨的情景，这两个作品虽然相隔了七百多年，但读来似乎有一种异曲同工之妙。